七凰

孙浩玮 著

江苏凤凰文艺出版社
JIANGSU PHOENIX LITERATURE AND ART PUBLISHING

图书在版编目（CIP）数据

七凰 / 孙浩玮著 . -- 南京 : 江苏凤凰文艺出版社，
2021.5（2025.3重印）
ISBN 978-7-5594-5368-6

Ⅰ . ①七… Ⅱ . ①孙… Ⅲ . ①长篇小说 – 中国 – 当代
Ⅳ . ① I247.5

中国版本图书馆 CIP 数据核字（2020）第 216678 号

七 凰

孙浩玮 著

出 版 人	张在健
责任编辑	曹 波
责任印制	刘 巍
出版发行	江苏凤凰文艺出版社
	南京市中央路 165 号，邮编：210009
网 址	http://www.jswenyi.com
印 刷	三河市兴国印务有限公司
开 本	880 × 1230 毫米 1/32
印 张	12.75
字 数	330 千字
版 次	2021 年 5 月第 1 版
印 次	2025 年 3 月第 2 次印刷
书 号	ISBN 978-7-5594-5368-6
定 价	69.80 元

目 录

序章　为了忘却而纪念的

这个世界并没有改变，他只是有些按捺不住了，露出了原本的样子。

1

二十世纪七八十年代，鹿岛最边缘的一大片无人区被划定为重点开发地区。这片当时的无人区，也就是今天名为“烟雨”科技园的地方，曾是“最有发展前途的高新技术区”“领先硅谷十年的工业园”“科技革命的引擎”。在中学老师正教授学生学习氢气时，“烟雨”已经研究出了低成本制造氢气的方法，在这之后又有初步的人工智能、可以不充电待机半个世纪的计算机，据说这东西可以循环使用已有的电力，算是个“半永动机”；后来又传出一种正在研发的“数据现实性存储技术”，据说是用数据的形式存储实体的东西。

可是六年后的今天，人们仍未见到这个能用来存跑车的小磁盘。

在圆形工业园的最中央，是一座专供公司内部人员使用的建筑，形似高塔，最高处已经触及云霄，是继“南天门四柱”之后第二高的神秘建筑。

许多年前，这里是片无人区，到了今天，除了那些科研所大大小小的骨架以外，倒也和最初时没什么区别。

这片神秘的地方已经不复神秘。

2

六年前的夏天，和现在没什么区别。在这座城市总是能看得到漫步在红瓦绿树下的行人，以及肩并肩走在木栈道上的男男女女。每个小区里的公园总是有这样那样的孩子，说说笑笑，跑跑闹闹，却似乎比现在的孩子要幸福得多。

直到那天下午，那个时刻——2009年8月16日下午15时21分02秒。科技园中央的“塔”，中间偏上的楼层有几点闪烁，光的中心似太阳般闪耀，似乎能照亮每一处被遮蔽着的地方，越靠近边缘越显得绯红，这让它又有些“红月”的感觉，也似星光般短暂，一闪即逝得令人来不及留住它。短暂的光在出现后不到一秒便又消失了，接踵而至的是更大的光，虽然从名义上讲它已经算不上是单纯的“光”了。

这赤红色的火焰吞噬了整座高塔——以肉眼可见的速度，塔周围的几个小建筑也被卷入了这由火焰铸成的“塔”中。血，鲜红的血，这便是塔此时的样子，它大概是被血染红了。这场面让人想起半个世纪前的广岛与长崎。

火围成的“塔”在五秒左右后渐渐隐去，火焰却还没有完全消失，几乎留在了高塔的每一个楼层上，黑烟卷着焦炭似的气体笼罩了整片天空。十分钟后，警车、消防车、救护车开到了这里，准确地说，光是人数上就能填满整个科技园了。

塔里的人们无疑是没了性命的，可还是有消防员在救火的同时去确认是否有幸存者——这是警长王守诚一贯的做事风格。每个新来的警备员起初都不怎么喜欢王守诚的这一套做法，但到后来也都成了王守诚的拥护者。

“火势如何？”王守诚问向对讲机。

“火焰很难扑灭，我们现在猜测正有什么可燃物在里面持续燃烧着。附近的生还者已全部疏散。”

“不可能有扑不灭的火。能判断燃烧成分吗？”

王守诚干等了将近半小时才听到回话："长官，这火……这火没有燃烧成分在里面，它是凭空燃烧的！"

"不可能！怎么可能有凭空燃烧的火？"别看王守诚快四十岁了，倒还挺喜欢研究理工学科，励志工科兴国，像燃烧的基本原理这样的常识他还是有点数的。

"最开始根本灭不了火，就在刚刚，火势稍弱了点，好不容易把它灭了，就剩下一地瓷砖，还是完好无损的。结果谁知道我们人还没走，火就在那个地方又凭空燃烧起来，一点不比之前的弱。"

"这……"王守诚突然不语。能让火凭空出现的东西……他想着什么，反反复复地想，每次想到它，他便要求自己换个思路，不再想它，却总能在思路的终点走向它。他的嘴唇止不住地颤动，眼神时而向上，时而向下，同时开始不自觉地扫视周围。这些举止他自己没有意识到。

"警长！"那边的警员又传来呼叫声，把王守诚拉回了现实，但这受惊吓似的语气让他更为惶恐了。

"什么事？"他清楚自己是现场的全权指挥，自己乱了，必然会搭上更多人的性命，所以……

"见鬼了，刚刚好像有个小孩跑进去了。"

"怎么搞的，不是已经封锁了吗？"

"我也不明白他是从哪来的，我们刚意识到他闯进楼里的时候，这家伙直接上电梯了！"

电梯？电梯！这楼都快烧成个铁骨架了，还能用电梯？"他把电梯门掰开了？"王守诚的第一感觉是这孩子力量过人。

"不……他按了按钮，电梯运转了。现在正往上走。"

电梯工作了？"烟雨"确实有不少科幻电影般的高科技，但王守诚并不知道它还有过生产电梯的项目。如果真有那种防火防爆的电梯，按照那个人的做法，一定会像平时一样公开技术。

“电源？”

“总电源在咱们来的时候就炸掉了，刚刚把那里的火给扑灭了，还好这次没再复燃。”

它还在上升，越来越快了！王守诚已经看得见在铁骨正中间有一个点直冲云霄，电梯的整个机身被蓝白相间的颜色围绕。不只他自己，几乎所有在场的人员都向那里看去。那哪是电梯，再快点真赶得上火箭了。

他懂了，这一切，从事故的开始，那场爆炸，还有扑不灭的火，突然出现的人和无处供电又能运转的电梯。他们都想错了，从一开始就错了，这根本不是单纯的研究事故，这是……

“现在，各部门听我指令，全员撤离现场。”王守诚果断地下达指令。

“可是，这火……”

“会有人灭得了，但不是我们。”警长的目的是让每次事故的损失最小化，他做出了能让这件事的损失最小化的决定——至少王守诚自己是这样认为的。

3

男孩前脚迈出了电梯门，像是虚脱似的扑倒在地上，听着身后的电梯轿厢从与自己同样的高度砸向塔底，爆炸了。

塔的第七十层是董事长的办公室，男孩是这样记得的。想到这里，他猛然抬起头，腿也跟着动起来，还是半蹲着的姿势就想要跑。刺鼻的气味让他再一次跌倒在地上。燃烧的有害气体，以及由焦炭、腐臭与腥味混杂着的，他不知道这些气味是从哪来的。

“咳咳……”他止不住地咳着，同时试着再次支撑起自己的身体。他不知该怎样回避这些气体，只得硬着头皮去呼吸。神奇的是，闻过一次后，就再也感觉不到什么气味了。

外面的警笛声逐渐小了，越来越小。“他们终于走了。”男孩这样想着，或许这世上真的有警察和军人们也管控不了的东西吗？还是……他们救不了楼里的人呢？一个人也救不了。这算什么？

第七十层唯一的一扇门，踏过去，就到了，却没想到地面竟越发地灼热起来。本以为大火中的塔已经足够热了，没想到这里才是这一火炉的中心。男孩觉得自己的双腿已经要在高温下熔化，他张大了嘴，不知有没有在呐喊。

地面还是如以往一般光亮，或许自己俯下身去还可以照照镜子吧，那家伙都是喜欢这么干的。那家伙……

在前方，很远的地方，依稀能看到一个人，头发略长，蜷缩在地上，那是塔里唯一的没有被烧焦的人。是个小女孩。手算不上纤细，却又是很小的小手。他的确注意到了那女孩的手，那手正朝着自己的方向伸着，有几处像是凸出来的地方几乎没什么光泽，已然和血色的空气融为一体。胳膊一点点蜷曲，他注意到女孩在朝自己靠近，一点一点地，她的上身蹭着地面，身后拖着双腿。他不明白她为什么不站起来，蹦蹦跳跳地跑过来，以前她不都是这样的吗？

男孩试探着向前走了几步。他走得很缓慢，还不如在地上爬来的快。粉红色的连衣裙，这本应把女孩打扮得玲珑可爱的衣服，现在成了一块几乎一扯就断的残布，盖在女孩的身上。裸露出来的肌肤几乎找不到一片完好的地方，除了大面积的血红，便是一道道交织成网的刀痕。她居然还在往前爬，突然又停下，双手向后伸，用力在腿上拔出了什么东西，扔在地上。那不长不短而又尖锐的东西大概是匕首，但男孩实在不明白这昏暗之下完全不反一点光亮的红色尖锐物和印象中银白色的匕首有什么关联。但那可能确实是匕首，不然又会是什么能让这个女孩不敢再活动双腿，全身颤抖着，抽搐着，就连尖叫哭喊都没有了力气？

这算什么啊？他还想往前，却没想到女孩已经抓住了他的脚踝，很烫……好暖和……她还活着，她不是那些已经烧焦了的尸体，甚至没有一点烧伤的痕迹，那么医生一定可以……

“哥……哥哥……”

他俯下身去，攥住了女孩的双手，刚碰到的时候有几处地方很硬，不过一会儿这种感觉就褪去了，她的双手还是那样细腻光滑。

“嗯……”这是女孩此刻唯一能发出的声音。

电梯不能再走了，但还有别的地方，总会有路可以走的，即便不是光明大道。但是现在，他还要……

他的声音也很微弱，那是只有他们俩能听得到的声音。“萌……”突然间，有什么白光从他眼前划过，携着血肉被撕裂的声音，吞没了后面的字。

这刀光竟让两人直直地被击飞十几米远。他感到后背摔在了一堆尖锐的碎屑上，有几粒碎屑深入了肉体，似乎每一个动作都会因此带来刀割般的疼痛。但此时他顾不上这些。凝视着无尘的地面，他的确可以像照镜子一样看清自己的脸，只是他看到了自己从小到大最狼狈的模样：半睁半闭的双眼，眼皮下布满血丝而红肿的眼珠，脸已经被染上了黑灰，还有几处擦伤，通红的，额头上正淌下血来。

直到另一股鲜红从女孩的后背渐渐扩散开来，遮蔽了“镜子”的一角，他才意识到周围的一切。女孩死了，虽然身体还是热的，但已经摸不到脉搏了，一起一伏的呼吸也终于被微风冲散。她真的已经死了。

身边是一对银白的直刀，还有远处提着滴着血的长刀的人。自己身下是玻璃碴，防爆玻璃已经炸成了碎片。他意识到那个人是不会放自己走的。

那对双刀是父亲珍藏的宝贝，起初他还不明白父亲为什么在枪炮遍及的今天却对冷兵器情有独钟。

“爸爸，这可是世上最强的刀！”

“等到有一天，你长大了，能独当一面了，爸爸会亲自把它赠予你的！”

他不理解那个女孩，明明已经是那种样子了，却还要费尽力气找到自己，难道就为了看那么一眼，叫自己一声“哥哥”吗?

男孩提起了双刀。好轻。他站立起来，望着不远处那个羸弱的身影，在他的旁边还有无数已经烤焦的尸骨，而他只是留给了男孩一个侧身，以及右手上斜向下的大刀和那恶鬼般的笑容。

男孩想杀了那个人，却又知道自己杀不过他；他想来救自己的父母，却只能嗅得到父母尸骨的灰烬；他想帮助那个濒死的女孩，却只能看到在匕首之后更大更尖锐的锋芒，以及那声“哥哥”，那也许是她的遗言。这到底算什么啊？！

现在，那个人要杀掉他了，这个在世间唯一知晓那短短遗言的自己。他想要帮助，想要拯救，也想要守护……“你是谁啊？”他自言自语着。你是谁？不对，我是谁啊？那个什么也做不成，被人嘲笑讥讽唾骂着的，永远活在你们的光明之下的……那不是我，我已经恨透那个废物一样的“我”了。

他明白了这一切，终于明白了，他想做的只是杀掉这个人，除此之外别无其他。

“镜子”上一瞬间闪过了一对绿光，还不到一秒又转为深紫色。深紫色的光晃动了一下，突然向前，如射出的利箭一般，撕裂空气，冲向另一边的黑影……

4

2009年8月16日下午15时48分16秒，在不久前爆炸的中心，又产生了一次大规模震荡波，几乎摧毁了科技园内所有的建筑，玻璃甚至碎成了粉末。伴随声波的还有强磁暴，致使城市内长时间停电，所幸暂无人员伤亡。

这一天后来被国际上立为“科研安全日”，也被民间称为“不祥之日”，成了最年轻的民间故事。只是还不到半年时间，就很少有人在“科研安全日”这一天以外的时间里谈及这件事了。

入　学

1

2015年7月的一天早晨，是樱花国际学校新生报到的日子。

阳光斜射入床头，一点点移向少女的脸颊，然后是肩膀，最后是全身。每当这时，床头的闹钟便会略微有一点动静，渐渐地，铃响才会变大。少女会慢吞吞地拍掉闹钟，睁开双眼，凝视着世界新一天的样子，迎接她的总会是这片雪白的卧室，有一般居民楼的客厅那么大，在她刚出生的时候，这里曾是她的整个世界。然而在这华丽的环境之下，她略显慵懒的动作却有些不相称。

窗外紧邻大海，微风与浪尖的呼声虽然清晰却并不嘈杂，太阳虽然火热却并不刺眼。这样看来，今天也同样值得期待。车辆驶离海边，远处的高楼群显得庞大起来。

这是矗立于原本的城市之中的领域，因为每年的早春季节，市中心步行街道两侧的樱花都会吸引无数人前去观赏，由此而得“樱花源”一称，即便当地的行政名称未变，人们却更习惯于“樱花源”这个称谓。

这里也是航联集团投资改造的新型城市，世界的新式科技在这里首先启用，新式社会管理体制在这里尝试。未来的影子与花瓣草木交相辉映，是每个人眼中的天堂。

等女孩从城市的景色中回过神时，学校已近在眼前。对那些未曾见过的同学们，她看得出来他们各自的特点，但并不足以让她过于驻足留意。然而，她自己却在不经意间成了大家的焦点。

和她关系最近的是付静轩，她们很早便是彼此的知己，能分到一个班里最好不过了。和她接触最多的是一个叫苏凛的女生，是她的室友，那胆怯的举止总让她忍不住去抚摸苏凛的头发。除此之外，那双蓝宝石一样的眼睛也印在了她的记忆里。

令她记忆最深的，是她的同桌。她从未见过这样的男生，他和至今她所见过的任何人都不一样，即便是在繁杂的人群之中也能一眼发现他的存在。他的名字叫白芜常。她偷瞄了他的自我介绍，但除了姓名以外，并没有写其他内容。而且，不知是由何而来的预感，白芜常的心似乎并不在这里。自始至终，她也没能等到白芜常去偷瞄自己的自我介绍，和新同桌的初次见面就这样不了了之。

2

“明天还要军训吧？不用去买些什么准备的东西吗？”

临近中午，夏日的太阳格外刺眼。

“学校里的设备很齐全了吧，要是再缺就去校内的超市就行了。”说话的男生叫王紫陌，一看就是穿衣显瘦脱衣有肉的身材。另一个和他同行的男生叫崔元祯，相比之下，除了一副废柴相外，毫无特点。

“一起去吃肯德基吧，大中午的了。”

“你馋了直说不就好了吗？”王紫陌脸上有些无奈。

他们走在海边的木栈道上，走得不慢，但也并不快。这个时间的车流与行人不算多，他们逐渐看到了前方一个走得比他们慢很多的人。在她蓬松的黑色长发的背影映入眼帘时，王紫陌大概猜到那是谁了。

“这校服，是和咱们一个学校的啊。”崔元祯说。

那女孩正沿着楼梯走向沙滩，一步一步地走向海边，她的目光始终向着大海，好像周围的一切都与她无关。

事实上，今早报到的时候，王紫陌就见到这个女生了，她来时是与自己相对的方向，本不该顺路的，这么说来，可能她只是想散步而已。而且，她的面容，如果崔元祯见过的话，恐怕现在的反应要剧烈得多了吧？王紫陌敢这么肯定。毕竟他们可是从小玩到大的兄弟啊。

“王紫陌，我觉得有人在看着这边。”崔元祯突然插进话来，语气很是紧张。

“在哪儿？”王紫陌莫名地相信崔元祯的直觉。

“我身后，六点钟方向。”

两个人此时更像是二十一岁的青年特工而不是十二岁的学生。

崔元祯从小便能感知到注视他的人，无论那个人在哪里，他都能大致判断那人的位置。这种不可思议的事到现在也只有王紫陌相信他。

“有些不妙……”他说。

“怎么了？”

“海水！”这是他第二敏锐的，能感知到身边正在急剧变化着的事物。

起初没有人注意到，毕竟“海天一色”，连海水凭空升起，筑成了几十米高的墙也没多少人发觉。直至这堵水墙遮挡了日光，四周的人才开始逃窜，这大概是场海啸，却没人能想到会有如此剧烈且毫无征兆的海啸。

这面水墙好似被谁修砌过了一样，崔元祯有这样的感觉。他看见王紫陌径直翻下护栏，朝着那个人的方向去了。那是距水墙最近且又是最中心的地方。这个女生并不傻，她只是被恐惧支配了肉体，浑身麻木，无法动弹，她感到这墙是为了自己来的，沉鱼落雁的面容上已经刻上了绝望。那水墙在向下延展，似乎是打算将两人卷入海底。

周围的人理应都走了，可崔元祯总觉得身后的目光还在。就在此时，似乎又有一个人开始注视他们了。这种感觉刚有一点，王紫陌已经一把抱起女生，向水墙的右侧跑去。此时，水墙已达到了要将两人吞噬的程度。

近了……崔元祯已经感知不到两人的位置，海浪已经遮蔽了他的视野，水花就落在他的眼前，浪花溅了他一身，这感觉和冰桶挑战没什么区别。

“王紫陌！”崔元祯再次扶着栏杆站起来时，感觉像是个刚被救上来的落汤鸡，灌了一肚子水。太阳光已经再次照耀起来，海面又变得风平浪静，这副样子总让人觉得刚刚的场景只是个噩梦。可沙滩已经因完全浸湿而变成深棕色，这让崔元祯意识到刚才的一切都是真的。

女生平躺在沙滩上，像是睡着的样子，身体一起一伏。王紫陌半跪在地上，过了一会儿才站起来。

“谢谢你啊。”他刚要走，看见女生正瘫在那里，看着他，向他致谢。

“不用客气……”另一边，崔元祯正尽力让耳机里的水淌出来。

“只是以后，记得保护好自己。”他走上台阶，打算离开。

“话说，为什么你看到刚刚的场面，第一反应是下去救人，而不是去拨110？”崔元祯一边捣鼓耳机，一边问。

“就算是警察，也能力有限吧。我一直是这么认为的。”

3

黄昏。

少年身边是个青年男子，没了一条腿，趴在地上。

“我没……”话音未落，少年已拔枪射向他的小腿。男子在疼痛中尖叫着，随即又被打断——少年一脚踹向了他的下颚，骨骼碎裂的清响声过后，只剩下了苦闷的哀鸣。

“安静一点。”

最后一缕阳光照亮了少年的全身：一件过膝的白色风衣，上身衣服系着，风衣敞开，随风起舞，袖子极细。他全身都是纯白的装束，唯独靴子上染红了几处。

只见他手腕向上一翻，上面投射出一面全息屏。找到一列名单，翻找了好久，最后找到其中一个。他用手指划去那个名字，就像划掉手机上一条无用的推送一样毫不在意。

枪口对准了青年男子的头颅。“根据《全人类联合独立军队世界能力者管控法》，你因蓄意使用攻击性能力杀人未遂，被判处死刑。”脑浆洒了一地，且溅了少年一身，可他好像没什么感觉似的。人已经死了，却丝毫未听见枪声。

“看起来还算顺利。”他对着对讲机说道。

“嗯，不过之后要做的事还有很多。”

楼顶的天台上，少年望着远处，浑身湿透的女孩被父母和管家簇拥着上了车，离开了。

“为什么要针对这个女孩？”他问。

“她就是我们一直在寻找的航联集团的千金，能力者‘素体’——于佩杉。”

“了解了。”

海风吹拂着他的发梢，为他带来了夏日唯一的冷气。待夜幕完全降临，他转身离去，隐匿在了夜晚的灯火之中。月夜映着他的名字：联合军驻樱花源军总指挥——白芫常。

保护对象

1

二十世纪末，人们对“能力者”这一名词概念还很模糊，但到了二十一世纪，几乎没有人不清楚他们的存在。

科学家们以一个界限，将世界上的人划分为“能力者”与“无能力者”，这群占世界人口三成的人们拥有各种特殊的能力，有些能力可以直接表现出来，有些只是个体特有的感知。这些能力有强有弱，于是人们又依据能力的实际效果将能力者们划分等级，以字母排序A、B、C、D、E、F依次排列，大多数能力者都在D与E级，B与C级另占一部分，A与F级则是极少数的“高阶能力者”和“类无能力者”。像是能掀起巨浪的，则是C级能力“流体操纵”的最高表现形式。

事实上，这些能力者们从古至今都有，只是数量极少，表现形式也很不明显，现在有人猜测过去具有某些特殊天赋的人是拥有某种能力的，但已经并不重要了。只是在二十世纪，能力者的比重大幅增长，有人怀疑当今如此多的能力者是当年美苏军备竞赛的产物。

樱花源中流传着一个谣言：在这座城市的联合军原本是一整支队伍，到后来只变为现在的一个人，在这之后不久，联合军修改宪法，半数的条例被改为死刑和终身监禁，这两件事之间必然有一定联系。

新来的那个人管理这里有两三年了，人们却不曾知道他这两三年间都有过什么作为。先前十二个人的团队，每当有执法活动，都会报道在新闻上，也时常协助当地警察。而他却像是什么都不曾做过似的，人们不知道他的姓名、国籍，没有一家新闻媒体报道过他的执法记录。直到今年年初，人们得知了这座城市被评为“全国执法标杆城市”之后，才大概心里有底。

白芫常换下身上的白衣，丢进洗衣机里，按了“强力去污”功能。

“Rocky，你说这超声波能清洗衣服上的血渍吗？”

“理论上可行。”男性的磁性嗓音回荡在客厅。

“那我以后可得试试。”

白芫常一仰头躺在沙发上，闭目养神。

“先生，联系人左毅来电。”

电话接通了。客厅中传来另一个人的声音，玻璃屏上的神经中枢变为声波图，一起一伏的，代表着左毅那边的声波：“今天下午出了点异常情况，恐怕是帮派所为。”

“现场确认过了吗？”

“现在推测是有B级能力者的参与。”

“啊，这样。”白芫常的回答有些漫不经心。

“现在联合军已注册的B级能力者不到一千人，将近一千人之外不是恐怖分子就是黑道混混，别那么轻视。”

能力者之间的争端是从2009年秋天开始的。随着一篇名为《能力者自然吞噬定律及论证》学术论文的匿名发表，全世界的能力者们开始了明争暗斗。

按照论文上面的说法，将能力者置于濒死状态并吟唱特定程序代码即可汲取其能力，提升自身的能力级别，被汲取的对象则会缓慢死亡，无法救治。这也是这场争端的起因，每一个人都想成为更强大的能力者，坐拥无人匹敌的能力，成为命运的主宰，于是他们不断地相互吞噬，越吞越多，越吞越大。每一个能力者之于其他能力者，就好似海洛因之于瘾君子。这一现象被称为“能力吞噬”，民间常有“吃人”的说法，就算是长期深入其中的内行人里也会有“舔人”的叫法。

发出这篇罪恶的文章的，传闻是日本知名的黑道家族——“龙”，拥有能与整个联合军相对抗的势力。双方互相对峙已有多年。

“你说，这世上真有比A级还高的级别吗？”白芜常问。

“理论上已经证明存在比A级略高的临界A级，也就是所谓的A+级别。但那还算不上S级能力者的标准，现在S级都还只是一种说法，至于是否真的存在，还没办法证明。”

“也是啊，想要找到S级能力者，起码得把那个A+和其他的A级摸清楚吧，毕竟现在一个A级都没见着过。”

“我想会有的……”左毅说道。

“但绝不是靠单纯的杀人来赢得。”稍后他又补充道。

白芜常笑笑，只有拥有这样的正义感的人，才有资格担任联合军总指挥吧。

2

学校定于七月中旬在校内组织为期五天的军训。

白芜常本人就不太一样了。按着他的说法，他的家人跟老师申请，在军训期间只参与除“军训”本身以外的一切活动，说白了，这五天他就是来参观校园的，于是白芜常收获了一个给老师打下手的闲差。

虽然熟悉环境颇为重要，但现在他并没有这个闲心。每当军训时，他便藏在他人视野的死角处，操纵着远程设备检测现场。

昨日的案件发生在樱花源靠边缘的地区，向来人流稀少，案发时间据说是与于佩杉遇险时相近。犯人的隐蔽程度很深，看起来属很有经验的类型，这样的犯人在樱花源只有一种可能：盘踞于城市阴暗中心的“青蛇帮”。人们苦其已久，然而“青蛇帮”的背后有着更大的力量支撑，联合军不敢轻易与其开战。死者身上的伤口很深，形状排除枪支和冷兵器，是能量型的能力者。而且，虽有大面积的枪斗痕迹，但只在死者身上有血迹，现在只能暂时推测犯人借助能力躲开或挡下了子弹。就尸体的状态来看，已经被“舔过”了。其余的一些细节并未带来太大的作用，像是追查鞋印这种方式，早在上一任驻军时期就被“青蛇帮”破解了。

果然，自己还是更适合当个赏金猎人而不是什么侦探。

3

“这是什么？”白芜常盯着他的室友林牙山。

“三国杀啊。”

“我知道，我的意思是为什么你要带这种东西来学校？”

“为了玩啊！电子设备也用不了，不然还能干什么。”

白芜常喝了口茶水，不知从哪里掏出来一个手机，冲林牙山扔了过去。

“我靠！”

他不顾林牙山如何惊讶，到了窗边，虽然闲了一天，但这还是他第一次仔细观赏这个校园。美丽的景色让人忍不住想起它所在的这个城市的名字。

“你不一起吗？”林牙山问。

白芜常没说什么，摆了摆手。

“唉……不过话说回来，你这不也挺和善的嘛，不知道为啥，老有人说你不好相处……”林牙山自顾自地说着。

白芜常回过头看了看林牙山，又看了看两人的住所，脑中有很清晰的想说些什么的感觉，但在犹豫间又不自觉地放弃了。

4

“果然，你在这里。”苏凛走进了图书馆的深处，她要找的人正独自坐着，眼珠不断地在盯视文字中左右摆动。

“嗯哼，好歹也算是从小一起长大的缘分，为何之前在人群中还要躲着我？”

“因为……”

“唉，我也差不多能理解你一些。”他扶了扶黑框眼镜，招呼苏凛坐下。他的名字叫张书纶，同样是新入学的学生，只不过和苏凛所在的班级有些距离。他是那种典型的打眼一看便知道是个读书人的长相。

“你那边还好吗？”他问。

“嗯，虽然也和别人没说过几句话就是了……”

关于苏凛的情况，张书纶是知道的。因为童年的一些经历，苏凛一直对社交有莫大的恐惧感，至今也只有对张书纶才会主动开口。这样想来，哪怕和这些新同学有所接触，苏凛也只会一直当倾听者。真的只是“没说几句话”而已吗？

“不过，我的室友……她对我很好。”

“啊，我之前看到你俩在一起吃饭来着，我们班里还一直在讨论她。”不过，居然能用一个白天的时间和苏凛走得这么近，那个人也是挺厉害的。

原本还以为苏凛有什么要再说的，可之后她只是左手抱着右手，头低着，什么也没有看，也在回避着一切。

“你的室友，于佩杉，是那个白芜常的同桌吧？”

“嗯……你是怎么知道的？”

“认识了一个你们隔壁班的学生，他人脉很广，消息灵通。”

“哦……”

“话说回来，为什么会有叫那样名字的人？显然不会是父母起的吧？”

“怎么了？”苏凛虽然这么问，但也感觉到了些许不对劲，不自觉地抬起了头。

“‘白无常’是民间传说中摄魂的鬼，传闻他的职责是带着人的灵魂去见阎王，同时宣判人的死亡。”

苏凛没有说话。

“恐怕这是他为自己修改的名字吧？不管怎样，我总觉得这个人很危险，最好让你室友也远离他一些。”

苏凛依旧没有说话。

——可是……她欲言又止，似乎认为不该再说出来了。

——可是，是他，把今天在走廊里昏倒的我送进医务室的。

被保护的人

1

夏天的太阳出得格外早，人们睡觉时天还没黑完全，早上起床又是阳光明媚了。学校里的学生都很早去接上几暖瓶的水，虽然学校里不缺热水，但总有人还是喜欢接上些，好像在宿舍摆上个满满的暖瓶能带来点安全感似的。

苏凛是今早去接热水的人之一，大家对她的第一印象总是戴一个天蓝色的手镯，不爱说话，一开口声音就软绵绵的，跟她聊过的人也不多。

她小心翼翼地提了满满两瓶水，生怕撞上什么东西。可还是免不了脚底一滑，像是踩上了冰面，整个人翻倒在地上，暖瓶的水溅了她半边身子。

碰巧苏凛又体质特殊，她从小就怕热，一般的热水都能烫掉好几层皮肤。出于本能，她缩回了腿，但剧痛让她几乎无法站立，很快，她已经感到双腿几乎要熔化一般，甚至能看得见血肉。

妈妈说过的话又回荡在耳畔，她曾嘱咐苏凛一定不要碰那些发烫的东西。她好想喊叫，但又不敢，或者说是不愿，没有人会来帮她的。她只得咬紧牙关，紧闭着眼，期待这场噩梦快些结束。直到有只手平放在她的伤口上，她才肯睁开双眼。

好暖和……这或许是苏凛第一次感受到何为“温暖”。

“别怕，一会儿就好了。”是隔壁班的王紫陌，那个被女生们迷恋着的，被男生们崇拜着的人啊，这样的人怎么会和自己……

似乎有一股暖流顺着他的指尖流入了苏凛的伤口，暖流交汇成网，变成新的肌肤，被烫伤的地方像时间倒流般完好如初，痛觉也随之消失。

“还疼吗？”王紫陌就像个医生似的。

“不疼了。还有，那个……”

“嗯？”王紫陌一抬头，发觉苏凛王一本正经地直视着他。

“谢谢你！”

王紫陌点了点头，给她重新接上水，打算帮她拎回宿舍。

“下次接水叫上你的室友，这么沉，你一个人提不动的。”

“我室友，她昨晚好像做噩梦了，把床单全弄湿了，还一直喘粗气，现在还没起床呢。”

楼梯上走下来一个人，平视前方，走起路来感觉有点失重。苏凛见了朝他招招手，他便点头示意，也不说一句话。

“就是他吗？那个叫白芜常的。”

这是王紫陌第一次这么近地看到这个人，不知道该怎么说，从苏凛跟白芜常打招呼那一刻起，他又觉得这个人并不是那么不好相处，可这时白芜常又摆回了先前的样子，自己走自己的去了。

“你们认识吗？”他问苏凛。

“嗯……他是我的同班同学，我的后桌。”

不知怎么的，王紫陌现在是全校皆知的人，这件事情王紫陌本人却过了好几天才发觉。

“刚开始很多人在谈论他，但他总像是什么都听不见似的，也从不找人说话。我也不太敢找别人主动聊天，就和他稍微聊了几句。”

“看样子他也没那么难接触吧？”

“还好吧，他其实是很关心别人的吧……话说，王紫陌同学，你一定人缘很好吧？”

“我跟很多人都聊过，看样子应该比你的状况要好一点……我有个发小，和我一个班，他跟很多人都聊得来，我就借他的关系混进去了。”

“那也很好了……”

而此时，白芜常徘徊在刚才洒水的附近，眉头紧锁：“消失了……真是特别的能量共振。”

2

早晨八点，学校食堂。于佩杉带了苏凛坐在一边，聊得很开心，两人脸上都带着些微笑。

“这就是那位‘室友’吗？”王紫陌自言自语道。

“啥？”崔元祯在旁边问。

“没什么事。”

“看样子调整过来了……”他在心里说。

“你别老在那愣神了，快看看还有没有座位了，这个食堂才建了连一半都不到，总不能让人站着吃吧。”崔元祯发起牢骚来。

另一边，白芜常买了杯常温的乌龙茶，一个人倚在墙角喝着，眼神一直斜向下，又是那副与世隔绝一般的常态。

王紫陌陪着崔元祯绕了一大圈，最后还是回到了原点。

“你不是有感知空间的能力吗？”王紫陌真有些受不了他。

“只是感知，又不能瞬移去抢座……话说，为什么我们不去于佩杉那边坐？”崔元祯指指于佩杉和苏凛的方向，“她俩对面有两个空位。”

“您好，请问这两个位子有人坐吗？”

“没有的，你们坐这里吧。”于佩杉像个餐厅的服务员一样回应王紫陌。

苏凛朝着王紫陌小心地招了招手，像之前对白芜常那样。王紫陌也不知该说些什么，于是也学着白芜常那时候的样子朝她点点头。

“咦？你们原来认识啊。”

“没有没有没有，只是今天早上……王同学帮我接了开水。”苏凛的声音由高变低。

“这样啊……”于佩杉恍然大悟状。

“啊，对了，你就是八班的王紫陌，我想起来了。”

坐在她对面的两个男生顿时不知所措，于佩杉则向王紫陌伸出手：“谢谢你啊，之前救了我。很高兴认识你。”

“请多指教。”

“请多指教。”

她又看向崔元祯：“你呢？你叫什么名字？”

“崔、崔元祯。”

“那也算是认识了。”

——好漂亮……之前在海边没看清楚，此时突然意识到，崔元祯难免有点激动、兴奋、害羞，外加一点欣喜若狂。

这时候，白芜常已经不知去向。

3

早餐过后，于佩杉原本想去洗手池边洗脸。

“于佩杉同学，你一个人吗？”

于佩杉回过头去，那个男生的气质让她不自觉地想要保持距离。但是他们已经离得很近了。

“有什么事吗？”

这个男生虽并无好意，但至少没有敌意。

“还没自我介绍。我是许贤傲杰，一班的。听闻你很久了，今天能恰好碰上本人，实在是荣幸。”

“确实，樱花源内并无已登记了的B级能量型的能力者。”

站在楼顶的白芜常已然看到了这一幕。此时虽然还不是最佳时机，甚至搞不好会引发骚动，但他不想再拖。

每个公民在登记身份时都要经过联合军的能力检测，来判定其是否是能力者，以及能力的等级与类型，最终登记于统一的名单里。那么可能性便有两种：其一，作案者并未具有公民身份与等级记录；其二，作案者虽已是合法公民，但通过能力吞噬使得自身的等级提升了。

既然已是在校生，那么无疑是后者，尽管草率，但是一个人是藏不住他的家庭与人格的。而且……

“于佩杉同学，我想借一步说话，可以吗？”

“嗯？在这里不行吗？”于佩杉没想到许贤傲杰会如此着急，猛然钳住了她的手腕，用力地拽着往深处走。

“别叫！”许贤傲杰攥紧了于佩杉的手腕，拉下衣领，遍布全身的青蛇文身露出一角。

“我才不管你是谁家的大小姐，谁敢违抗我，我会让他们死不瞑目。”

于佩杉并没有在意他的文身和威胁，但她太害怕被钳着身体的感觉了，于是僵在那里，被许贤傲杰拽着拖在地上。

“稍等。”

许贤傲杰本就显得有些急躁，又被突然插入的声音给磨没了耐心。

“干什么啊？”

“有些事我请问一下，许贤傲杰。”

“啊？”

许贤傲杰惊讶于白芜常竟完全没有救美英雄的模样。

“两天前，嗯，也就是入学式那天下午，你去了哪里？”

“怎么？我有必要把我的事一五一十地告诉你吗？你以为你是谁？”

白芜常没有回应，最后没忍住，微微一笑。

“是啊，也是呢……”他伸了个懒腰。许贤傲杰一时不清楚哪里传来了金属零件相扣的声音，直到白芜常突然间放下了胳膊。一声清响过后，伴随着肩膀瞬间的刺痛，一枚子弹笔直地射穿了许贤傲杰的肩膀。

“那我还是亲自验证一下为好。”

——血？记忆与现实交会的瞬间，于佩杉猛然从心中的阴霾里回过神来。

“快走！”许贤傲杰压着伤口的刺痛，拉起于佩杉向人流密集的方向跑去。白芜常依旧站在原地，抬起的手下藏着没有硝烟的枪口。

是枪，许贤傲杰意识到了这一点，只是他从未听闻过藏匿于袖口中的枪，并且从枪声来判断，恐怕是狙击步枪。加之刚才的举动，白芜常是敌对组织的杀手吗？

两人躲进了步行道拐角处的灌木丛中。从一开始白芜常就没有追上来，现在大概一时半会儿不会发现这里。况且，就算是什么组织，在这种全是学生的地方开火，完全是不把联合军的法律当回事！

就在此时，又一发子弹穿过了他的小臂。子弹是从上而下穿过的。

——藏在衣服里的狙击步枪是怎样开火的？又是哪个组织会有这样的技术？

许贤傲杰还是选择继续移动，顺便看向子弹袭来的大致方向，却依旧找不到楼内有白芜常的影子。行动能力迅速，甚至连开枪也不假思索。他来不及去管周围的人是什么反应了，至少现在暂时摆脱了那个疯子杀手的追杀——一发一次的开火，是不可连发的狙击枪。

身旁的人群中突然传来尖叫声。在惊慌失措的人流中东倒西歪的许贤傲杰好半天才察觉到原因。

——向人群中容易关注到的地方开枪了？是为了恐吓吗？这么说来，先前命中的两枪都没被人注意到……看起来自己完全想错了，那家伙，白芜常，只要能达成目的，真的什么也不在乎。

“喂，那个……”是于佩杉在说话，她显然是已经跑不动了。

“干什么啊？”

可于佩杉却不知哪来的力气，挣开了许贤傲杰的手。

“现在不是在乎这种事的时候！”

“找到了。”在人群散尽的瞬间，白芜常出现在了两人面前。惊扰人群只是为了拖住对手的脚步？抬起的手掌伴随枪鸣，却最终只有一颗干干净净的弹头落在了地上。

“果然，这样就和案发现场一致了。”——能够改变所接触的力的大小的能力，稍微有些麻烦。

“你先退后吧。”许贤傲杰对于佩杉说。

那时，见到许贤傲杰使用能力后的白芜常气场完全变了。的确，无论是武器、行为，他都和一个杀手无异，但是，他一直对那天下午的事记忆犹新。没错，他不仅是杀手，他就是被人冠以“联合军第一黑手党”的恶鬼，樱花源里唯一的联合军驻军。

——看来也没有必要留着底牌了。B级能力者若能发挥得当，同样不输一支军队的力量。

四周的空气凝重起来，真实地沉重了。只要许贤傲杰需要，他便随时可以改变触手可及的力——重力的大小。即便身为联合军，白芜常也抵挡不住遍布全身的重力，他的身体止不住地下沉，无可避免地单膝跪在地上，甚至连头也抬不起来。胜负已分。

“确实，我真没想到你能有这一手。不过……”

在重力的压制下节节败退的白芜常竟又轻易地抬起了手掌。

“没经过打磨的能力终究还是废物啊！”改变重力的大小，虽然效果显著，但原理也相当简单。只要反制住重力加速度，那么，哪怕是B级能力者也形同虚设。

“至今为止，你还以为我的能力是加速一类的，是这样吗？”从如此快的反应和转点来看，许贤傲杰确实是这样以为的。

“时间契约·五进制。”许贤傲杰很清楚地感觉到自己虽然在对重力进行操控，却阻止不了白芜常站起身来，他好像已经完全不受重力的影响了。

“就算恢复了行动能力，攻击也造成不了伤害，你是这么以为的吧？”白芜常说罢，微微一笑。

“我的能力其实是改变所指定的目标的时间运行机制，但是对你而言……”

六发子弹几乎同时射穿了许贤傲杰的身体。

“只要赶在你意识到会有攻击袭来之前，你的能力也就来不及发动。”在许贤傲杰倒下的瞬间，白芜常也不见了人影，好似什么都未曾发生过。

仰望星空的人

1

学校里四处流传着今早的事件，至今却未找到凶手，连监控也查不到。直到睡前，林牙山还放不下心来。白芜常在熄灯铃响后独自离开了，问他原因，也只说是单纯的散步而已。

“哦，对了。今天的事，你还是不要再多掺和了为好。”白芜常走之前说了这样的话。

“为什么这么说？”

“啊，如果碰到连监控都没了的事情，就不要以个人的身份追究了，这不应该是常识吗？”

林牙山略带尴尬地笑了笑，挠了挠后脑勺，虽说他不明白这又是哪门子的常识，但这种道理自己的确早该想到了。况且，从白芜常的举止上看不出异样，他是真心地不想让其他人卷入。于是，林牙山听进去了他的话。

“那就好了。”见林牙山乖乖的，白芜常似乎放松了许多。

“别做乌合之众。”他留下了这样的话后便离开了。

结果又过了半个小时，林牙山也没能搞懂白芜常最后一句话的用意。这时，响起了敲门声。

是白芜常回来了吗？因为是室友，所以林牙山没什么戒备。他万万没想到，站在门外的是……

“你？于、于佩杉？”

“嗯，是我。请问白芜常同学在吗？”

“没，他之前出去散步了，还没回来。”

“出去散步？”

“他是这么和我说的。”不知是什么原因，林牙山总觉得于佩杉的惊讶里似乎透着些喜悦。

“嗯，我知道了，谢谢你。”于佩杉说罢，向林牙山鞠了一躬，“晚安。”

2

白芜常一直有一种错觉，到了夏天，即使是月光也要比其他的季节明亮些。但说实话，今天是他第一次留意月光，至于其他季节时又是什么样的，也只是来自模糊的想象。不过，对于白芜常而言，他的想象从未模糊过。

先前一直生活在无非是不见天日的地下城，或是从未拉开窗帘的一个人的家，如果不必要的话，他一定不会选择去看外面的世界，自己想象中的比现实美丽太多了。他站在射入室内的月光前，只是欣赏，却不去沐浴。

月光大概是夜空中唯一的光了，白芜常这样觉得，而这唯一的光无论如何也照不到他的身上。

“白芜常，你果然在这里啊。”他循声看去，低跟凉鞋踏着地面的声音清脆而柔和，月光洒满了于佩杉的全身，即便只是普通的打扮，却在这月光的衬托下将她化为了皎洁的天使。

白芜常也反应过来，自己只不过是在一个最普通不过的图书馆里罢了。

——首要保护对象，为什么她会在这里？

“学校的图书馆，关上灯的时候是月光最美的地方。”

那一刻，白芜常竟有了不可思议的感觉，好像这个女孩能听见自己内心的声音，然而，这种感觉却又让人很难感到恐慌。

“我之前来过这里，所以知道这里的景色。我想，白同学一定也会喜欢这里吧……”那只是单纯的倾听，而不是窃取。

“我呢，来找白同学，是想要道谢的。”于佩杉一步步走近了，穿过月光，最终离开了光芒的照耀，来到了他身边。

“谢谢你，今天帮我解围。”她鞠过一躬之后，脸上带着笑容。

原以为她会指责自己伤害他人，而且她的举止也像是这种人，但白芜常完全想错了。

可事实是，白芜常的本意只是借先前的案件为由，通过对许贤傲杰的重创进而上升至与整个“青蛇帮”的争端，最终的目的，是挑起联合军与黑道组织——“龙”的战争。

关于这些，于佩杉自然一无所知，所谓“解围”，只是无意间造成的结果——如果那算“解围”的话。

“总之，不管你是出于什么样的原因，我都会感谢你。”

白芜常长舒一口气。不过回想起来，那个时候于佩杉好像并没有受到多少重力的影响，是作为能力者“素体”的缘故吗？“之前把你一个人丢在那里是我不对，我也很清楚这会因此使你饱受非议，但那种事情……强行拽起你一起跑，我做不到。”

“嗯，没关系的。”于佩杉摆了摆手，“我明白的。”她说着，坐到了靠墙边的沙发上，伸着腿。

“许贤傲杰，他还好吗？”

“现在在医院治疗，不会留下什么后遗症的。”

“这样吗？那就好。”

“可能有些残酷，但我还是要告诉你。”白芜常说着，不自觉地背对着于佩杉。

“即便我不杀他，联合军也会对他处以死刑；即便我杀了他，也不会被追究责任。许贤傲杰在这半年里由原本的C级达到了现在的B级，他‘吃人’了。”白芜常说罢，有些无可奈何地苦笑着。

“真是湮灭人性的法律啊。”

白芜常将视线稍稍挪回了一点，他想知道于佩杉是什么反应。

“我知道的。”

白芜常稍稍愣住了。

“你们都叫作‘舔人’吧？我知道的，不必避讳我。”

能力者的吞噬，“吃人”是常见的叫法，也是使用最多的叫法；“舔人”则是长久与此打交道的群体才会有所耳闻的“特别代称”。

“两年前，我的表姐，她的未婚夫，就是被那个你说的‘吃人’害死的……”

白芜常并没说什么，他明白这对任何人而言都不是什么好的记忆。只是现在他不明白于佩杉为什么要说这些。

“那个时候法律还没那么完备，有些犯罪找不到证据。姐姐很伤心，去天台上自杀了。不久之后，联合军就修改了法律，据说有一半以上的犯罪条例被改成了死刑。知道这个消息的同时，那个凶手已经被处决了。”

“所以到底还是恶有恶报。”白芜常轻轻一笑。

于佩杉的头却垂得更低了：“我当时因为姐姐的死，好几天不敢出门，那天晚上偷听了妈妈和舅舅在打电话，舅舅说，一晚上的工夫，那个凶手的尸体便被人剥了皮，砍掉四肢和头，曝尸在路的中央。好多人都认为，这起案件在凶手被杀害后会很快平息，因此绝不会是其他人所为，一定是正当的处决，所有人都觉得是联合军做的。”

“你相信吗？”

“虽然我不知道怎么反驳，但我一直觉得联合军是和警察一样正义的人，所以就算这样，我还是不愿相信人们认为的那个‘真相’。”

“这样啊……”白芜常总觉得这女孩不像撒谎的样子，不过他也不相信这世上会有心地这么善良的人，就像是有一只看不见的手，将她心中所有向恶的杂念都抹去了似的，使她看不到人身上恶的本质。

“不过，话说回来，明明以后就是同桌了，结果到现在才第一次和白同学说上话。”白芜常已经被于佩杉拉过去，坐在了她的对面，但这样的感觉还是有些让人不自在。

“后天晚上就是篝火晚会了，白同学有什么打算吗？”

“没有，我对这种事不是很感兴趣。”

“唉，本来还想让你和我们一起来的……”

“如果是技术支持一类的幕后工作，倒是可以考虑。”

“那样的话……”

于佩杉跑到书柜前东翻西找了一会儿，递过来一本书。“他们中有人提议，想把这个演成剧情。”

白芜常接来端详了一下，直入眼帘的“逆天与梦”四个大字和空无一人的海岸、飘扬的樱花作为封面甚是不搭。

“这是小说吧？”

于佩杉点了点头：“之前我看过一些，他们似乎是想出演兄妹主线的那一部分。”

“是么……那挺好的。”白芜常合上了书。

虽然有些设计上的扯淡，但若是以虚拟场景的形式呈现也是可行的。两天的时间直接制作恐怕太紧凑，那么干脆直接用自己的脑子来设计就好。

“我明白了，就这么来吧。”

“那，说好了！”于佩杉高兴地踢着腿，半躺着倚在沙发上，轻轻地闭上双眼。

“白芜常，我们去看星星吧。”许久之后，她这样说道，动作还像是在睡着。

“这个时候，不会有吧？”现在的白芜常说不上情愿，但并不反感。

两人关上了图书馆的大门。

3

两人坐在喷泉池正中央的小亭子里。亭子是由很昂贵的石材砌成的，纯白、干净得令人甚至不忍心将其置于室外。月光映着池上的水，喷泉虽然关了，但这平静的模样却不失美感。

“白同学，有觉得做过什么让你后悔的决定吗？”

白芜常不明白她为什么突然这样问。

“其实啊，我一直有一个对自己的愿望，我想不论遇到谁，都能对他们平等相待。”

“为什么会有这样的愿望？”

“嗯……因为这虽然是众人皆知的道理，却又很少有人做得到。”

——这也是“决定”。

白芜常从未见过，他已不确定自己所看到的是外面的世界，还是于佩杉的世界。

“我想，我做的事应该是正确的，这样也不会给自己留下遗憾来自责。就算是不善交际或是性格古怪的人们，并不都会是人们口中说的那副坏到不行的样子。相反，我既然做着正确的事情，却还是有人要来指责，对我做不好的事，那也没必要和这些人去结识了。对吗？”

——这样啊，原来如此。

“那么，我也和你一样，是绝不会为自己的决定后悔的人。”

于佩杉笑了。她跑出去，漫步在亭子一边，自言自语着，绕着这里转了一圈又一圈，亭子外围流淌着流水，也绕着她流过了一圈又一圈。她没有低头看路，而是仰望着天空。

“好美啊！”两手背在身后，她由衷地感叹着。

的确，难得的，今夜的天空没有一片云彩，空气也甚好，一抬头便可以望见一大片繁星，好似梦中的场景。

白芫常稍微眯着眼，往外面瞥了一眼，见过很多大场面的他此时也被震撼到了。按理来说，即便能看到星星，在这里也不过是十几颗就足够了，稍多一点的地方，偶尔会有半百，可今天的夜空出奇地华丽，好比大大小小的荧光粉撒满了漆黑的纸面。

他不自觉地睁大了眼。其实这样的景象，不只是自己，即便是专业的摄影爱好者或是天文学家，也不免会为之震撼。“你喜欢看星星吗？”他问。

“喜欢啊，项链和星空，都是我一直喜欢的东西，虽然自己一点都不了解，但是我更喜欢这种神秘的感觉。比起项链这样看得见的首饰，深不可测的星空就好像梦想中的地方，可以把自己的心灵依托在那里。当我开心时，满天繁星和我一起快乐；当我伤心时，它们又会收敛起光芒，留下几点星光微微地闪烁着，这种感觉就像是有人在抚摸你的心灵。”

白芫常站起身来，伸了个大大的懒腰。一直以来，再多震撼的事物也只不过是让人激动一小会儿罢了，所以他不太明白这个女孩怎么会一直喜欢这些，并且还有这么多的感受。可能还是自己活得太粗糙了吧？

“的确，很美。”既是出于礼貌，也是承认了自己因这片星空而有了短暂的震撼的事实。

如果说，这漫天的繁星真的代表着她的喜悦，那么自己绝对没有资格去打搅这份美好的心情。

“白同学，你可以先暂时假装我们在谈恋爱吗？”

等到白芫常送于佩杉回到寝室，他再次望向星空：星光依旧灿烂，只是他隐约地觉得，此时的星光相比不久前，大概又亮了几分。

他还记得，那时，当于佩杉离星空最近的那一瞬间，她是这样说的：“总有一天，我也要成为这星空，把漆黑的夜都照亮。”在白芜常看来，她的眼中，早已是星辰大海。

4

“你是谁啊？”于佩杉问向前方，可那人却没有回答。

“根据规定，我必须将死者遗留下来的物品转交给其亲属。”

这个人将手上捧着的东西递到于佩杉手上。那是一只血淋淋的女人的手。血早已经淌干了，流了一路，手腕的地方显然是被某个平整而锋利的东西所切开的。

“对不起。”他省略了后面的话，“我救不了她。”可他的声音还只是个十几岁的孩子，刚开始变声。

他走了，只留给于佩杉一个疲惫的身影，又像是很痛苦，很无助，没有和其他同龄人一样的活泼和天真。

于佩杉看到，他左手上还提着一把刀，很长，笔直的，上面还滴着尚有余温的人血。那血正渐渐染红他纯白的风衣……

她猛然间觉得自己突然清醒过来似的，却意识到热泪已经随着汗水浸湿了床单与枕头。

有个女孩坐在她身边，有着和她一样的黑色长发，甚至，她就是另一个自己。

“不哭啊……为什么要哭呢？”她轻轻擦去于佩杉脸上的泪水，抚摸着她的头发。

“但是，但是……”于佩杉止不住自己的眼泪。

“这个世界的悲哀是不会有结果的。”女孩看着她。

“嗯，是啊……”

篝火晚会

1

“芜常，我们在这边！”她在那边，招着手。白芜常在很远处就看见了她，只是对这个突如其来的称呼有些不适应。如果不是这么一叫，他恐怕已经忘了昨天晚上在星空下的那个强迫的要求。

“杉啊，你们俩关系现在这么好了吗？”苏凛朝着于佩杉靠近了一小步，她还是对白芜常有些生畏。

“哎呀，不是跟你说了嘛。”见于佩杉贴到自己耳朵旁边，苏凛也就很乖地靠过去听，“我跟白同学已经是男女朋友的关系了。”

“真、真的？”苏凛还是显得很诧异，虽然于佩杉今天白天已经跟她说过三四遍了。

好在苏凛并不是很反感白芜常，作为少有的跟他说过话的人，白芜常不会像其他男生一样时不时地爆粗口或是讲黄段子，不会有时候故意捉弄人，不会因为一个目的去刻意表现自己。

“吃饱了吗？”于佩杉问他。

“饱了。”

“我可看见你只吃了半碗炒饭啊。”

“饭量小吧。”白芜常说着，心想，这家伙又是在哪儿偷窥的？

“就咱们三个人了吗？”他确认一下人数。

“是的！”

他叹了口气：“你们有什么打算吗？”

于佩杉看了看周围，本来想找找灵感，说实话她已经想了一整天了，虽然小说原著的剧情也算连贯，但要想排成表演剧也并非易事。

“嗯……暂时想不到该怎样排剧本才好。”于佩杉只得承认。

“确实，昨晚看到书的时候，我也想过这个问题。”白芜常点了点头。

苏凛在他俩旁边倾听着，她其实在想为什么这两个人除了确认了那个所谓的关系以外，其他地方哪里都没变。

“那个……”苏凛开口了。

两人的目光都转向苏凛。于佩杉只是善于倾听，白芜常则是觉得苏凛这样话少的人如果要说什么，那一定会是很管用的东西。

“我认识一个人，他擅长文学方面的东西，我们可以让他帮帮忙。”

2

“呐，张书纶，这是我的朋友于佩杉，还有她的朋友白芜常。”苏凛向张书纶介绍一旁的两人。张书纶很诧异为什么苏凛会和这两个人交往上。

“有什么事吗？”他问苏凛。

白芜常一看张书纶这副文艺青年的样子就又厌恶又喜欢，喜欢是因为他喜欢文明人，总觉得这样的小伙比那些社会混子好得多，厌恶则是因为看到他的一瞬间自己又想到了那个已经死了的“人”。

“是这样的，我们要演一个小剧，在篝火晚会的时候，但不知道要演什么内容，所以……”

“你们三个人，演剧？”张书纶惊得差点把口水喷出来。

“是啊……你也要来吗？”

“当然不会，我根本不打算表演。”张书纶两手一摊。

“那么张同学，你有什么建议吗？比如我们用什么内容或者题材？”于佩杉追着问。

“三个人，让我演都不知道怎么演，何况是写剧本呢？”张书纶语气中又是无奈又是不屑。

“这样啊……”苏凛相当地沮丧，张书纶作为唯一的希望也落空了。

于佩杉也是微微一笑，说了句“走吧”，就转身要走。张书纶则说了句“我要去厕所了”，朝着另一个方向去了。

“还真是可惜呢。”于佩杉边走边感叹着。看看一旁的苏凛，她已经失落到不敢抬头了。

“对不起啊，我没想到我的青梅竹马会这么冷淡，以前他对我都是很热情的。”苏凛说。

“没关系的，我们自己再想想办法，对吧，芜常？”于佩杉期望白芜常能给苏凛打打气，毕竟异性的肯定对于一般的女生来说会很管用。于佩杉转身一看，白芜常早就没有人影了。

“啊，刚才白芜常同学走之前有说，他要去把张书纶带过来……”苏凛小声说。

3

二十四小时之后，所有的学生聚集在广场的边缘，中间一大片圆形区域是表演用的，正中央已经摆好了篝火，只是缺一把火苗而已。

主持人是跟于佩杉同班的女生，今天穿的一身正装还是于佩杉给她的，高级得让人看着直流口水。

“静轩，别紧张啊。”于佩杉紧紧攥着她的手，自己其实浑身抖得厉害，她自己也紧张。

“没事的没事的，你也别紧张啊。”付静轩同样热情地嘱咐于佩杉。

等于佩杉跑回观众席，看见白芜常一个人霸占了一张桌子，上面摆着已经上好的菜。苏凛正盯着满汉全席愣神，馋得不行。

“再对一下内容吧，不等张书纶了。”白芜常说着，喝了一口肥宅快乐水。

“好，我记着的，故事讲的是一个初中女孩接触了第一款VR的RPG，在上面认识了一些朋友，加入了一个公会。虽然是比较中等的公会，但女主一直期望能有一天让公会成为最厉害的公会，不再被别人欺压，这是背景。我们演的是女主的哥哥将自己的装备和心愿继承给女主的那一段。”于佩杉照着小本子上的内容读。

白芜常从脖子下拿出枚挂坠：一把笔直朝下的西欧中世纪骑士剑，剑柄的边缘镶嵌着一朵蔷薇，整个挂坠都是银白的，但也不像是没上过色的样子。

他那瘦得接近树枝的手指轻轻触碰了一下蔷薇。霎时，骑士剑剑柄中央的蔷薇上出现了向四方扩散的光，顷刻间铺满了他的全身。仔细看去，这黄绿色的光其实是数字与字母组合排列出的程序。从挂坠开始，黄绿色的程序转而变为实际的衣服，纯白色，不像是常见的面料，里面是一件长袖上衣，外面是一件风衣，盖过了他的大腿，就连脚上的靴子也像是把某个小说里男主的靴子给染白了一样。原先的校服早已消失不见。

“数字化实体存储程序”，这个东西原本应该在六年前就已被大火扼杀在摇篮里了。

“先说好，我是被强拉进来的，要是哪里出了问题，责任可不在我。”张书纶已经不知是第几次重复这句话了。

台上，付静轩宣读了第一个节目，是王紫陌的剑术表演。听了王紫陌的名字，于佩杉还是有些好奇地站起来想看看——他们坐在最靠后的桌子，不怕会挡住别人。和她同样急忙放下碗筷去看的几乎是全校的师生，没有人能想到居然有人会表演这个。

王紫陌提着一把大剑，长度有成年人身高的四分之三，宽度则是半个键盘的距离，搭眼一看就沉甸甸的，还套着一副剑鞘，有模有样的。

“这……是假的吧？”张书纶难以置信。

“不，是真的，这货带来了个货真价实的东西，看样子还是个很值钱的非卖品，纯合金的，怎么着也有几十斤，往你那小身板上一砍就能把你劈成两半。”白芜常说。

“那么沉，他居然一只手就拿得动……”苏凛感叹着，“好厉害！”

白芜常确实惊了，一个刚入学的中学生有力气挥动这么大的玩意儿，还那么熟练，的确不是一般人。

台上的王紫陌开始挥动大剑，最开始是以利剑出鞘后径直一刀竖向劈砍为开头，紧接着他在很短的后摇之后便直接抬手斜向侧砍，再借由侧砍提供的惯性接两次身体旋转的横向切。白芜常本以为这两次旋转横切已经耗尽他的体力，但在第二次旋转过后，王紫陌竟能马上改站姿为马步，并将大剑在旋转之后收至腰后，短暂蓄力后一次跳劈，爆发出致命一击，剑刃上迸发出些许火光，在跳劈落在地面上之后，整个剑刃被火光点燃。这一串火光呈一条直线冲向篝火堆，所有篝火径直被点燃。

王紫陌则换为单手持剑，将大剑用力一甩，划出一段抛物线之后倒立落在了火堆的正中央。霎时，火光冲天，全校人的热情瞬间被点燃，人们开始欢呼、鼓掌，甚至有人兴奋得又喊又跳。白芜常却不怎么能笑得出来。于佩杉问他怎么了，他说自己小时候见过火灾。

“倒是很不错的剑法。”他感叹道，“以很强的攻击力度让对手无法防守，造成连续性地被迫硬直和击倒，的确很不错。但在过于追求力度的同时放弃了速度，这样的剑法速度上缺陷很大，如果碰上那种反应很快的，就没辙了。”

“你也很厉害啊，懂得这么多。”于佩杉一脸钦佩。

“也算是理性分析，不算懂得多。”

这样的剑，不管是什么样的人对上，都会或多或少有些压力感，尤其还是在这样一个年轻人身上。

“准备准备，第三个节目就到咱们了。”张书纶提醒他们。

4

不出意料，付静轩开始念名字的时候，大家对苏凛没什么感觉，听到张书纶有些高兴，听到于佩杉喜出望外，一念到白芜常，全部惊得下巴都不是自己的了。

张书纶作为旁白，开始念已经写好了的台词，也就是所谓的故事背景。

“2018年，第一款VR游戏面世公测，一个平凡的女初中生加入游戏。在游戏中，原本现实中和网络上都几乎孤身一人的她意外地在游戏世界找到了自己的伙伴和知音。他们一起练级，只为成为游戏上最强的队伍，从此以后不再受人欺凌。”

张书纶这家伙的声音的确很感性，要是换成另一个男生，肯定读不出来这种感觉。

与此同时，天空突然变换了颜色，天色变明，原本呈西式建筑风格的学校变成了开阔的草地。微风吹拂，的确是柔和的春风，是春天的气息，甚至都能闻得到草香，所有人都还不知道怎么回事。就连张书纶也蒙了，他自己也置身于草地上的一个小丘，周围没有了麦克，他想找自己的其他三个合伙人理论理论这是怎么回事，但他不知道自己已经被白芜常装了人造皮肤后开了潜行模式，没有人看得见他。

“我这招空间投影的高科技小玩具还不错吧？这是我心里面对故事场景的想象，什么都没有变，还是按照原来的剧本表演就是了。”幸好他们四个人都戴了耳机。

女主出场，是苏凛扮演的，正好比较符合那个内向而又敏感的初中女生的形象，虽然他们演的这一段，女主已经上高中了。

“三年已过……她已经不再是三年前的她，那个似乎总是能为她解决一切麻烦的哥哥也不是以前的哥哥了，她有了自己在国外认识的男友，会有新的生活……”

画面一转，女主与兄长分别，三年之后再见面，她已经有了新的生活。

“不同性格的人，无论如何也是水火不容的，清芒在线下比赛中击败了憎恶已久的妹妹的男朋友，但很快，他遭遇了前所未有的压力，因为他孤身一人挑战了一整支队伍……”

画面再次转换，已经是雨天的桥下，男主，当然是白芜常演的，迎着风雨爬向那个深爱着他的女孩，纵然雷雨交加，却一个人，一件白色风衣，撑起了那个已经远离人世的女孩的整个世界。

“……小的时候，记得爸爸说过，要一直想，只要去想办法，想想自己有什么。他为了那个女孩终于爆发，在沉默到接近灭亡之际爆发，只是单纯的愿望——他要报仇，从此他不会只是单纯地想，他要让自己以实际行动证明自己与自己厌恶的人们有不共戴天之仇。”

白芜常突然一愣。于佩杉注意到他愣住了，虽然不知道原因，但看着他的表情从伤心一点点变成绝望，她感到白芜常似乎不仅仅是在演戏。张书纶念着的台词像是唤醒了某段令他绝望过的感情。

随着最大的一声惊雷，那道雷径直劈在白芜常身上，甚至将公路的路面炸裂，同时，当所有人都因为这一瞬间的闪烁而闭上双眼的时候，篝火再一次出现在人们眼中，它燃得更为剧烈，点燃了整片广场，几乎无处不是火光和呛人的气味——这是真实的火！

所有人都惊慌失措。他们纷纷看向周围，这片地方已经被火焰围绕了，透过地面，他们很清楚地能看到彼此的一张张惊慌的脸。

“这是真的吗？”王紫陌大声地问崔元祯。

“不，假的，原来的还是原来的，这是用了什么东西投射出来的假象。”

付静轩见此，急忙拿来话筒，让大家冷静下来，一定会有解决的办法。只是她不知道，先前的都是比较单纯的景象，为什么到了这一次就成了这么细致入微的场景。

火光之中，白芜常从背后拔出两把银白色的长剑。不知何时，他的对面不远处出现了一个提着长刀的死神一样的身影。

“即便是手段多么强硬，为了达到那样的目的，他也不再顾及，然而，就算如此……”

于佩杉按照原来的说法，装成已死的人躺在地上。为了听从原来的安排，她把眼睛闭得紧紧的，但她还是能感到身边冲天的火光中，刀剑相撞迸发出的闪光，那里闪烁着白芜常此时心中所有的一切。

“……为了迄今为止唯一的‘恶’，就算不做正义的伙伴又何妨？即便是沦为了恶人，也总比那些标榜善意的下贱之人好得多。在冲突与感情的破裂之中，每个人心中真正的人性终见分晓……”

白芜常双剑合一，形成一把高楼一样的纯能量长剑。所有人都震惊了，这是所有人都没有见到过的东西，就算是在科幻电影中也从来没有见过。

“我们每个人所想要的到底是什么？是单纯的兄妹，还是用这个所谓的关系去亲近？还是选择守护那个世界上唯一的彼此？”

火光消散，火势渐渐小了，中间插着的王紫陌的那把大剑很是显眼。白芜常终于抬起头，收刀，转过身朝向所有的观众，他这时才反应过来之前自己都干了什么。另外三人正看着他，说真的，刚才有一点现场发挥了。

有一个人鼓掌，不对，应该说是广场的音响里传出来了一点鼓掌的声音，那是付静轩在给他——应该是给他们鼓掌。接下来带头鼓掌的是王紫陌，崔元祯见了也跟风似的鼓掌，他觉得白芜常刚才的表现完全压过了王紫陌的那一套套所谓的剑术。最后，全场响起了经久不息的掌声。

如果说白芜常平时那副对什么都漠不关心的模样并不是很讨人喜欢，但是这一刻，他绝对是入戏了，或者说，有那么一瞬间，所有人都真的把他当成了那个只是单纯希望女主幸福地长大而付出生命的哥哥。

“看啊，天上！”人们不约而同地看向天空，那里也恢复了原来的漆黑，只不过，有哪里和表演前不是很一样……

是漫天闪烁的星空！

两个人

1

直到二十四小时后的第二天深夜，白芜常还在想着那个让他险些原形毕露的剧本，此时距离军训结束已经有三四个小时的时间了。再出来的时候，看见周围的学生们脸上还都挂着兴高采烈的笑容，也不懂是脱离这几天的训练产生的解脱感，还是真的就是所谓的“充实”给人的收获。白芜常只是一个人站在教学楼中，贴着窗玻璃，自己坐在于佩杉的那个“动漫主角专座”，目视着老师和学生们陆续离校。

等到确认过教学楼内没有人了之后，他把一些个人物品存放了一下。在这之后，他又去了操场，只是无意识地想压压跑道。这段时间，他看见了隔壁班那个叫王紫陌的正在篮球场练球，他想着王紫陌可能记不清他的名字了，但自己肯定还忘不了他，就这样在远处瞥了一眼就离开了。在这之后，他去了学校里几乎每一处，虽然很多场地和建筑物因为放学的缘故封闭了，但是白芜常并不是很在意，如果他真的很迫切地想进去转转，那么他大可以屏蔽掉整个学校的监控而后纵身翻进去。

就像于佩杉所说的，这片学校的美好，其实只需要在从不封闭的过道上走走，一个人看看每一处可以被看见的地方，就可以很贴切地感受到。只是想要在学校这种人多得像蚂蚁窝似的地方实现真正意义上的“一个人”，也是很难的。白芜常这么想。

于是他在每一个建筑物和场地看了看，转了不知道有多少圈，看看天色渐深，终于有了回去的打算。每当这时候，他又不是很想知道具体时间，像这样心情大好的时候，无论如何也不能沦为时间的奴隶。最后走之前，他又去了昨晚举办篝火晚会的那片广场，走到了广场正中间的地方，却已然没有昨天的那种不明所以的心境，所以他想也没想就干脆离开了。

等他到了靠近自己家最近的那座立交桥的最底下，四周的车流和行人像是突然间消失了似的，白芜常跟没感觉到似的，继续低着头往前走。同时轻轻一敲项链，换上了他最爱的那一身白衣。

出了校门后不久，车辆与行人都似乎在突然间消失了。白芜常仔细看去，无数漆黑的人影将他的路堵上了。刀枪在月光下闪着金属的光泽。

“青蛇帮”。和预计中的一样。扩散的流光夹带着程序似的编码闪耀在白芜常的腰间，待光芒褪去，他拔出了长刀。

四小时后，“青蛇帮”被联合军一夜间剿灭的新闻传遍了全市。

2

迎着最后一缕晨光，于佩杉蹦跶着一路小跑上了台阶。广场中央有一处小喷泉，一个高挑的男生正靠着池边的铁栏杆站着，神情有些木讷，似乎在思索着什么事情。于佩杉见了，朝着那边的方向去了。

“对不起啊，我稍微晚到了一点。”这样温柔和气的道歉，即便是她迟到了八百年也不好意思再去埋怨她了。

“没关系，我也刚到。”话音刚落，白芜常身边好几只站在栏杆上歇脚的白鸽扑啦啦地飞走了。

“这样的场景不是刚到的情况吧……”于佩杉心想。

昨天约定好今天的约会后，白芜常就和苏凛联系。按照苏凛的说法，于佩杉喜欢去游乐园，还喜欢吃各种好吃的，最喜欢的是在摩天轮上吃棉花糖。所以白芜常选择在游乐园的广场上等她。

“想先去哪里玩呢？”她问。

“我是无所谓的，你想去哪里就说好了。”

白芜常因为从来没有来过游乐园的印象，他自己也生怕去错了地方还弄得于佩杉心情不好。虽然这次约会只是两人为了伪装的情人关系而刻意的作秀，好让最后能有些照片传到朋友圈，所以只要能让于佩杉没有什么太大的负面情绪就可以。

于佩杉于是拉着白芜常去玩碰碰车。说实话，作为联合军高干的白芜常虽然会开车，但并没有多少经验，更别说是接近于飙车一类的东西了，对于碰碰车是完全没有经验。相比之下，于佩杉说她是个老司机中的老司机都不为过。

白芜常实在不明白这个本应该把小女孩吓得嗷嗷叫的东西，怎么于佩杉能玩得那么上头。

“慢点，你没系安全带！”

“哎呀，没问题的。”于佩杉漫不经心地回应道。

“你说没问题就能没问题吗？”白芜常本身没有大声说话的习惯，无奈被这场子里的噪声给折腾得被迫大声喊着，尽管实际上还是只有他自己才听清楚自己都说了些什么。

“啊哈哈哈，你也太可爱了吧，居然这么害怕。”于佩杉越玩越开心。

话音刚落，车总算是慢慢停下了。白芜常扶着额头，好半天没有说话。

“看来不得不安排一些驾车的训练了。”他想着，晃晃悠悠地下了车。

“喂，于佩杉，你们女孩子现在不喜欢摩天轮和旋转木马了吗？”白芜常此时很淡定地坐在过山车上，相比起之前的碰碰车，他现在显得平静了很多，又恢复了平日的优雅举止。

“那，为什么你那么怕碰碰车，而过山车都已经快到最惊险的地方了你却不害怕了呢？”

过山车行驶到了斜上坡，速度渐渐减缓，到了圆形轨道的顶端几乎处于不动的状态，而接下来，将会是剧烈的接近垂直的下坡和连续三次三百六十度的环降，换了任何一个十二三岁的小孩，恐怕都会吓得哭出来，然而……

这世上的确存在那种不怎么会飙车却有能力在战斗机上垂直上升上百米都没感觉的人，这就是白芜常长期训练飞行的结果，只不过自己的训练仪器相比战斗机要先进得多，难度也大得多。

“马上啦，一会儿去买棉花糖，再去摩天轮！”话音刚落，过山车骤然加速，坐在前排的于佩杉兴奋得紧紧地抓着扶手，隐隐约约还能听得见乘客们的惊叫声，不过很快就被过山车的噪声所盖过。白芜常的确出人意料地平静，让人不禁怀疑他是不是个机器人。

3

“今天真是玩得太开心了。”于佩杉感叹着，趴在摩天轮的窗边，凝望着外面，另一只手拿着大大的棉花糖。白芜常坐在她的对面，不知该干些什么，索性也开始观望起外面的风景来。

“呐，芜常，你看过可塑性记忆吗？”

“看过。”他的确有在无事可做时追番的习惯。

“我在看了之后，每当看到摩天轮，就会想到那里面的场景，不知道为什么，也不知道泪点到底在哪里，说不清楚，可就是感觉特别难受。现在想想也是，我明明是很喜欢来这里的，现在却总有种感觉，像是要失去什么的感觉……”

白芜常向着Rocky发去了指令，给他一包纸巾。

“世界明明是很美好的，可是好像只有我离开了她。这一走，就不会再回来了。没有记忆，没有肉体，没有灵魂，我的家人和朋友都不会记得我了，就像是……被重置记忆的艾拉一样。”于佩杉再次变得伤感起来。

“死亡。”白芜常很直截了当，“你指的是死亡吗？”

“大概是吧……”

“你害怕吗？如果真的有一天会死去。”

“一定会吧，毕竟我们都还年轻，比较看淡生死什么的……怎么想都不太可能吧。”

“我以前想过，如果有一天我不得不离开这个世界，我会给世界留下什么，想过很多：如果留下了美好的回忆，那么同样有着这些美好的回忆的人们一定会很长时间都活在自己离世的阴霾之下；但如果什么美好的回忆也没有留下，那么可能自己的存在也就没有什么意义了吧……我以前一直很纠结，也有好几年的时间在想这种事情了。”白芜常出人意料地语重心长，就连他自己都有点不认得自己了。

“那么芜常，你最后想通了吗？这样纠结的问题。”

“嗯……我觉得啊，不管自己有没有给身边的人留下什么样的美好回忆，这些其实都无所谓，你存在的意义只能取决于你自己，最后临终时对自己一生的看法也只有自己说的才算。那些还活着的人们，褒奖也好，诋毁也罢，这些都没有大碍，你做过了什么就一定会永远留下，就算被历史所遗忘，也不会改变它已经存在过的事实。只要你做过的事情对得起自己的内心就足够了。”

然而白芜常没什么文化水平，断句都不怎么会，好歹于佩杉知识储备很足，听得懂白芜常想要表达的意思。

“芜常，你有了自己心里真正想要的那样的事情了吗？”她的眼睛里充满了羡慕、崇拜，以及由衷地想要和白芜常交心的迫切。

“有吧，大概。”

“嗯，我懂了，因为我也和你一样，希望有一天，我也能有意义地活着，为这个世界留下些我所做的美好的事情。”

白芜常笑了，“所以，要好好活着。”

4

原本只是在游乐园中极其不起眼的一角，人流稀少，监控也拍得不完全。

于佩杉说是有些难受，白芜常在原地等着，却还是想去哪里再转转。还未来得及想好该去哪里，却不得不停下脚步。

离自己最近的游乐园一角出现了无法鉴定的能力反应。待他抵达时，留给他的只剩下了溅满地面的鲜血、残缺的尸骨，以及一个连叫喊都不敢的小男孩。

“监控的情报呢？”

“这个男孩被几个少年带进了这里，之后的内容监控都没有拍到。”

“这样啊……”

那样正好。

“那么，就没有我的事了。”

而另一边，那位穿着黑斗篷的少女跟朝着这边跑来的于佩杉撞了个正着。准确地说，于佩杉到了这里，先看到的是这一片被鲜血染红的草地。

有一瞬间，她几乎昏过去了，紧接着是几乎窒息的感觉，怎么也喘不上气。她惶恐地禁不住双手捂住嘴巴，害怕自己会因为过度恐惧而失声，可是不知道为什么，自己无意识地就已经双腿麻木了，渐渐地，双膝跪在地上，浑身颤抖，最后还是忍不住发出了伤心欲绝的低吟。

那个少女听见了，将那把大得藏不住的镰刀稍稍收回了一点，看向于佩杉的方向，竟是和于佩杉几乎完全相同的长相，只不过她有着几乎遮住双眼的刘海，刘海之下是一双血红色的瞳孔，似乎像是刚刚由人血将其染红了似的。

“哎呀，你居然找到我了？”少女的表情又像是惊讶，又像是在意料之中。于佩杉还是害怕得不敢抬起头，显然她是认识这个少女的，她们两人看上去年龄也同样大。

“别那么害怕啊，你不想看到有恃强凌弱的事情出现，那么我就帮你一起实现嘛，就像这样……”少女一边说着，抬起手上的镰刀，将刀尖对准血泊中的一处，一点一点地缓缓刺下，仔细聆听，能听得见刀片一点点嵌入血肉那种滋滋作响的声音。她的胳膊几乎是纯白的，相对于佩杉而言，这才是真的从没有见过阳光的皮肤。

“把那些以欺负弱者为爱好的人都杀光，不就不会再有人去恃强凌弱了吗？”少女看向于佩杉。

“啊？……你说什么？”

“都杀光啊。”少女的语气很平静。

“都杀光？”于佩杉再一遍反问。

“都杀光。”她的语气还是和原来一样，一点没变。

“为什么啊……”于佩杉的声音越来越显得颤抖，“不对，不该是这样，这样杀人是解决不了问题的。”

“我是因为你心中所有的恶念才存在于世间的，承载着你每时每刻心中全部的恶。我没有自主的意志，只是将你心中那样的念头转移到了我的身上，再由我将其实现而已。”少女说道。

“不论怎样，我们都是好朋友，对吧？”她伸出另一只手，而那只握着镰刀的手依旧将刀尖插在那具血肉模糊的躯体上，“你还是我的好姐姐，我也是你的好妹妹——于佩玹。”

“就是这么简单啊……”

东 京

1

因为那天在游乐园的事情，于佩杉再没有和白芜常联系过。于佩玹离开后不久，白芜常就像是掐着时间点过来的，跟正在地上害怕地抱紧自己的于佩杉迎面碰上了。

“看样子你碰上了有点不得了的事情……”白芜常的语气，比起见到这样的场面本应该有的惊讶，更多的是一种无可奈何。

那个时候，于佩杉很快头一发热就晕过去了，醒来的时候，她已经躺在爸爸的车上了。等回到了家，家人们都问她和同学玩得怎么样，丝毫不知道她到底经历了什么；或者他们已经知道了全部，只是不想向她提起罢了。

“你闺蜜是个挺好的人啊，她给我打的电话，说你在游乐园的长椅上坐着睡着了，可能是累坏了，我就把你接回去了。”管家这样说。

“啊？闺蜜？”今天她的确是和白芜常单独去的没错，怎么又会和苏凛在一起？

“是啊，女孩子长得挺高，眉清目秀的，还留着黑长直发。”

在这之后一直到睡觉的时候，于佩杉都在以“今天只是一场梦，我是和苏凛在一起玩的时候睡着了”这样的理由来欺骗自己。

一晃到了深夜，她又拿来手机无意识地翻翻，结果在班级群里翻到一个网名叫“白菜”的，一看就是白芜常，他是班里唯一一个姓白的。于是，于佩杉加了一下。

好友申请刚发出去，白芜常就同意了申请。于佩杉看他也没睡，不好意思不说些什么，但又不知道从哪开始说，她总觉得白芜常正在屏幕另一头等着她说话似的。

“那个啊，今天的事情，你还是忘掉好了。”到最后，她想验证一下今天那噩梦般的记忆是不是真的。

“没关系，我知道那不是你所为。”

是真的，确凿了……白芜常这一反应真的让于佩杉好半天都在愣神。他好像也没有发消息带表情的习惯，于佩杉看不出来这句话只是单纯的陈述还是想表达“你干的什么你自己心里清楚”这样的意思。

这要是面对面地那样说话，恐怕于佩杉会被吓得抬不起头。既然白芜常这么说了，那么下午的那件事情就是真实存在的了。

“话说，你就那么突然昏过去了，再把你送到你的监护人那里，我还真是费了不少功夫……”白芜常补充了一句。

“是找了苏凛吗？”

“差不多吧……被你爸妈看见你和一个男的一起去游乐园，我可承受不住。”

“真没想到你居然会主动找别的女生寻求帮助啊。”于佩杉说。

“别闹，就算是，也就仅此一次了。”之后白芜常就没有再回信，可于佩杉总觉得白芜常是那种经常熬夜的人，所以总想再跟他说些什么。

“呐，芜常，想不想再去哪里玩？”

“可以，以后再说吧，我都睡着了。”

这是于佩杉第一次猜错，白芜常其实相当嗜睡。

2

说心里话，白芜常虽然对两人单独去很远的地方有点抵触，但这样跟一群人一起去很远的地方他更抵触，尤其是跟王紫陌那样的人一起每天二十四小时地待上好几天。

“要是你因为那个假扮出来的关系就把我跟你搞到一个房间里去住，这事咱俩肯定得好好理论。”白芜常在过安检的时候跟于佩杉小声说。

“放心好了，我跟苏凛住。不过，你居然没有因为王紫陌他们也去就感觉很不自在，真的出乎我的意料啊。”

“切，这事我已经绝望到不知道从哪开始吐槽了。让他俩住一间，这样的话……”他一边说着，一边往崔元祯那边看看。

“这样的话，不就只剩下你和付静轩了吗。”

“那我单独住一间，钱我自己来出。”

“可如果是三人间该怎么办？”

“我说了单独就单独。”

3

“不好意思，我们这里的房间已经预订满了。”

其余五个人的目光齐刷刷地往白芜常身上看去。

“你知道这附近还有别的住宿场所吗？”

据说日本人都很讲礼貌，白芜常想想，自己的确不能在这里随随便便爆粗口，不管说的是哪国语言。

“没有了，周围的酒店也已经满了，因为是旅游旺季。”

崔元祯看白芜常从知道没有多余的房间开始就死死地趴在服务台的边角，看他现在的状态，随时都能把服务台给掀了。

“喂，要不让那货跟付静轩一起得了，咱俩一起？”崔元祯一边说着，一边指指王紫陌。

“你他妈的别来凑搭。”白芜常反倒是瞪了崔元祯一眼，现在是要把服务台给掀到崔元祯头上的状态。他不是跟谁住的问题，而是跟谁也不想住。

“白芜常，你这样太任性了。”王紫陌有点受不住白芜常这样让人理解不了的行为。苏凛则躲在后面扯了扯王紫陌的衣角，她可不希望王紫陌跟白芜常打起来。

“哎，在我还耐得住性子之前，赶紧滚，别让我先把你那张嘴给扯了。”显然白芜常是压抑得不行，只要一有王紫陌掺和进去的事情，他就莫名地来气。

付静轩其实只是和于佩杉、苏凛的关系比较好，对这三个男生了解不多，但她知道“校草之战”这样的事情一定能上校园新闻头条，不过从本质上来说，她也不想看到同学打架。

柜台那边的小姐姐都吓傻了，看着这几个年纪轻轻的小孩子一副黑帮火并似的架势，真是比中头彩还难得的场面。

“好啦好啦好啦。”事情最后以于佩杉一下扑到白芜常怀中紧紧搂住他结束。

“王紫陌，你就和崔元祯一起好啦，我们四个人会协调好的！对吧？”她说那句“对吧”的时候还高高兴兴地歪着头仰视着白芜常。

“这样就最好了，我们先上去了。”王紫陌见事情解决了，就真诚地笑笑，和崔元祯上楼了。

“那个……白同学跟你是情侣哎，你们两个人住在一间比较好吧？”付静轩说。

“的确是这样。”苏凛附和道。

于佩杉看王紫陌他们已经上去了，才从白芜常身边移开，摊了摊手，一副“我也很无奈啊”的样子。

“你们不知道距离产生美吗？”

“听好了。”白芜常清清嗓子，“刚才看你都这么说了，我给那个小子留了个面子。这两个房间你们三个怎么分是你们的事情，我必须去外面住，明天一早再碰头。”

“这怎么行？刚刚你也听见了吧，这附近的房间都被预订满了。”付静轩说。

“你管它的，明天我要是有一点睡马路的痕迹……”

“就怎样？”于佩杉两手叉腰盯着他。

“去跟那两个混账道歉！”

4

付静轩轻推开房门，是很典型的日式房间，木质，于是她脱了鞋子赤脚走进去。像是意识到了什么似的，她突然回过头看了一眼。

“你，不进来吗？”她问的是在后面的白芜常，鬼知道为什么他还是依了于佩杉的想法，跟付静轩住在一起了。

“嗯，进来啊。”白芜常这么说着，偷偷摸摸地启动了鞋内除汗功能，所以他又在门口磨叽了一小会儿。付静轩相当有耐心地看他把鞋换好，弄得白芜常有那么一丝尴尬。

白芜常没有想到的是，他所做的这个决定，是他无论如何也负担不起的。这个双人间，只有一张双人床。那一瞬间，白芜常想到日本传统的房屋里都是不用穿鞋的，就萌生出了一个可以让自己睡得相对安稳而又不必与付静轩同床的决策。

“你睡床上，我睡地上就可以了。”

真是有意思，付静轩竟然同时有了和他相同的打算：“你睡床上，我睡地上。”

“……”

人类的本质是复读机，就连沉默不语都正好对上去了。

听见于佩杉站在门外朝里面说，她要带着苏凛去东京最繁华的街头转转。“你们也快点找到地方吃晚饭吧！晚上咱们再一起玩哪！”她带着这样的声音渐行渐远了。

只剩下付静轩和白芜常两个人在那里大眼瞪小眼，真没想到这竟然是于佩杉计划好的，他俩都中了圈套。

“那个，白同学，你和于佩杉不是……那样的关系吗？为什么还要……”

“你问我，我去问谁啊？那个死黑长直果然是要整我。”白芜常心里面是这么想的，转换到实际中说的话，就是“我和她的关系有一点复杂，过上一阵子你就会慢慢明白的”这样口是心非的话。

“所以，是什么样的复杂关系呢？”

“说了就没有意义了。”

“什么意义？”

“你这是来查户口的吗？”

他突然意识到自己那火爆脾气又上来了，站在自己面前的不是什么不好的人，而是自己的同班同学，以后还要陪着自己三年的同学啊。

“抱歉……”两人再次异口同声。在这之后，两人都许久没有说话。

白芜常看着表，大概是两人干瞪眼愣神了有三四分钟，肚子好像有点急剧收缩的趋势。为了盖过要命而又羞耻的肚子叫声，他选择了说出自己一直憋了很久的话：“付静轩，你其实是在暗恋我吧？”

说这话时，白芜常只是用很平淡的眼神看着付静轩，而付静轩一时间突然不知所措，眼神从原来的躲闪变为了很直接的回避。“别藏着自己心底的东西，有话就说啊。”白芜常看得出来，付静轩的反应已经暴露了一切。

“怎么会？我们明明……在这之前从来没有说过话的。”急于辩解的付静轩已经脸颊通红。

“我又不是什么后宫男主，只是……之前做了挺长时间的兼职，有时候要对着从未见过面的人通过他们的每一处神态和行为来揣测他们心中所想的事情，也算是工作经验所致。”

“这……这是什么工作？”说这话的时候，某种程度上付静轩已承认了白芜常所下的结论。

“你就当是心理医生的助理吧……不是什么讨人喜欢的职业，毕竟现在学心理的物理还要好，而且揣测人心的感情的话，把感情一类的事情看得太透，自己对于这种东西也没有什么感觉了吧。差不多就是这样，所以我才不怎么喜欢这个要命的兼职。”白芜常说话的时候却也在回避付静轩的眼神。

“你是柯南吗？”

“果然你幻想行为很严重……”

付静轩笑了笑，有这样的一瞬间，她似乎忘了下午于佩杉对白芜常都做了什么了。

“走吧，去吃点东西。东京我以前来过的，如果没记错的话，这边有一家拉面馆……”说这句话的是白芜常，那个只要能不动嘴就绝对不多说一句话的“异类”。

想活出自己的样子

1

日本有一些小餐馆，一般都是一个人或是几个人经营的地方，白芜常带付静轩去的拉面馆就是这样一家小餐馆。

“你居然还知道有这样的地方？”

“很久以前，我也来过这儿，那会儿就挺喜欢来这家店吃拉面的，没想到过了这么多年它还在。”

两人各要了一碗原汤拉面，还有一小碟寿司。白芜常问付静轩要不要喝点什么，付静轩说喝普通的水就可以了，于是白芜常给自己买了两瓶日本当地的米酒。

“白同学……这个年纪就喝酒……”付静轩被他这一操作整得一头雾水。

“这没什么吧？我一直对你们所说的酒和其他饮品没什么区分的概念。”白芜常自然得出奇。事实上，他到现在都没有分清碳酸饮料跟啤酒和白花蛇草水其实不是一种饮品，只是觉得都带气似的，所以归为一类。

“你居然酗酒啊？”

“什么酒？”没有任何学历的小少年完全对“酗酒”这个词没有概念，“哦，对。好像你们大家都普遍觉得未成年人喝酒是不良的行为来着……”

“你才知道啊……”付静轩的语气无奈得很。

“好吧，以后我多注意。”白芜常心想，那个在自己四岁的时候就让他喝酒的老爹真不是个人。

付静轩叹了口气，说实话，她并没有因为白芜常这种不把“未成年人喝酒”当回事的奇怪想法而对他失去好感，相反，她想到即便是这样，白芜常到底还是个让人感觉不坏的人，于是她开始怀疑“未成年人喝酒就是坏孩子”这样的定论是否真实。现在她关注的是白芜常会不会喝醉之后发酒疯。

“说实话，我真没想到你也会来。”白芜常在上菜时喝了第一口酒，看他的喝法，的确分不清普通饮料和各种酒类。

“嗯，我跟于佩杉其实已经认识半年了，虽然时间不长，但关系很好。”

“这家伙……你以前应该不是被多数人欢迎，所以才会跟这家伙好上的吧？”白芜常想起了那天在学校里的夜聊。

“是啊。我们最开始是在一次跆拳道比赛上认识的，于佩杉她很厉害的，我没能赢过她。”

白芜常心想，这家伙怎么什么都会，“之后呢？”

“我是从小练习的，好不容易到了最高的黑带，真的付出了很多，本身这第一次的失败就有点打击我了，在听到家长说的‘那女孩才学了不到一年都比你强’的时候，甚至都有点……说不清吧，不太好受。在这之后，于佩杉转来我这边练习，除了我以外的同学们都喜欢去找她，唯独我不喜欢，就这样，也没人喜欢理我了。”

“嗯……”白芜常点点头。他听说在别人讲述什么事情的时候保持点头哈腰的姿态更容易让人感到亲切感，虽然他并不是很想真的让付静轩喜欢上自己，也不是怕被说是渣男什么的。

“在这以后，于佩杉就主动来找我了。我刚开始的时候真的很不领情，当着老师和家长的面去骂她。可是，不知道为什么，她虽然几乎都要哭出来了，但始终不会生气，也没有因为这样就放弃我。我不敢说，如果没有她，我或许到现在也不会从那时候的低谷里走出来。”

“这家伙……还真是博爱呢。”白芜常下意识地感叹道，都忘了自己应该继续点头哈腰了，同时他也意识到自己并不是那种只会点头哈腰的人。

“为了跟我接触，她放弃了跟其他同学的交际，也引来一些同学的不满了。我不知道她为什么要承受着这样的代价来安慰我一个人……”

付静轩像是眼前又浮现出那样的画面一样，每到练习结束，都会有一个青年男子捧着两杯温热的奶茶，那个留着黑色长发的女孩总是将其中一杯递给她，主动跟她碰杯，一起坐在跆拳道房的地上说说笑笑，全然不顾周围的人是什么样的目光或是看法。似乎只要有她在，付静轩就拥有了甚至连亲人也无可替代的亲切感。

“叮”的一声响，付静轩突然中断了回忆，她看见白芜常正拿着那个装米酒的陶瓷瓶碰了碰自己眼前的小茶杯。

“当时排练主持的时候，还有军训的时候，我都看得很明显。你是那种会很认真地做事的人，只要是认准了的事情，就会付出很大的努力。这很好，只是不要太功利了。”

说实话，他们两个人都没有想通，白芜常此时这句话的目的是什么。

“于佩杉也一样，她认准的事情不是想取得什么成就，可能只是想要给那些不被多数人待见的人一些应有的关怀。大概是这样吧，所以她才不怕被误解，不怕被骂……这样的。”

或许有时候说出一些话，本身没有什么目的，只是白芜常心里是这样想的，于是就这样说了。这话究竟是对付静轩说的，还是单纯的自言自语，又或是对谁，其实都无关紧要。

“果然，白同学你其实也是个心地很好的人啊！”

当付静轩抬起头看着白芜常的时候，她的眼角竟有几点泪光在闪烁，白芜常不太理解他到底哪里感动到她了。

看着白芜常在略显昏暗的灯光下泛红的脸颊，付静轩在想，他是因为很用心地在讲话而很自然的脸红，还是已经喝醉了？

“不过，这家伙居然还会跆拳道这种东西啊……”

“是啊，你该不会以为于佩杉真的是傻白甜吧？现在连练习室的教练都比不过她了！”付静轩忍不住扑哧一声笑了。

“倒也不是，只是没想到她会这么多东西。”

其实白芜常知道这个事情还是高兴的成分多一些的，毕竟这个“重点关注对象”会一些防身技巧，还有自保能力。只要她别仗着自己打得过教练就得意忘形，那样白芜常就更放心了。

“于佩杉比我强多了，她本来就聪明，还会变通，不像我一样，只是闷头苦干。爸妈都嫌我瞎使劲。”

“苦干精神倒真的不是坏事，我也想着自己什么时候能有你这股干劲就好了呀。”

“可是，我家人他们还是……”

“你管那么多干吗？”不知道怎么的，白芜常一听到“来自家人的压力”这样的东西，就烦躁得不行，语气从原来的知心小哥直接三百六十度转成了个随时都要拔刀砍人的杀人狂。

“不不不，也不是这样。”付静轩被他这一下子吓得不轻。

“真要命，果然家长真的是累赘的存在。”白芜常叹了口气，“按照我说的去做，不用管他们说什么，他们要怎么做就怎么做，你根本不用听。他们也是人啊，不是什么神仙，说的话、做的决定真的全都正确吗？”

“可是，如果这样……”

“不用怕自己会饿死，如果没人愿意来帮你，那就来找我，知道吧？他们骂你我替你讲回道理去，他们打你我就帮着你把他们的破手打断，他们赶你出家门那我就把你养到十八岁成年。”

那一瞬间，不知该怎样形容，就好像动漫中男主对女主说的话，把那个什么都不是的“世界”给换成了父母。

如果自己心里喜欢的人为了维护自己的利益不惜与自己的父母对着来，这时候又该如何取舍呢？

“听我一句劝，付静轩，就算你的命是父母给的，但借用这条命过上一个世纪的人还是你。你怎样做事那是你的风格，努力也好，闷头苦干也好，谁要是想说，那就让他们说去，不就像于佩杉那家伙一样吗？不用管别人的看法。既然你是个三观正常的人，那么自己认为正确的事情就应该放开手去做。既然你的想法是正确的，又凭什么去相信那些反对你的人的错误观点呢？”但白芜常真的不会组织语言，一口气下来吐出这么些字，于是他长吸一口气，喝了一口米酒。付静轩还以为是因为情绪激动喘不上气了。

“就算没有我，于佩杉也会一直支持你的，你们的关系相比我可要亲近得多。如果是同样的情况，我想她也会对你说出同样的话吧？我也一样，我也有着一直以来心中认为正确的而必须去做的事。可能会被人反抗或是误解，我也只是想着，到了最后，只要最后有一个好的结果摆出来了，那么也就不会再有什么不和谐的声音了。”

只有白芜常清楚自己所说的“心中认为正确的而必须去做的事”到底指的是什么，这也是自己无论如何也要保密的东西。只是这该死的大喘气，他原本在那一瞬间心头有一肚子话急着往外说，喘了一口气之后却又不知道该说什么了。

2

“练……跆拳道的就是……厉害啊！”

“别乱动啊，白同学，你喝醉了，乱动会撞到墙的。”

白芜常像是一摊烂泥一样瘫在付静轩背后，好在他身子比较轻，再加上路程不远，付静轩还能承受得了。

等回到旅馆，一打开房门，却看到三个躺在榻榻米上睡得死沉的孩子，还有一个坐在那里闭目养神的大孩子。

“你们回来了？”大孩子王紫陌看了看他俩，发现白芜常一个大男人居然要付静轩扛着，不高兴地问道，“你怎么回事？”

“你屁事真多。四个人两男两女在付静轩房间干什么？”白芜常一发起狠来，说话就好像酒醒了似的。

“真心话大冒险。于佩杉说在这里玩，等你们回来也要一起加入。”

“哈？”白芜常打了个饱嗝，“谁稀得跟你讲真心话，臭好人脸。”

“你小声一点，他们都睡沉了，你们回来得太晚了，还是别打扰他们了，你们去我和崔元祯的房间先睡吧。”

“再晚也是我们的房间，”白芜常说罢，从付静轩身后哧溜一下子滑下来，一把拍亮了房间的灯，“赶紧都滚回自己的房间睡觉。”这时候，他并不像是个发酒疯的醉汉，更像是清醒的时候被人明目张胆抢了几百万似的。

付静轩一看这两人又要闹起来，赶紧说了几句好话。她扛着于佩杉，王紫陌左右两肩扛了崔元祯和苏凛，送他们回自己的房间了。剩下白芜常一个人在原地杵着，凝视着电灯开关看了好半天，最后拍灭了两个开关，只剩下一圈灯带亮着，照明的效果并不比一个快断电的台灯要好到哪里去。

两人刚入住放东西的时候，天还没黑，就这么随便“蒙对”了哪个开关对应的是哪个灯，还真是神奇。

等到付静轩回来的时候，白芜常已经趴在地上，侧着脸，一副似睡非睡的状态。已经连着搬运好几趟的付静轩还是不忍心让他睡在地上，就又扛着他把他弄到床上——这个白芜常一直以为是“单人床”的双人床。她自己去洗漱了一下，换了衣服平躺在了床的另一侧。

“哎，趁我还没吐出来，赶紧把我推到地上去。”白芜常在付静轩躺下时说。

“我不会的。”

“你真完蛋。”

白芜常一直保持着一只手放在额头前，另一只手随意地摆在床上的姿势，动都不带动一下的。

“哎……”他突然又发话了。

“怎么了？”付静轩问。

“这轮我赢了，真心话还是大冒险？”

真怀疑他是在梦境里玩了一局……

“真心话吧。”付静轩说。

“如果我现在告诉你，到现在你所有见到的我的样子，都是我刻意装出来的，你会怎么想？”

不知道怎么的，这句话好像是白芜常早就想好要问的一样。至于他真正的样子是指什么，他自己可能也不清楚。

“那大冒险呢？”付静轩显然是有点回避这个问题的。

“不论以后发生什么，都要相信我说的话。”

“一言为定！”

出乎白芜常意料的，付静轩不假思索就同意了。或许是她不明白白芜常的话意味着什么，或许是她愿意信任这个她所喜欢的人，不论他对自己是什么样的看法。

出乎付静轩意料的，是大冒险，而不是“把白芜常轰下床去”这样的事情。

“睡觉吧。”于是，他这样说。

干将莫邪

1

来东京是于佩杉故意设的套，她知道付静轩对白芜常的感情，于是想用这一次旅行来促进两人的感情，同时满足她自己对东京的向往。这个套路白芜常在第二天到来之前已经察觉到了，不得不说的是于佩杉真的很精明，白芜常一直不知道该以怎样的方式去回避这件事，同时不被人觉得自己太过绝情。

然而，白芜常顺着于佩杉的意愿来了东京，并不是单纯地陪这个假扮的女友出来玩这么没出息，他也有自己的套，因为这里有他想见的人。虽然不知道那家伙还认不认得自己这副样子了，只是能见一次就好，这是白芜常到现在为止看得最顺眼的男性了。

首先要做的是联系上这个人，那个时候他们还没有手机，所以没有联系方式，但他知道他们共同认识的一个人一定会有。

“Rocky，准备好数据扫描，把里面关于联系人的信息都上传到我的手机上，首字母排序。”他说罢就在王紫陌正在一边帮着苏凛盛早饭的时候摸向了王紫陌的手机，这一下子王紫陌的人际关系全被白芜常掌握了。

他对王紫陌的这些破事一点兴趣也没有，只是顺着排序不出所料地找到了他想要找的那个名字：藤泽有纪。

接下来，他花了将近一小时的时间考虑该怎么说出第一句话，这种事情以前也不是没想过，只是一直没有个能让自己满意的决定。直接说“你好”会显得太生疏，“早上好”会让人以为自己是个搞推销的，“好久不见”的那种自来熟的样子根本不适合自己。

然而，这又是自己必须去见一面的人，为此自己才会来到这里。于是他合上眼皮，留一条缝看着手机屏幕，把电话拨出去了。这时候，他开始感叹做一个联合军还真是方便，都不用管国际长途一类烦人的东西。

“你好！这里是藤泽家。”接电话的是个女的，听声音是个跟白芜常年纪差不多大的人。这就麻烦了。

“那个啊，我想找藤泽有纪谈一些事情。”他操着一口中式日语说道。

“是他的同学吗？我这就跟他说。”白芜常刚要说声“是的”，那女的已经不在电话旁边，大概是去找藤泽有纪本人了。

“你好。”说话的是一个刚开始变声的男生，这下倒没事了。

“嗯，还记得我吗？”这种开场白真的是烂透了。

“你是？”

“我们在五岁左右的时候还一起过了圣诞节，是那个叫白雨凡的……”

“什么……白君？！”

2

“你要去见朋友？”

这个平时在学校谁都爱搭不理的人竟然能有朋友在日本，就连于佩杉也不信。

“我们这就要去逛逛夜间的东京街头了，很热闹的，你真的不来吗？”崔元祯问。

“不来。”本身白芜常就挺不喜欢人多的地方，看来这下可以一举两得了。

“下次这种事最好提前说，别这样先斩后奏。”

“所以啊，我就说你那张臭嘴是真欠。”每次王紫陌一张嘴，都能让白芜常的心情彻底反转，具体原因连他们自己都不知道。

“别太晚了啊……”付静轩像个当妈的。

“注意安全。”苏凛见了也跟风似的补充上一句。

白芜常略微点了点头，向前走了几步。大家原以为他是想到于佩杉跟前来一次情侣之间的暧昧，结果他是去找崔元祯的。

“上面的按钮，摁一下就可以变为沙漠之鹰，延迟零点二秒，变换总共半秒，每个弹夹七发子弹，备用子弹是无限的，但你也要算好每个弹夹里的子弹，因为自动换弹还要四秒的时间。”他把声音压低到只有他们两人才能听得到的程度，同时偷偷塞给崔元祯一个银白色的金属手柄。

“生日礼物，祝四个月前的你十二周岁生日快乐！相信你会用上的。”他说着，稍稍歪了歪脖子，调皮地朝崔元祯噘了噘嘴。

“那么，祝你们玩得愉快！”说过之后，白芜常便离开了。

3

藤泽有纪没有辜负白芜常的期望，他还是和小的时候一样准时到场，几乎不差一分一秒。

“哟！”这是白芜常从网上学来的“好兄弟之间打招呼的方式”。

“七年没见了吧，白君？”有纪寒暄道。

“那可不。看样子你长高了不少啊。”

“咱俩一直一样高，不是吗？”

白芜常想着好像是有这么回事，事实上他对有纪的印象现在也很模糊，甚至可以说基本上忘了，只是记得自己对这个人很有好感。

“吃了没？”他想着自己是中国人，就习惯性地来了句中国式问候。

“吃了，谢谢。”

“现在在学校里过得还好吗？你们也放暑假了吧？”

这种温和的语气，他无论跟之前的哪个男生还是女生都从没有用过。

“是啊，就要上中学了，说实话，我对新同学的样子还是蛮好奇的。十萌姐现在上中学三年级了。”

“谁是‘十萌姐’？”

“我姐姐，就是早上接你电话的那个，以前她还在你很小的时候抱过你呢。”

“啊……原来这样。”白芜常摸了摸后脑勺，他真不记得有纪还有个叫藤泽十萌的姐姐了，更不记得她居然还抱过……想想就心慌，印象中应该只有自己母亲抱过自己。

两人去了东京塔观光，这是白芜常提议的。一直以来，他都喜欢在刚入夜的时候爬上楼顶，俯视整个樱花源，静静地想着关于人生的意义或是人间社会的一些事情，总之是在其他孩子们都睡熟的时候，在其他孩子们永远都不会去的地方去想其他孩子永远都不会去想的事情。

以前樱花源的电视塔白芜常也是去过的，只不过跟东京塔比起来还是缺了些气势，赏景的效果也不怎么好，这是他在登上塔顶时感受到的。

“其实啊，这还是我第一次来呢，真漂亮。”有纪说。

“不是吧？学习这么认真？”白芜常带着吃瓜的语气。

“不是功课紧张，可能以前有些恐高，上来了不敢往下看，所以一直没来过。”

听他这么一说，白芜常的确发觉有纪从上电梯开始就多少有些紧张的神情，仿佛在刻意憋着。

“恐高可不是那么好克服的，你怎么还是上来了？”

“因为难得白君你能来找我，我很惊讶。”

“你……你这家伙……”

不知道怎么回事，白芜常的反应就好像是一个被撩到了的小姐姐，脸颊瞬间红得像个熟透了的番茄。他直直地瞪着有纪的眼睛，强迫自己拿出来平时工作时候的那股逼人的气势，只不过现在的实际情况是他心有余而力不足。

“就算是咱们很久没见，也没有必要勉强自己，知道不？”

“嗯……好。”

“我就说你这人佛系得不行吧。”该死的，怎么一下子给自己整出来了一副傲娇的属性来了？

“话说回来，这几年紫陌他们倒是假期经常来呢。我也去过你们那边，看起来这几年建设得很好啊，城市越来越现代化了。”

白芜常点点头，脸色总算是恢复了正常，同时也强憋着听到“紫陌”与“白君”这样反差如此之大的两个称呼之后心中不由自主产生的闷气。

“只不过一直没能找到你，紫陌说你搬家了，在那之后就再也没有联系上。虽然到现在我也对这个原因感觉很迷惑，总觉得不怎么真实，但后来也接受了这个事实。所以，今天你能突然来找我，我真是很惊讶。”

就是说嘛，这世上从来没有过这么真诚的人。

“其实我也不算是专门为了见你才来的。本来是陪一个朋友来玩，又想到你住在东京，就顺带想见见你。那家伙，我跟他之间还有一点私事。”白芜常用的是“他”而不是“她”。

“是紫陌吗？”

“怎么可能是他？我跟王紫陌在六年前就闹翻了，现在见了面基本上都火药味很浓，看着对方就很堵，很不爽。所以你以后别在我跟前提这个人了。”说到这里，他的情绪又有点上头了。

“难怪啊，我就说嘛……”有纪好像恍然大悟似的。

白芜常没说话，而是呆呆地看着他，等他继续往下说。

“以前你就说，虽然表面上跟紫陌是很好的朋友，但心里面一直对他敬而远之，如果能不搭理，根本不想认识他。我也劝过你们。紫陌说他很理解你，他会注意的，但你一直反应很强硬……怎么说呢，就是很希望我能顺着你的想法来看，不要总是那么中立。”

“这不是废话吗？你哄别人都要那么中立地去哄吗？不应该都是‘如果世界不喜欢你，那么就让世界成为我的敌人吧’这样的话吗？”白芜常想了想，差不多原句就是那么个中立到不行的意思。

“但你们都是我的朋友。”

“这又怎样，难道这种场面你活了有十二年了也没见过吗？”

“并不是这个原因，”有纪稍稍顿了顿，“因为你们都是我的朋友。如果有一天你们真的翻脸吵架，甚至大打出手，我想，这样的情况，无论是我，还是同样作为你们两个人的朋友的人，都会陷入不知所措的困扰中吧。”

“这也是没办法的事情吧，就算是曾经与你生死与共的兄弟，也总有一天会为了不同的利益或目的反目成仇。如果你看得远一些的话，就不会那么困扰了。所以……”白芜常这么说着．一只手搭在了有纪的肩膀上，“如果有一天我真的跟你的意愿完全冲突，也请你务必不要因为所谓的‘友谊’这种口头上看不见摸不着的东西而手下留情，明白没？”

“我不会的……白君你也不会……”有纪还是自始至终都那么认真地在倾听和回复。

“我想，能预见未来的人，还没出生吧……”

“白君，你变了很多呢。”沉默一小阵子过后，有纪这样说。

“能听到你这么说我，我还蛮高兴的。”白芜常说。

“只是，总觉得，白君你心里真正的意志还是和以前一样。我想，无论经历什么，都不会改变的吧？”

“心里真正的意志？那是什么？”

“这个啊，就好比是梦想啊或是信仰这样的，白君你也有着一直想实现的梦想，对吧？就是这样的存在。”

“我一直想实现的……”白芜常自言自语着。自己这么一个贪心的人，就算是一直想要实现的梦想，真要说的话都有点不知道该从哪里说起了。

“是保护好身边的人吗？”有纪突然问道。

“嗯……嗯？！你怎么突然说这个了？”

“我只是刚才突然想起来，小时候你跟我说过的，说你一直想保护好身边的人，不让他们再被欺负了，也不必再去向别人求助，你想让自己成为他们的英雄。你忘了吗？”

“我可不记得我有说过这么二的话……”白芜常好像有点难为情似的。

“所以，你现在还有这样的愿望吗？”

“早没了。你不是说我变了很多吗？所以，像这种小孩子的想法自然是留不住了。”

“为什么呢？”

为什么呢？

对啊，为什么呢？

“看看你的脚下，这座城市。”

有纪低头看着，他身边的人已经不是白雨凡了，从很早开始，“白芜常”已经代替了那个叫白雨凡的小男孩的灵魂，借用这副同样的身体和同样的记忆，以不同的方式活在世上。

“世界并没有改变，”白芜常说，“它只是有些按捺不住了，露出了原本的样子。”

“原本的样子？”

“我们大概都觉得世界还是很美好的，然而，事实上，所谓的‘美好’之下，其实都是被人藏好了的肮脏与污秽。保护身边的人，比起那种懦夫一样的被动作风，倒不如自己亲手去试着改变这个世界，从根源上让它不再有‘美好’之下的污秽，这样才算得上是保护好身边的人吧。至少……就算自己永远活在污浊的世界中，也能让他们看得见光亮。”

有纪没有说话，只是呆呆地看着眼下这片灯火通明的城市。他并不明白白芜常说的到底是什么，又是指的什么意思，就算是在东京塔的高空上，这座城市依旧是他心中那个繁华而美丽的东京，这就是他认为的这座城市原本的样子。可他不知道，对于白芜常而言，无论是这里，还是拥有着几百万人口的樱花源，想说话的人，想去主动找的人，竟一个都没有。有纪隐约觉得身旁的这个人不是六年前那个腼腆的白雨凡了。

“有纪。”白芜常突然叫他。

“什么？”

“你觉得，我这样的人适合拥有朋友吗？”

“啊？什么是‘适合’？”有纪被这句话整得有点摸不着头脑。

“配得上有朋友，这样的意思。”

有纪下意识地向旁边看了一眼，白芜常正微仰着头，好像是在看向夜空。此时的白芜常已然没有了从见面开始一直持续着的沉稳和封闭，或是偶尔的傲娇，透过那双略带翠绿色的瞳孔，有纪看到的只有忧愁、无奈、欣慰，以及怜悯。

星空很耀眼，这时候，它们一定很高兴吧……

“会的。”这是有纪不假思索的回答。他不相信一个配不上拥有朋友的人会有这样的表情。

“认识的人越熟，越会陷进他的世界中，被无辜地牵连。”白芜常说。

“那又怎样？不管是开心的事也好，幸福的事也好，还是痛苦的事、愤怒的事、悲伤的事，大家都会一起承担，这才是朋友吧？”

“真的很奇怪，自从那个姓于的出现之后，怎么谁都敢直视自己了？真完蛋。”白芜常在心里这样想着。

“会付出很多的，是谁也好，都是无论如何也承担不起的。”白芜常这样说着，同时把表情调整回来，看向一脸认真的有纪。

“只是……但愿你说的是对的吧。”

4

两个人之后默不作声地在塔顶站立了很久，可能是夜已经有些深，白芜常想要有纪回去了。于是他帮着有纪叫了辆出租，道了声“一路平安”，顺便偷偷地在有纪身上安了个微型监控设备——并不是什么偷窥的不良爱好，他只是想保证在这一次分别以后有纪的人身安全，对白芜常而言，这个普普通通的无能力者跟于佩杉是同样重要的保护对象。

送走有纪之后，他留意了一下时间，已经是晚上九点半了，车流人流相比起刚入夜时的确稀疏了很多，不过也不能算得上少。借着这不多不少的人流，白芜常让Rocky帮忙找来了导航路线，打算一个人步行回去。想想这时候于佩杉那家伙虽然总是亢奋得很，但有王紫陌那个死正经的加上苏凛肯定能去帮腔，这时候应该已经回去睡觉了——如果他们真的没有自己想象的最极端的那种情况一样倒霉的话……

这样想着，不知不觉间人流越来越少，整条街上已经没有任何一个人或是一辆车了，只有白芜常一人在那里闷着头走着，好像周围发生了什么都跟他毫无关系似的。

这样类似的场景以前也有过，那时候是白芜常故意设好的套，让许贤傲杰以为他自己驱散了人群可以让白芜常人间蒸发了，却没想到这正好是白芜常准备好大开杀戒的无人区。事实上，基本上白芜常对于那些他想杀的人，都会这么干。

只不过，这座城市里虽然少不了他同样想杀的人，甚至更多，但是凭现在的能力，白芜常还不能找得到他们，这群专业的本部成员可比樱花源的许贤傲杰这类小混混要聪明得多，不然“龙”也不会成为今天这样可以完全和联合军正面交锋的恐怖组织了。

白芜常轻触项链换上作战服之后，又戴上了一副蓝牙耳机，按了上面的按键，耳机上伸出一支小型投影装置，形成一副全息眼镜。没过多久，全息眼镜上显示后方有红色的警示闪烁，同时耳机内传出警报声，代表着身后有危险出现。响声在短短几秒内就加大了不知多少分贝，当它达到最响的一瞬间，白芜常向上纵身跃起，身体后仰，一支形似长矛的尖锐物几乎是贴着他身体后仰形成的弧形穿过去的。

“真是个有意思的地方。”白芜常心里想着，向刚才标枪射来的方向转过身去。正如他所料，刚才的攻击是有人蓄意而为。他听见了自己面对的方向传来鼓掌的声音，一个人，掌声很是单调，显然是越来越近了。

“真是精彩啊，要知道，刚才的那招偷袭我可是从来没有失手过呢。不愧是你啊！”说话的是个女人的声音，成年，像是年轻的女性。

“‘空间缔造’，以现实的场景为模板创造一个使用者所管控的空间，使用者可以控制空间内所有的非生命物体。就从你能把一般的钢材改造为尖锐的武器，能力等级大概是B级了。”

B级能力者，他知道这意味着什么，全球仅有140位B级能力者，每一位的能力都远超一般常见的C级和D级。他们或同时拥有多种能力，或有着一种强大到难以匹敌的能力。无论对受过专业训练的军人或是善用能力的一般的能力者而言，都是噩梦般的存在。

白芜常看懂了刚才所发生的一切，这是一个本身并不存在而由空间能力者缔造而成的空间，是和现实中的场景完全相同的而又只有他们两个人的有限场所。

“真好啊，果然是对能力者深有研究的人，这么少见的能力都知道，联合军的栽培还是很有用的嘛。”

就算是B级能力者也总有限，她不可能把整条街道都复制下来变成自己的新空间，大概在不远处的附近就是这个人造空间的界限了。她是想关门打狗。所以，只要把那个女的给砍了，一切都能结束，不是什么大事。

“看样子你知道的也不少了，虽然不知道你是花了多少钱从那帮地头蛇的社会混子那儿买来的关于我的东西，不过你既然找上门来，那么你这次恐怕要赔本了。”

又是这种熟悉的感觉，每当自己闻到了血水的味道，就会莫名地兴奋起来，明明清楚这都是那些浑身上下都污浊的贱种身上的体液，但他也会因此更为激动。

不自觉的，白芜常双手伸向背后，风衣上凭空出现了两把金属手柄，在他握住的一瞬间，流光向朝外的方向奔涌着，流成了笔直而略微有些细的长流。光芒变换，原先的流光替换为削铁如泥的笔直的刀刃。白芜常习惯性地在双刀从背后出鞘时翻动手腕，让双刀连着在手上转上几圈，最后随双手一同朝下。与此同时，他身后不知哪来的一道闪电，在刹那间将雪白的风衣和笔直的刀刃完全照亮，好像代表着审判世间一切罪恶的利刃，他便是神圣而不可反抗的制裁。

“干将莫邪……”女人默默念叨着，她了解过，这是白芜常最擅长的杀器，两把刀都有一米以上的长度，直刀看上去和正常的刀没有什么很大的区别，而事实上，这也是至今没有办法将其破坏的恐怖杀器，削铁如泥，挥动在空中如同轻舞的银扇，经过切割的物体没有不一分为二的。

只不过她没想到白芜常居然会在一开始就亮出自己最擅长的利器。不过，无所谓了，为了拿到“时间契约”，为了拿到这个能让世界上任何一个穷光蛋挥霍上十年的奖金的人头。

“来吧，芜常，教训小鬼的时候到了！”

警示系统在同一时刻发出数次警报，指向不同的方向。白芜常意识到这女人打算从不同的方向同时发动攻击，让他来不及同时应对。这样一来，因为攻击射来的高度不同，仅仅是躲避是没有用了。他索性挥刀旋转身体，加之“时间契约”使身体在有限的时间获得更多的活动时间，在完成一百八十度的旋转横切后稍加停顿，再以一次相同的旋转横切砍掉另一侧的飞行物。

看着散落在地上的金属碎片，白芜常看出来这是被能力加工过的钢材，之前的形状大概类似于欧洲的骑士枪。

“要很快解决掉你似乎没想象中那么容易呢。”白芜常说。

“居然能在攻击发动的一瞬间就做出破解，果然‘时间契约’比一般的加速能力要强得多呢。不过，你的能力对你的体能消耗很大，仅仅是让自身在现实上的一秒里拥有十秒的活动时间，如果持续使用不到半分钟，你就会虚脱，我说得没错吧？”

白芜常听到了这番话的时候还真的蛮惊讶的，他只是知道自己的一些能力上的资料大概已经被发现，只是没想到竟然如此地详细，看来这帮社会混子也不都是些没用的废物。事实上，从第一声警报响起，白芜常就一直让自己的身体和配套的辅助系统处于“时间契约”的效果内了，虽然让自己能在一秒内活动两秒并不是什么太耗费精力的事情，然而像刚才那样连续两次旋转横切，单是能力的使用就让他有些喘不上气了。

女人已经不仅局限于改造附近的钢材为攻击手段了，她操纵路面的石砖，使其上浮于自己身旁两侧的半空中，改造其形状为飞镖状，使尖锐的一头对准了白芜常，已经做好了一齐发射的准备。白芜常看出来了，这女人是想利用自己的能力不能过多地维持而故意消耗自己的体力。如果这样跟她纠缠下去，必然是自己的体力先耗尽。

真是难得，又要动脑子了。霎时间，万箭齐发，加之路灯照射，可以很清楚地看见密密麻麻的形似原始社会石器的利刃蜂拥而上。白芜常只是知道他的纳米级纤维作战服可以防弹，然而目测这些石刃的攻击强度比一般的子弹高得多，虽然速度要慢一些，但打在人体上甚至可以贯穿肉体。

他来不及躲闪，尽管心里很清楚这是那女人强迫自己去使用“时间契约”，并不指望这些石刃真的能伤到自己，然而，自己真的被耗死了可就完蛋了。

“将自身及所带物体的活动时间以十秒替换为现实中的一秒。”他在心里默念着，同时抬起右手的干将向前小幅度挥砍一次，在刚刚切到一个石刃的瞬间翻转手腕，反手完成下一次挥砍，不断略微调整方向，同时左手的莫邪用于解决漏网之鱼。相比起干将，莫邪没有那样好的切割性能，但更适合格挡和击退敌人。

石刃在一次齐射中总共有二百发，保持这样的状态不用二十秒就可以完全挡下一轮攻击。那女人的目的是要消耗他的力量，但同时她自己又不能逾越能力界限。就一直观察的情况而言，这女人应该是B级能力者，然而即便是B级的强度，也没办法让这样的攻击持续下去，所以，只要这二百发左右的石刃能完全挡下，在下一轮之前的空隙就可以将其击溃，哪怕只有一秒的间隔，也足够白芜常冲至女人面前，一刀斩下她的头颅。

于是在持续做了类似切子弹的运动有二十多秒后，女人终于暂停了攻势，而白芜常也抓住了机会，“时间契约”的工作倍率再次提升十倍，白芜常在现实中的一秒获得了整整一分钟的时间，只不过以他现在的状态，能不能维持住这现实中的一秒还不一定。

他将双刀双双朝下，上身微微前倾，两腿弯曲，犹如离弦之箭一般跃向前方。双刀在能力发动的瞬间迸发出些许电光，与地面的金属成分相互作用，给了白芜常一点略大于正常重力的磁力，流动的电弧围绕在白芜常身旁，伴随着一同冲向前方，整个过程不到零点一秒的时间。

女人也想过这种情况，白芜常必然会利用自己无法持续使用能力进行攻击，配合“时间契约”瞬间的爆发性一击毙敌。在自己的攻击停下的瞬间，她就已经准备对白芜常展开其他的攻击了，哪怕只是能拖延时间。原本只是想在他的身前利用能力使路面竖起，形成一面墙，让他撞车，然而不论他到了哪里，都好像有一股不明的“场”围绕着他，这让女人无法在白芜常身旁的地方直接使用能力，而只能相隔一定的距离。

也正因如此，白芜常已然如破竹之势逼至了女人的眼前，而女人则是在他靠近的一瞬间对自己眼前的空气使用能力：使空气具有切割性。

白芜常没有料到这一手，从某种角度来说，他的确是对自己的能力自信过头了，加上这样本来就是唯一可能获胜的赌局，到了接近的瞬间他也疏忽了。正因如此，无形的利刃从他的胸下正中的位置切入。因为白芜常在挥刀的同时侧身的缘故，这利刃向侧面划开一道口子，嵌入肋骨，直到身体侧面的尽头才与血肉分离。而同时，白芜常也挥起干将从上而下一刀纵切，他原本是要这样将女人的身体从头至尾切成两半，但因为左侧肋骨处横向的那处剧痛而偏离了位置，只是砍掉了女人的一条左臂。

挥下长刀的一瞬间，“时间契约”被迫解除，两人不约而同地跌跌撞撞后退好几步。那女人紧紧抓着血淋淋的左肩，痛苦地呻吟着。白芜常因为伤口以及能力的过度使用，径直双膝跪在地上，干将插在地上，另一只手的莫邪已经拿不住了，丢在了地上，只得勉强用手掌支撑着身体，迟迟抬不起头。因为在伤口出现的一瞬间，战斗服内的处理系统已经自动开始进行止血和止痛，所以现在白芜常的感觉只是无力，从头到脚，全身都没有什么力气，也没什么自主的意识，甚至连必要的粗气都不想喘一下，俨然一副将死之人的模样。

纯白的衣服很快便被血红的领域所侵占。

可女人还是头脑清醒得很，“时间契约”解除的一瞬间，那个阻止她在白芜常身旁使用能力的“场”也终于随之消失，她抓紧了这个机会，将白芜常身下的路面转变为地刺，明显是要置白芜常于死地。

“那么，结束吧！”她的声音已经近乎癫狂。

白芜常一直很想说什么似的，总像是一副欲言又止、止言又欲的状态。准确来说，体力和身体上的双重崩溃就像是触动了白芜常身上的某个开关，一下子把他的身体给关机了。

就在能力发动的那一瞬间，不知怎么的，他又像是突然从噩梦中惊醒过来似的。突然间，电光四射，他意识到自己必须要做的事还没有完成，自己还不能死在这里。只不过这些缭乱的电弧并非来自他，而是……另一个人。在这个由那个空间能力者构建的虚拟空间中，原本不该有除他们之外的第三个人的存在。

他意识到那是电光，虽然自己没有直接操纵电力的能力，但他能感知得到这亮蓝色的光芒的确是电光。光芒几乎要将整片夜空照亮，即便这夜空也是照着现实中而生成的假象，却还是那么地动人。此时，白芜常发觉自己还活着。

“真是完蛋，这是在干什么？”他自己默默想着。在这个电击声四处轰鸣并与金属相互撞击所产生的声响相互交织的世界中，他竟然疲倦地昏睡过去了，虽然其中也有失血略多的缘故……

要活下去——不知怎么的，他又有了这样的想法，这样熟悉又生疏的想法。

要活下去，只有活下去才能再见得到那个姓于的小不省心的，自己还没确认她的安全。

要活下去，自己还没去当着付静轩的面把她那没人性的爸妈给劈头盖脸骂上一通。

在这之前，还得把王紫陌那个死好人的脸给剐了，就是因为崔元祯那个小屁孩天天跟个跟班似的凑搭他，才给他惯出这么些毛病，真是把自己太当回事了。

要活下去，自己的任务还没有完成，只要能把那些毁坏这个世界秩序的贱种们赶尽杀绝，这样一来，他一定可以再见到那个孩子，自己最后死掉也无所谓，只要那个孩子能认真地好好地看着他，承认他是拯救她、守护她的那个人，能再一次开心地笑着，就足够了。

“至少，这样一来，也有人愿意以我为守护她的人，以我为她求助的对象，以我为她的英雄……”

那一瞬间，他的脑海中被喷涌而出的电流灌满了，他不知道这些电流来自哪里，但他很清楚这是自己的力量。

“时间契约，将功率加持至以一小时替换现实的一秒钟，指定目标为自己初次遭遇攻击的位置，高度五米处的空气。”

电力能力者能闯入由那个女人建造而又控制的空间，而这个空间本身就是由现实中的一部分为模板生成的与现实空间重叠的人造空间。这样说来，如果在空间的中心释放强电干扰，这个人造空间便会直接坍塌。

这才是他最后的杀招。虽然不清楚原理，但时间契约其实是以释放电场的方式来修改时间运行规则的，白芫常其实是电力能力者。在这之后的事情，他便没有印象了。

守护的约定

1

四个月前的这一天，3月21日，的确是崔元祯的生日，而他终于在他生日之后四个月的7月21日的今天收到了梦寐以求的生日礼物。这是一把手枪，一把货真价实的崭新的手枪，虽然这种型号的手枪对于联合军驻樱花源总指挥这样一类职位的人而言早已经被淘汰了。

就好像梦中的感觉一样。

射击，这项需要极高的天赋和复杂训练的技能，谁也没想到是崔元祯这个从小琴棋书画样样不精通的废小孩最擅长的技能。准确地来说，直到他从一个小孩手上抢来那把纯金属的仿真枪，并在眨眼工夫绕到那个小孩背后勒住他的脖子，同时瞄准了花坛另一端的另一个孩子的额头之前，没有人想到这个以前连水枪都没用过的小家伙居然有这么大的潜力。

崔元祯擅长的不是射击本身的动作，而是涉及射击的实际用途的一切技能，快速的反应和精确的瞄准，以及对周围是否有目标在瞄准自己的判断，精确定位目标的位置以及身边的事物，好像他天生就具备这样的能力一样。每当有人要玩真人枪战，大家想到的要么是把崔元祯拉进自己的队伍里，要么便是不要让他参加这个游戏。

于是到了自己十二岁生日的这天，当他说自己的生日礼物是一把名为“沙漠之鹰”的手枪时，作为一名合格的家长，不把这样思想危险的熊孩子暴揍一顿怎么能行？更何况在中国，普通民众持枪是犯法的行为，白芜常之所以能掏枪，那是因为人家是国际警察，但崔元祯到底还只是一个天天跟着王紫陌的小跟班。尽管王紫陌并不喜欢他这样的抱大腿行为，却不好意思说。

作为发小，为了安慰生日之后的崔元祯一蹶不振的情绪，王紫陌借着自己从小练刀的事主动找崔元祯，打算两人组成一个小组合，刀枪相互配合，一近一远，天衣无缝，这之后的四个月，他们还经常在一起模拟训练了好几次。

直到今天，当沉甸甸而又小巧的沙漠之鹰被崔元祯紧紧握在手心时，他才意识到这代表着什么。对于他而言，这三寸金属便是自己的刀枪剑戟，是他的力量，可以撕破黑暗的力量。

“怎么样，商量好了吗？”说话的是“龙骨”藤泽夏树，黑道家族“龙”的几大强者之一，与两位“龙翼”齐名的能够一人单挑一整支联合军驻军的无能力者。他向王紫陌问出了崔元祯此时也想问的话。

“我们并不知道谁是你们所说的‘素体’，也没法交出所谓的‘素体’，一直如此。”王紫陌回答。

“没有确切的方向，‘龙’是不会擅自行动的，孩子。你很有日本武士的气势，我很欣赏你这样的人，你比我妹妹家那个懦弱的儿子好太多了。但是，我还是要执行家族的命令。‘素体’是我们必须拿到手的东西，而她就是你们中间的某一位。”

“某一位？你自己也不知道吧？”崔元祯突然发话了，同时将沙漠之鹰藏匿在眼前呈扇形包围的车队看不到的死角。

“我的确不知道，但那位‘素体’是知道的。只要她能快些站出来，无关的诸君都不会受到任何伤害。”藤泽夏树已经左手握住腰间的武士刀刀鞘，右手随时准备拔刀。

“不会受到任何伤害吗？”崔元祯听见王紫陌小声地自言自语着。身后，于佩杉、付静轩、苏凛三人按照王紫陌的指挥躲在后面，王紫陌、崔元祯都不知道这帮人口中的“素体”是个什么东西，这样一来，大概他们要找的人就在身后的三个女孩子中间。

“抱歉。”王紫陌果然最后还是这样说了，“我不是日本武士，我只是一名普通的中国学生，不让我的朋友、我的同胞受到一点伤害，这个就是‘不对我造成任何伤害’了。”

其实，王紫陌自己也真的相当紧张，崔元祯说是那个金属手柄可以变换为他的那把大剑，但这话是真是假谁也不能保证。王紫陌不相信有人能在他的武器上动什么手脚。

可即便这样，身后还有手无寸铁的女孩们，旁边是追随了自己十几年的发小，这些都是自己心中那一瞬间的道德准则代表的正义所不允许的，所以……

“崔元祯！”他突然大喊一声，“龙”的这些精锐似乎也知道“崔元祯”就是他旁边的这个男孩，注意力或多或少有些分散。藤泽夏树看得出来王紫陌是铁了心地要和自己带的这帮人拼命，但他并不着急上去参战，只是用右手握住了刀柄，做好了拔刀的准备，他相信这些能证明对抗任何一个国家的精锐的实力，不会输给一个正义感爆棚的中国少年。

出乎意料的是，那个叫崔元祯的一脸尿样一直在左顾右盼的男孩一瞬间好似早已规划好了整个流程。他找到了所有人都没想到的一处视野盲区，从那里掏出一支银白色的手枪，体型不小。藤泽夏树看出来这是能一颗子弹把人的胸口打成肉糊的沙漠之鹰。就在“龙”的成员刚给子弹上好膛，崔元祯的一枪已经打了出去，朝着藤泽夏树身后的位置，密集的车队围成的弧形最中间的那辆车，也是藤泽夏树的专属座驾。子弹径直打穿了车的外壳和内部，从正面打入油箱。显然这子弹是改造过的，藤泽夏树压根儿没想到这个小屁孩会突然来这么一手。

一瞬间，从车后的油箱里喷涌出的火焰连同车身冲向天空两三米高，车子在空中连续翻转了一两圈之后，底朝天落在藤泽夏树和王紫陌中间。与此同时，由爆炸向四面八方迸射出的烈焰点燃了旁边的两辆车，接连的爆炸如同多米诺骨牌一般向两边扩散。这原本是用来将王紫陌等人困到无路可退的车队，此刻却成了崔元祯一枪封神的道具。大多数成员还都在所乘的车的两侧持枪瞄准着王紫陌，突然来袭的连环爆炸加上心理上的放松警惕让他们一时间不知所措，尽管作战衣经过了防火防爆的改造，却还是有将近半数的成员因为正面迎了爆炸当场被炸死或是受伤。短短半分钟后，方圆几里的地方已经无处不是躺在地上的介于尸体和活物之间的人肉，还未燃尽的火几乎布满了每一处路面，把原本平静的夜空照得明亮，中间夹杂着痛苦的呻吟声和随处可闻的间歇的号叫，一幅人间地狱的景象。

王紫陌没有多想，他向前小跑几步，纵身翻过藤泽夏树的那辆已经只剩下骨架的车子，腰间的金属手柄在翻过去的一瞬间流光满溢，在王紫陌将它拔出的瞬间变为那个有成年人长度四分之三的单刃大剑。借着火光，藤泽夏树看见了这剑刃上清晰的纹路，是金银相称的中国古龙的样子，剑刃的边缘还镀了金，单是收藏价值就难以估量，更何况它的强大并不比它上面的古龙纹路少上一分一毫的凶残。

古剑“轩辕”，据说这是不知经过了多少次涅槃之后得以重生的上古名剑。

同时，崔元祯趁着生还的“龙”的成员还没来得及站起身，在极短的时间内又对准了藤泽夏树的左右眼连开两枪。藤泽夏树终于拔刀，首先在面前连切两刀，将那两发子弹正面切成两半。王紫陌没有给他庆幸这武士刀能挡下改造过的沙漠之鹰子弹的机会——崔元祯的这两枪只是为了拖延时间，好给王紫陌一个靠近藤泽夏树的机会。

藤泽夏树做梦也没有想到，这两个仅有十几岁的小孩子竟会有如此的勇气和作战经验，虽说自己和下属们有轻敌的因素，让崔元祯得以先下手为强。然而，短短几分钟时间，自己一方在人数和装备上的优势就已经被这一先手棋所抵销。战场被车队的残骸和火焰所分割，恰好给那个持枪的男孩提供了不错的掩体，这一切就好像是那两个孩子预先排好的作战方案一样。藤泽夏树看得出来崔元祯正在竭力维持住刚才的优势开场所持平的局面。

此刻他也明白，眼前这个手持大剑屹立在前的人到底在做什么。一个武士，一把刀，一块立足之地，不退半步便是道。

火焰分割出了近乎于圆形的区域，那里面只有王紫陌和藤泽夏树，好似是只供他们使用的角斗场。

“拿刀的我一个人来对付，其余的人围攻拿枪的那个。”这是他下达的指令。在“龙”的规则下，下级必须对上级绝对地服从，并不比任何一个军队的纪律要宽松，这或许也是他们走到今天的一个原因。

“您的名字？”

“王紫陌。”

“藤泽夏树。”他完成了日本武士常见的礼节。

“最后请允许我问一个问题。在中国，像你们这样的孩子还有多少？”

“并不都是，但是在我之后，还有很多人。”

2

掩护王紫陌冲进去的一瞬间，崔元祯也带了那三个不省心的孩子躲到了藤泽夏树那辆车的残骸后面。出乎他意料的是，这三个人居然都没有大喊大叫，也不知道是被吓得叫不出声了，还是已经叫完了。

“嘿，听我说好吗？”他看那些家伙都朝自己这边来了，立刻猜到王紫陌八成是要跟那个“龙骨”还是什么的日本人单挑了，所以他要赶快让这三个女孩缓过神来，毕竟要考虑到更换掩体一类的走位操作，把她们三个人丢下了可不好。

最先抬头看着崔元祯的是苏凛，脸上的表情是一副“该怎么办啊”的可怜模样，弄得崔元祯一下子责任感就爆棚起来，他突然意识到这三个女孩加上自己能不能活下来，都已经掌控在自己手里了。

“崔元祯，他们靠近了！”于佩杉一边透过车骨架朝外面偷瞄，一边一个劲地摇着崔元祯的胳膊，晃得崔元祯快要反胃了。付静轩则是一直抬不起头的状态，好像已经认命了。

“我知道了！我知道了！”崔元祯带着一点心急和厌烦的情绪以及莫名的激动推开了于佩杉制造的人工晕车体验，“听我说，我现在就开枪打死他们，但可能不能一直在这里待着不动，所以你们一定要跟紧我。”

“你要去哪儿？”苏凛问他。

“走位啊，真是无语了……我又不是个炮台……”崔元祯心说，没玩过枪战的就是难以沟通。

说实话，这还是他第一次参观实战，第一次经历这样你死我活的战斗，自然很紧张，不过之前那一枪点燃油箱的操作也给他壮够了胆，现在，比起自己可能会死掉这样的事情，因为于佩杉她们对自己的信任而担心自己可能会辜负她们的期望的想法更让他觉得紧张。

沉下心来，他深深吸入一口气，顾不上这成片的夹杂了有害气体的空气呛得他浑身难受，就已经躲在了汽车后备箱处，背靠在上面，右手持枪。他没有直接探出头去瞄准，只是将枪口对准了外面，“空间定位”的能力让他在刚才交谈的时间里获得了关于“龙”的成员全部的位置信息，对于他而言，只是靠着肉身逼近走位的这些人，跟活靶子差不了太多。

于是他先开了一枪，随着枪口迸发的火焰以及硝烟，被白芜常改造过的子弹撕破空气，笔直地射向距离最近的目标，同时，崔元祯已经略微调节了角度，第一发子弹还未命中目标，第二发子弹已经朝着另一边的目标射了过去。还未来得及反应之时，两发子弹几乎同时命中了两个人的左胸，直刺心脏，在两个鲜活的人体上炸开了两朵血花，随即应声倒地。崔元祯感觉到了不远的地上有两处流体正猛烈地扩散着，这很好，他并不希望给这些人留一个活口，一直以来都是这样。

他要用自己的实力证明，自己的生日礼物实至名归。沙漠之鹰的枪口重新调整角度，这把本身具有高杀伤力的枪加上被改造过的子弹，连钢板都能打穿，何况是区区一件防弹衣？“龙”的成员停止了前进，崔元祯感觉到他们在略微变换阵型，也没有多想，先朝已经瞄准的人开了一枪，又一个人死在了枪下，他瞄准了下一个目标。

突然间，身后左侧传来爆炸的轰鸣，同时，剧烈的震动让他一瞬间失去了意识，他只觉得身子控制不住地被某种强烈的推力推向地面，将他重重地按倒在了地上，他躺了好半天才反应过来那是什么东西——榴弹。

身体刚刚感觉可以再活动了，第二发榴弹便接踵而至，因为藤泽夏树那辆车的骨架实在是太耐打了，一直炸不破，所以刚才被打飞的崔元祯还不至于受那么大的伤害，只是刚才的弹片划破了他的左臂，为了强忍住疼痛，他不免呼吸急促了起来。这样的刺痛感让他每分每秒都更加清醒，忽然间，他意识到，刚才被榴弹炸飞的不止他一个人。

3

同时，和崔元祯一样因为强忍着疼痛而剧烈呼吸着的，还有另一片火焰中的王紫陌。

“自愈能力？”藤泽夏树看着王紫陌右臂上刚刚被划开的伤口上亮起光芒，如同浇铸的液态金属，在感到强烈的热感的同时，王紫陌的身体正以肉眼可见的速度恢复，光芒褪去的同时，原本的伤口处已经生出了新的肉体。

“他们说我是那一百四十位B级能力者之一。”王紫陌重新站稳了，调节着呼吸。

“B级能力者仅有一百四十位可是很保密的情报，看来你不是一般的人了。”藤泽夏树说。

“是吗……那你呢？”

“跟你不一样，我是个无能力者，一直都是靠着这副新生的身体打架，以前的身体在一次爆炸中毁掉了。虽然有‘舔人’的能力吞噬这一说，不过这种东西我一直没有尝试过。”

“你也反感这种东西吗？”王紫陌还不知道眼前这个“龙骨”所属的，就是发布证明能力吞噬现象存在的那个罪不可赦的黑手。

“跟你们不一样，我对它并没有什么看法。”藤泽夏树说罢，向前猛地突进，王紫陌也同样将“轩辕”略微倾斜，向前横砍挡下藤泽夏树的一击。双臂传来的震动让两人的腿都下意识地连着抖动了好几下。

“武士们之间的决斗，最后胜利的一方会割下失败一方的头颅，也可能会取走他的刀，这是很正常的现象，只是真的去‘舔人’我还没有做过而已。比起取走别人的武器，我还是更喜欢用自己的。”藤泽夏树说罢，将武士刀向斜上方用力，王紫陌被逼迫地只能眼看着藤泽夏树脱离了僵持的状态，转身准备发动下一次横切，加之强烈的惯性，让王紫陌没法在短时间内再次挥剑。藤泽夏树占据了优势，此时，他完全有能力一刀切开王紫陌的胸膛。

然而，在抬刀的那一瞬，藤泽夏树将攻击变为了横踢，这一脚把王紫陌踹得后退了几步。王紫陌虽然有点狼狈，但好在脱离了刚才的陷阱。

“无论是什么样的战斗，理论知识的剑技固然重要，但比起这些，战斗经验的丰富决定了你能否下意识地做出最有利的选择，也就是随机应变的能力。这也是你所欠缺的，或许正因如此，你们还不是大家关注的对象。”藤泽夏树没有继续攻击，他是有意在王紫陌面前放水的。

“关注的对象？你说的是那个‘素体’吗？”王紫陌问。

“‘素体’的确是我们重点在意的对象，那是实现B级以上能力者的钥匙。”

“你们想要对她使用能力吞噬吗？”

“并不是。”藤泽夏树摆摆手，“你可能不太清楚，世界上的能力者本身就是一套系统，而‘素体’是这套能力系统的最核心部分，作为能力的表现则是需要能力者体内的能量共振，因为能量共振的波长不同，所以有了区分三大类能力的依据。”

“三大类能力……我好像了解过。”

“能量、电力、空间，能力者自始至终都没有摆脱这三大类别的限制。但‘素体’并不一样，她本身就是作为每位能力者体内共振之外的另一处共振，是三大类的集合，而又不同于它们中的任意一个，她一个人便代表了能力者本身的这一套能力系统的全部，也就是所谓的‘纯净’。在三大类能力之上的第四大类能力类别，‘素体’只要被找到，其实也就相当于有了那十位仅有的A级能力的控制权了。”

“虽然还是有点不明白，但你说的‘素体’是个人吧？”

“没错，而她就在你们中间。正因为在你们周边检测到了不同于三大类的能量共振，我们才会出动，家族不会因为任何理由伤及与目标无关的人，虽然这一点在你们的支部履行得并不是很好，但这的确是家族里最高的一条规矩。”

王紫陌喘上气来，尽管因为能力的使用，意识或多或少有些模糊了，但起码他还是能与藤泽夏树一战的——凭借着自己的能力。

“所以，还是请你让开，我们并不想带来无谓的伤害，比起我们，我听说你们那边可是有个家伙为达目的不择手段，手下没少沾人血。换作他的话，可能刚才他会选择把你横着砍成两截吧。”

“你没必要这样做。无论如何，在我身后的都是我的朋友们，所以我不会抛弃他们，让他们处于黑道家族的手中，这一点毋庸置疑。”

那一瞬间，他从没有感觉自己这样坚定过，可能每一个怀有英雄之梦的男孩都曾在夜空下许下过想要守护的约定，但都没有机会去亲手守护什么，真正伸出手来了，却又发觉这是多么难以做到的事情。

想要为别人如何如何，首先要有放弃自己的某些东西的思想准备，王紫陌一直都是这样认为的，此时，他也真切地体会到了这句话的含意。

正前方的这个人，总是以谦恭的姿态迎着自己，他或许真的欣赏自己，这一点无关紧要，比起单纯的欣赏，在他的眼中，所谓“家族的命令”才是更为重要的事情。所以，即便是这个人多么看好自己，甚至本应该成为自己身边志同道合的队友，却不免最终刀剑相向的命运。自己是许下要守护约定的正义的伙伴，而藤泽夏树是为日本黑道效忠的武士，就好像活在阳光下的人，即便是有一处阴影的存在，都会让他感到煞风景。

东方古剑与日本武士刀再次一同相鸣。王紫陌终于改变了原先的攻击方略，由大力度的挥砍变为适当减小力度但有着更快的反应和攻速的攻击。藤泽夏树的刀在速度和力度上把控得很均匀，好似一个平稳的天平，他只要在任意一侧稍加注意，天平都会瞬间倒向那一侧，所以此时藤泽夏树随时可能以突如其来的大力度攻击击破王紫陌新学会的花拳绣腿。

就像藤泽夏树所说的，随机应变的能力其实在力度和速度之间就好像是一个天平，对于个人而言，只有调节好了平衡，才能真正具备随机应变的基础。

“如果只是以这样的打闹就想着要去改变这个世界，去伸张光明和正义，那你的确还只是个孩子了。”

正如王紫陌猜的一样，藤泽夏树在与王紫陌以快刀纠缠了一会儿后，在王紫陌以小幅度挥砍之时突然间加大了力度，武士刀纵向斩下。这一斩比王紫陌想象中的更加出奇不意，他没能挡住，加上疲倦的缘故，他终于半跪在地上，左右手分别推在剑刃和剑柄上死死支撑着，剑刃上锋利的一侧已经将他的手掌割破，能力还没来得及生效，剑刃便已经嵌入了肉体中。王紫陌没有叫喊一声，连藤泽夏树都有些吃惊，他不相信自己眼前的这个人是一个小男孩，因为他就是一个巨人，一个如高山般屹立不倒的巨人。

王紫陌顶着头顶下压的力量站了起来。藤泽夏树本已经使出了全力，却还是被王紫陌的这股自下而上的力量推得节节后退，他不知道这是怎么回事。当王紫陌站起来的那一刻，似乎整片火焰都在冲天地燃烧，空气、大地、血液，都在激烈地翻腾着，迎接这如同君王一般存在的少年。

轩辕的剑刃上渐渐亮起了明亮的光，有些像王紫陌的自愈能力所表现出来的光，但更显得火红而明亮，相比之下，熊熊烈火却显得暗淡无光。光芒穿过武士刀，将其斩为两截，就好像是划过空气一样轻松而无法阻挡。顺着挥剑的方向，它又向下切开了藤泽夏树的胸膛，留下的刀痕就像激光切割的痕迹，由亮红色围成的一圈狭长的痕迹中间是一道漆黑的如同深渊般的裂谷，仔细看去，透过这裂痕，甚至能隐约看得到地面的颜色。

最后，它落在了地上，剑的最尖一端正好刺入了地面，一瞬间以那一点为中心，高热的红黄色纹路呈辐射状在地面上扩散开来，最中心的地方好似积蓄已久的火山口，这样的情景久久没有消失。

除此之外，还有赤红色的瞳孔，如同将太阳塞进了眼珠中一般，深沉而充满威严，坚韧而不失同情。

“我的头颅……”藤泽夏树几乎已经无法发声了，但王紫陌还是能隐约听得见他所说的。崔元祯那边似乎早已解决完了，从两人提到“素体”开始就已经没有什么动静了。

“拿着我的头颅……他们就会停止进攻……”

王紫陌看了看火的另一边，似乎已经没有必要了。

“为什么？”他问。

“战死沙场，对于每一个日本武士而言是最高的荣誉……你那一刀很厉害，或许真的有能让常人永远无法赶超的能力，很好……”藤泽夏树说着，双手捧起那把已经被砍成两段的武士刀，举过头顶，随即双手反握刀柄刺入腹部。霎时，鲜血顺着细小的切口涌出，渗透了他的黑西服和白衬衣，直直地向下淌满了整片路面，流淌到了王紫陌的脚边，沾湿了王紫陌的鞋尖。

“在我之后……还有很多人……”他的神情凝滞而坚定，没有一丝悔恨或者遗留的心事。

无法和大家一样活着

1

从2010年以来开始出现的能力者直接的相互厮杀，在2012年达到了最高潮，联合军为此动用了大量的人力和财力，然而再多的努力在人性的贪婪面前都显得徒劳。等左毅回过神来的时候，已经将近秋天了。

比起这一桩桩屡见不鲜、大同小异的事情，樱花源流传的一处都市传说终于又一次传进了他的耳朵里，准确地说，是联合军驻樱花源总指挥在带领他的队伍收集了当地的情报之后，把厚厚的一摞资料递到左毅眼前的，那几年樱花源广为流传的关于摄魂的鬼——白无常的都市传说。这件事本来左毅压根儿没有放在眼里，原本以为只是能力者一次寻常的相互打斗，后来听说又连着发生了好几起命案他才开始注意，但又觉得只是杀红眼了，找到了就好。那个时候，在左毅的眼里没有联合军查不到的东西。

然而事实就是这世上联合军还查不到的东西真的太多了。很多人都知道樱花源当地有什么组织，在网上收人的黑钱，替客户们做尽杀人灭口的事情，并且联合军根本就无法察觉得到。也有人说这个组织根本就是联合军包庇着的，帮联合军糊弄一点工作清单报告，根本上收的是联合军的黑钱。

也真是可怜了那几位联合军驻樱花源分部的成员，天天一边扛着冲锋枪追恐怖分子，一边还不忘记扶老奶奶过马路，最后竟落得这么一个流言在民众口中广为流传。

作为联合军总指挥兼总军长之一，左毅肯定忍受不了这种传闻在亚洲这片自己主要管辖的地盘这么肆意传播，结果这一看资料他可真的傻眼了，本来他还以为这是哪个能力者舔人舔不够了，把这个舔上头了的做一出杀鸡儆猴，这越来越闹腾人的动乱就可以稍微停一停，哪知道这个被卫星拍摄下来的白色的模糊不清的影子所做出的一桩桩命案并不是为了去舔人，他根本就没有任何舔人的行为。左毅知道拿着鸭子当鸡给杀了，就算是能儆猴也没什么其他实际的作用，要是被人发现了里面的小秘密，联合军还会在国际上身败名裂。然而，作为国际警察，左毅知道联合军可不仅仅是管理能力者，正常的非法犯罪自然也不能放过。

抱着这样的想法，以及顺便见一见自己的一位老熟人，他又一次去了樱花源那个鬼地方。

驻樱花源分部带着当地人民代表热烈欢迎联合军总指挥兼总军长的到来。虽然不知道这到底是热烈欢迎还是微笑里透着虚伪，他还是抱着孩子一样的心态硬着头皮走下去了。的确，一个不到三十岁的年轻人坐在这样一个宝座上，是个人都不会服气。

让左毅头疼的还不是这个，民众对自己是怎么看的倒无所谓，自己只要不往那个方向上去想也没什么要紧的。就这么想着，只听头顶一声惊雷，接着瓢泼大雨倾盆而下，这下好了，遮阳伞没白带。刚刚还在寻思这个地方是有多缺水，怎么这么晒，这下倒好，一场秋雨一场寒，正巧的是这一年秋天唯一下的一场雨就是这一回，简直比砸金蛋抽奖连蛋壳都砸不开还要丢人现眼。

本来是要见见那个老熟人的。那货家里有钱得很，整个樱花源就是他主持建出来的，于是左毅特地准备了一身值自己好几个月工资的西装，现在被活生生地淋成了个黑麻袋。

樱花源的原址其实在街道规划上糟得不行，后来建成了还是免不了随处可见的无人居住也无人经过的街道，加上这些地方也是能力者直接相互厮杀的常见场所，经常隔得很远就能闻得到血腥味，有些地方是社会混子们扎堆的地方，每一个从他们眼前经过的人无论有无能力都难免遭遇毒手。左毅就是在这样的一类地方之一遇见了那个都市传说中的人物。

一个活人的身影，浑身是一套纯白的装束，尽管多处刚刚被鲜血所沾染，却仍不失白色带给人的直接的神圣高洁感。雨水浸湿了他的全身，白衣上的鲜血也被冲淡了些，颜色渐浅，如同渲染上去一般凌乱地爬满了他的全身。此时此刻，他正压在一个十几岁至二十几岁不等的男性身上，两把几乎等长的笔直的长刀交叉斜插在这个男性两边的肋骨上，刀刃上明显有不同角度的多次溅上血液的痕迹，朝上的刀柄上的鲜血正顺着笔直的刀刃缓缓向下流淌，与雨水混合在一起，在刀刃锋利一侧上凝汇成了豆大的血珠，随着雨滴，落在尚有余温的尸体上，刚掉落的位置又重新凝汇出新的血珠，一滴一滴，反复地滴答、滴答、滴答……

白衣人，左毅猜测这是一个男性，因为这样的发型和一般学校里最常见的男生的发型完全一致；除此之外，这纤细的身材完全让人猜不到他究竟是男是女。

就是此刻，白衣人好像手中还攥着什么东西，很尖，很锋利。他一只手扶着那个已死的人的头颅，另一只手将紧紧攥住的尖刺一次次地刺入他所扶着的东西中。

距离不远，左毅能清清楚楚地听得到那声音。血肉被一次又一次地被切割和捣烂，跟着头骨一起乱搅一气，跟着白衣的人急促的呼吸声一起：一次、一次、一次、又一次……

地狱空荡荡，恶魔在人间。

那一天，白芜常也是很清楚地记着的。

左毅只是在那么一瞬间脑子一昏，意识像是被扰乱了一样，再次睁开双眼时，白衣人已经站起身来，手中的尖刺已经变为了银白的手枪。他想起来刚才看见了那把尖刺流动着闪烁的光，转瞬间成了这把活在科幻电影里的模样的手枪。

“你们啊……”出乎他意料，眼前这个魔鬼般的白衣人，开口的一瞬间竟还是刚刚开始变声的男孩子的声线，仔细看去，这的确还是一张小孩子的脸庞，只不过像是经历了什么不为人知的事情过后，这副原本很讨喜的脸上已然没有了让人喜欢的神态了，“你们啊，如果再认真一点干事，别再拿着那些表面工作自欺欺人，好好正视正视人性，就不会有那么多的人……”

那死神一般的人脸上突然失去了原本的凶残与冷漠。左毅发现这个男孩的脸上似乎写满了同情与可怜，不仅仅是在同情自己，还同情那些人们，那些无辜的，什么也没有做过的，最后却死在这万恶的丛林法则之下的人们。

“你原来……还活着……”左毅缓缓说道。

“非要等到那个从出生便与你约定了婚约的女孩已经死了四年，你才肯回来找我这个小舅子吗？”

他永远也不会忘记，就连“不祥之日”的硝烟都没有完全散去，被清空的街道上飞溅的血水和雨水，没错，那场雨和现在正下着的是一样的滂沱大雨。

没有一句话，他们只是单纯地想抢夺自己身上的东西，抑或是自己家里的东西，那些都无所谓。只是当白芜常看见那个曾让火海中的女孩痛苦地挣扎的血色的匕首从自己身上再次出现之后，他才明白自己为什么要活着，又应该以什么样的方式活着。

尚显稚嫩的手以不可思议的速度推开了握紧那柄匕首的手，擦过的一瞬间，流淌着的雨水上涌起滚滚电流，贯穿了青年男人的全身，被麻痹的身体一时不能将匕首刺出，更何况，这个年仅六岁的孩子正无限接近于光速，力量也随之爆发，甚至没有一毫秒的工夫，匕首刺出的方向被调转了一百八十度，直直刺入后，连同着五脏六腑一并扯出，带着几片男孩的肩胛骨的碎渣，使没过路面的水面成了血色。

他想起来，自己曾一直记恨着的，自己父亲剥夺了他与他人见面甚至踏出门外的权利，给他灌输了这样那样的所谓“触摸未来”的名为科技的东西，原因竟是看不见摸不着的所谓“天赋”。如今他正因为这些自己看不上眼的一无是处的东西，更方便地争取到了一点能够安全地活着的权利和更干脆地了结人命的能力。

但是，事到如今，他依旧忘不了父母因为自己一个细小的错误而来的指责和侮辱，为数不多的出门的几次，父亲的朋友家里那个黑色长发的女孩倒是给人印象很好，会主动找他说话，但相比起来，他还是更喜欢和在家里就经常能见得到的那个女孩说话……

“可是即便这样，你还是相信她一定可以活着，总有一天你们会再次相遇，是吗？”

“你这是什么鬼话？”

他想起来，自己已经不是2009年那个六岁的白雨凡了，他的名字是白芜常，那个不带任何感情色彩，单纯重复着勾取他人生命的鬼。

“因为我了解你啊，你从小就是个爱想象的孩子，你所努力的方向不是什么理想或是其他什么高大上的目标，只是自己将一个很简单的想法去实现罢了。你的父母可能一直察觉不到，但我一直在意着……”

白芜常没有再回话，他沉默着，直勾勾地盯着左毅的双眼，就连身经百战的联合军总指挥也不太敢直视那双翠绿色的瞳孔，只是看了一眼就将头低了下去。

“你想用你认可的方法去保护他人，但我总不能滥用职权地暗中包庇你一辈子，所以我才会来找你……我也想过，如果这支为全人类而作战的军队中没有一个敢用强硬的手段维持秩序的人，又怎么能履行作为军人应有的职责？不，一个人远远不够，还应该有更多的人……所以，我需要你，这个世界也需要你……不是你这样的人，而是这世上独一无二的你。”

——就让我们用真正实用的手段维护好这个世界应有的秩序吧。左毅在心里这样想着。浑然间，他已经忘记了大雨滂沱，任凭自己的发型被淋乱，西服被浸透。在见到这个男孩的一瞬间，他想起了作为茹毛饮血的后代的人类，从出生起便一直埋藏在心底的那股野性。

2

大雨滂沱，已经下了有两三个小时了，只不过因为有一个人造空间的缘故，那里面没有天气的概念。醒来时，因为雨声，白芜常突然觉得自己好像身处在了另一个世界中。

“你可算醒了！”白芜常还来不及在脑子里想到“一般台词不都是你终于醒了吗”这一类的吐槽，微微张开的双眼就被一张死死盯着他看的少女的脸庞给挡住了视线。

好熟悉的感觉，只不过是雨的感觉让人很熟悉罢了。

这的确是一个真正意义上的少女，像自己这个年龄段的。其实男生和女生只单纯地从身材上来讲差别算不上很大，尤其是像白芜常，还被误认为是女孩过。但这个少女明显就是已经到了只看身材就能一眼看得出性别的年纪。只不过，她好像并没有把白芜常看成是什么“不可接触的恶心男性”。

藤泽十萌，这家伙还是藤泽有纪的亲生姐姐，十五岁，换一个称呼的方式，她是世界上仅有的一百四十位B级能力者之一的“完全电气”。她拥有着几乎全部电力能力的使用权和超高的电力操纵权，唯一“美中不足”的便是能力本身使用有一定限度。

记得左毅曾谈起过A级能力者，就拿了藤泽十萌作为类比，据说这位A级的电力能力者可以几乎无限地使用关于电力的所有能力。如果他没猜错的话，刚才在人造空间中闯入并救了自己一命的就是这个少女。光是能力水准就已经能靠电磁挡住一整支军队的弹药齐射了，如果是近乎无限地使用，和掌管雷电的雷公又有什么区别？

同时，看到B级能力者的表现时，他终于明白了为什么那么多的人都在追求那肮脏的从别人的生命上采摘下的花朵了。

“好歹也回我句话啊……你现在怎么这么内向了？”十萌显得有些不耐烦。

白芜常看了看她，还是没吱声，他想起来好像很久以前有这家伙抱过自己这一说。

“今晚的事情我会替你对所有人保密的，放心吧！”

听到这句话，白芜常好像又提起了精神，本身这个膝枕的动作就让他不敢乱动，加上两人躲在便利店门前的房檐下，坐着的台阶也没多少活动空间。他终于正视了十萌的眼神，那眼神真诚得看不出有试探情报的可能。

“你还是不要管这些为好，那帮家伙……就算你是那种很强的能力者，他们毕竟也是能随时击破一整个发达国家军队的家伙。知道得太多，你会死的。”

“你这家伙……怎么朝着那个疯女人冲过去的时候没这么多怜悯和同情呢？”

白芜常没再回话，这女人真的和他弟弟一样说话让人不容易回复。

与其说是没有怜悯和同情，其实白芜常是知道自己所伤害或杀死的人都是怎样的感觉的，因为自己曾亲身体会过几乎全部，所以他清楚什么样的手法能让一个人在有限的生命中感到最大化的疼痛。这是在对这世间占绝大部分的“多数人”深入骨髓的恨所相生的能力。

可是在动手的瞬间，白芜常又的确什么也没有想，甚至对于自己所动手的人，他甚至没有真正地把他们当人看的想法，只是下意识地，他觉得这些为了满足自己的贪婪而不择手段的人们本身已经算不上自己的同类了。

想到这里，他直起身子，站了起来，全然没有理会十萌那特大声的回应："唉——"

"我……"话才刚开头，却又不知道该说什么了，可能是想因为之前的事情对这位救命恩人道谢；也可能自己只是有对别人想说什么话的欲望，却又不知道该从何说起；可能想说的很多，可是说不出口；也可能是因为长期与人隔绝，已经丧失了正常交谈的能力。

"谢谢你……"

相比起因为贪婪和妒忌挥刀相向的"杂种"们，自己这样只是因为心中的猜测就去毫无顾忌地制造出这样伏尸遍地、血流千里的景象，又是否是这个少女以及和她一样的人们的"同类"呢？他不想考虑这个问题，却又总觉得这是必须要面对的。

少女撩起棕色的长发，默默目送着白衣少年离去。他的步伐很小很轻，听不见声音，稍微有一点跌跌撞撞的，像是因为身上的创伤而站不稳的样子。

他垂着头。这样的人的身影，比起那些"成熟""沉稳""专注"这类用于形容学霸或是社会精英的词汇，更不如说是俨然一副疲惫得接近虚脱的状态，却还是以某种信念硬撑着向前走的人。

他不是什么学霸或是精英，或者说，他不是任何一类人，却又好像能代表一类人，那些本身能力就有限，却还是为了心中那些遥远得甚至不真实不存在的念头，带着自己仅有的一点水平去尽力实现它的人们。他们每个人都是不一样的，却又殊途同归。

藤泽十萌不知道白雨凡——现在的白芜常到底是为了什么样的目的敢于向那些一个个不可战胜的敌人挥刀的，但能撑起身体几乎要被横着截断的念头，一定是很了不起的……

只是她在注视白芜常的眼睛后不久，成为第三个敢于直视他的目光的人之后，比起想知道这个念头到底是什么，藤泽十萌更担心白芜常又会以何种方式去实现它，他所认为的能实现这个念头的途径又是什么呢？

没有人会回答她，唯一一个知晓的人已经渐行渐远，藤泽十萌也不觉得这个人会把这些告诉自己或是任何其他人。她便在心中默默向一位位记不清名字的神们做了短暂的祈祷，恰好等到雨小了些之后起身离开了。

3

王紫陌强撑着刚由能力进行恢复过的身体，把崔元祯扛在身上。旁边的付静轩和苏凛也学着他的样子把于佩杉放在中间扛着，只不过因为苏凛的力气有些小，她所在的左半边比右半边低了一点。庆幸的是好在没有伤亡，大家都平安地回到了温泉旅馆。藤泽夏树没有说谎，他们会是唯一一批前来拦截“素体”的人们。

“辛苦了。”王紫陌帮着两位女同学把于佩杉平放到床上后说。打架的时候一直在吼，声带有些无力和沙哑，但他并不觉得应该为此丢掉“道谢”这最基本的礼节。这大概也是白芜常不怎么看得惯他的原因之一。

崔元祯四仰八叉地躺在大躺椅上，嘴里止不住地抱怨着“累死了、累死了”这样的话。王紫陌猜他还没有在一小时前的那场生死关头里缓过神来，毕竟这是两人第一次实战，并且是遇到这样的敌人。看到崔元祯并没有因为开枪打死了人而陷入理所当然的恐慌中，王紫陌已经觉得万幸了。

在以前，经历了越来越多的练习，一次又一次的成绩提升并没有让王紫陌感到一点满足，相反地，不论是单独练习还是和崔元祯一起，他都害怕自己会在实战中因为种种不确定因素而无法将理论知识发挥出来。也就是藤泽夏树所说的，“缺少实战经验”。

这一次最大的变动，就在于他和崔元祯分开对付了不同的目标，而不是像以前一样一起应对“成群”的假想敌。王紫陌总觉得自己只是凭着自身的能力与藤泽夏树持续相互消耗而已，起到关键作用的还是崔元祯，他不仅保护好了其他三位女孩的安全，还击败了几十人的精英部队。

这样一来，王紫陌终于对自己有了一点自信，他相信自己和崔元祯即便是应对实战也不会失去太多原有的优势。

只是出乎王紫陌意料，当他夸赞崔元祯的时候，崔元祯只是说自己在爆炸之后借助车的残骸为掩体射杀了三个人，之后就被榴弹击中再没有起来。至于剩下的十一人是怎么死的，他不敢确定。

按照崔元祯的说法，被榴弹伤到后，四人都被振飞了几米远，身上多处有被弹片擦伤的痕迹。王紫陌在将自己的自愈能力传递给他们的时候，也感到崔元祯是当时伤得最重的，付静轩的脚踝和肩膀以及侧面的几处关节也有不同程度的擦伤和划伤，可同样被振飞的于佩杉和苏凛竟然毫发无伤。

见王紫陌身体也支撑不了能力的过度使用了，付静轩便婉拒了王紫陌想要帮忙的好意，自己去买了一点消毒的碘液稍稍处理了一下。

于佩杉睡在了付静轩的房间，直到五个人回到旅馆之后的一个多小时后的十一点，她还是保持着之前那种昏睡过去的状态。苏凛只能一个人回宿舍洗浴去了。崔元祯的伤势在王紫陌的帮助下完全不留痕迹地治愈后也能正常活动了，两人和付静轩道了晚安便离开了，虽然还是有很多话想等到于佩杉醒后好好跟她们说一下，无奈天色已晚，还是等到明天大家都休息好了再说，这样大家还都比较清醒，不容易犯迷糊。

除此之外，崔元祯还在等待另一个人的出现。“你觉得白芜常会知道这些吗？”他在路上问王紫陌。

“为什么你会这样觉得？”王紫陌有些好奇。

“也没什么，你还记得我想要一把沙漠之鹰的生日礼物吧？今晚我用的那把枪，就是沙漠之鹰，是由白芜常塞给我的一把金属手柄变成的，说是给我的生日礼物，这是他走之前偷偷做的事。包括你的那把剑，也是由他趁你不注意时安置在你左腰上的同样的手柄变成的，所以……”

“你觉得藤泽夏树是他派来的杀手吗？”

“不不不，王紫陌，你这人简直是一根筋过头了点。就算他心眼儿再怎么多，也不会赔上藤泽夏树这样的人来单纯地考验咱们的实力，既然他给咱们武器，就是想让咱们有防身的能力。可能他料到了今晚这次袭击，但又因为有什么不得已的原因，所以只能依靠我们自保。”

“这样也说得过去。”王紫陌稍微想了想，这样一来，白芜常今晚所见的那个“当地朋友”大概另有其人，但自己肯定不太可能认识了。

“只是，如果说他看见了篝火晚会上你的剑法，于是给你那把大剑，要是我的话，给把冷兵器肯定要比枪好一些，正常人都是这样，所以给了我枪，如果这样解释虽然大部分说得过去，但是沙漠之鹰可是后坐力很大，是很吃手劲和操作的家伙，他倒也真敢给我……”崔元祯突然间又越想越不对劲了。

“他知道你生日想要的东西，所以就是为什么他知道这件事……我想，保密工作已经做得足够好了，难不成……”

“开第一枪的时候，我其实只是试探。”崔元祯说，“虽然朝着已经定位好的汽车油箱开枪，当然我也了解过沙漠之鹰是很大威力的枪，至于能不能从车头打穿油箱资料上也没写，但我明显觉得开枪之后手臂上受到的后坐力……跟资料上介绍的有天壤之别。”

“可能是能力的缘故，我在不自觉地发动自愈能力的时候，全身的力量也会感到要满溢的感觉。”

“大概吧……”崔元祯还想再说什么。原本他以为王紫陌在洗过澡之后会私下里再跟他说一点关于藤泽夏树所说的“素体”的事情，结果还没等到，他自己就坚持不住疲惫，一闭上眼就再没重新睁开的力气了。

4

藤泽十萌收起了刚从便利店买来的透明雨伞，在门前的鞋垫上跺了跺脚。她不自觉地发出一声长长的叹息，今晚是她第一次用自己的能力去攻击别人。比起这个，今天她走得急了，忘了带伞，也不知道这雨要下多久，索性买了把伞，如此一来，又要被家人数落乱花钱了。

猫咪咖啡厅，按照中文差不多是这样翻译的。很明显，这是以猫为主题的咖啡厅，名字的来由也很明了。当藤泽十萌脱下鞋子走进去的时候，马上有三四只不同毛色的小猫跑到她脚边用脸在上面蹭着，它们原本是在咖啡厅里闲逛的。其中一只跟藤泽十萌最亲，一个劲地挠着她的腿，像极了看到老婆回家的痴汉。

这是只浅棕色为主、有白色条纹相间的公猫，是藤泽十萌以前收养的一只流浪猫，后来送到了这里，咖啡厅里大部分都是来自东京的流浪猫，也算得上是流浪猫的收留所了，看样子，这里条件真的不错，每一只曾经在街上挨饿的猫现在都已经有些微胖了。

“抱歉抱歉，我来晚了。”

藤泽十萌抱起那只自己送来的、取名为“红烧肉”的小公猫——名字的来源是她最喜欢的食物，没有之一，顺带着走向靠玻璃面的一处座位。雨水淋在与她近在咫尺的玻璃上，“红烧肉”正在她怀里一个劲地伸出它那肉肉的掌心，好像有要摸摸那玻璃上雨水的欲望。

“没事，毕竟是突发情况。”坐在藤泽十萌对面的少年这样说道，刚才那句“抱歉”也是对他说的。一身黑色长袖校服和那漆黑的刺猬头莫名地搭，从神态上依稀看得出来不少作为一名初二年级学生应有的感觉。

“你既然平安地来了，看样子情况很顺利吧？”少年问道。

“也不算完全顺利。我去晚了，他当时已经受了很重的伤，只是用了某种方式做了止血处理。”

“唉……”少年叹了口气，摆了摆手，“这也是没办法的事，攻击他的人跟你一样，也是个B级能力者，还是比较难缠的空间型。不是我吹牛，就凭白雨凡现在的情况，仅仅依靠维持不了多少的‘时间契约’，即使装备再好也不管什么用，能坚持到你去就挺不容易了。”

藤泽十萌听了也轻轻呼出一口气，有些不安地摸着“红烧肉”，似乎刚才几分钟的战斗还让她心惊胆战。

“当然，也辛苦你了，藤泽。”少年似乎是考虑了一下才说出来这句话的。

“没有的事，我只是太紧张了。”藤泽十萌喝下了一口少年准备好的卡布奇诺，放得久了，有些凉。

“白桑似乎找到了破解对方能力的方法，之后就昏过去了，醒了之后我和他说了几句话就离开了……”

“你跟他交谈过了？”少年突然像是很在意一样，直接打断了藤泽十萌的话。

“嗯，没说几句，他醒来之后几乎都沉默着，唯一说过的是要我不要再插手这样的事情，还有……‘谢谢你’，他是这样说的。”

“那也没什么实际价值，”少年把头撇向一边，“可以确定白雨凡似乎不想让跟他接触过的任何人参与到联合军的计划中，甚至可以说，根本就是不想。而左毅似乎还是想要让‘素体’作为最终的也是必要的大杀器，我之前还停留在‘这样的孩子可能根本就没有战斗的能力’这样的想法上，但是……”

他从身后的手提包里拿出了自己的笔记本电脑，上面还是温热的，显然是刚高功率使用了很久，前不久才转为现在的待机状态。他的手法相当熟练，调出了那个他已经看过无数遍的视频。

画面模糊得很，只是依稀中能看得见一大片延伸至视野尽头的火海，里面像是被分割为了两片战场，其中一边是两个人正举着刀剑对拼；另一边则是一群持枪的人正逼近四个躺在地上的人，从身材上来看，这四个人还是些孩子。

“今晚，‘龙骨’接了命令，要去活捉‘素体’，据说就在这五个人之间。这是我们的成员在很远的地方拍摄到的，只是看不清人脸，有些可惜。”

“‘素体’……已经被发现了吗……”藤泽十萌自言自语道。

“按照拍摄者的说法，在这之前，这四个躺着的人里面唯一的男性用手枪击毙了三名‘龙’的成员，之后被榴弹伤到，成了现在的样子。”少年在屏幕前比画着，“火是怎么来的已经确认不了了，现在警察大概已经去收场了吧……不知道能不能再捞出点信息来。但我猜测的是，有人引爆了周围的汽车，虽然一辆车还不至于产生这种情形，但如果是紧挨着的话，就不一定了，再加上‘龙’的确喜欢用成片的车队来将目标逼死，不过，我也只能想到这里了。”

少年说罢，按下了播放键。虽然看不清人脸，但至少能辨认出来其中一位黑色长发的女性以极快的反应力和柔韧性起身，顺带着从地上（不知道哪里）摸来了那把手枪，对准了剩下的……大概有十几人开枪，期间还很娴熟地换了弹夹。从对准最左侧方向的人开了一枪之后，明显全身因为巨大的后坐力有点后仰的动作，但很快压制了回去。完成这套动作的同时，她又略微改变了方向，朝着右边的人开了一枪，这样的动作反复着。藤泽十萌看得出，每一次开枪的后坐力对她的影响越来越小了，她似乎找到了用枪的窍门。

“你猜猜这十二枪的动作，她花了多久？或者说，我用了多少倍的慢动作处理，才让她的动作像一个专业枪手能达到的模样？”

“等等，你是说……”藤泽十萌本能地把进度调回了开头。她发现，不论是那十二个“龙”的成员，还是更远处拼刀的两个人，几乎看不出来有动的迹象。是加速吗？可是加速能力的极限也不会达到这种程度。

“是‘时间契约’，除了白雨凡以外，她是世界上第二个使出这种能完全压制单纯的‘加速’能力的人。”少年这样说道。

他将倍速调回了正常，十二人一齐中弹倒下，而开枪的那个人也忽然间像是昏厥了一样，仰面倒在地上，不管怎么看和起身开枪前都是一样的情景，如果不去看另一边那十多具尸体的话……

“看来能确定了呢。”少年将视线重新转向藤泽十萌。看到她怀里的“红烧肉”已经睡得很沉了，他很庆幸这小家伙没看到这么暴力的场面。

说实话，十二人一齐中弹倒下的场面，他自己都没见过，更不敢想象，如果是这样的人，世上又有几人能有还手之力？实际上，刚才这样的能力使用幅度，就算是拥有同样能力的白芜常也一直没能达到。

“这五个人都是和白雨凡同行的人，这一来，白雨凡一定不会想要他们也卷入这场计划，或者说战争。”

“这样一来，不论怎样，‘龙’都相当于坐收了渔翁之利啊……”藤泽十萌感叹道。

“确实。‘龙’的目的是以强大的力量在世界上建立起稳定而无法触碰的秩序，他们正是因为不愿挑起任何形式的战争，才会平稳发展到今天，甚至已经和警察融为了一体。联合军也一样。而想要达到这样的目的，这世上就不能同时存在两个大的势力，所以他们之间才会有争斗。‘龙’和联合军，或者说左毅，都不想放弃掌控整个世界权力与力量的顶点的机会，所以才会这样。至于给了左毅这样的理论基础和竞争资本的，大概就是白雨凡了吧，毕竟是他将联合军法变成了现在的样子。”

“只是，白雨凡因为什么样的目的而和左毅站在同一战线上，我还是没弄明白。”这是少年憋在心里没说出来的话。

“白桑，是小猫吧……”藤泽十萌突然这样说，让少年有点摸不着头脑。

“一只脆弱的小猫，对这个世界担惊受怕的，非常敏感。小猫咪啊，你顺着它的毛去抚摸，它就会安心地躺在你怀里，不论你们以前是否见过。我想，白桑也一样吧？”

她自始至终都在抚摸着怀里的那只小公猫，好像能回忆起当年把它抱回家时的感觉，也好像能看得见很久以前，自己曾抱过的那个对自己和有纪无比信赖的小男孩一样。

5

当白芜常看见旅馆大厅里那枚大钟的时候，他才发觉自己竟然淋着雨走了将近三个小时了。他原本还想早点再见到他们，好确保自己所猜测的最糟糕的情况没有发生，不过这时候他们大概都已经睡了。这样也好，想到不用因此见到自己并不是很想见到的人，白芜常松了口气，只要先看看付静轩什么状态，那么于佩杉以及其他人的情况也大致可以确定了。

也或者，今晚本来就是自己多虑了，那帮自满的黑帮不会有那个心眼儿去直接从“能力系统”本身这个方面去考虑，更不会证明“素体”的存在，不论他们现在的实力能正面击破多少个国家的军队，只要有一位A级能力者神一样地出现，这场战斗就会迅速告终。

即便是凡人之躯，想要比肩神明，也只能追着神明的影子不断奔跑。

然而现在让白芜常头疼的，是他遇见了自己最不想见到的情况。

王紫陌——这家伙一个人倚靠在走廊的中间，很明显是在等自己。除了他之外，那些白芜常更想见到的人则连个影子都没有。不过这黑灯瞎火的，也没什么影子了。

于是他没理会王紫陌，装作黑灯瞎火什么都看不见的样子。这样就好，但愿可以不引起这家伙的注意，但愿这家伙只是闲得没事干在这儿站着愣神而已。

不巧的是，他刚做好闷头走的打算，王紫陌就“意料之中”一样，一把拦住了他，准确地说，其实只是看白芜常有些站不稳，所以扶了他一把。

你干什么？——白芜常原本是打算这么说的。可话还没说出口，王紫陌像是预先准备好了似的，扶住了白芜常的身子，另一只手精准无误地伸向了白芜常腰上那大得惊人的口子。就是这一处伤口，险些让白芜常被拦腰截断。

暖流。此时此刻，白芜常感到某种东西突然间从王紫陌的指尖传遍他的全身，这大概就是所谓的真实的暖流了，现在，这些数不尽的暖流正在逐渐编织——编织出了全新的肉体。

好几个小时前留下的重伤，虽然白芜常当即用了止痛剂和止血剂，但还是因为刚受伤时瞬间失血过多而意识有些恍惚。好在藤泽十萌在他昏倒后做了点消毒工作，让他能撑着走回来，不过不知道这雨水是不是已经把碘液都冲干净了。

等到回过神来，借着走廊顶上低矮的镶嵌在天花板上的小圆灯，白芜常看见自己那件撕裂了一大块的白衣之下，是接近于洁白的而又瘦弱的肉体，如果不去看这衣服的大口子，真好像今晚的这些事根本没有发生过一样。

大概是作为联合军高干的缘故，他来不及去感叹这奇幻得令人不仅有些惊悚的恢复能力，那一瞬间，他甚至有了再次拔出“干将”，将眼前这个帮了自己大忙的人的头颅砍下的欲望。

“你是什么人？”

“B级能力者，王紫陌，拥有身体自愈的能力。”

白芜常的牙齿咬得咯咯作响。不知道为什么，似乎是那股暖流还没有完全从他身上散去，渐渐地，他已经疲惫不已的身子麻痹得丧失了力气。在不明的原因下，他压抑住了攻击的冲动。可是他很清楚，已经登记的一百四十位B级能力者名单中，没有王紫陌的名字。

的确，在篝火晚会之后，他抱着对王紫陌的剑技由衷的欣赏，在无能力者的名单里找到了王紫陌的名字，照片和身体资料完全吻合。那么又是什么原因让这个人有自信说自己是B级能力者呢？那些暖流如果不是能力，又会是什么？又难道说，在自己无孔不入的联合军黑卡之下，还隐藏着不为人知的事情？

——不应该啊……他知道身体自愈的能力，没有一位C级以上的能力者有这种少见的能力。

——我记得的，自愈能力是没有传递性的，使用时也会有伤口消毒时的刺痛感，可是这家伙居然……

——难不成……这种能力在一般的身体自愈能力之上？就好像那个A级电力能力者之于藤泽十萌一样。这根本就不是不为人知这么简单而已了，可能这就是左毅那家伙所掌控的见不得人的秘密。

——可为什么会这样？如果连联合军黑卡都没有查询的权限……难道是，因为他爹是……

“这样的伤口，难道你也……”王紫陌突然问道。

——是“也”。啊，看来自己所猜测的最糟糕的情况还是发生了，是这样吗？

“你真的是多管闲事……”不知道为什么，白芜常还是本能地推开了王紫陌的手，只是和之前不一样的地方在于，这次他在很生硬地拒绝了王紫陌的好意时，心中竟然被某种不由自主产生的情感所填满，甚至让他羞愧得有些抬不起头。

他很想问自己这又是为什么，但不敢问。

背对着王紫陌的目光，白芜常走到走廊尽头的房门前，拿着联合军的黑卡充当门卡进行识别，好在作为世界军队的技术不算劣质，他成功地把门打开了。不出意外，房间里暗得伸手不见五指，白芜常不想再捣鼓那个进了水的夜视系统，按着自己的记忆朝床的大致方向走去。之前他都睡在距离门近的一侧。

其实是应该洗漱的，身子都脏得不行了，只是现在他也犯懒癌了，干脆敲了敲骑士剑项链，把白色作战服换成了干净的便装，抓来不知道是浴巾还是地垫的东西就往头上一顿乱擦，之后随手扔到地上，就要上床睡觉了。

“什么玩意儿？”他不自觉地脱口而出，但没有人应答他。

他把手伸向自己本应该睡的区域的正中央，恰好和另一只稚嫩的手碰到了一起。但白茫常到底是白茫常，他不会和一般的男生一样因为这种事脸一红，心情激动。他只是想到该不会因为自己之前喝酒，让付静轩也忍不住尝试，结果把她自己灌醉了吧……

按理说，付静轩这种人睡觉是不会平躺着把四肢伸得这么直的。

刚才就想怎么这个手让人感觉在说近不近，说久也不久的时候碰过似的，躺在双人床正中间，霸占了白茫常和付静轩位置的女孩不是别人，是那个最不让人省心的于佩杉。

想到这里，他又本能地想要脱口一句“下去”，结果不知道为什么，这句话死在了自己的意识里。令他奇怪的事情最近越来越多了，要归咎起来，就是从那天晚上在学校的喷泉池那边碰巧遇到穿着睡衣溜出宿舍的女孩开始的，自己一直以来已经无意识地持续了四年的习惯，那种下意识地回避别人，不愿和别人接近的本能，也在这之后渐渐地、无意识地被新的情感所掩盖了。

那是种说不清道不明的情感，似乎自己真的开始好好地关注他人了，不论是身体还是心理上，并且正在以某种属于自己的方式让自己也能和其他人一样，把心里面对他人真正的情感以实际行动表达出来。

白茫常不自觉地从床边走远了，他没有意识到自己正微笑着，拖着细碎的步伐，试探着走向房间的另一边，电视机的对面，那边有一片比较宽的空间可以供自己躺下睡一觉。不巧的是，那里也被提前占了“座”。

因为于佩杉霸占了两个人的位置的缘故，付静轩只得躺在这里，而白芜常差点一脚踩了上去。

电视机电源处在待机状态，上面亮着一处橙黄色的光点，也不知是碰巧还是天意，正好让付静轩脚踝上被磨得见了血肉的地方清楚地暴露在了白芜常的视线中。

白芜常意识到不是所有人都和王紫陌那样的自愈能力者一样平安无事，准确地说，自己所猜测的最糟糕的情况出现了，那就代表着他们并没有都平平安安的。自己所赠予的手枪的枪口已经吹拂过了硝烟，一切都发生了。

因为自己。

就算是黑帮，“龙”也是有着绝不伤及无辜的准则的，虽然许贤傲杰一家管控的支部并不是践行得很好，但本部依旧十分看重这一点，正因为如此，白芜常才会因为“‘龙’绝不会有去骚扰四个无能力者小孩的闲心”的理由来自欺欺人，认为仅仅是他最近伤了支部的元气就引来自己和身边的人的杀身之祸。

不过既然已经发生了，那么也可以下结论了：“龙”不会放过那些招惹他们的人，以及那些人的家人、朋友。

所以，或许只能那样做了。白芜常没有多想，“数据化实体存储”变换出纸笔，将就着趴在窗台上，凝望着窗外在动乱之后重新恢复的车流与人流，他知道这样的情况是他所为，是他的到来让这片原本平静的城市又一次蒙上了血色。就这样，他写下了一行又一行绝望的话。

最后的名称，他想了一想，还是决定写给于佩杉，如果她想让别人也看到这封信的话倒也无妨，只是但愿自己这不成形的字体他们能辨认得出。

更让白芜常有些难以忍受的，是因为自己有很多字压根儿不知道怎么写，只得写几个字就上网查，查完之后，原来句子想要表达的意思又忘了，就好像想说的话说了一半因为结巴而被打断，最后变了味道。

白芜常原本以为自己会用一个小时的时间写下两三张纸，最后却用了同样的时间只完成了信纸的一面。

其实错的不是这个世界，而是自己。自己从出生开始就是要被从人群中隔离出去的人，就算是和人们待在一起，也只是一个饱受偏见和鄙视的存在罢了，即便会有愿意接近自己的人，最终的命运还是因为自己而连累他人，轻则身心受伤，重则像那个火海中的女孩一样，永远长眠于自己的记忆中。

其实从出生起，自己就不该去接近任何人，这样想着他人的行为真的是蠢死了，假借着取得“重点保护对象”的理由，最后自己给他人带来了什么？其实只有自己是最清楚的。

“果然，我真的，还是……还是和以前一样……”他不知道这是在问谁。只是在停笔的一瞬间，原本以为自己的情感不会有什么太大的波折的白芜常猛然发现泪痕已经淌过他的脸颊，滴落了几滴在信纸的署名上。

他叠好信纸，塞进一个不知道以前从家里哪儿找出来的粉色旧信封，包装好。

——如果自己的存在，只会像现在这样给身边的人带来不幸的话，那么我就不该去接近他们。

——啊，也可能，自己只是被突然出现的、来自那些人的好意冲昏了头脑罢了，现在清醒过来了，也应该做些什么了。

其实在这之前，在这一切发生之前，白芜常就已经有了很明确的打算。白芜常查到了樱花国际学校里有跟“龙”有着直接关系的人，这是他以一个不知名的神秘的身份向“龙”挑衅，进而发动攻势的机会。虽然他不知道自己一个人到底有多大的胜算，但至少他做好了最后与他们同归于尽的准备。

是的，只要能让那个女孩再对自己叫一声“哥哥”，哪怕是对着自己的尸骨或是坟头也好，一声就好，那曾经无数次将白芜常从心中漆黑的沼泽中拽出来的两个字，怎么可能会是遗言啊？

不知道怎么的，他又打开了信封，将结尾那一行“有缘再见了”画上两道横线，在下面写上“以后一定还会再见到的，请不必担心我”。——即便那是在他死以后。

凌晨两点半，白芜常带上了自己全部的行李，最后将粉色的信封轻轻地塞进于佩杉睡衣胸前的口袋里，看样子，同样的淡粉色不会很明显。

他有点好奇怎么这件睡衣乍一看就像在地摊大甩卖的时候买的一样，不过也不太想去注意这些事情了。

“再见了，于佩杉……”他轻轻地关上了房门。之所以这样轻声地自言自语，是因为他并不想让于佩杉真的听见这些话，甚至连语气都变得不一样了，“谢谢你，为我做的一切……”

白芜常轻敲骑士剑的项链，已经远程修补好的白衣重新在流光下显现出来。他抬起右手，用衣袖遮在眼前……

“当然，也谢谢你们了……”之后，他放下了胳膊，眼神恢复了一个月前的样子，好似入学后的事情都没有发生过，反而是经历了无数鲜血的洗礼一样，依旧是包含着怜悯、憎恶、嘲笑、孤独和冷漠的眼神。

——就算我不在了，你们也要好好活着。

开 端

1

于佩杉：

当你看到这封信的时候，我大概已经在飞机上，抑或是已经回到樱花源了。写这封信的时候，是想到你醒来后如果找不到我，请不要为我担心。

明天会去当地的神社看看吧，听说你今晚带着他们挑了喜欢的和服。我也看见你替我选的那件了，雪白的颜色，我很喜欢。

只是除了让你知晓我已经离开这里的事实以外，包括因为不能亲自穿上你们为我挑选的衣服了，我也并不希望这会影响到你们好好玩的心情。因为家庭以及一些其他的不太好说得明白的原因，我不得不提前回去，并且为这些很重要的杂事去连着耗费很长的时间，这样一来，不论是与你，还是与其他人，我都很难再和你们见面了，如果再说得糟一点，我的所有联系方式都会弃用，这也是迫不得已而又很必要的。

如果这样真的伤到你们了，那真的很抱歉，只是有时候，要走什么样的方向，并不是自己决定的，也可以说，我们从出生起应该以什么样的方式活着，是早已经决定好了的。所以比起单纯的抱歉，此时觉得会因此伤到你们，让我感到无可奈何。即便这样，你们，当然尤其是你，不要再来找我了，我知道这样的话可能我们真的没有机会再见面了，但是，我真的不想让你们见到我以后的样子，即便在学校里我一直保持着自己心里真正想要的模样，可我还是不明白以后会是什么样，但因为我明白那不会是任何人期望的样子，所以才这样说。

从前，我跟我爸妈的关系一直蛮紧张的，他们好像总是对我像是恨铁不成钢一样，让我学那些稀奇古怪的东西，还老嫌我笨，就像付静轩一样。因为没怎么和同龄人接触过，所以你能接受我的存在，并且这样欢迎我，我真的既高兴又感激，只是，恐怕这些也要成为埋藏在心底的美好了吧。

本来想说很多话的，结果最后因为各种有的没的理由，又写不下去了。

谢谢你。

有

信上的字在这一行被反反复复地画去了，只有仔细看才能觉得第一个字大概是“有”。

下一行大概是在画掉上一行之后新写上的。

以后一定还会再见到的，请不必担心我。

白芜常

2015年7月15日凌晨

“为什么啊……”

距离日本之行已经结束了半个月的时候，穿粉红色睡衣的女生一个人躲在被窝里，用微亮的小手电照着这张明显有些年份的信纸，以及之前一直包裹着它，已经有了明显掉色的粉色信封，不管怎么看，这和写信人的形象都不怎么符合。她一个人自言自语着：

“明明说好的……可是这要我怎么去相信啊……”

她一个人躲在被窝里一个劲地胡乱抹着眼泪，滚烫滚烫的连带着她的脸颊一齐烧得通红，她不管，也不管手电掉在床上随意地照亮一处小角落，她突然感叹自己好傻，明明只是自己生命中短暂的过客而已，明明本该走着走着就散了的，却不知为什么现在要在散了这么久以后还一个人躲着，并语无伦次着，简直像个懦夫一样。

烦死了！可是，她却也相信，这是她人生中所遇见的唯一一个敢于为了让别人坚持内心而不惜直面那些阻碍的人，即便那些人是她的家人甚至父母，白芜常也会永远站在她这一边，甚至这种事情连于佩杉也可能做不出来，或许就是这样的话，即便是过了这么久了却还是很清楚地在脑海中回荡着，魂牵梦绕，似乎这是在暗示着自己，是时候真正地为了自己去做些什么了。

2

“早安，于佩杉。”付静轩到了教室，一如既往地和同学打声招呼，于佩杉也依旧是到得比较早的。

“早啊，静轩，你昨晚没休息好吗？黑眼圈好大……”

付静轩脸突然一红，赶紧拿了镜子照一照，但其实没有什么太明显的地方，虽然是黑眼圈，但洗过脸之后已经消去很多了，于佩杉不愧是细节控，只是看了一眼就发觉了。说实话，付静轩最不想被发现黑眼圈的人，大概就是她了吧。

虽然于佩杉平时还是那么平易近人，安静之中仍带着几分开朗的感觉，可付静轩总是觉得，自从那天晚上之后，于佩杉就开始刻意地在隐藏她自己的情绪了，毕竟作为认识比较久的知己，付静轩在这方面的观察比苏凛要仔细一点。其实苏凛也注意到了于佩杉这些偶尔的不自然，但没有想到那些方面。

“呐，我听他们说食堂新出了关东煮，中午我请你去吃吧？”

于佩杉没有像付静轩印象中那样听见吃的就两眼不住地放光，她只是点了点头，抿着嘴轻轻地笑着：

“好啊，可是我家里有钱一些，应该我请你才是。”

“哎呀，于佩杉，你跟我客气什么嘛。”付静轩摆着手，本来是想讨好于佩杉所以要笑一笑，却不知道怎么回事最后成了明显的假笑，反倒弄得气氛怪尴尬的。

越来越奇怪了……付静轩本能地有了这样强烈的感觉。她陷入这样不安的感觉之后，甚至没注意到于佩杉向她点头笑着说的那句“谢谢你”。

她不敢去找品学兼优且玉树临风的王紫陌，怕被人在背后指指点点、说三道四。之前那位崔元祯她虽然没忘，但他真的是个大忙人，付静轩几乎找不到什么时候崔元祯是在独处着。苏凛已经和她聊过好几次了，她对白芜常的情况一无所知。

虽然按照苏凛的说法，于佩杉大概是因为认识到她在七月十四日晚上，和崔元祯一样借助能力开枪打死了好几个人，因此感到很自责，可付静轩一直觉得是因为白芜常突然人间蒸发加之开枪伤人这件事，让于佩杉陷入了迷茫。她一直很重视白芜常，但也分得清朋友和恋人的界限，或许当白芜常再次出现在于佩杉面前的时候，这种无形的甚至无处表现的奇怪的感觉多少能画上句号。

可惜白芜常走得比任何人想象的都彻底，时至今日，付静轩也终于是放弃的念头大过了自己的期望。如果就此放弃，让于佩杉能脱离以前记忆的束缚，或许未尝不可吧。

只是不知道这样安于现状的有些颓废的想法，是否对得起同样为了帮助舍友而暂时放下对暗恋对象的追求的苏凛了。

所幸这些事情没有耽搁学习，不然被妈妈知道她成绩下滑，很容易顺水推舟，想到付静轩为学习以外的事情分心。于佩杉可能真的很聪明，或者是她的心思一直没有受到外界影响，成绩一直还是很领先的。

听说到了九月底，也就是这个月的月底，就要开全校的运动会了，只不过这一年学校里只有他们一届学生。付静轩本来打算去报两个跑步的项目，但又怕同学们因为把她运动场上的样子跟学习委员的职位对应不起来。苏凛好像这几天也在帮宣传委员准备入场的表演节目，她还被问及之前篝火晚会那种非常真实的场景还能不能再弄一遍。付静轩当时无奈地笑笑，说自己只是个当主持的，真的不知道那到底是怎么回事。

对了，篝火晚会……于佩杉在晚会结束时和付静轩说过，本来剧本中最后的场景是暴雨下的广场，不知道为什么变成了火海一样的场景。于佩杉当时在装死，所以闭着眼没看到，“火海”也只是别人告诉她的，这样一想，付静轩记得她不安地四处看的时候，发现地上每一处明亮的地方都有倒影，就好像所有人都站在一面庞大的镜子上，而镜子正不可思议地被火焰侵占。

或许是见过了一次，所以在被藤泽夏树袭击时，那样的火焰比起晚会上那虚构的火，单从表面上看也显得逊色了很多，那样的场景，算得上是灾难了。

这样一来，她更加不清楚那时候白芜常是怎么演下去的了。而且最后和主角打斗的反派又是谁演的？从外观上来看很难辨认出男女，张书纶也不承认那是他演的。

“静轩……”付静轩猛地抬起头，才发觉自己刚才想事的时候都快趴到桌子上了。

“中午还是不去了吧，真的很抱歉。不过，我会再找机会请你的。”

“不用不用，这本来也是我提议的。”

于佩杉还是和两人刚见面时那样，微笑着摇着头。不知道为什么，比起以前那样从心底喜欢这个女孩的微笑，现在每当看到她的微笑，付静轩则是感到很痛心。

“我要去找一下王紫陌。”周围有几个人，应该说至少有十几个人抬起头看着她俩。

“啊？为什么去找他？”

如果没什么事的话，于佩杉不会违背先前和别人的约定。

“我想问问他，对那时候的日本男人说的话知道多少。静轩，你也听到了吧，他们的目的是找到‘素体’，如果我还在这里的话，恐怕迟早还会牵连到你们。”班里叽叽喳喳的，虽然于佩杉说话的声音不算很大，但毕竟两人的座位有一段距离，还是有人听见了隔空传话中的几个关键词。“也是……想让王紫陌帮一下我吧，我听别人说，王紫陌的父亲就是当地的警长，我想，如果有庇护的地方的话……”

付静轩感觉出来，于佩杉有意地把崔元祯的名字略去了，那个平时嘻嘻哈哈，有时候又很寡言的家伙，当他拔枪护住了三个女生的时候，付静轩由衷地对他感到钦佩，以及希望他能够平安无事。

“为什么，你真的确定吗？”只是因为那时候突然用了很强的能力，就说自己是什么“素体”，这样的逻辑换作谁也不会接受的吧？付静轩这样想。

“没有为什么，静轩。可能在我清醒过来之后，发现自己的确和别人不一样，我也更加清楚地意识到了自己是什么样的存在了。这些都是很不容易解释的事情，也不太适合在这样的场合谈起……”

“那到底是什么样的事情啊？”付静轩完全没意识到，于佩杉突然停了下来，包括整个班级，突然变得鸦雀无声，因为班主任走进了教室。

3

“找我有什么事吗？”王紫陌已经在约定好的地方——喷泉池的中央亭子下等待一段时间了，他有早到的习惯。

“今早的事我听说了，付静轩还被你们班主任批评了一顿。”

于佩杉点了点头。既然付静轩已经耐不住性子把大概情况都跟王紫陌说了，那么便直奔主题吧。

“你真的确定吗？就是你是‘素体’的事情。”

王紫陌想着，如果把这件事告诉父亲，那么父亲也的确是有办法做得到把于佩杉接到一处庇护所的，至于为什么关于能力者的事情不直接联系当地的联合军驻军，他也是能猜到七八成的，虽然没直接听父亲说过，但他偷听过父亲和同事在电话里的一句：“联合军的那个混小子，咱跟他的联系就只是他单方面发来的工作报告了。”由此，王紫陌大概猜到，樱花源当地的联合军身份相当隐蔽，不是那么好找的。

于佩杉在他意料之中点了点头。

“能解释一下原因吗？那个时候，和我交手的那个男人，藤泽夏树，也说了多少关于‘素体’的事情，他似乎是期望我能道出一些消息，又或者有别的什么原因，所以对这些我也有一些了解。”

“崔元祯，还有我们，那个时候被榴弹炸伤了，我是伤得最重的那个，可是，等到事情结束了，我竟然毫发无伤。”

“嗯，是跟我一样的能力吗？”

到了饭点，几乎没人会在外面闲逛，更没有人会在这里听这两个人说话，王紫陌觉得这的确是个极好的机会。

“还不止这些。我从没碰过枪，可剩下的人，好多人，都是被我……”

身体自愈是属于能量型的能力，崔元祯射击上的天赋来源于空间定位的空间型能力，而作为三大类的能量、空间和电力，是不可能共存的，无论是藤泽夏树还是“度娘”，都是这么告诉王紫陌的。但藤泽夏树比“度娘”说的更多了一点。

“是三大类的集合，而又不同于它们中的任意一个，是这样吗？”他一个人在脑海中这样想着。于佩杉大概也是查到了这方面在网络上的学术资料，所以她才觉得自己是不同于其他能力者的特殊存在吧。

如果是这样的话，那应该还有电力的能力才对。

“于佩杉，那个……你控制过电流吗？”

于佩杉摇了摇头，用带有疑问的表情看着王紫陌。这到底是还没有表现出来，还是她自己不会使用呢？

不同于“身体自愈”和“空间定位”，王紫陌和崔元祯的能力都有点像一般游戏上说的“被动技能”，但“电力”这样的词，很难让人把它和“被动技能”挂上钩。

“这样吧，我今晚回去之后会和我父亲说明一下情况，再让他尽可能和联合军取得一些联系，这样的事情联合军不可能置之不理。另外，联合军那边对‘素体’应该也有比咱们更明确的判断，所以我想，我们先不要轻易下结论。如果联合军那边能确定的话，再让警察对你采取一定的保护措施。”

“可是……”

虽然接触不多，但王紫陌还是意识到这是于佩杉少见的、正十分焦急的样子。她两手紧紧地交叉在身前，死死地握着，让人看了不禁担心她会不会把那双动人的手给抓破。

“如果还不做些什么的话，如果我还在这里的话，我真的会连累大家，就像那天晚上你们受了很多伤一样，我真的很对不起你们。所以……真的不要让这样的事情再出现了，我在你们的身边，只会给大家带来不幸。”

王紫陌深深地憋住了一口气，他终于明白为什么付静轩会因为大声说话被班主任狠批，却还是一根筋一样来找自己，想让自己帮于佩杉一把，不论于佩杉“素体”的身份是否坐实，她都已经深深地认为她对于他人而言是不幸的存在，也本不该待在他人身边，更不该和任何人接触，甚至……本不该存在于世上。

大家却不知道在此时，也同时有着这样的想法的另一个人，已经以他计划好的不再和他人接触的样子，生活了将近两个月的时间了。

“不是这样的。”于佩杉仰着头看着比她高出十五公分的王紫陌，虽然处在大理石亭子下的阴影中，他还是能看到于佩杉眼眶边缘那闪烁的泪花，或许那深藏着无助和歉意的泪滴中，即便是微弱的光也让这一小片亭子下的阴影变得明亮。

“你没有做什么对不起别人的事情，也没有什么地方会给别人带来不幸。大家觉得能够认识你很幸运，不是吗？所以，你能好好地活在大家身边，一定不是什么不幸的事。如果还有像之前的事情发生，那么，至少我一定会与你一起面对。不是因为什么其他的理由，我只是不甘心……不甘心看着身边的朋友们在我的面前倒下。”

王紫陌紧紧地攥着于佩杉的双肩。这一瞬间，他似乎感到这样的动作，这样的话，他以前在什么时候也对谁说过，只是怎么也记不起来了，大概是很久以前了吧。但至少现在，他从心底萌生了想要保护这个女生以及所有人的安全的心愿，这样的心愿自从那一晚的战斗开始就显得越发强烈了。

“谢谢你……”于佩杉喃喃地说，“我也会尽力保护好大家的，不要替我担心了，好吗？”

当王紫陌看着这个女孩歪着头，脸上露出了从心底发出的笑容时，他相信自己真的成功了，以前那个于佩杉回来了。

“这样就可以了吧……”他这样想着，在心里暗暗地想去问一下付静轩。他大概感觉得到那个普通的女生在为她的知己所付出的努力，比起付静轩，王紫陌觉得自己做得太少了。

4

“祝杉儿十三岁生日快乐！”苏凛在贺卡上写下这样的话之后，小心翼翼地放进预先准备好的礼物盒里，却又总觉得还少了些什么，于是又拿出来，在上面小心地画上一颗金灿灿的星星，画好后又在旁边画上两颗小一点的星星。这张生日贺卡以及礼物盒里的八音盒，是准备在九月二十二号送给于佩杉的生日礼物。

为此，她不惜晚上撒谎请病假跑到万达广场来准备，可能现在她请病假的通知已经发到了母亲的手机上，但事已至此，她管不了那么多了，并且她并不觉得这是会让自己后悔的事情，相反，如果只是口头上的祝福，反而会让她更加愧疚。

她看了一眼时间，发觉自己在这里打包礼物已经从七点做到八点多了。她把打包好的盒子装进袋子里，准备起身离开。

刚离开礼品店的苏凛一眼看见了一个让她很容易注意到的人，虽然只是看得见他白色风衣的背影。苏凛后知后觉才反应过来这个白衣的男性正在做的动作是什么。

他从腰间抽出一个银白色的金属手柄，举起的同时，随着手柄上流动着的光芒，他的手里凭空出现了一把手枪，他做的是和之前崔元祯一样的动作——拔枪射击。

意识到这一点，苏凛本能地想要跑掉，那个白衣男子与她距离不过十米，如果真是要火拼，那么苏凛肯定会遭殃，然而……

枪口上没有出现火光，甚至是开枪的声音苏凛都几乎没有听见，却已经射出一段亮绿色的光束，笔直地贯穿了不远处一个行人的脖颈。被击中的人一声不吭，瞪大了眼睛，笔直地后仰，倒在地上，随之而来的是人群的惊慌逃窜。在看到离自己也有差不多十米的距离的人被射杀之后，苏凛才意识到自己正处于双方围成的圆心上，加之人群的乱窜，更是把原本通行的路几乎堵得水泄不通，她不禁后悔起来自己应该早一点走，现在也来不及管那把能射出比签字笔略长一点的光束的手枪到底是怎么回事了。

出乎所有人意料的是，与被击中的人同行的三个人竟然同时拔出手枪对准那个白衣男子射击。在开过一枪之后，苏凛已经能看见白衣男子的侧身，但现在她来不及在意这个人了，她注意到白衣男子的后方有一处人比较稀少的地方，大概从那里就可以赶快离开现场。

二楼往上的地方，中间有玻璃围起来的空档，而这面一米左右高的玻璃就在这白衣男子身后的不远处。虽然能更快离开，相对来说也有些危险，如果擦枪走火的话，说不定就成了枪下的亡魂。即便这样，那也是苏凛唯一可以离开的地方了。在最后轻轻抚摸了右手上天蓝色的手镯过后，她不假思索地跑向那里，随即听到了更猛烈的枪响。

就在她的正后方，传来了金属对撞的巨响，随后，两半子弹从苏凛的脚边滚过。尽管时间紧迫，她还是压不住好奇宝宝一样的心态抬头看了一眼。——怎……怎么会？

5

“嗯，嗯……”高木敕对着电话点头哈腰，依旧是那件黑色长袖校服搭配黑色刺猬头。

“藤泽十萌已经办好了签证手续，大概不用一周时间就可以到达樱花源。嗯……而且，她还带上了她弟弟藤泽有纪。”

电话另一头的，高木敕的祖父高木健差点就要问候藤泽十萌的母亲了。

“唉，您也知道的，藤泽姐弟关系特别好，这也是没办法的事情。况且，这两个孩子相依为命也已经有六年了，虽然我们一直私下救济着，但政府还是督促警方用强制手段送他们进收养所，只不过每次都被十萌那孩子用能力赶走了……总之，这两个人恐怕就是死也要死在一起了吧。”

毕竟当年作为藤泽有纪的发小，提出私下救济的事的人也是高木敕，他自然不喜欢让别人说三道四，即便是德高望重的祖父——“后方黑暗”的领袖。

“听我说，敕，等你坐到了这个位置，你就会明白了。”这已经是高木健不知道第几次的说教了。

“那么，你觉得我们为了最后支持这场争权夺势的任意一方，却要牺牲掉跟整件事都毫无关联的人，这种事情……就算是神明也不会同意的。”

“这世上哪有什么神明啊，孩子……”高木健依旧语重心长，这或许是他作为一家之长的特别之处。

“神明，说到底也有着七情六欲，跟那些高阶能力者没什么区别，说到底，只是理论上的强弱区别罢了。虽然这可能不容易让你接受，但是有些人，真的是留不住的。”高木敕长长地叹息着，可高木健没有停下来，“更何况，这世上没有会为了避免他人的牺牲而放弃自我的人，无论是人是神，至少在我这八十多年以及了解过的千百年的历史上，是从没有过的。”

——如果可以，我也真的希望，你能成为这样的人。

这是高木健在心里默念着，却没有说给自己的孙子听的话。

6

“退后！！”白芜常一边大喊着，一边将苏凛推搡进了人群，他明白，这帮人不会冲着人堆扫射。

“等等……”苏凛刚要说话，突然意识到四面八方多了好几个持枪的人，仅仅看穿衣打扮，和一般的市民没有任何区别，却能突然间从腰间抽出微型冲锋枪一类的凶器。她简直不敢相信自己曾在这样的地方待了有一个小时的时间。

她还想要跟白芜常说几句话，那的确是他。苏凛想起来了，这是篝火晚会的演出上白芜常穿过的衣服，那种偏向深沉的声音、太平公主一样的身材，以及难以描述出的神态，这世上根本找不出第二个将这些特征结合在一起的人了。

只有那么一瞬间，她抬起头和白芜常的回眸对了上去，透过那股眼神，她甚至看得出来他心里正抱怨着“哪个不长眼的在这儿瞎跑”这样的话。那种焦急的模样比以前催自己起床上学的妈妈还要让人不知所措。苏凛不知道白芜常是怕会影响他那种开枪杀人的行为，还是不想让自己卷入这场突如其来的混战。

这样的想法甚至让她在很长一段时间里忘记了率先开枪的就是白芜常。

手枪不知道什么时候已经消失不见，变为一把笔直的银白金属长刀。苏凛对长度这种东西没有什么概念，但是当白芜常将长刀斜向下大约二十度角朝着地面的时候，刀最长的尖几乎是贴着地面的。

刚才的子弹是被这把长刀切断的……

苏凛来不及感叹。她也不知道白芜常说的“退后”是要她往哪里退，所以她只好按着自己之前的想法往人群相对少一些的地方跑去。同时，白芜常喊过那一声“退后”以后，就不太管苏凛的情况了，他右腿后撤了大半个身位，右手上的长刀也随之后拉，随后如同离弦之箭一般冲向正前方的三个持枪“市民”。人们都在紧急疏散着，苏凛甚至有些好奇为何刚开始陷入混乱的CBD突然又像是有人事先安排好了疏散路线一样有条不紊，有那样的一瞬间，她甚至都怀疑这是在拍戏，白芜常不过是接了一单戏份所以不来上学而已。

刚有了这样的想法，身后传来的刺耳的尖叫声就让她回归了现实。只是刹那间的工夫，白芜常的长刀已经水平将他眼前最右侧的人腰斩了，这一刀就像是没有受到任何阻力一样。之后，他自上而下地纵劈了他面前的两人。这一瞬间仅仅流逝了苏凛不到一分钟的生命。

她想错了，她原本因担心白芜常有事而去回头看时，才明白了这场混乱的本质，真正该被担心的，是那些她原以为根本不需要担心的人们。

这不是她以为的围殴，而是饥渴的猎人正贪婪地对猎物的不断杀戮。猎物们想要反扑，子弹倾泻在了白芜常的全身，每颗子弹都无一例外地在他的身上变成了小石子一样的存在，在空气中短距离地弹跳后落在了地上，毫无规律地滚动着，偶尔，白芜常会挥刀切开偏向上方的子弹，似乎是不想让子弹射在头部，这样一来，可以挡住子弹的就是那白色的衣服了。

这样一来，之前他向身前砍的子弹，难道是为了……

底层的地面发出尖锐的机械活动的声响，地面上的瓷砖相互折叠收起，从三楼这里俯视有些像汽车的天窗，敞开的漆黑的洞窟中亮起不同颜色的光点，如同一双双久居于黑暗中且明亮的眼睛正迫切地想看清外面的世界。

但那并不是栖息于洞窟中的恶龙，而是小型无人机。随着喷射装置的轰鸣，尾烟四起，圆盘状的无人机如同火箭升空一样，继而在空中突然停下，整齐划一的机械声再次响起，每架无人机的左右两侧都伸出微型机枪，如同一整支军队拔枪上膛。

“Rocky，扫码并歼灭所有在场持枪人员。”猎人下达了命令。几乎遍布整个CBD的无人机如猎狗般倾巢而出，尖利的牙齿啃食着猎物的躯体，咀嚼着，直到血衣下的肉身被啃食殆尽为止……

白芜常放低了“干将”，轻轻合上双眼，微笑着，用每一处毛孔感受着这一切。“抱歉，你们面对的……”他轻声说着只有他自己听得见的话。“是身为‘联合军第一黑手党’的我啊。”

十 三

1

王紫陌的父亲，樱花源当地的警长，当初拼了不知多少关系把王紫陌送进了这所学校，结果第一学期就碰上了这样的事。该怎么解释才好？王紫陌真的不清楚。

好几年来，随着自己剑术水平的提高，似乎父亲也注意到了这一点，将自己唯一的一台训练仪器送给了王紫陌，这“现实增强模拟”的技术也算是“烟雨”最有名的发明之一了，它可以在不损伤人体的同时完全还原真实的战场，通过神经刺激使人产生真实的感觉，只不过这项技术一直是给军方使用的，王紫陌也一直对这台机器的来源有些好奇。

相比起来，他更在意的是不是父亲真的要把自己培养成一个战士的问题，也说不准了。

当然，在这台机器的帮助下，王紫陌确实有了特别大的进步，在和崔元祯一起的时候也给崔元祯用过，对于射击而言，有这样几乎完全模拟的实战要比单纯的打靶子有用得多。

只是在交给自己的时候，他记得父亲说过，不要让电力能力者在里面使用能力，据说以前有过这样的事例，扰乱了程序，进行模拟训练的军人们几乎无人生还。似乎那一惨状发生在王紫陌得到这台机器不久之前，应该是2012年的时候吧……确实那时候发生了很多事。

全人类联合独立军队驻樱花源分队工作报告

王紫陌向父亲的办公房间的一大摞纸上看去，这摊得相当凌乱的白纸黑字完全不符合自己对父亲的印象，他隐约感觉到这一乱象是被人刻意做成的，大概就像做数学做疯了的学生乱摔乱搅了书桌上堆积成山的试卷一样。

而每一张白纸黑字上都印有像这样的标题，旁边的朝下指向的中世纪骑士剑便是联合军的标志。能加入联合军当然也是王紫陌一直以来的梦想之一吧。这样的纸张以前王紫陌也见过，只不过似乎自从日本之行结束之后，这样的东西就增多了，大概是当地的联合军又增大了管理力度的原因。

每张纸的最底端则是

知晓确认：王守诚

夕阳每到这时便会顺着窗户完整地照进王守诚的办公间，每到此刻，似乎这间没有几平方米的小地方吸纳了整个夕阳的光芒一般，王紫陌从小便喜欢这种景色。即便最近一阵黑夜来得越来越早了，他还是想着要将这如同烈火一样耀眼而又短暂的光留住，留在心里。

——那是父亲的印章。

他稍稍替父亲整理了一下被搅乱的文件，或者说是联合军的“工作报告”。出于好奇，加之也想多了解一些联合军的工作，他将注意力从夕阳移向了这唯有半米厚度的白纸黑字，浑然忘记了自己是为了什么而找的父亲，而父亲又是因为什么和前一阵子一样早出晚归了。

2

苏凛原本以为自己见到了最令她三观崩溃的景象，然而，接下来的场面……

白芜常，那个身着很像研究所人员的白大褂一样的紧身风衣的人，也是在公众面前制造了这人间地狱的屠杀景象的人，在事情结束了有十五分钟之后，再次出现在了苏凛面前。他原本在清掉了最后一个持枪暴徒之后便消失不见了。

“这……这是？”她面对这个人有些结巴了，这也是学校里除于佩杉之外唯一一个在初次见面便能接纳苏凛的人，学校里几乎永远沉默的他，和刚才在沉默之中夺取无数鲜活生命的他，这两个很难有联系的形象在某种程度上令人无法理解地结合着，至少苏凛此时的感觉便是这样。

“拿好，别掉了。”白芜常说着，声音很小，语气也相当低沉。苏凛记得自己每次在家待久了，出门跟人说话时刚开始也会这样，大概白芜常也很久没有跟人说过话了吧……这很像他们两人初次见面时的样子。

只是苏凛不知他本人有没有察觉到，在说这句话，顺带递给苏凛那张生日贺卡时，他的头稍微偏了一个小角度，也就是所谓的“歪头杀”吧。

“啊，嗯。谢谢……”

这张贺卡就是写着“祝杉儿十三岁生日快乐”的那张，之前人流密集的时候不小心掉出来了，苏凛一直没能找到，这就是为什么明明CBD的工作人员都要清场了她还赖在那里不愿离开。

她从白芜常手中接过那张贺卡，好在没有弄脏，说真的，那一瞬间，她真的不觉得白芜常的血腥行为有什么可怕的了。当然了，只有那么一瞬间而已，在她想起了那一幅幅场景：拔枪射穿人的咽喉、连续转身将三个人砍成了好几截、动用无人机对人疯狂扫射，甚至享受着全过程。她不由得后退了好几步。

白芜常还在看着她。应该用“盯”更加准确一些。

“怎么了？”苏凛紧紧抓着礼物盒的提绳，还有尚有余温的生日贺卡。

白芜常朝着她的头发上指了指，意思是注意到了苏凛的新发型，实际上是从日本回来之后苏凛剪短了的齐肩短发。“是怕被那些人找到吗？”他终于开口，声音还是跟上一句话差不多的感觉。

苏凛稍微点了点头，接着，她意识到了很不得了的事情。

“你为什么会知道？”说话的同时，她又退后了好几步。

他知道那天晚上的事情，被不知来源的日本黑道袭击的事情，他甚至看出了自己剪短发的原因，就像是一个心理方面的专家一样，仅靠着初次见面的聊天就能看透一个人心底的一切。

这样的人，与其说是什么“善解人意”或是“眼观六路，耳听八方”，倒不如说是那种骨子里从内向外发寒的恐怖感。

“挺好的……”

“啊？”——他在说什么？苏凛想要确认那句“挺好的”具体指的是什么。

“短发很适合你，留着吧。”白芜常从苏凛说出“你为什么会知道”开始便一直将头撇向一边，他意识到自己说了本不该说的话，此时才又将目光移回来。

“他在夸我啊……”她大概没有发觉自己略微上扬的嘴角。

“注意安全。”白芜常没等苏凛纠结于要不要说声“谢谢”，便留下这句亲生爸妈常用的嘱咐离开了。

3

“龙”和“已处决”，王紫陌感觉这是在一叠叠的文件上出现最多的词。大多内容还是以图片为主，是被处决的尸体，很少有完整的，与其说是什么工作报告，倒不如说是把古今中外所有骇人听闻的酷刑都展示了一遍，实际上的文字描述少之又少，并且都是以很平淡的语气在描述过程，让人确认这是真正的工作报告无疑。

除此之外，还有一部分是对于一些先前因为技术手段和证据缺失而没有予以制裁的能力犯罪者的记录，虽然的确有那依旧让人生恨的能力蓄意杀人案，但是王紫陌并不明白单纯在纠纷之中使用了能力，又或是借助能力的偷窃，为何要与“死”相挂钩，他浑然不知这成文的法律已经合理地存在了将近三年。

房间一角的打印机突然开始工作，是一张新的工作报告，或者说是杀人记录。所有的办案都以当场处决而了结，无一例外。即便是在虚拟的现实增强之中，王紫陌也没有一次因为血腥的场面而感到这等程度的作呕。他是在恐慌吗？还是……

2015年9月11日，樱花源CBD万达广场，同时有六十一名“龙”的相关成员在此处游荡。已于20时13分抵达现场并耗费约一刻钟时间全歼目标，其间出动了携格林机枪的小型常规攻击无人机协助清除目标，以防止目标中有“身体自愈”的能力者不能完全被清除。任务开始前，已向在场市民的通信设备发布通告以及避难路线，没有出现误伤。

文字下方是一张相当清晰的图片，是从CBD中央的高处拍摄的俯视图。骨肉与血液混杂着，一摊摊的，已经不能称作是尸体了，有的身体甚至被机枪打得分尸四五米远，没有一摊地方能辨认出死者的身份，光洁的地面上几乎布满了这样令人作呕的血迹，而这都是为了维护人类社会稳定，防止能力滥用的联合军的所作所为。

这是原本王紫陌想要将于佩杉托付的联合军，执法时的所作所为就这样在大庭广众、光天化日之下……这世界是怎么了？

“比起我们，我听说你们那边可是有个家伙为达目的不择手段，手下没少沾人血，换作他的话，可能刚才他会选择把你横着砍成两截吧。”

他想起来了，藤泽夏树那时候是这样说的，此时他大概明白了是什么意思，“龙”是日本黑道，与之对立的无非是相对光明正大的势力了，虽然不排除是黑道之间的火并，可要真说是靠着被称为“素体”的能力者来决定局势，他们的对手也绝不是什么省油的灯。这样想来，藤泽夏树所指的就是联合军无疑了。

只是想到这里，王紫陌忽略了“有个家伙”这四个字，而是想到了可能是“素体”的于佩杉的安全问题。

“不能把她交给联合军。”那一瞬间，这种念头伴随着夜晚的降临冲入了王紫陌的意识。

他不想把自己看到的这些告诉付静轩，如果作为能抗衡黑道的联合军，竟然是手段比前者更为残忍的一群疯子，付静轩大概会陷入迷茫而无法接受。说实话，单是从所见所闻来看，王紫陌并不觉得“素体”落入“龙”或是联合军手中有什么明显的不同，他所能想到的，就是人间流传的种种骇人听闻的人体实验了。

“于佩杉……”他在心中悄悄地呼喊着那个女孩的名字，隐约地，好像有人在应答着他，在离他很远的地方。

“武器……朋友？你到底是谁？”有一个念头在他脑海中一闪而过，却留下了很深的痕迹。他拼命地低下头，用手指摁着，使劲摇着，想要忘记它，只有他自己明白这是多么自私的行为。

4

“好晚才回来哪。”苏凛轻轻地点了点头，却有意回避了于佩杉的目光，等她意识到了于佩杉对她的做法有些失落时，又觉得为时已晚。

309宿舍的房间有些昏暗，于佩杉和苏凛都比较喜欢这样的环境。于佩杉正开着一个暖色小夜灯坐在地垫上看一本书，窗帘完全拉着，没有透过一丝的夜光，身上穿的还是她自己的蓝色睡衣。不知为什么，今晚她没去图书馆，也没有像上次一样趴在窗台上仰望夜空。

“嗯，好晚啊……”苏凛意识到已经是要睡觉的时间了。

接下来，宿舍楼内的电场检测设备会很快启动，再开着灯的话，可就要被舍管老师训话了，那两个啰唆的老太婆可是没有一点怜香惜玉之情的。

苏凛是想这么说的，于佩杉并没有一点着急的意思，大概还没有洗漱，而且她还小心地拍了拍身边的地垫。地垫原本是摆在小木桌对面的，是于佩杉提前把它移到身边了。她想要苏凛坐到自己旁边。

苏凛突然犹豫了，尽管自己闻不到，但“如果是于佩杉的话……一定会闻到自己身上的血腥味吧”。苏凛这样想着。“我……我还没洗漱呢。”她推脱着，企图让那沾染的人血的气味在沐浴后能散去，此时此刻，她不想让自己与那个造成无数死亡的同龄人有一丝一毫的联系。

“嗯……”于佩杉摇了摇头。手还搭在身边的地垫上，“不要紧的，马上就要熄灯了。”

“妹妹？”

苏凛将装着礼物的袋子摆在了桌上，于佩杉只是点头示意了一下，便没有再多说什么，不知是她没有意识到那是苏凛特地准备的生日礼物，还是并不着急拆开。

于佩杉在告诉苏凛关于她的妹妹于佩玹的事情。

“最近还真是捉摸不透呢……”苏凛这样想着，但她还是很认真地听于佩杉讲话，她觉得于佩杉一定是抱着什么想法才说这些的。

“我妹妹啊，其实跟我一样大，我们是一起出生的，但她一直管我叫姐姐。”

“一起出生？”苏凛想起生物老师说的“受精卵分裂”一类的东西来。

“嗯，我们长相也都是一样的，只不过她总给人很难接近的感觉，就像个小女王一样，我一直不太理解她。”

说起来，双胞胎姐妹有性格上的差异是正常的，可苏凛却很难想象得到会有那样一个“于佩杉”，和于佩杉那种从心底而发的亲近感完全相反的“于佩杉”到底会是什么样的人？又是什么造成了这样的事情？

她很想知道，但又怕于佩杉因她打听家事而嫌烦，所以只能大概猜测是“两个人生下来时就性格两异，意见不和”一类的。这样想来，于佩玹似乎不在这所学校里，于佩杉也从没有提起过关于她妹妹的一切。苏凛知道于佩杉家庭背景不是一般地好，虽然具体程度是什么样她还不清楚，但一定能让姐妹两人一同上学。

难不成她们矛盾大到不能同校了吗？苏凛还没来得及甩掉刚才的奇怪想法，于佩杉又开口了：“佩玹说，她就是我，是另一个我。”

“啊，另一个是指？”

“爸爸妈妈都不知道佩玹的存在，我觉得他们是不想承认她。但是佩玹说过，”她紧紧地抓着苏凛的视线，似乎想永远这样下去，不想再放开，“佩玹是由我心中的所有恶念而产生的，第一次见面的时候她就是这样告诉我的，她没有呼吸、没有心跳、没有脉搏，只是一个和我一样模样的复制品。我一直有一种感觉，感觉自己刚刚想到了什么很重要的事情，但又在想到的同时忘掉了，所以，我相信她的话。”

“你觉得那些突然消失的想法都是你的恶念吗，杉儿？”

“嗯嗯，可是即便这样……”

门外传来脚步声，很刺耳，很急，苏凛想到大概是舍管老师来了。“等一等。”她想打住于佩杉的话头，如果被发现这么晚还不睡的话就惨了。

“没关系的。”于佩杉依旧带着让人无法拒绝的微笑——她还是初次见面时的那个可亲的女孩。

苏凛感觉到有什么地方不太一样，但又说不出具体是什么，这种感觉从十点的熄灯提醒发送至房间内的通告屏上开始时就有了。从刚才开始，她也越来越感到身边的于佩杉虽然没有表面上的改变，但在苏凛的心中还是隐约感觉到，房间内的光芒来自她，而不只是小夜灯。

苏凛想到了静电屏蔽一类的设备，据说白芫常以前在宿舍里就用过，可她又觉得此时渐行渐远的脚步声是和于佩杉密切相关的，并非像白芜常送给于佩杉的屏蔽设备那样简单。

“杉儿……”苏凛想说些什么，一直以来，她都发觉于佩杉有哪里和以前不一样了，当她想要找到到底哪里有不一样的地方时，又会觉得于佩杉并没有改变，这样的感觉伴随着她有一段时间了。

“我一直做噩梦，很多种梦，都是很可怕的梦，是从我快六岁的时候开始的。每个梦都会持续很久，大概都是两个半小时左右，等我惊醒过来时便非常害怕。就在这时，佩玹就会出现在我身边。她会俯下身来摸着我的额头，告诉我‘没事的’‘别哭啊’……我最后才能从梦境和现实交会的深渊里走出来。”

“是这样啊……”苏凛想着，现实的情况和她预想的竟然完全相反，于佩杉姐妹的关系其实是相互依赖的，于佩杉需要于佩玹做她漂泊于社会苦海上的唯一灯塔，于佩玹需要于佩杉告诉她什么是“善”。

善良的人，即便是这样只能相互在黑暗的角落抱团取暖，是无论如何也不该出现的情形，然而还是给人带来很温暖的感觉。即使是恶念的化身，于佩玹不会是真正的恶人，于佩杉一定是这样认为的。苏凛想着，虽然只是听闻，但她也有着相同的感觉。

“只是佩玹她有些时候的做法让我很难接受。”

“啊，你说的做法是指？”

“用不停的杀人来保护那些被欺凌的孩子们……”

5

“今天也干了很多活吧？辛苦你了。”

“嘁，”白芜常淡淡笑着，把头往旁边一撇，“跟你小舅子客气啥？”

“我倒是觉得要是有什么办法能在这帮人合法抵达之前就解决掉的话，肯定要好得多。”他补充道。

“是怕引来群众的恐慌吗？”左毅有些明知故问的意思。

“是。我用当地的官方消息给附近人员发送了告知和预计的逃生路线，现场撤离也相对有序，可我还是觉得人们多少对这样的突然执法有很大的抵触情绪。”

“那当然了，谁让你每次下手都那么狠。用上高科技了吧？”左毅知道什么“防止目标中有‘身体自愈’的能力者不能完全被清除”就是个彻头彻尾的幌子，白芜常就是想打得爽一点，才让无人机多打了几发子弹，“你就稍微节俭点吧，我一半薪水都要给你搭进去了。不提钱不钱的，这也都是些不可再生资源。”

“就是因为不可再生啊，所以不能打持久战，在子弹打光之前把这整件事给解决了不就好了吗？”白芜常明知道自己这样抬杠的行为很孩子气，但他还是憋不住似的说了出来。

“你也真完蛋了。”他接着说，不知这是在说左毅还是说他自己。

“你日程定上了没？”

“要下个月了，最近手头有点紧，你也知道的。毕竟决定好了要开战，可调动的人手也需要商议，估计到最后还是要当地警方帮忙搭把手，还有武器什么的。你可知道，你小子今晚五分钟打光好几千发子弹的事我替你装了多久的孙子？”

“行，行，行……”白芜常随意迎合着左毅善变的性格，心想，你个大男人还联合军总指挥，有啥可装孙子的？反正独立军队也不归各国政府管，想咋样不就咋样。于是之前那句“真完蛋”就当作送给左毅的好了。

“你要知道，现在不是人海战术的时代了。”他用一副“大人，时代变了”的语气跟左毅说。

“道理是这样没错，但毕竟是和平年代，也不算国家之间的掐架，总不能扛着导弹去轰吧？相比之下，人力灵活性更好，也不至于有太多误伤。”

“行吧。”

“当年你说过不要对人工智能方面有任何研究，我也是这么做的。”

白芜常点了点头。左毅自然看不见，但他的确因为有人想用人工智能代替人力的联合军一事跟不少人撕过脸皮，今晚的无人机已经算是联合军非人力的战力极限了。

“不要紧，我这边能调动的无人机至少有三千架，其中一半是今晚的小型常规攻击型，每架飞机上还配备了小型导弹，除此之外，还有五十架侦察、五百架医用、三百五十架空战、一百架控电、一百架轰炸、两百架两栖、两百架救援。”白芜常冷静地说道。

“你、你慢点……”

“怎么了？”

“你造了这么大一支军队，怎么也不跟我提前说一声？”

“说过了。你忙糊涂了吧？”白芜常心想，真完蛋，“其实这东西是用能量生产的，模板都有，只要材料足够，加上‘数据化实体存储’，战时就能有快速再生的兵源，但我个人还是觉得省一点保存实力为好。不出意外的话，‘龙’也用了类似的方法。”

“这倒是……不过，你为啥一定要飞机，弄几个地面单位不好吗？”

“嫌麻烦。”

“你可别瞧不起陆军啊。”

“地面单位我一个人来就完事了，再说，你那边不是还要调人手来吗？所以都说了不要紧。”

左毅搞不懂这家伙一会儿略带萌萌的感觉，一会儿又高傲得不行的语气是怎么回事，无奈地说：“你看着办吧！”

6

“其实，关于阿玹的事情我还一直没有对谁提起过，父母也很回避关于她的话题，所以其实大家都以为我就是独生女，而且佩玹也不住在家里，我总是找不到她在哪里。”

尽管觉得主动的“流浪”有些离谱，但苏凛还是选择相信这不合乎逻辑的故事。

“但是，在暑假的一天，我感觉到她了，原本是在和白芜常约出去玩的时候，他说身体有些难受，我便等着他，也是这时候我感觉到了，那是佩玹的感觉，她就在离我很近的地方……”

“啊，你说镰刀女的事情……”电话那一头传来左毅翻腾纸张的声音，白芜常安静地等着。

“已经查过了，七月出现的杀害三名高中学生的，与你之前在天台上偶然观测到多次的女子，很有可能是同一个人。正如你所说，上一任驻樱花源的联合军在任时，就已经查到了数次类似的事件，就尸体的伤口来看，无一例外是被某种大型刀具一击毙命的，从还原部分来看，大概是镰刀。”

“……那是在游乐园边缘的草坪上，周围种了很多银杏树。等我到的时候，满地都是鲜血，只有佩玹一个人活着，她告诉我‘把那些以欺负弱者为爱好的人们都杀光，就不会再有人去恃强凌弱了’。我那时真的很害怕，连呼吸的力气都没有了，应该是晕过去了吧……缓过神来的时候，我发现白芜常正站在我前面，我也感觉不到佩玹的存在了。”

“说来还蛮有意思的。”

“此话怎讲？”

“当时是检测到了周边有能量共振的反应，所以我编了个理由先走一步，到了现场才发现事情没那么简单。后来被杀害的三个高中生是在没人注意到的地方勒索一个初中生的钱财，还拳打脚踢的，说实话，我当时真想过去把他们仨了结了。这时候，那个镰刀女出来了。”

“这就是你没有去制止的原因？”听得出来，左毅的语气中有埋怨的意思，的确，这样做有损联合军的形象。按照法律，对确凿的违法事件置之不理的联合军成员是要判死刑的，这一条还是白芜常自己设立的，为了履行这一准则，他还曾亲手处决了好几个异地的同行。

“占了网络数据的管理权，也没人发现得了嘛。”这也是白芜常让人很费解的地方了。

“真拿你没办法。”左毅叹息着，他意识到包庇了白芜常六年的自己已没有权利对着白芜常说教。

“说起来，我还帮她解决了一个来着，最后的摊子也是我收的。”

“你们交流过吗？”这才是左毅最关注的地方。

“还真没，倒是近距离地看见她的脸了，长得跟你要的‘重点关注对象’一模一样哟。”虽然听语气白芜常像在讲俏皮话，但实际上每想到于佩杉，他都百感交集。

尽管苏凛很想把于佩玹和白芜常当成一个人，但她也知道自己这样的胡思乱想完全就是在逃避现实。

于佩杉并没有因为于佩玹的所作所为而责怪或是生气，反而让她感到害怕的是，如果于佩玹真的是由于佩杉心中的恶念而产生的存在，那么“把那些以欺负弱者为爱好的人们都杀光，就不会再有人去恃强凌弱”其实正是于佩杉自己的想法。她害怕，也不希望自己会有那样的想法。

苏凛不知道该怎样面对此时的于佩杉，如果不应答，可能会失掉好感，可真要说什么的话又不知道该从哪里开口。她担心于佩杉嫌她只会说中立的安慰人的套话。

似乎是想起来了之前的什么事，苏凛攥着右手手腕上的天蓝色手镯，向于佩杉那边贴近了一点，想要趴到她的耳边。整个房间、整栋宿舍楼、整个学校都安静得很，可苏凛还是像怕被人偷听到一样窃窃私语着。

真要说不确定因素的话，白芜常觉得实在数不胜数，但镰刀女的存在的确让他感到些许不安，但他又无力去做些什么改变这一因素。左毅说那种能量共振的解析只有一种，研究者称其能力为“白夜神”，好像还是高阶来着。

可能力的强弱并没有成为他关注的地方。从那时起，他便一次又一次地回想着“白夜神”的脸庞。每当回忆到最为清晰的时候，他都能在那张和于佩杉一致的长相中看到里面藏着的另一个自己。

这才是那时候心软的理由吧。

7

电子钟表上的虚拟指针和闹钟的指针一同结束了2015年9月21日的最后一秒钟。

“啊，对了！”苏凛突然变得很迫不及待似的，这一刻的动作和话语她准备了很多次，面对这猝不及防的新一天的到来，却还是多少有些紧张，一时手忙脚乱地差点拽倒了礼物袋。

“没、没事吧？”于佩杉猜到了这是为她的生日而准备的礼物，从心底流露出了些许笑容。

“没事没事！”苏凛将袋子拖到身前，想要摸出那张生日贺卡，“啊？”

于佩杉把头一歪，好奇苏凛在“啊”什么。

多了一个礼物盒，跟苏凛买的八音盒差不多大小，原本置于八音盒上方的贺卡现在被两个盒子压在了中间，整个袋子也感觉满满当当的，甚至挤得有点不透气。苏凛想暂且不管那个凭空而来的白色礼物盒，便把它拿出来放在了一边。

“杉儿，生日快乐啊！”苏凛双手举过贺卡，低着头，此刻，她很想知道于佩杉的表情，想直视着她的双眼告诉她，在自己的眼中，她是多么重要的存在，可是苏凛没有。

“还是没有改变吗？”苏凛问自己。这样一来，还怎么证明她是改变了自己的人呢？她的双手在剧烈颤抖着，像个雪天里穿着单薄的人，以血肉之躯抵抗着外界的寒冷，没有温度，这个世界都是寒冷的，一直如此。

于佩杉没有接过那张贺卡。她的双手从下方托住了苏凛的双手，紧紧握住了。外面依旧寒冷，即便如此，能给予一个人温暖的东西，不就在这里吗？她也会一直在，不会消失。“谢谢你啊，小凛……”她顺势将苏凛搂入怀中，抱紧了，“我会一直陪着你的。”

是啊，就是这样。

苏凛多么希望这个女孩能一直搂着她，永远这样下去：“你总能读懂人们的心，所以才会不顾一切地去做你所认为正确的事。真的好棒，我也想着，有一天我也要成为和你一样的人，能为他人放开心中恐惧的人。该道谢的，是我才对。”

“别哭啊……为什么要哭呢？”于佩杉不停地抚摸着苏凛的后背，可是越摸，苏凛哭得越厉害了，什么舍管老师、打扰他人休息什么的……她都已经不在意了。

她已经告诉了于佩杉自己心底全部的想法。

“不哭啊……”这还是于佩杉第一次这样安慰别人呢，感觉真的很奇妙。于佩杉爱上了这样的感觉，成为他人能依赖的人，成为他人的精神支柱，这种感觉，这种责任感和幸福感，一定比什么单纯而混乱复杂的感情要好得多吧？“要好好活着。”她在心底这样说着，也想对苏凛说，“无论发生什么，就算我不在了，你也要好好活着……”

白芜常终于在喝下第十二杯乌龙茶之后停下了，转身望向窗外的夜空："空气都污染成这样了，还能看得见几个星星，那家伙还真厉害……"他转过身，视线离开了与那个险些改变自己命运的女孩的唯一联系，重新投入渐渐习以为常的熬夜工作中去了。

宿舍楼的天台上，黑色长发的女孩挺立在呼啸的夜风之中，却没有被吹乱一根黑发，深紫色与黑色的皮革在黑夜下完全隐匿着，即便是校内的路灯也无法将其照亮。

漆黑的皮质露肩上衣、长袖手套、高跟长靴，以及深紫的长裙，至少从外观上来看是这样的，仔细观察，会发现这"裙子"只是包裹着双腿的背面，且并不是太完整。

"姐姐……"她喃喃着。空气中渐渐飘浮着淡紫色的半透明气状物体，围绕在她的身边，汇聚成了细长的杆状，杆子大概有大半个成年人的身子长。

"破魔妖姬。"她这样在心里念着。这气状物体成了真实存在的实体，并在一端延伸出了长而弯曲的刀刃——是镰刀，如同恐怖故事中的死神一样的武器。

"不要担心，姐姐。"于佩玹双手握着镰刀，面向九月的圆月，"我会保护好你的，绝对会的……"

懦　夫

1

星光投射在了309宿舍的天花板上。桌面上放着空荡的白色纸盒，没有图案，内外都是白色的，刚刚拆开。那是虚假的星光。

白色盒子旁边就是这星光的来源，类似于小夜灯的光线向竖直方向照射，透过玻璃灯面里紧贴着的黑色遮光纸，纸面上透光的部分都是四角星形状的。

灯光时常变换成七彩的颜色，也会变为介于纯白和金黄色之间的色彩。一旁的苏凛已经睡去了。只有于佩杉一人，望着天花板，即便清楚这是虚假的，却还是从心底感到高兴，它实在是太逼真了。

谢谢你。她在心中，向着唯一知道关于星空的秘密的那个人这样呼唤着。

2

藤泽夏树最后一次看了一眼自己曾经工作多年的地方。这样科技化的房间即便再过半个世纪恐怕也无法普及得到吧，他这样想着。

“真的要走？”眼前等待着他收拾好行李的男人看着他，看模样是个和他年龄相近的刚成年不久的男人。

“我已经说过了吧，左君。这件事我已经想了很久，去意已决，也做好了为这样的决定承担后果的准备。”他说着，空着的右手又不自觉地摸向了左腰上的刀柄。

“不必那么拘谨，咱俩也不是刚见面时候那么生了。”男人摆摆手，笑笑。但他并不指望这个日本人会因此放松些许警惕，“这件事我一直在帮你，尽管这是不被允许的，如果被外人知道了，咱俩也都得上军事法庭。不过我还是帮你了，但是即便这样，我要说，现在回头还来得及，藤泽老弟。”

“没必要的事情。”藤泽夏树回答得斩钉截铁。

“原因呢？”男人还是笑着问。

“你其实也想过以这样极端的方式来解决，却又因为心里的道德准则不允许而不了了之。我说得没错吧，左君？”

男人叹了口气。“我不会拦着你。”他已经不知道是第几次向藤泽夏树重复这句话了。

藤泽夏树没有回答他。

“将内情公之于众、让黑道攻击‘七凰’成员、诱导能力者之间的相争，这些我都没有意见，也知道这样下去比现在的计划继续腐烂下去要好。只是我还是想要你慎重考虑一下。”

“什么？”

“那些孩子们已经出生了。”

藤泽夏树的眼眉止不住颤了颤，他很快强迫自己将其压住，“能给一点动力不是更好吗？”

“A级能力者啊，可都是神明一样的存在，更何况那些孩子们里还有S级的素体。”

每次听到这样的话，藤泽夏树就想起自己的侄女在年幼时被隔离在绝缘室里苦苦挣扎，能力引发的电流正如同一个害怕得疯狂的孩子一样四处溅射而扭曲着。那根本不是一个孩子该承受的东西。

作为B级能力者，被冠以“失败实验品”的“腐朽的世界树”标签一直活着的，的确是他的亲生侄女。他在心底呐喊过无数次的“凭什么”，直到此时此刻也是如此。

除了自己的侄女以外，还有好几个孩子。他们因为生来被赋予了“高阶能力者”的命运，有的在儿时便前途一片光明，更多的则像她一样，承受着这本不该由他们承受的东西，没有人能倾听他们的心声，他们是为了明确的目的而降生的能力“容器”，是所有人眼里普通的实验品，即便是他们的亲生父母也是这样认为的。

先天性体弱、易烧伤、先天智障，还有以不致死为标准的人体实验……而酿造这一切的、亲手让这些孩子们降世受难的他们的亲生父母们，此时却因为简单的不同家庭间的利益反目成仇，打着“我只是为我的孩子好”的旗号，沦为了实在而缥缈的“能力”的奴隶。他们两人便是这一切的见证者，也是让这灭绝人性而又让人性充分暴露无遗的事情合法存在于世间的庇护伞。

“只有让这一切放大化，那些真正清醒的人们才可能站出来，用实际行动解决这一切。这样一来……”

藤泽夏树略微喘了口气。

“也能替那些孩子们报仇了。”这也是替一次次选择相信的忠诚者的宽慰吧。男人这样想着，侧过身，给藤泽夏树让开了一条道。

“谢谢。”

男人还是淡淡地笑着，看着藤泽夏树，这个自己工作以来的第一位搭档。看着他走近自己，留下一句道谢的话的同时擦肩而过，渐渐地就要走远了。

“下次见面，就是敌人了吧？”话刚说出去，他又不太理解自己这样孩子一般口无遮拦的语气是为了什么。

“啊……是啊！”藤泽夏树没有什么动作，只是在说这句话的同时暂时停下了脚步，从声音中听得出来，他是笑着说的。这是从心底而生的喜悦，为自己能得以解脱最终重生而感到喜悦。

呵，大人啊，到底还是些上了年纪的孩子罢了。

只是在那之后，藤泽夏树怎么也没想到，那些“真正清醒的人们”之中，第一个站出来的，竟然会是和他们一样的绝望过头的孩子，也是“孩子们”之中先天性体弱的那一个。

3

也不知什么时候，大家都觉得“身体重组”技术会让人变得爱发呆了。藤泽夏树一直这样想着，当然，此时此刻他也在同样发着呆，旁边的石田正宗头都要摇成拨浪鼓了。

这家伙是直属于“龙首”的“龙翼”，与作为“龙骨”的藤泽夏树不同，“龙翼”相当于锦衣卫一类的地位，与统管全员的“龙骨”相互制约，然而现实中这两个人作为同事，关系其实好得很。

“毕竟是经历了两次死亡的人啊，当然会在死之前顿悟些什么吧。”

既然是“龙翼”，那肯定是有一对了。说话的人是个女性，介于少女和成年女性之间的模样，这也是少见的女性成员之一。倒是今天春歌爱衣还是和以前那样温柔啊。

“你又在想很龌龊的事情了吧！”

“别别别，很疼的！”

藤泽夏树也数不清自己这是第几次为这种事情叹气了，这几个当领导的没有个当领导的样子，石田正宗整天暗恋着春歌爱衣，总是为了这样那样有的没的就开始想三想四。

问题是还暗恋一个临界C级的“感知交互”能力者，只要她想，就能把人的情感和心思看个透。石田正宗自然知道这一点，可他偏偏不主动，还钢铁直男。

我已经不想再为这种事给他出点子了。

“你不好歹也可以‘身体自愈’吗？这种程度很快就好了嘛！”

“能自愈不代表没有痛觉的好吗？你真的是……喂，藤泽，你好歹说点什么吧？”

“说什么？”藤泽夏树可算是把手中转得跟电风扇一样的签字笔放下了。

“既然是开会，就不要有工作之余的架势。”

其实还是一如既往，每次的商议诸位都会胡闹几下，最后再由藤泽夏树板下脸来强调纪律，就好像小孩子在上体育课似的。可是，从这阵子开始，确实有什么地方改变了，所以今天四位才会如心灵感应一样聚齐。

这是一场没有提前说好的会议，但今天每个人都不约而同地来了。2015年10月7日，第四位也是位女性，她一个人坐在小房间的角落里，双臂交叉着看着三人，显然，这是他们四个人不成文的惯例。

“你们轻敌了。”刚才还是个老痴汉的石田正宗一开口却是一副身经百战的老将军的语气。

“那个联合军的驻军远比想象中强大，他大概也料到了自己个人的力量有限，所以又借助了科技手段，并且是联合军本部从未有过的技术。他所能监测的范围也远比一般的联合军要广很多，能在我们开始行动的同时就获得几乎全部的动向。现在分批派遣的一共两千人，已经仅剩不到两百人，好在找到了一处安身之地，似乎联合军还没有发觉那里。这便是现在的情况。”

石田正宗还是没有改掉背稿子的习惯啊。

“‘素体’呢？”春歌爱衣问道。

“已经找到了，”藤泽夏树回答，“‘素体’的本名叫于佩杉，是樱花源当地人，女性，十三岁，现正在樱花国际学校一年级（9）班就读。”他说着，将几张照片摊到了桌子上。

“还有一个比较令我吃惊的，这个叫于佩杉的人，其实是航联企业董事长于晞航的独生女。”

“哈，是吗？”

这货怎么这个反应？藤泽夏树盯着石田正宗，好半天没说话。

“其实咱都猜到了，只是缺个证据罢了。”石田正宗说道，“都快中年危机了，怎么可能没有个孩子，更何况，如果是借助了联合军的互联网管控以及作为董事长的人脉加之‘烟雨’的科技，于晞航的确有可以将女儿从出生起就一直隐藏于世间的能力。”

“定下方案吧，藤泽。”最角落的女人——川岛雪，终于发话了。

“嗯。新任‘龙骨’会在近期到达樱花源，我们在中国的量产部队会和他们接应，新找到的临时基地还没有被联合军查到，可以暂且不必担心他们的安全问题。之后我们再分批前往，最后的目的在于将‘素体’，也就是名为于佩杉的少女和平捕获，解析出她的能力，便可以拥有霸主的权力。”

在藤泽夏树语毕后叹气的同时，川岛雪也点了点头。

“其次，藤泽孝宏的两个孩子——藤泽十萌、藤泽有纪，在前天到了樱花源，我想，这两个孩子此时去那里大概不只是单纯的玩玩而已。”

“藤泽最近喜欢叹气了？”

“此话怎讲？”

“只是好奇罢了。”

“所以这就是你留下我的目的吗？”藤泽夏树看着川岛雪一个人面对墙壁站着，灯关着，看不见她是什么样的表情。

“藤泽，你还是那么严肃。”

话是那么说没错，藤泽夏树的确是个对工作认真到了偏执的人，同样的话以前左毅也没少说过。但是，川岛雪和他不一样。

记得春歌爱衣说过，两人在大学的时候，川岛雪是个总能带给人活力的女生，然而，那个曾经全校闻名的啦啦队队长、从来没有过给人不开心的印象的女生，现在只剩下了常常滞留在嘴角的浅笑，就好像是为了什么而刻印在她脸上的表情一样，那样生硬而可怜。

“伤口还疼吗？第一次进行肉体重生，大多数人还是不能很好地适应。”

“没什么。”即便知道这是关心的话，川岛雪还是感到手臂被斩断的痛苦又一次爬满了全身。她还是保持着一直以来的状态，这样的状态自从六年前便开始了。

“藤泽你是怎么看的？关于我们和他们。”

“你是指？”

“从六年前你将‘计划’泄密给我们，之后又引发能力者的断杀以来，一直到现在。”

藤泽夏树看了一眼两米半的金属天花板，大概只是下意识的动作。

“原本是想让世人们认清这世界坐拥金钱、权势的‘精英’们的丑态，以及他们所做的非人道的‘计划’，却没想到我只是发掘出了人类的本质。公开了‘计划’的阴暗面并没有激起他们的正义感，反而，在人们眼中，为了一个所谓正当理由而采取极端的做法也未尝不可。”

“就我来看，你所说的也是联合军对我们的印象吧。”

“诸君都想要抑制住这种现象的发生，所以联合军利用合法的权势企图压抑人们对能力的渴望，而我们选择了像现在这样，掠夺来当年‘计划’的成果，从而将能力系统垄断，以防止能力者的互相吞噬。”

川岛雪大概是感觉到了什么，转回头去，果然，藤泽夏树正在盯着她。

“话是这样说，但那个家伙肯定还是想把联合军也抹掉的吧？”

“大概吧。但就是因为这样，我们也会输的吧。”

“嗯？”他从没想过川岛雪也会抱有这样的想法。

“荒木即便是‘龙首’以及临界级别的能力，但到底还只是因为父亲被法律逼死而产生的复仇心切来用事。”

“这也不是没有道理……”

她的眼神变了，藤泽夏树隐约觉得。

“藤泽也发现了吧？我们这六年来不可思议地壮大，就是在新任‘龙骨’上位之后才有的，我承认，荒木是个天才，明明还应该是个高中生的，却能做出这样的成就来，但即便是这样，他也还只是个被复仇心切所驱使的孩子而已。”

“的确，”藤泽夏树点了点头，“荒木本身就有些感性，虽然干事还算有条有理，但关键时刻还是缺乏理智的，尤其是在为父报仇的目标定下之后。”

“但是那个孩子不一样！”

“那个孩子？哪个？”

“我本以为他和荒木一样是缺乏理性的被复仇驱使的孩子，但那天晚上交手过后我发觉了……”

——还问，明明自己心里清楚是谁的。川岛雪心想。

“一边挡下了那样密集的攻击，还找到了破解我的能力的方法，当然，很有可能跟后面出现的路人有关系。但如果是大幅度维持能力，加上那时候我取胜心切，几乎是没有思考的间隙的。”

“你慢慢讲……”

“从一开始他就在观察，如果是荒木，他绝对做不到。他可以压制我的能力，但他不会在面对对手的最初就做好所有的打算，并给自己留出一条后路的。藤泽，我实在不相信，单纯的复仇心切有能力让一个六岁的孩子坚持到现在，六年了，那家伙是白皓文的儿子，原本该是‘烟雨’的继承者，还没到上学的年纪就学成了白皓文一生的知识，如果他光明正大地走下去，不会输给任何一个科学界的伟人。所以……”

我明白了……藤泽在心底对自己说。他察觉到了，那个孩子，白芜常，对于荒木的复仇目的而言是多么可怕的存在，他大概已经从复仇之中找到了更深处的心灵方向，即便和单纯的复仇殊途同归，但从本质上而言，已经不一样了。

“藤泽，你在为‘计划’而服务的期间，对他有没有什么印象呢？”

“好像……是个喜欢想象的孩子。”

4

藤泽有纪已经不知道今天是哪一天了。自从和藤泽十萌分开以来，他一直以便利店的面包为一天的食物无奈地虚度光阴。

一切都要从七天前说起，姐弟俩走散的起因，其实只是藤泽十萌将自己的肩包给了藤泽有纪去了洗手间，藤泽有纪却没有发觉，继续往前走了，最后直到出了机场才发觉不对劲，就这样很简单而让人难以理解的过程。他甚至都忘记了有大雨这个天气。

说来惭愧，姐弟俩一个将近十六岁，一个还没到十三岁，身为弟弟的藤泽有纪地位却相当之低，当然这也不是他所愿。藤泽十萌是个强势且爱护短的人，这样的性子极端得令人无法理解，掌控着全家财务，独自辍学打工，现在每次出行都不让藤泽有纪拿一丁点的行李。

其实藤泽有纪并非一定要一天只吃一个面包这样寒碜，藤泽十萌的钱都在这肩包里，另一边，藤泽十萌拖的大箱子除了两人的基本衣物外什么也没有。

最惭愧的果然还是自己明明是个中学生了，却还像个孩子一样被姐姐养着，连自己的钱包都没有，搞得现在花一点钱都觉得是犯了天大的罪一样。

还有不知道为什么藤泽十萌把家里的那把武士刀拿过来了，竟然还通过了安检。这虽然听起来很扯淡，但藤泽十萌确实小时候被别人送了一把货真价实的武士刀，父母死后她又把这把刀送给了有纪。

这么想来，这把刀好像还没有名字。现在这把刀就别在藤泽有纪的左腰上，沉不沉先不谈，它真的又大又长，走在路上都看得见路人的那种注视神经病一样的眼神在撕扯着自己，真的是让人无地自容。

话说回来，萌姐好像没钱吧，这几天她是怎么度过的呢？一个很可怕的猜测瞬间涌了上来。——饿死了？

他下意识地摸上了左腰的武士刀，听得见颤抖的手带动着武士刀在刀鞘中晃动的碰撞声。为了镇定一点，他便一个劲地摇头让自己忘掉这些。——萌姐，一定不要有事啊。

这样大概过了很长时间，有纪居然睡过去了。自从跟藤泽十萌走失以来，这已经不知道是有纪第几次坐在路边睡着了，这样想来自己还真是没用，连一点睡意都克服不了。

快走吧，去找萌姐。他这样想着，将怀里的肩包背上，刚准备从死胡同的墙边起身，抬起头的同时，他感觉有什么很大的东西挡在了眼前，还很近。

准确来说，也不算多大的东西，只是靠得太近了，所以藤泽有纪那一瞬间有了这真的好大的感觉。两个人四只眼睛几乎都贴在一起对着盯了有两秒钟，这两秒钟里，双方的眼里都只有对方的眼睛。

“您还好吗？”对方开口就是一句带有明显汉语口音的日语问候。这并没有让有纪产生什么好感或是慰藉，当然，是个正常人都不会没有什么惊慌的反应。但眼前这个人不一样，这个声音清脆而柔和的家伙依旧保持原有的距离，弯着腰，几乎是要贴上去一样地盯着藤泽有纪，一点害怕的样子也没有。

“啊……”

她看着藤泽有纪连滚带爬地后退了至少五六米远。

“别跑太远，会淋湿的。”

漆黑的直长发、棕色的瞳孔、如同天宫仙女下凡一般的长相和美玉般纯净的神情。不知道为什么，在见到这个女孩的一瞬间，藤泽有纪想到了这么多词。

她撑着伞小步跑到有纪身边，这一瞬间的动作让他想起了每天工作结束来接自己回家的藤泽十萌。藤泽有纪这才想起来自己是为了避雨才躲在死胡同的这一侧的，有一扇废掉的后门，于是他躲在门上原本挂灯的地方。

可是，这伞盛不下两个人吧，可即便这样，这个女孩在用自己的后背将倾盆大雨挡在藤泽有纪身后，“我看着您的动作吓了您一跳吗？”

“嗯……有一点。”藤泽有纪不明白这个女孩为什么要带自己到火锅店里来，还要了杯热茶给自己暖手。明明她自己也淋湿了。

“我呢，之前在学校军训的时候，就这样盯着睡着的朋友看了好久。”

“他有什么反应吗？”

“说我这样去野生动物园就会被吃掉的。”女孩的指尖遮在嘴前笑着。

“我那个朋友很厉害的，几乎全校同学都跟他关系不错，还特别擅长打真人CS呢。”

“嗯，这一说我也认识一个这样的朋友，也很擅长用玩具枪。”

“玩具枪啊……”女孩感叹着，抿了一小口火锅的汤底。

“小纪，你为什么一个人在那里睡觉呢？”

“在机场和姐姐走失了，一直在找她。”

“走失了啊……”女孩还是感叹着，“听说最近小胡同里非常不安全，你要多加小心呢！”

能力者的明争暗斗、普通人对能力的痴狂，还有从东京回来便开始出现的刀枪声……没有一个媒体或个人提起过，这只是她自己的嘱咐。

“不如我们吃好之后一起去吧，去找小纪的姐姐。”

“诶？不过你不是……”

“怎么了？”女孩似乎有疑惑时歪头的习惯。

“会打扰到你吧？”

“不会的，不会的。”她还是保持着刚见面时的微笑，轻轻地摆着手。

“我也是别人的姐姐，走失了一直见不到会很痛苦吧，我很理解的，所以才一定要帮助你啊。”

这摆动的手就好像是在抚平人心里的创伤一般，到底是什么样的人才能做出这样的感觉？不自觉地，藤泽有纪觉得自己见到了一个很不一般的人。就好像真的是某个纯净的神明下凡一般的存在。

“呐，藤泽桑，火锅好吃吗？”——这个叫于佩杉的女生在路上这样问道。藤泽有纪点了点头。

“可是，点了这么多东西会花很多钱吧？而且你都没怎么吃。”藤泽有纪这样说的同时，于佩杉还是笑着看着他。

“明明都是你自己点的……”

这大概是一个对自己的消费特别节制，但又从来不会吝啬给别人花钱的人，藤泽有纪这样猜测。而且，看她的那条项链，虽然有一部分藏在外衣里，然而在路灯下闪耀着的样子还是能让人感到无可比拟的奢华。

总觉得这样的打扮和她本人的性格很不相衬，就好像是个穿着一身假货的邻家少女。当然，藤泽有纪没有区分真货假货的能力，也只能这样大致地形容。

“没关系的，没关系的。因为藤泽桑一看就是饿坏了嘛。而且，要是让你自己来点，肯定会不舍得的！”

藤泽有纪只希望光线不好，别被她看见自己脸红的样子。

“记住哟，能吃可就别饿着，藤泽桑。”

藤泽有纪只能点点头，心里抱怨着这家伙说得轻巧。

“妈妈说我们这个年纪，吃东西可以长个子的，所以藤泽桑也要长成大个子哟，这样就能变得更强大来保护别人了。”

“保护别人？”他发觉脑海中闪过一个很清晰而迫切的念头。

“于佩杉同学，请问你以前和别人也说过这些话吗？”

“到了。”于佩杉突然停下了脚步，藤泽有纪这才反应过来他们已经走了有好一段路程了。于佩杉大喊是因为没太专注于和藤泽有纪的聊天，之前的话也都只是下意识般脱口而出的。

“这里。是樱花源最西边的一处贫民窟，就在这些商业楼之间狭窄的空隙间。”她的语气好像变得认真起来。

因为藤泽十萌的钱包一直在有纪身上，那藤泽十萌这几天来大概也一直在人们的施舍中度过，于佩杉是这样想的。几乎樱花源的贫民都住在这里，他们大部分都是无望逆袭的寒门氏族，没有过人之处的社会弃子。

在以前，这里甚至曾是整个城市甚至整个世界上凶杀事件最频发的区域，没有监控，无人问津，甚至绝大部分的市民都不知晓。直到三年前联合军突然针对这里做的一系列暴力镇压，终于将犯罪率彻底清零。相比之下，这里与一般居民楼的优势就在于，即便它是暴露于地表的小窄巷，也会有数不清的联合军自动机枪台在盗贼踏进的瞬间保障你的财产安全。当然，这也成了贫民们最大也是唯一的尊严。

“你认识这里的人啊？”藤泽有纪看着于佩杉将包里的钙奶饼干分给那里的孩子们，还轻轻地抚摸他们的头顶说着“慢些吃，别噎着了”，就从心里感觉这个女孩真的不简单。

“自从有人在这里定居之后，我就一直常来拜访这里了，送给他们一些生活用品，再聊聊天。有两年时间了吧。”

所以这个女孩大概就是这么奇怪的人，要说给朋友花钱送礼物也说得过去，但这贫民窟的人们到底还是跟她没有半点关系，藤泽有纪就像很多人一样，心里想着“至于这样吗”，看着于佩杉在这里做着没有任何回报的投资。

“嗯嗯，小雪真乖。”

好像很欢迎她的样子。

“大姐姐为什么今天会来找我们呢？”明明都只是一群四五岁的孩子，他们的父母不会害怕孩子被拐走吗?

“嗯，我们在找人，是那边的哥哥的姐姐，他们在机场走失了。你们见过她吗？”

看着那些孩子们的头一个个摇得像拨浪鼓似的，藤泽有纪注意到于佩杉的脸色上分明写着失望，但她似乎还是想压制住这种自然而来的失落感，于是朝着有纪笑笑，说，“一起进去看看吧。”

找不到就算了吧，既然如此也只能报警了。藤泽有纪很想这样说，他实在觉得这个女生完全没有帮自己帮到底的义务，就像她对于这些贫民窟的孩子们一样，都只是于佩杉一厢情愿将原本的路人与她建立了联系而已。

而且已经很晚了吧，一个女孩子这样在外面，就算藤泽有纪身上带着刀，但他既不会用也不敢用，要是碰上什么不法分子，那就真的没救了，像于佩杉这样的人，很容易成为被抢劫拐卖的对象吧。

说起来，他自己居然都这个年纪了，手机、钱包这些作为一个东京中学生该有的东西，他都没有，藤泽十萌的手机大概在她自己身上，因为藤泽有纪知道翻别人的东西是很不礼貌的行为，所以到现在为止，他也只是从十萌的包里取出过放在最靠外的钱包而已。

如果于佩杉有手机可以打给藤泽十萌的话……不过这时候手机早就没电

了吧。如果她能早点出现的话……他赶紧在心里给了自己一巴掌。你真是个混账啊，藤泽有纪。

5

第三百二十四次，“解放者”动力装甲能量供应核心模拟试验失败。白芜常也只能盯着这要让人看吐了的红字显示在计算机屏幕上，长长地叹息着。最后做不出能量供应核心来，之前的整个设计不都成废铁了吗？

但他实在想不出要将元素周期表上的那些该死的格子怎样组合才能实现这个没人做出过的东西——将与能力者体内相同的能量共振存入核心内并驱动增强能力强度的装备，这也是现在唯一的可以不通过沾染他人的鲜血来增强自身能力的方式了。然而，如果真的失败了，不仅仅是他自己在接下来和“龙”的战争中会处于劣势，也是承认了只有践踏他人生命才能让自己成功的这一现实。

第三百二十五次失败。真完蛋。

说真的，他挺想给自己一个休息的时间，在过去他都是这样做的，累了就休息，感觉心里舒服多了就继续工作。像是看番或是看书，也都是单纯为了心里的某种畅快的感觉而看的，但他此时也必须承认，单是靠着矢量操作并不能让自己打赢这场仗。

但是持续的无日无夜的工作真的已经让他撑不住了，耳朵止不住地耳鸣，每隔大约半分钟就会有剧烈的呕吐一样的感觉，盯着屏幕看也觉得那一个个窗口在有限的范围内来回摆动一样，搞得自己真的到了猝死的前兆一样。要是早点睡觉就不会有这些事了，大概现在这个状态是难受得睡也睡不着了。

这样的装置以前从未有过，但有过类似的，“烟雨”科技园的中央大楼的地下，占地和中央大楼几乎一样，椭球体的透明装置内持续闪耀着金黄色的光芒，填满整个装置，几乎要溢出来一般，在“不祥之日”中有幸没有被破坏。那装置内介于气态与液态之间模样的呈金黄色的物质可以直接转化为人们所熟知的任何形式的能量，并且如取之不尽，用之不竭一般，无论怎样转化其内部依旧没有任何变化。这种奇迹般的存在至今没有被再次实现过，加之本身这一装置的研发就是“烟雨”高层人员的秘密项目，仅是知晓它的用处的人也几乎死在了“不祥之日”。

甚至有可能白芜常自己是唯一知晓它的存在的人了，但他没有能力还原出这一奇迹，此时此刻，他只能低头看着别在笔筒边的家人合照，盯着照片上那个成年男人的面容，一遍又一遍提醒自己为什么会知晓那奇迹般的存在，一遍又一遍告诉自己不要放弃，也一遍又一遍暗示自己不要看向照片中站在自己身边的那个女孩，直到这一切结束之后。

他服下了少量的安眠药，用血红的笔在手腕上补上了“正”字的最后一笔。

6

“喂，于佩杉同学，我还是自己……”

“没事的，我还可以。”

“别别别，我的意思是你这样找下去可就好心帮倒忙了。”藤泽有纪知道自己说话有时候用词不当，反而激起了于佩杉的热情，但不管是谁，都能看得出来这样下去实在是太过了。这个女孩的每一个举动都让人感觉是既出于好意但又难以理解。

“你们两个是什么人？”

啊，糟了……还是被别人怀疑了。

“嗯？是小姜啊。我们在找一个日本姐姐。”

藤泽有纪听得出来于佩杉说到一半的话被那个叫小姜的少年打断了，那个人似乎是跟十萌相近的年纪。

“事到如今，你还来这里干什么？”

虽然只有他一个人站在面前，但要是注意一下他脚底的影子，就会明白事情并不简单了。

“还在装傻啊……”

“于佩杉同学，这是？”有纪贴到她身后，小声地问了问。

“这个女的就是今年七月在东京街头枪击爆炸案的肇事者，点燃了连续停放的将近十辆警用车，炸死了里面的警察，又枪杀了十五名在爆炸中生还的警察。就是这样的疯子……现在居然要我们接受你这种人的施舍？安安稳稳地过你有钱人的日子不行吗？”

“大事不妙”四个字几乎要从藤泽有纪的幻觉中钻进他的意识。

“等一下，这中间一定是有什么误会！”她将双手举到与肩同高的位置，想要表示自己并无恶意，随后很小心地往那个少年的方向走去。

“日本已经发来了警告，你逃不掉的。”

——我说你倒是快点澄清你没有杀人放火啊……但于佩杉没有这么做，她似乎是既承认了东京的恐袭事件与她有关，又要澄清自己并非那样罪大恶极一样。藤泽有纪认为日本警方以及政府不可能做出轻易下定论这样的冲动之举，因此这些知晓的少年大概也是这样想着，所以他并不想给于佩杉辩解的机会。

——于佩杉，你到底是……都到了这种时候还在往前走，你是想送命吗？

躲在拐角处的三四个少年终于在于佩杉走近的时刻一同出手将她按倒在地上，动作相当粗暴，其中一个掏出提前准备好的晾衣绳就要去绑。尽管藤泽有纪此时已经大致认同了恐袭的确是于佩杉所为，但他还是多少认为这样对一个女孩子实在不应该。

“喂。”为首的那个姓姜的少年叫了叫他。

“嗯？”

“借我你手里那个包看一看。”

他下意识地将手中十萌的腰包攥紧。这是帮强盗。

那少年走路实在是太快，力气也相当之大，藤泽有纪本身就是比较柔弱的体质，被他这么一拽，不但腰包被抢走，自己还踉踉跄跄后退了好几步，差点一屁股蹲在地上。

他听到已经被反绑了双手的女孩在那里喊着，让那个少年不要伤害自己。但即便这样，他还是很麻木，他不想让别人给予什么帮助和关心，很久以前就已经是这样的状态了。然而，藤泽有纪仅仅只能这样想，却不能改变自己还是被别人关心着、爱着的事实。

渐渐地，他不明白自己该做的、心里想做的到底是什么了。

——萌姐……如果是萌姐，她会怎么做呢？

“喂，你这家伙……拿了个女人包，还在里面放短刀吗？”

藤泽有纪的眼睛瞪圆了。

他将藤泽十萌的腰包从上翻到了底，从最深处摸出一把肋差出来，中间从包里掉出的东西撒了一地。

——为什么会带着那种东西，萌姐？

真的是肋差，日本武士过去用于剖腹自尽的短刀。这肋差跟他腰间的武士刀是一样的样式与打造方法，白色的底色相间了镀银的纹路，刀刃也是泛着淡淡绿色光晕的材质，大概这是一整套的刀具。剖腹自尽？为什么……他不能理解。

“嘁，小鬼子真是神叨。”那少年唾弃了一口。

——站起来……藤泽有纪在心里向自己小声念着，快站起来！

可是，就算他站起来，又能做什么呢？去救人吗？可是，就算救得了她，她不是被下了通缉令吗？这样岂不是助纣为虐？可是……

“快站起来！”原本清脆而柔和的声音突然这样呐喊道，让他感到突然间很不适应，但还是像第一次听到这声音时一样贯穿了他的心灵。

“你们骂我打我也好，去带我归案也好。但那个男孩是无辜的，他跟这一切没有一点关系。求你……”

藤泽有纪倒吸了一大口凉气。于佩杉的双腿并拢着，正拼命地想将小腿压进大腿之下，由原本的趴倒在地上的状态变为双膝跪地。

“别让她乱动，她会站起来的。这个女的在半秒钟内打死了十二个日本警察！”

四个少年用力地压着于佩杉的双腿，逐渐成了手脚并用。但于佩杉并没有就此罢休。这么崎岖不平的碎石路面，这样下去腿会被磨破的。藤泽有纪很想这样告诉她。

——她在朝你下跪啊！但就算再怎么喊她也无济于事吧，这个女生真的对这种事太执着了。

“喂，小鬼子，你很弱吗？”

他咬紧了牙关，赶紧将视线从于佩杉身上转移到对这个少年的仰视中。

“我今天就在你脸上开个洞，记好了，这是跟那种圣母婊同流合污的代价。”

圣母婊，那是什么？虽然藤泽有纪对中文和日文都是从小开始学习的，但有些相对抽象的中文词汇他还是不能太清楚的理解。

“白君！”藤泽有纪一下扑倒在病床上瘦弱的男孩身上，男孩侧额头上连着缠了五六圈绷带，还是遮不住持续渗出的鲜血。听说他差一点就要死了。

“白君，那些跟你一起玩的孩子说你是个坏孩子，总是动手打别人，还从来不认错，从来不道歉，这是真的吗？”

为什么那个时候要这么问呢？因为小时候爸爸说过，不要和坏孩子一起玩。可是白君那时候都伤得那么重了……

“藤泽，我听崔元祯说，你们那边的孩子都说你是胆小鬼，做什么事都要依赖别人，这也是真的吗？”

“啊？嗯……”

“那么实际上，你又是怎样的一个人呢？真的就像他们说的那样柔柔弱弱，一无是处吗？”

记得那时候萌姐一直站在后面有点远的地方，看着我们。为什么萌姐一直不说话呢？明明她很喜欢跟比自己小几岁的男孩聊天的，那个时候好像白君还不到五岁吧。白君，那个女孩也是如此吗？圣母婊、纵火犯、杀人犯……这也是真的吗？

“白君，你也有着一直想实现的东西，对吧？”啊，是夏天的时候，那时候觉得，能重新见到白君，真的，从心底觉得太好了。

“保护身边的人，比起那种懦夫一样的被动作风，倒不如自己亲手去试着改变这个世界，从根源上让他不再有‘美好’之下的污秽，这也算得上是保护好身边的人吧。”

可是，我实在太弱了，就算能拔出刀来，两只手也只会对着空气不断打战，根本什么也做不到，可能，我还不想……不想看到叔叔对我否定的眼神。不想让萌姐继续包办我的生活。不想再让别人因为我，无辜地遭受伤害了。然而，那个女孩死去的身影还久久回荡在眼前……

是六年前。

“至少……就算自己永远活在污浊的世界中，也能让他们看得见光亮。”

啊，是这样吗？就算是不被理解，被当成神经病、伪善者，或者就是所谓圣母婊一类的，也无所谓吗？是这样吗？

于佩杉低头看着自己腿上渗出的鲜血浸染了路面，渗透进石子间的缝隙之中。好痛，感觉双腿已经断掉了一样，就好像被人在用力地锯掉双腿，到了一半又忽然停手了一样。

“藤泽桑……”好昏，之前跟白芜常在男浴的最后也好像有过这样的感觉，像是感觉到了什么一样。

“啊……”

不知何时，藤泽有纪已经站起身来，他脸色阴沉着，看不清他具体是什么神态，但也多少能感觉到他此时大概是面无表情的状态。突然，他上身稍稍向左倾，右手握住腰间的刀柄，左手扶着刀鞘。

少年尽管不是很怕这个瘦弱的男孩，但毕竟那家伙拿着货真价实的武士刀，所以他还是后退了几步，不敢上前。

“细雪——审判。”忽然间，刀出鞘了，向正前方横着空切一刀。藤泽有纪并没有开口说话，但他的声音却在每个人的心底回响着，那种感觉就好像有人无意识地在给予心理暗示一般。而在这声音与刀一同出鞘的瞬间，刀刃中喷发出四射的电光，撕裂了空气，穿透了五位少年的身体，一直延伸至小巷的尽头又撕扯了墙壁十余秒才算罢休。五具尸体，留下来被激光切割般的痕迹，随后喷涌着鲜血散落在地上，成了十块腹部被横切了的尸体。

天空响起一阵惊雷，紧接着，蓝白色的闪电流遍了大气层。

“看来似乎不需要我出手了呢。”于佩玹说罢，将镰刀收回了身后，又看向很远处两个奔跑的人影，一男一女，似乎女的比男的要大上几岁。

“嗯，小祯子帮了大忙呢。”

现实编写

1

藤泽有纪记得自己最后在于佩杉的公主抱中醒过来。

——所以到底还是那副窝囊废的样子啊，被女孩子这么抱着跑掉。

藤泽十萌在两人走失的第一天碰到了在回家路上的崔元祯，那时候他们刚放学，出人意料的是这两个人竟然作为六年没见过面的孩子却在偶遇的一瞬间认出了彼此。

那个年纪的藤泽有纪还不太明白年龄上相差三年的一男一女在一起独处了七天是什么概念，但那时候也的确只是崔元祯借由家人长期在沪宁杭打工的缘故而提出的暂住，藤泽十萌也没有厌恶或是反对的意思。

于是，在藤泽有纪拔刀的瞬间，不正常的非自然电流被藤泽十萌发现，两人一同赶过去的时候看到于佩杉已经是摇摇欲坠的状态，倚靠在墙上，艰难地拖着双腿向前走着，藤泽有纪就在她的怀里。

看到她和藤泽十萌的肩包也都在藤泽有纪的胳膊下压着，崔元祯先是松了一口气，又心说一声“好帅”，但渐渐地，他发觉到于佩杉的两腿正面都已经磨得血淋淋的了，于是又打了电话把王紫陌叫过来当工具人。

看到藤泽有纪的眼皮刚刚抖了抖，藤泽十萌就一把扑了上去，像是抱金毛一样把藤泽有纪压在自己的双手下，随后号啕大哭了起来。于佩杉没有因为藤泽十萌这么生猛的动作而厌烦，似乎是能理解她的心情似的，微笑着看着他们。

“十萌也真是的，有纪这才刚有一些意识，哪能听得清她在那里说的什么煽情的话。”崔元祯耸了耸肩。

“别那么说嘛，毕竟是姐弟。”

“呐，崔元祯，我也有事情想跟你说，其实你们都应该听一听的，不过还是一会儿再转告给十萌姐姐吧。我大概太累了，感觉好晕，可能过一会儿就要昏过去了。”

“啥？等等，你别死啊！”

“有纪的能力，好像跟我很像。刚才我感觉到了很相似的能力。”顾不上崔元祯的神经大条了，看来她真的很急切地想把这些说出去。“崔元祯，还记得之前在东京的那天晚上吗？那个时候你还被炸到了一点吧？”

“诶？确实有这回事。”

“那个时候，我想着不能让他们伤害你们，再这样下去，大家都会死的，心情急切到了无法承受的地步，这个时候好像真的到了极限一样昏过去了。之后的感觉，就好像做了一个梦，一个自己变得很强很强的梦，梦见自己保护好了大家。”

“嗯，那之后呢？”

“醒过来的时候梦里的样子就成真了。”

2

在那之后又过了半个月的时间，原本以为崔元祯在转达给王紫陌和藤泽十萌后，他们能体会到什么，但到了现在他们还是没有答复。

——果然还是应该直接表达出来会好一点。

于佩杉一个人双手托着腮这样想着，最近心事虽然不是很多，但还是让她晚上休息不太好，现在都算不过来自己是过的哪国的时间了。

“你又在图书馆睡着了啊？”话音刚落，两只陶瓷咖啡杯摆在了长木桌上，随后，说话的男孩不请自来，坐到了于佩杉的对面。这略显尖锐的男高音凡是一般人听过一遍就会刻在脑子里记上一辈子。

“张书纶同学啊，偷瞄女孩子还刻意让她知道可是会引起反感的哟。”

“这，”张书纶一时语塞，“我当然知道了！这不还是因为你不那么计较嘛，换了别人我哪敢……”

“哈哈，”于佩杉还是忍不住地小声笑着，“我说着玩的。”

“你这人，就算声音不大也多少笑得收敛一点啊，这里是图书馆。”

似乎一提到“在图书馆要保持安静”这样类似的事情，张书纶就会变得正经得像个外交官，也因此经常被同学私下里调侃。

“还不是因为你最近老是睡觉。真是的，要看书就好好看啊。”他将桌上的咖啡杯推了推，“喏，给你的，提提神。”

在张书纶眼中，于佩杉确实是因为他的这一举动而愣神了好半天，因为那一瞬间，她的脑子里突然想了很多东西，但在于佩杉眼中自己只是很正常地拿过来后道了谢而已。

“张书纶，你喜欢喝卡布奇诺提神吗？”于佩杉喝过一小口后问。

“嗯，也不算喜欢，就是单纯为了提神而喝的。不过你怎么知道这是卡布奇诺？”

“你猜猜？”

张书纶心说这个人笑眯眯的样子真的不能直视久了，感觉就像要把人的心窝给挖穿一样。“喝得多了呗，这有什么可猜的。”他斜着视线回应。

——都说这家伙有那么点神经质，看来是真的。倒也不知道这是在说的谁。

“话说回来，最近来图书馆的人好像是变多了。有感觉吗？”

于佩杉只是点了点头。

“听说是学校这一阵子管进出校门的突然变得很严了，一直不让学生和老师离开半步，据说连信息都屏蔽了。”

于佩杉还是点了点头。

——我说你这家伙倒是吱一声啊，让我一个人在这演讲吗？

“张书纶，你有什么想法吗？”

——这下倒是终于开口了，不过还是想听我一个人讲话的意思啊。

“想法，就是觉得本来这个点都在外面撒欢的现在也少了，很多也都只是单纯为了打发时间来图书馆随便坐坐的，根本没有要阅读的意愿。想想这些人就觉得有些别扭。”

“搅乱了你心中的一方净土吗？”

“别，这么说倒是太人身攻击了……引战言论啊。”

“可是我认识的一个朋友，他跟我说过，文学就是为了论与战而存在的。”

张书纶心说，姐姐你都交的哪门子朋友，是愤青吗？

看着张书纶一会儿坐而论道，一会儿沉默寡言，还是很可爱的，于佩杉这样想。以前听同学说这个人喜欢卖弄文采，有些爱张扬，但又出于某种原因现在在于佩杉面前表现出来另一副样子。

“说实话，于佩杉，你就不觉得这个学校很奇怪吗？”

“唔……嗯……”她的反应似乎是认可的。

“我承认，学校无论是硬件和软件都超过了大多数学校的规模，甚至可以说这已经不能说是一般的所谓贵族学校了。整个学校就像是在让你忘记家庭，产生能自给自足地在这里过一辈子的感觉，甚至连周末放学都显得多余。”

可供至少六百人使用的浴场，同时具备至少十五种体育活动的体育馆，再加上专门的球场、两人一间且管理宽松的宿舍、刚刚完全建好的食堂，或者说是刚建好了除一楼中式餐厅以外的西餐厅、日韩式料理和全天咖啡馆，可供自由活动的空间正好让人感到满足而又不显得多余，以及游戏厅、图书馆、便利店。现在除了最后的社团楼，这所占地庞大的中学已经拥有了几乎全部的硬件设备。

“但你想过这样是为什么吗？是真的想让我们放开单纯的学业压力，还是……”那一瞬间，尽管张书纶什么都没有变，但于佩杉却觉得他认真起来了，并且很愤怒。

“是为了让我们彻底与世隔绝吗？”他死死抓住于佩杉的视线，想要读出什么信息似的。“大概是被我说到了心坎去了吧？”

的确，昨天本来打算去贫民窟看看的时候，于佩杉一路上就多少感觉到周围的人们眼神都有些异样，甚至有些人在看过她之后拿出了手机马上打通了电话，唯一没有对她感到异样的也只有浑浑噩噩过了一星期的藤泽有纪，和那些从出生起便一直生活在贫民窟的巷子里的孩子们了。而他们这些因为特殊的原因所不知情的表现，在今天于佩杉回到学校之后，从每个同学身上所感到的一样。

彻底地与世隔绝，是指的这个吗？她在心里问道。张书纶大概也会知道自己被日本警方通缉的事情，但他的感觉的确很敏锐，作为一个刚上中学的男孩，虽然有些愤青，但他想到了其他六百多位学生都没有考虑到的地方。

“可是，周末还是会放同学们回家的，而且也有走读生。”

“那么可能学校外也有一双看不见的手吧？”张书纶说。

——看不见的手？昨天晚上那些路人们确实很像是在报警，于佩杉在贫民窟知晓自己被通缉一事之后才后知后觉，但若是报警之后又没有下文的原因，难道就是这双“看不见的手”吗？

为什么日本警方会通缉自己？她联想到了在东京时那个藤泽夏树带了将近二十个人想要活捉“素体”，日本警方也将那一场战斗的结果归咎于自己，说那些被杀的人都是日本的警察。

这样说来，想把这些消息隔离出学校之外，不想让其传入学生们耳中的，有可能是好多双“看不见的手”，可能是在与藤泽夏树所在的那个名为“龙”的组织为敌，但这样想来，可能“龙”这一黑帮组织已经和日本警方站在同一战线了，那么这敢于与之为敌的又是……

那时候，她感觉自己明白了什么，没能听得进去张书纶后面在叨叨的大思想，可能那时候先听完他的话再去思考更有帮助吧，这件事之后，于佩杉这样想过。

“张书纶有听说过日本黑帮这样的东西吗？”于佩杉突然问道，因为她实在跟不上张书纶的论点了。

“你别打断我啊！”

“啊，抱歉抱歉，有机会我一定会好好听你讲的！”她赶忙双手合十在胸前使劲地摇着。

“你会好好听吧？”

“一定会的！请一定要把你知道的一切都告诉我！”

3

不知不觉间晃过一个多月了，王紫陌发觉自己能够渐渐理解联合军那血腥的手段了，仅仅是看到那些血肉模糊的尸体，第一次见了，让人作呕又心生厌恶，二次三次还抱有些许改善的期望，四次五次往后也能提前做好心理上的准备了，直到现在，几乎没什么太大的感触了，只是心里念叨一声“什么时候能结束啊”，随后不了了之，就好像是什么对血肉不敏感的传染病一样，现在顺着传到了他的身上。

这些事情他没有告诉父亲，都是看过之后按照原样放回打印机的出纸口上，王守诚一定也都读过了，有可能早已经和王紫陌一样对此麻木，而后以司空见惯的状态应对了。

这是因为几乎每天都能看见打印机上不定期地自动打印出的“全人类联

合独立军队驻樱花源分队工作报告”上以极为简短而又不成体系的语言描述了下面一到两张血肉模糊的现场图片，看得出来撰写工作报告的人文化水平非常低，而拍摄照片的人又是个很仔细的人。他不太明白为什么这工作报告不由那个拍照的人来写，而找一个写句子都像小学生的人来完成。

值得一提的是，王守诚一直没有告诉他联合军其实早已换人的事，王紫陌也一直视外界的说法为谣言。即便这样，吸引他每日不间断地在王守诚回家之前看这些可怕的都有呕吐感的文件的，可能还是想要了解联合军的真实意图，然后完成先前和付静轩的承诺。

也恰好在这样的时间，付静轩又一次找到了王紫陌。“联合军他们有答复你吗？”她一见面就直奔主题。

王紫陌不知道该怎样回答，自己的确没有忘记这一承诺，但他确实也一直被心里潜在的意识驱使着不去与那群光天化日之下残杀犯罪者的家伙联系，所以最后的结果还是他没有去找。

“今天我和崔元祯说起来了，关于佩杉的事情。”她见王紫陌好半天不答复，于是自己接了下去。

“佩杉的情况很特殊。崔元祯现在在自己家里接待了一对日本来的姐弟，他们好像是旧友，崔元祯告诉我说姐弟俩中的那个男孩子会在遇到极度的恐慌和无能感而自卑时失去意识，从而使用特别强的能力，但在平时不会使用能力，甚至在联合军的能力登记检测上也被判断是无能力者。但在见到那个男孩子使用能力之后，佩杉告诉崔元祯在东京的时候她也曾有过同样的情况。”

“嗯。”

“然后，然后……王紫陌你当时不是也跟我们在一起吗，那时我亲眼见到，原本崔元祯受伤已经束手无策了，但突然间所有的敌人都倒下了，而佩杉站在那里，原本她的伤势会是最重的，因为想要把我和苏凛挡在后面，但事情结束之后，她却一点伤痕都没有了。”

那个时候，王紫陌只是记得自己击败了藤泽夏树之后，却看到崔元祯那一边已经解决了，看到崔元祯在受伤的情况下真的没能想到他能将这些人全部击败，但现在按照付静轩所说的想，崔元祯的确不可能有那样的实力，如果真的有“素体”在他们中间，那么于佩杉就很有可能了。

只是直到现在他还不知道什么是“素体”，所能使用的一切手段也不能找到藤泽夏树所说的“三大分类”之外的第四类能力了，他甚至怀疑过所谓的“素体”，也有可能只是日本黑帮将很强的能力者视为目标而刻意塑造的迷信对象了。

“王紫陌同学！”

他突然间感到了很奇怪的感觉，自己好像是在害怕，因为不敢直面什么而害怕的感觉，即便是面对藤泽夏树时也没有过这种感觉。这是他第一次真正有了恐惧的感觉。

“请一定把佩杉的情况转告给联合军！如果不这样做的话，佩杉会变成他们烧杀劫掠的武器！现在能直接与联合军的人沟通的只有你了！”

“我……”他纠结着，似乎在他心中两边都已经是同样的目的和同样的结果，他已经默认了自己无论如何去做也是无济于事。

这样的感觉其实从三年前联合军修改国际通用法律开始便有了。判刑的条目没有改变，但同样的罪行却被赋予了极为严酷的刑罚，从那时起，他就隐约感到了是联合军，这个自己从记事起便一直有的人生理想，是要铁下心来以暴制暴了。

但是在这个女孩的脸上，她的神态，她的眼神，以及她的气场，都让王紫陌想起了很久以前的一个弱小得被人摁倒在石台阶的最尖锐处磕得头破血流最后差点死掉，即便如此，却还是没有对那些施暴的同龄人低头一分的孩子。

“我会尽力的。”

4

“于佩杉，你知道这樱花源的建造者是谁吗？”张书纶走在前面，语速和步伐都飞快，急迫地想告诉他人生中第一位听众这樱花源的层层“黑暗”。

“于晞航，航联集团的董事长，那家伙可是一个人在二十岁时将这个没有人看好的僵尸企业做成了今天这个有能力向政府直接全额拨款修建新型城市的无敌的大企业啊！那个人无论是能力还是野心，都是让人敬畏的。他成了企业家们眼中神话般的存在，一个人独揽大权，如今与多国合作建设新型城市，据说在我们出生前还被联合国邀请去参与什么绝密计划。后来又跟烟雨科技合作……真的是个非常厉害的人。”

“嗯嗯。”尽管于佩杉好像不是很有兴趣探讨这类问题，但还是表现出有在认真听着的样子。

“最重要的是他娶了那么好一个老婆，那是全国最著名的歌手之一，高梦，夫妻俩都颜值爆表。可惜现在还没生下孩子，明明都快中年危机的人了。”

“啊，这、这也没办法呢。”于佩杉挤出一丝笑容来。

“不不不，有些偏了。我觉得于晞航现在这样的目的应该会插手政治，现在他已经在暗处限制着当地居民的信息流通，进而……”

于佩杉一把拉住了张书纶没让他继续走到海里。

“在这么偏僻的地方走到海里也没人来救的！”

“呃，谢谢。对了，其实带你来这儿就是为了这个。”

“这个？”于佩杉看了看周围。

只是一个顺着礁石开凿的小隧洞，尽头与大海连为一体，她一路上来不及问这到底是要去哪，看这样子，张书纶是想要冬泳。

“咦？你不知道那个都市传说吗？”

樱花源的大陆架最深处的海底珍珠，一直是人们口头上流传，一发到网上就会被禁掉的传闻。据说是有一日晴空万里，碧海无波，渔民在归岸时看到海面下折射出一个半球体，如同钻石般璀璨，既看不到里面的事物，也不知道是谁所建为谁所用。后来每当人们想去再看一看它的时候，海上总能起雾，海水也显得浑浊，而当人们不再刻意去想，又偶尔能再次看到它在海水中的某一处沉睡着，如同陷入海底一半的珍珠，也因此而得名。

张书纶结束了他意味深长的陈述，转回头来看了一眼于佩杉的表情。“很神奇，对吧？”他脸上满是在哄小孩一样的表情。

——为什么这个人一点惊叹的样子都没有啊！

“总而言之，我想给你看的东西啊……”他重新回过头凝视着海面，气息改变了，成了另一个人。

不仅是张书纶，整片海域的气息都在不可思议地改变着，连为一体，成为了他的所属，随后，海面不再平静，毫无预兆地从张书纶眼前一分为二，直到露出可供人通行的礁石面为止。如同上帝将海面一分为二，开辟了一条通向海洋的道路，而道路的尽头，那颗海底珍珠就在那里。

他们走入这两面水帘之间的下坡路，在到了海面能没过他们时，张书纶又挥了挥手，马上有海水从两侧重新汇入，又恰好在他们头顶的位置停下，将两人包裹在了海底的隧道中，只要伸手的距离就可以触碰到海的内部，看得见海水在这隧道外流动的方向。

“浅海区还没有什么海洋生物，过了这片地方在尽头的位置，就能有鱼虾了。”张书纶说。

“好厉害啊！这是你的能力？”

“嗯，大概吧，在登记检测上的结果是空间的能力者，但具体是什么也没告诉过我，不过后来我也发现自己能很自然地控制一些东西了，就比如这样。”

于佩杉只是一直半张着嘴，止不住地赞叹着，无论在哪里，她都从未见过这样的景象。

“所以，这也是我之前没有说的。听朋友的意思，一般水平的能力者能掀起一栋楼高的小范围海浪就已经是极限了，而且身体会因此瘫痪，呼吸紊乱几天，甚至有可能留下后遗症，但我没有这样的现象，即便是现在靠着想象在维持的这个海底隧道也是如此。”

“这样说的话，你就是非常强的能力者了吗？”

“按理说是这样。不过联合军他们在检测过后就没有再找过我，也不把我能力的具体检查结果公布出来，那种感觉特别像现在在学校里的感觉，所以……”

半球体的庞大建筑出现在了眼前。

“可能这世界上的大人们存在着什么不可告人的秘密吧。”

“虽然话说的有点冒犯，”张书纶走进海底珍珠之后就很熟悉似的走到了书架群中的一处，“但你一看就是明明知道读好书的用处，结果到头来还是改不了看杂书的毛病的那类人啊。”

这海底的珍珠是个大图书馆，两层。按照张书纶的说法，这是在他四五岁的时候，有人专门为他和苏凛建造的，据说那个时候苏凛在与同龄人的相处上出现了很大的问题，整天都是自卑沉闷着，于是张书纶打算借助自己喜欢的阅读来让苏凛找到新的天地。苏凛母亲的一位朋友听说了，对此非常赞赏，便为两人打造了这个只属于他们两个的场所。

然而直到现在，两人依旧不知道这个海底珍珠的建造者是谁。苏凛问过她的母亲，但被委婉地绕开话题之后再没有敢过问了。外部看上去如同明珠般璀璨而不可亵玩，内部又像是身处在了水晶球中，地面用的不知是什么特殊的材质，让人在见到的一瞬间想到打磨到了极致的刀面，又或是整片平铺着的镜子，贴着地面看去，真的当作镜子来照出自己的面容。

楼层间的旋转楼梯、桌椅、书柜，也都是这样类似的材质，大概这本就是水晶的图书室。

于佩杉相信张书纶说的话，在见到苏凛的第一天开始，她就看得出来这是个对社交极度恐惧的孩子，对他人不敢信任，几乎全部的事情都在尽可能地回避。按照张书纶的说法也都解释得通了。

“所以我给你推荐这些书。”张书纶说着，将从书柜里选出的几本书摆在桌子上，自己还信心满满地捋了捋书名，好像如此一来就能回忆起书里的内容了一样。有《狂人日记》《小酒馆》《巴黎圣母院》《雾都孤儿》，还有夹着几本《龙族》和《哈利波特》。

“也别这么偏见嘛，我以前看过一本漫画，是哥哥为了让变成鬼的妹妹重新变成人类的故事，还是很好的嘛。”于佩杉这样说着，从相当偏远的，连张书纶都没去过几次的书柜分类里拿出了一本《能力者与世界起源》。

“……”

“怎么了？张书纶同学，你不舒服吗？”

这本书没有作者，没有出版社，封面都只是拿羊皮纸包裹了一下，内部线缝的纸张让人都不舍得去翻看它。

“不是，这个东西……”张书纶一边说着，又眼看着于佩杉拿了一本《樱花源都市传说汇编》。

“没关系啦，不舒服的话就快点去医院吧。”

“都说了没事！”

“啊？”于佩杉还是一副茫然的表情。

“这种书我还是看过一点的，都是谣言罢了，找的各个国家的奇闻刊物，把那些骗中学生钱的东西当真事的一手资料誊抄下来，再自己演绎演绎，就说得和真事一样了。所以，这种书也只会在这种地方才有。”

他语毕后又不自觉地把右手搭在了那一摞书中最上面的《龙族三》上面，再一抬头，于佩杉已经投入地在那里看书了。

“喂，你这个人！”

据说世界诞生之初，还是一片混沌，生物依靠自身的本能生存着，没有约束，进而在亿万年间淘汰了无数不合理的生态系统过后，终于世界各处无规则地出现了拥有智慧的生物，以及作为生命本身的趋利避害观念进而形成的利益至上本能，再演进成为智慧生物的心性。宇宙各处为争夺权利不间断地上演着家破人亡、妻离子散、国破家亡、生灵涂炭的景象，存有善念的群体被当作垫脚石，逐利夺权的小人们却坐享其成，地位渐渐稳固。

见证了生命发展的悲剧，居于“无人之境”的创世神决定以再一次的宇宙大爆炸来重启一切。

在那时，出现了一位能力超群的人，他吞并了这场大爆炸，击败并夺取了创世神的无尽能量，成为这世上真正的看得见摸得着的神明。他履行了对创世神的承诺，以超越创世神的能力，带领两个双胞胎女儿组建军队扫平八大星系，组建联合政体，将被征服的夺权者流放八大星系以外的无生命星系中，等待他们自生自灭。公民们对他有着一个特别的称呼——“黑日神”，传闻他能够轻易地化为黑洞之上的存在，将万物瞬间归于虚无。

为了避免悲剧重演，“黑日神”将他的能力分给了两个女儿，自己化为仅有意识的存在，永远在三维空间与四维空间之间的夹缝中观察着世界。大女儿继承了净化万物的纯净能力，小女儿继承了吞噬万物的逆向纯净，这便是“辉夜神”与“白夜神”姐妹的传说。

在“辉夜神”之下，挑选了七位精英，将“辉夜神”的能力复制后分发给他们，再向下形成体系，使七位成为神明的精英们相互制约，对整个宇宙的智慧文明进行管理。“白夜神”则与“辉夜神”相平行，可逾越权力的特殊存在。“黑日神”将大女儿“辉夜神”的恶念剔除，施仁政，顺民心；又剔除了小女儿“白夜神”的善念，令其直揽生杀大权，以恶制恶。

八大星系作为一个整体，世代繁衍，生生不息。三百多个世纪过后，“黑日神”却背叛了创世神的承诺，听从了内心对野性与利益的呼唤，他打算以武力歼灭由七位神明组成的“七神议事会”及其附属军队和议会，挑拨“白夜神”杀死她的姐姐，最后杀死“白夜神”，重新拥有完全的能力，一人独揽整个宇宙的文明权势。

七位神明不是对手，尽管有“辉夜神”的帮助，最终只有操纵雷电的审判之神带着其发小与“辉夜神”逃离了八大星系。为了拖住对手，审判之神也耗尽体力，化为了意识的存在，并将能力封锁在其身为白龙族皇室的血脉中。“辉夜神”带领红龙族公主——审判之神的发小，将能力整体种植在太阳系上，并在地球上催生了智慧生物——人类，等待他们之中一部分拥有能力的群体能生根发芽，将这世界统治者的力量传承下去。随后，“辉夜神”也化为意识，不知所踪，红龙族公主则沉入波斯湾的深处，在漫长的睡眠中死去。

“好凄惨的故事。”于佩杉感叹着。

“这完全就是邪教变成体系了啊，难不成这作者想把能力者作为崇拜的对象来名正言顺地推行君主专制吗？”

“不对，这么简单的故事，又是这么厚的一本书。后面除了对故事里的个体有纪传体形式的详写，几乎全书一半的篇幅都在列举史料依据。”

“所以说才更像邪教嘛。”张书纶又朝那边的《龙族三》撇了一眼，心说这故事太鬼扯了。

“所以说你还是……”此时于佩杉又开始拿来那本《樱花源都市传说汇

编》开始读了。

“唉，你这人啊。”

她没有理会。

拜托让我亲自推荐一本正儿八经的书给你吧。他这样想着，还是没忍住凑过去想知道到底是什么这么吸引人。

照网上说，女孩子都喜欢看一些奇闻逸事的东西，甚至当真事都是正常的，但似乎于佩杉并没有对刚才的那一小段奇怪的故事有什么信以为真的意思，但也没有表现出亵渎的感觉。现在对于这个都市传说也是如此，所以才说这是个奇怪的人吧。

其实这本书刚出现的时候，张书纶就看过，是从苏凛家里偷出来的，纯粹是因为好奇才拿的，本来想的是看完再放回去的，但一直没有找到机会，时间一长就忘干净了。

于佩杉就像是冲着一个地方去的一样，往靠后的看，标题是《和平年代的杀神——白芜常》。

这是想她对象了吗？现在连于佩杉都有点忘了当时他们假扮情侣的事，张书纶倒还当真到了现在。

“这个不是很建议你看的啊，我当时是刚看完关于战争题材的书，所以光看着还能接受，但要是真的当真事了还是会觉得吓人。所以你还是……”

“但是……”

在今天樱花源最边缘处的贫民窟，曾经是最血腥而混乱的场所，几乎每个人都对此有所耳闻。在这之后出现一位白衣男子，在一个月内杀死了上百名潜伏在暗处的暴徒。白衣男子往往独自闯入，以快取胜，转瞬间，尸横遍野。半年后镇压了巷内所有隐匿的暴乱，其手段之残忍、善恶之分明、见效之迅速，为当地政府、警方和联合军驻军所不及。

在2012年10月份，联合军总指挥左毅亲自来到樱花源，白芜常从此再没有现身，疑似被左毅击毙。但白芜常成了当地新一任联合军驻军所敬仰的对象，他着手整治并改造为专门的贫民窟以帮助无家可归的人。

在后面还有什么《旧区公园的不干之血——滞留在台阶的枯手》这样已经被说成是鬼片设定一类的东西，其实就是很久以前有人头磕在台阶上，因为上方有遮挡的原因加上公园没有纳入樱花源的修建范围而被废弃，所以血迹一直留在了那里，不知道为什么，就是有人能联想到是血绘成的枯瘦的手，在拼命向着公园另一头伸出来。

幸好于佩杉在简单看过关于“白芜常”的内容之后就把两本书放下了，之后赶忙说想看看“张书纶同学喜欢看的书”。

“那个，于佩杉，虽然之前说话挺不注意的，但还是谢谢你。”在于佩杉坐在了椅子上，拿来了那本《龙族三》的时候，张书纶这样说，“其实你是除了苏凛之外的第一个愿意听我讲心里想法的人。”

就像是人们口中所说的，于佩杉还是眯着眼笑了笑，表示自己只是正常地做着该做的事而已，没什么可道谢的。

——也是啊，只是倾听，又为什么要道谢呢？所以又为什么我会觉得这个女孩“性格很奇怪”的传言是真的呢？

“好啦好啦，张书纶还要跟我讲日本黑帮的事情吧，我说过一定会听你告诉我你所知道的一切的！”

她什么也没有做，却像是紧紧地握住了张书纶的双手，让他无论如何也不想让这种感觉消失。

重　逢

1

深夜的步行街上，也没有幸免于枪声的侵扰。

枪声从东侧的一端不断传来，恰好能掩盖住大部分刀刃挥舞的呼啸声，夹杂着其他更多已经难以分辨的杂音，成为一股整体，笔直地向着西侧涌动。

“不行！绝对不能让文件被夺走！”刚向着对讲机喊完话之后，新任“龙骨”雨野鹏就被逼近的刀刃扼住了咽喉。

“做梦去吧，新人。”

他在最后拔出了武士刀，却只看到了遮蔽全部视线的白色长衣，在这月光之下的白色中，猛然划出的刀光切断了他的脖颈，使他能清楚地看到白衣被染上鲜血的样子。

他感觉得到，在那个歼灭整支后援队伍的人眼中，这样的景象是多么美丽而动人。

一组血池已经将要盛满了，大概还能坚持两个星期这样程度的任务。白芜常一直将作战时溅出的血液借由数据化实体存储，注入这藏在樱花源地下城低端的血池中。每组血池共分四号，每号都按照核反应堆的一般规模修建，依据血型分类。白芜常打算利用收集起来的人血以援助联合军的后勤医护部队。

进入夏末以来，他就开始不间断地执行着这样的任务，清除全部能查找到的日本黑帮成员，然而无论怎样，整个樱花源的驻军也只有他一个人，将精力分散之后，民间的“吃人”事件又多了起来，因此他每天忙得焦头烂额。再牵扯上新武器的研发……还有这个——今晚从新任“龙骨”那儿抢来的备用文件。

想到这里，他又转动办公椅，半蹦跶一样地站起来，走到正对办公桌的墙壁前，掀开挂着的黑色布帘。黑布之下，“龙”的大大小小头目的照片被挂在墙上，用不同颜色的线串起来，代表不同的关系，照片摆成了金字塔的形状。已经死亡的人照片上被插上了同样规格的匕首，他找到了靠上的已经被插了匕首的藤泽夏树的照片，再顺着新连出的线找到了新任“龙骨”，随后也插上了匕首。

“还有四个。”

远程量产部队。文件名，“龙”的计划的一部分。他们果然也想靠着非人力的科技手段来填补人手。似乎是远程链接人体动作的方式，让机械部队能远程同步使用者的动作。——真是些小把戏。

“龙首‘荒木’，我一定会除掉你。”

2

开门声——来了。

王紫陌等待了数个小时的机会，这次一定要将所有的情况告诉父亲，寻求警方与联合军的帮助。这是他与付静轩约好了的，为此，他忍受了在这印满惨绝人寰的照片的文件之中的煎熬。

他急于去叫一声“父亲”，即使这是因父亲的工作而日渐疏远了的称呼。即使没有什么能力者，什么“素体”，王紫陌也还是很久没有真正见到父亲一面了。

“快睡觉去吧。我稍后也睡。”

“请等一下！”他完全没有注意到王守诚满脸写满“我想睡觉”的表情。

“有什么事以后再说吧，紫陌，我也想听听你在学校的情况。”王守诚还是压住脸上的困倦，转过身，将双手搭在王紫陌的肩膀上，很生硬地挤出一丝笑容，“但今晚还是先休息吧。”

这是位慈爱的父亲，晚婚，同时也是樱花源警备员总指挥官，六年前因受重伤被威胁离婚。在王紫陌眼中，父亲是个很傻的人，明明母亲当年只是看中了父亲的收入才结的婚，父亲这个明察秋毫的警长却死活看不见，依旧爱得死心塌地。王紫陌很讨厌自己的母亲，在离婚协议签署后给了母亲一巴掌，结果王守诚最后又因此给这个拜金女花了将近一万元。

连续四个月，王守诚每天睡觉不早于凌晨两点，起床不晚于早上六点，中间还有可能因突发情况深夜离家，五十出头的人几乎没有几根黑发。

“‘素体’，能力者系统的核心，就在我们学校里。”

“紫陌，我有没有说过，专注于自己的事情就好，不要为他人瞎操心。”

“但这是真的！”这一定是真的，如果是假的话，父亲一定会一口否认，但是他选择了回避。

“日本的黑帮组织一直在寻找她，想将她的能力作为与联合军交战的武器！父亲，这件事真的非常重要。请务必转告给联合军那边，采取行动来阻止这一切！现在也只有您能够做到了！”

“别说什么胡话了！这世界上根本没有什么‘能力者系统’，更没有什么‘素体’这一说。”

“但是，日本黑帮确实……”

王紫陌还没说完，王守诚就仓促地打断了：“你休息吧，我会注意你们学校的情况的。”

说罢，他挽了挽袖子，走到了办公桌前。

“桌子上的东西你没动吧？”他突然问。

“没有。”王紫陌撒了谎。他没有觉得这个谎不该撒，因为直觉告诉他，刚才父亲说的话也都是谎言。

“无论如何，都先管好自己，再操心他人。”王守诚又一次念起了他唯一的教诲。

“一个连自己都照顾不好的人，更没有能力照顾好任何人。”

——可是，父亲，这不正是您这样的人吗？在科技园的灾难中将警员们压在身下，自己身上几乎扎满了碎成粉末的玻璃碎屑，仅仅取出一半都有生命危险，您也没有因此多说什么，而且承受了因这件事带来的家庭破碎。

王紫陌一个人躲在办公室门外的边缘，沉默着。这是他有生以来第一次陷入如此之大的迷茫中。

3

第二天下午，于佩杉的管家找到学校里来。可能管家本人并不是很情愿，但于佩杉也没有多么在意同学们的目光，她把记事本藏进了书包里便离开了。

管家说今晚不要在学校里了，家里来客人了，要一家人一起去欢迎欢迎。所谓“欢迎欢迎”，无非就是去高档酒店奢侈一餐，顺带喝几口名贵的酒，于佩杉很不喜欢这样。但她一直没有机会找到爸爸，这件事妈妈从来说的不算。

为什么爸爸刚回来没几天就要接待客人呢？印象之中，爸爸忙于工作，妈妈一个人在家里养着自己，好在有管家在，能帮妈妈分担许多，但于佩杉心里还是抱怨爸爸的工作。经常游走于北上广，有时前往各地省会和大型城市，也有着远赴海外的可能，于佩杉很讨厌这种居无定所的工作，更害怕爸爸将来强迫自己继承他的权位——航联集团的董事长之位。

自从出生起，于佩杉就被冠以“中高层平民单亲家庭”的身份活在世上，她不知道为什么会如此，为什么能够如此，但她至少不反感这样的身份，她竭尽全力在隐瞒着，但又以个人的身份资助贫民窟、替付静轩垫付学费、请藤泽有纪吃饭，最近又想尽办法给苏凛准备最适合她的生日礼物，在12月2日那天送给她。

就像藤泽有纪想的，她是一个自己不舍得花钱，给别人花起钱来毫不吝啬的人。有一点像为了孩子的学习教育啥钱都肯花的妈妈。不过于佩杉大概还是干不出这种事情的吧，但愿她将来不会。

当管家提到“左毅”这个名字的时候，于佩杉才稍微提起了一点精神，似乎对这个人很有好感，但她对左毅的工作的了解还只是局限于“外省的警察”而已。

等上了车，看到妈妈已经在车里等着了，换了一身正装。于佩杉很久没有见过妈妈除平日以外的美了，惊讶得有些合不拢嘴。于佩杉知道妈妈是歌手，也知道自从结婚后她就再也没有唱过歌了，这是为了家庭。

自结婚后一家人搬迁到樱花源东北边的沿海地区，没有邻居，没有过路的行人和车辆，也是为了家庭。又或者说，为了于佩杉，为了她能够脱下家庭背景的外衣生活。在爸爸妈妈眼中，自己就是家庭的全部，于佩杉在意识到这一点以后便决定好好活着，将来能够回报他们。但是她真的不想以这样的方式来回报。

每年一次的公司年会，于佩杉都要被强迫去参加，有时候当然也要飞去外地，换上爸爸给她挑选的正装，坐在那里看着那些知道自己作为“未来航联集团的继承人”的存在的人们和爸爸妈妈觥筹交错，却又从来不在公司员工面前承认自己是于晞航和高梦的女儿。她只得穿着硌脚的硬皮鞋到处闲逛，去找找有没有年龄相仿的小孩子，每次都一无所获，但下一次又总会一如既往。

除了年会，于佩杉也找到了规律，一般过年期间会有一次，国庆期间会有一次，其他小长假也至少有一到两次。

于是她决定带本漫画书去打发时间，似乎爸爸妈妈并不是很在意她会看什么类型的书，但不幸的是她带去的那一次恰好被同事家的孩子给扔进通电的灯光水池里去了。于佩杉只是说了句："你为什么要这样做？"也不知道哪里得罪人了，挨了那小孩的一通"双手晾衣架连环劈"，正装是露肩的，所以特别疼。但她没有还手，冒着触电的危险把漫画书捞出来，最后一个人躲在厕所的小包间里哭了一晚上，最后的最后又挨了妈妈的一顿批评，说是以为她走丢了什么的。这唯一一次与同龄人在同事聚会上的经历让于佩杉再也没有期待过能在这种场合遇见同龄人，好在这一次之后再没有第二例。

最烦恼的还是穿戴这方面，爸爸说让她从中学开始学着穿高跟鞋了。或许真的是身份被隐瞒着的缘故，于佩杉拥有她的人际圈中最高的颜值、最完美的身材，加上到酒店后换上的最昂贵的正装。于佩杉却一直没在意自己有多么漂亮，她只在意这身衣服能不能在这初冬季节穿得住，还有这双鞋子是否舒适的诸类问题上。酒店的保温条件很好，同样的正装一年四季都没有什么问题，但于佩杉真的很讨厌脚跟被刻意抬高的感觉。

"你也长大了啊，越来越有你妈年轻时候的那种美了。"于晞航在见到他的亲生女儿时这样说。于佩杉还是强颜欢笑似的点点头，做出很乖巧的模样来。

"杉杉肯定会比她妈长得还漂亮！"高梦在旁边应和着。

于佩杉想找来管家，让他帮忙说几句话来岔开这个话题，但没有找到。等她意识到的时候，整个酒店都布满了穿着"NU（国际联合）"制服的持枪人员，似乎一家三口是这里唯一的顾客。

"联合军啊……"高梦感慨道。

“我来之前他们就在这里了，似乎很重视呢。”于晞航说。

于佩杉一直没有说话。

“其实前些天，联合军一直在向这里调配人手，但一直没有向公众透露。我也是有一次在五号地下城的入口见到了几位联合军才意识到的。”这也是前一阵子，张书纶在论证“看不见的手”的存在时说过的话。

为什么要调配人力？明明这两年来新任的那位不知名的驻军已经做得有所成就了。仅仅是为了今天封锁看守这个酒店吗？为了今天晚上的这一顿晚餐？

“看来开战是在所难免了。”于晞航这样说着。他压低了声音，但他不知道于佩杉有着天生过人的听力，包括一切感觉，都比任何人要灵敏。

“居然说来就来。”开战？和谁开战？明明是管理整个世界的联合军，又会和谁开战？

“没关系的，如果收到消息，我会派人提前将你们接走的。放心吧。”

——不，不要！就算是开战什么的，我也不要走。但是她说不出口。

“哦，对了，今晚会有跟你差不多大的孩子跟我们一起，见面要叫人家‘哥哥’哟。你以前一直想找个玩伴的吧？”于晞航拍了拍于佩杉的肩膀。

——果然，爸爸只是对于“于佩杉的爸爸”这样的身份而言，才是个好人吗？即便心里怎样想，于佩杉都不希望爸爸妈妈会察觉到她的心情：如果真的开战，要么带着整个城市的人们离开，要么为了保护他们而死在这里。

她拒绝不了心中这样的念头，每当想着放弃这个天真的想法，在这樱花源的每一个她所见过的人的笑容就会浮现在眼前，随后变得灰暗，渐渐地，被扩散的鲜血所浸染。

海景花园酒店这方圆几千米的地方完全被封锁了。据说这里是学校的设计原型，地下游泳馆、多国籍餐厅、搭配喷泉池与石英亭的中央散步区。看到这些，不免让于佩杉想起了最初入学时半夜溜出宿舍闲逛的经历了。

“姐姐，你在伤心吗？”她想起了那时自己抱着湿透了的漫画书，一个人坐在床上哭泣着。那时，于佩玹出现了，她将于佩杉抱进怀里，轻轻抚摸着。

“我真的不会被欢迎吗？为什么用善意对待他人却总是在受伤啊？”于佩杉在心里这样想着，她没有说给任何人听的勇气，因为害怕被觉得矫情。

但于佩玹好像能读懂她的心思一般。“因为他们本来就不是以善意在对待你啊，姐姐。”她点醒了于佩杉，却让于佩杉陷入了不知所措的迷茫之中。

“我觉得啊，明明姐姐你心里从来不会有一点的恶念，那些还是在排斥你、贬低你、欺骗你的小孩子啊，真的是无可救药呢。所以像他们这样的家伙，也没有活下去的必要，对吧？”

“可是，难道这世上真的没有和我一样的人了吗？我不想要这样太过纯净的善念，真的好累。就像是被世界所抛弃了一样，明明生活在同一片天空下，却怎么也得不到认同，好像是无法和大家一起活着的感觉，我……”

——拜托啊，佩玹，拜托把那恶念还给我吧，哪怕只有一点点也好。

“一定会有的，姐姐。”姐妹两人的脸颊贴在了一起，双手十指紧扣着。“一定会有和姐姐一样的人。不管陷入多么庞大的黑暗的深渊，也能坚持着心中光明的人，姐姐一定能遇见的。”

“真的吗？”于佩杉流下的泪痕将两人的脸颊烧得通红。

“嗯！等到你们找到彼此的时候，一定会一起将这个世界改变的，变成姐姐你想要的那个世界……”

突然闯入的雪白的身影打破了她的回忆，左毅带着和善的笑容快步走来。当她沉浸在回忆中时，已经不知不觉地跟着爸爸妈妈走进酒店的包间了。

左毅在与她的父母寒暄几句过后，马上与她交谈了几句，第一句话就是：“你还是没什么变化。”这也是于佩杉比较喜欢左毅的一个地方，他不会和一般的大人们一样，一见面就和爸爸妈妈又是握手又是各种礼节一样叨叨个不停，把她当空气一样扔在一边。可能在左毅眼中，所谓的“礼节”只要有便足够了，不需要什么细节，但于佩杉还是喜欢这种不被大人忽视的感觉。

“嗯，长高了不少啊，一米六五了？”

于佩杉点了点头。这还是那个她喜欢的左毅叔叔。虽然是叫“叔叔”，但其实于佩杉出生那年左毅也刚刚19岁，她更想以兄妹相称。

“左毅叔叔，你在联合军工作吗？”她问。

“是啊，现在是联合军的总指挥之一了，主要管理亚洲范围。”

于佩杉注意到爸爸的表情有些变化，但他又很快克制住了。

“不过说来也巧呢，居然能碰到认识的人。”左毅说这话的时候，于佩杉又不自觉地转过头看看座椅后面的白芜常。

四人围着一张圆桌坐着，于晞航朝着房门的方向，与左毅正对，而于佩杉则和高梦正对着，身后的白芜常一直站在那里，双手交叉背在身后，在与于佩杉背对背的方向盯着墙上的油画。

从于佩杉见到他的时候，白芜常就一直保持着那样的状态。在两人有一次无意间的对视的时候，双方都有些惊讶的表情，不过白芜常的要比于佩杉幅度小得多，只是眼神变了一瞬间，马上又恢复了开始时的表情。

于佩杉其实是想一直盯着白芜常看的，因为想要明白白芜常为什么要一个人在那里站着，只不过这样的位置让她只能隔一会儿回头看一眼，但白芜常还是不为所动。

“那个孩子也是联合军吗？”高梦问道。

“嗯。我很看好这个孩子，一直让他直接做我的左膀右臂来着。”

不管怎样也太离谱了吧，白芜常明明还是个刚上初中的孩子，却已经和左毅一样是联合军了。

但仔细想来没有什么可异议的，以前付静轩也和于佩杉说起过，白芜常仅仅从观察动作和神态上就能大致揣测到心理活动，确实有点审讯官的感觉。还有那个时候在停车场对许贤傲杰做出那样的事情。

而现在，站在那里一言不发的白芜常，又让于佩杉找回了最初与白芜常见面时的感觉，冷漠、逃避、自我孤立。而且，这难道就是他突然消失的原因？因为要和日本黑帮开战……所以，其实是因为我，白芜常才会离开大家，为了打败日本黑帮，而把黑帮引来的我，现在还在这里无所事事。

她一个人偷偷地将藏在餐桌下的双腿捏得通红。为什么啊，我会变成这样？她最后还是一个人静静地坐着，没有像左毅和于睎航想的那样，和同龄人搭话，也没有太在意餐桌上的食物和交谈，只是一个人在自己心里，对着那个无能为力的惹事鬼，以无形的刀刃一遍一遍地将自己千刀万剐。

白芜常还是站在那里纹丝不动，好像一个看守麦田的稻草人。

直到将近一个小时之后。

“呐，于佩杉。难得的机会和熟人见面，你们一起出去转转吧。”左毅说。

“好久不见呢，白同学。”于佩杉刚出门没几步就这样打了招呼。

“嗯。”白芜常没什么表情，只是点了点头。果然恢复到了刚认识的时候的状态了啊，确实不能直接称呼名字呢。

“那时候，白同学为什么突然走了呢？”两人一起走下楼梯，但还是保持着小半个身子的距离。白芜常终于转头看了于佩杉一眼，在注意到于佩杉也一直盯着他看的时候，马上将视线移开。

白芜常并不知道自己写的告别信易主的事情，但他还是觉得再说一遍也无妨：“因为家庭上的原因。”

“这样啊……”听到“家庭”两个字，于佩杉便不再过问了，她明白家家有本难念的经。

“大家都很想你。”

白芫常没有应答，两人沉默地在外面走着。整个酒店像是个西方的贵族花园，石路两侧也都是名贵的草木。没有什么专门的路灯，但不会感到看不清路。

“开学之后发生了很多事情呢。运动会上我们拿到二等奖了哟。还有茶艺体验课和游泳课。今年寒假的时候，社团楼就要建好了，以后每天下午四点开始就都是社团活动的时间了。”

“……”

“我呢，打算组建一个动漫社，如果能当社长的话当然也很好啊，想让更多的人看到二次元的文化。”

“……”

“白同学没有这样的打算吗？”

“没有。”

他大概也知道我一直盯着他看吧。于佩杉有这样的感觉，同样作为善于读懂人心的孩子。

“为什么把自己的家庭藏起来了？”白芫常说的第一句话就是这个，多少还是让于佩杉有些失望。

“嗯……这个啊，只是从小爸爸妈妈就这样要求的，所以慢慢习惯了。”她说着，坐到了亭子里，抬起双腿随意地摆动着。第一次穿这样的鞋子，她真的很不适应。可能是因为白芫常终于开口了，所以才放轻松了。于佩杉这样认为。

“你知道我想听的不是这个答复吧？”

“啊？”她吃了一惊，这样想来，的确自己刚才说的更像是应付的说辞。

“嗯，其实也是，想和大家一样活着吧。不想被觉得有隔阂，每个人都是同样的存在，所以才能一直在一起。”

“是啊。”

总觉得好深沉啊，讨论这样的话题。她不知道这样的想法说出来合不合适，她对白芜常的印象一直就是那种不爱和别人说玩笑话的形象，如果聊天的结果没有什么实际的作用，他就不愿去讨论。

但是这么说来，刚刚的问题在白芜常眼中也是很重要的吧，不然不会刚开始就……她又不自觉地望向天空，却少见地没能如她所愿的有星星闪烁。“呐，白同学，开战什么的……”

其实这样的话题很不好，但是可能作为联合军的白同学一定愿意去谈论吧，于佩杉是抱着这样的想法来展开话题的。

“不会有事的，你不必担心。”

“啊？”

这是从爸爸妈妈那里没有听到过的回答，可能从其他人那里也听不到吧，但是，芜常的确……她明白了，白芜常知道她在担心什么，他知道自己不愿意让任何一个人因为战争而牺牲，所以才会这样回答。

“是真的吗？”

白芜常点了点头，虽然看不出是胜券在握，也没什么自信的微笑，僵硬的五官和白板一样的表情还是没有改变，这样的回复还是能多少让人心安，但说不上有什么安全感。

进入中学之后，于佩杉感觉自己的身边产生了很多变化，她也一直想着把这些改变能让白芜常也知道，或者说，这些改变是在认识了白芜常之后开始的。

正如她曾经说过的，总是被挂上伪善和圣母的标签，没能受到大多数人的欢迎，只是坚持内心，去关注那些和她一样的弱势群体。但是现在，她突然间有了更大的朋友圈，尽管刚认识的时候很多人对她的印象受了流言秽语的影响，但在了解过后也都消除了，现在呈现在同学们面前的已经是那个真实的自己了。

而且还有了很多以前从来没有想过会认识的人，像是舍友苏凛、文化人张书纶、同样被关注着的王紫陌、几乎跟全级部人都打过交道的崔元祯。于佩杉认为这样的改变并不是因为她自己，一定是自己幸运地遇到了和她志同道合的人，即便性格各异，也依旧是上天赐予她的礼物。

与之相对的，能与白芜常成为同桌，也一定是一份礼物，于佩杉是这样认为的，她想把这份心愿告诉每一个人，让大家彼此一起珍惜，就这样，永远……

然而白芜常的确是这些人之中最特殊的一个，于佩杉没有敢对他说出口，但她感觉到白芜常总是在回避着什么，从认识之初就有这样的感觉，这一次见面之后更明显了。

一定没错的，白芜常在回避着很多事情，那一定是他已经认识得到的真实存在的事情，但又出于什么不可告人的原因而不想去承认的事情。

这样的预感越发地强烈起来，她意识到或许这些白芜常一直以来所回避的一切，正是能改变现在身边整个生活现状的关键所在。临近开战的樱花源、被联合军的严刑逼上绝路的人们、为了抵抗逐利者而不择手段的人们、在理想与现实的交接点上陷入迷茫的孩子们……这一切发生在她的身边并清楚地认识到矛盾的存在，或许在这个本应和自己同窗的少年身上就能找到真正的答案。

“至于把所有人都支走吗？连你的贴身保镖都不让知道？”

“哈哈。”左毅很随性地笑着，“你不是也认得出来他是谁吗？说得那么委婉。”

“烟雨科技董事长白皓文的长子白雨凡，他还活着，我就很吃惊了，没想到居然发展到了这一步。”

左毅没说什么，看着于晞航笑着。

“而且，只有特等的执行者才没有穿着统一军服的要求吧？这家伙居然……”

“别这么说，老伙计，他至少配得上嘛。”

“不过这么说来，2012年的那场事故也是因为他而起的吧？因为电力能力者引起的设备紊乱，上一任的樱花源驻军全都死在里面了。”

“嗯。”

“但这不是你让他一个孩子管理整个城市的借口！”

左毅心想，这家伙果然老毛病没改。

“计划解散的时候已经相互承诺过了，绝不会再次利用计划之中的任何一部分，不是吗？”

“那么，能灭掉一整个驻军部队的失控机器，最后被一个刚满十岁的孩子完全打败了，你觉得他没有这种能力吗？”

“这与战斗的能力无关！”

记得来之前左毅还特地跟于晞航强调过了，为了防止被窃听，一定要尽量压低声音，然而……

“你不要以为我看不出来，你们联合军修改的没有人性的法律，竟然仅仅是能力有意所致的十级伤残都要判处十年有期徒刑，死刑的条目数不胜数。这些也是那个孩子提议的，没错吧？只有那样心理完全变态的不成熟的人才会那样篡改法律！”

——人都是容易感情用事的生物吗？

“但也见了成效，不是吗？在现在对能力的研究技术不完善的前提下，仅仅是能检查到能力的非法使用就很难了，正因为缺乏证据，才引来了很多已经双手沾满鲜血的人们依旧逍遥法外的情况。而这个孩子，包括计划本身的研究成果，都可以为此提供借鉴。”

“你什么意思？”

“十多年前，人类的首脑们将世界上被认为是所谓‘精英’的人们聚集起来，去实现‘令高阶能力者可控’的目的，而我们这些所谓的‘精英’却垄断着世界上对能力者最先进的研究成果。如今反观这项计划，它却没有带来所谓的‘可控’。”

“没有带来‘可控’？孩子们不是生活得很好吗？你是指……”于晞航的表情有些变化了。

“你以为联合军只有‘龙’这一个黑道组织是敌人吗？已经出现了更多的高阶能力者。事已至此，你还认为‘孩子们’不是能被用于与之抗衡的唯一手段了吗？”

“但即便如此，你利用了那个孩子也是事实。”

“因为计划，现在世界上对能力者的研究已经落后了至少半个世纪。而那个孩子身上继承着白皓文和计划一直以来的许多精华，如果能加以利用，便可以追上，甚至超过计划原本的成果。”

“左毅，你……你到底要做什么？”

“当然了，仅仅是‘孩子们’中的一个，想去和更多的高阶能力者对抗还远远不够，所以为了达到这个目的……”

于晞航绷紧了神经，他从未意识到在他对面这个总是谈笑风生的男人，竟然有着如此之大的野心。

“我一定会对包括你女儿在内的那些‘孩子们’好好培养的。”

“如果我现在拒绝你呢？”于晞航没有等到答复。

即便如此，于佩杉认识了这么多的朋友，把自己对星空的渴望告诉过他人的，其实也只是对白芜常一个人说过。

“于佩杉，今后还会发生很多事情，可能很多不知道怎么回事，就会把你牵连进去，所以说……”白芜常站在亭外，面朝着下坡的台阶，盯着下坡尽头的路面，“无论如何……”

于佩杉突然从亭内一跃而起，小步地飞奔着。这个举动虽然发生在白芜常身后，但他还是因此被打断了说了一半的话。那一瞬间，他想不到于佩杉要去做什么，一下子突然变得那么仓促。不，其实自己也大概知道的吧。

他看着于佩杉冲下台阶，在最后几阶被鞋跟绊倒，连滚带爬地下了最后几级台阶，双腿大概是抽筋了，一直在打战，但摔得不是很严重。白芜常相信是自己的原因，对血的腥味是有一定的敏感的。

但没过多久，于佩杉就马上爬了起来，双脚使劲抖动着把高跟鞋甩到一边，整个动作丝毫没有一个千金的模样。她颤颤巍巍地又尽力小跑了几步，终于到了路中间停了下来，随后，她蹲了下去，向前伸出了右手。

——不可能的，她在做什么？

“白桑，是小猫吧，一只脆弱的小猫。对这个世界担惊受怕，非常地敏感。小猫咪啊，你顺着它的毛去抚摸，它就会心安地躺在你怀里，不论你们以前是否见过。我想，白桑也是一样吧？”

那时，于佩杉听见了一个让她觉得有些耳熟的声音。

“别怕啊……”她向前伸出右手，手心朝上，放到离那只猫很近的位置。那只猫瘸了条后腿，看样子是被车轮撞了，应该刚受伤没多久，如果能马上做些处理的话……她看到那只猫身体在挪动着。

“不要乱动，伤口会裂开的！”

夜晚的猫眼显得格外令人胆寒，但即便这样，于佩杉也认为这是一只可爱的小猫，也是她最喜欢的灰白毛色。“都饿的这么瘦了，一定被主人遗弃很久了吧。”

那只猫突然伸出一只爪子，像是对于佩杉刚才的自言自语很敏感一样，狠狠地向着她的掌心抓去，一排血红色的猫爪印在了她白嫩的手心上。于佩杉咬紧了嘴唇，拼命地告诉自己不能把疼痛喊出来，再等等，会好的。

猫的瞳孔完全瞪了起来，沾着血的爪子按在地上，咽喉里发出的声音表明了它心中的愤怒。

“没事的，别怕……”

但是猫还是不领情，出人意料般地张开了嘴，将她的手整个咬了进去，隐约像是能听得到她的低声呻吟一般。

于佩杉的右手已经因为剧烈的疼痛开始有明显的颤抖了，但那只猫还是死死地咬着。她想靠着咬紧牙关来忍住，但还是不自觉地在咽喉中持续地低吟着，几乎紧闭的眼角挤出了一丝眼泪。

“没事的，一定会没事的。到现在为止自己经历了很多，一定能得到它的信任。”猫紧咬着的嘴边向外渗着鲜血。

身子好烫，衣服已经被汗水浸湿了，额头上也全是往下流的汗，好冷。

那只猫终于一点点把尖牙从她的手掌中拔了出来。她看着自己手上一排牙印的穿孔正向外不断冒着鲜血，还是没有把手缩回去的打算，于是猫又一次朝着不同的位置更深地咬了下去……

不能喊。她告诉自己，一次又一次地告诉自己，即便是骨骼和猫的尖牙对撞在了一起，她也一定要坚持下去。因为小猫的炸毛已经渐渐不那么明显了，咽喉里不再有表达愤怒的低吼，爪子收了起来，眼神变得柔和。

4

左毅看着于佩杉怀里抱着的那只熟睡的小猫，以及藏在猫的肚子下面的那只鲜红的右手，大概明白了刚才发生了什么。

“那个，左毅叔叔，有看到白同学去哪里了吗？刚才我去别的地方的时候，回过神来他就已经不见了。”

“嗯，他已经回家了，说要去工作。”

“啊，这样啊。”

——果然还是没变呢，这个孩子。左毅这样想着。

“老伙计，能让佩杉她跟我先来一趟吗？她刚才好像在台阶上摔倒了，帮她用我们那边的设备处理一下伤口。”

“白皓文、王守诚、程艳，他们三人预料到了‘七凰’的解体，将三个孩子的能力封存在了名为‘共振心脏’的机械核心中，照现在的情况，这三个孩子也已经有了真正的实战经验，发展得比我预想中的要好。除此之外，苏梦雪的女儿倒是还没有使用过她的能力，只能走一步看一步了。”

“你到底是怎么打算的呢，左毅？”

“如果到最后他们的能力没有完全活化，真的有可能会死吧。但是，如果能实现完全活化的能力，那么他们一定能活下来，并且引导最后的胜利。每个高阶能力者都是神明般的存在，这你也是知道的。”

白茺常看着录音文件快要播到了尽头，叹了口气。

“而且即便不完全活化，每个‘共振心脏’也差不多可以当作烟雨中央大楼的那个地底的大储能球来用，是很适合用作作战装备的东西呢。”

原来是这样啊，这个废铁还有这个作用。之前倒真是白费功夫了呢。他以自己习惯了的手速飞快地敲下了物品的标号代码，从固定终端中取出了那个左毅口中的“共振核心”。

尽管窃听领导谈话的举动不怎么好，但是比起这个，他真正需要的是什么，怎样去更好地实现，其实自己心里最为清楚。

只要拿到这个，就可以实现动力装甲的无限制供能和能力增幅。

笔盒大小的黑色金属闪烁着浅绿色的纹路，如同沉睡中的深度呼吸一般，等待复苏的时刻来临。

恩　人

1

王紫陌总以为自己早已经忘记那个时候的事情了。

没有被动地去回忆关于那对兄妹也已经持续了六年，他没有想过会有卷土重来的一天。

回忆更加清晰起来，这不是梦境，他又重新变成了那个五六岁的小男孩。身材娇小的女孩斜着身子坐在石砖砌成的地面上，双手托着一个瘦弱不堪的男孩，两个人身上都有很明显的被殴打过的痕迹，但因为男孩身体特殊的原因，他的伤势更为严重。男孩的前额深深地凹陷下去，那是刚刚被剧烈推倒后磕在石台阶的尖角处的伤口，脑浆与血液已经交融在一起，抑制不住地流淌着。

女孩无助地哭泣着，她从未找到能替代这男孩的依赖，想要用手捂住伤口，但无济于事。如果继续下去，他会死的。不能什么都不做。

如果是现在的自己，他一定会毫不犹豫地出手吧，一定是这样的。他将手搭在女孩的手上，两人一起按住了男孩的额头。他告诉女孩："马上送他去医院，伤势基本愈合了，你的哥哥还有救。"

女孩是个弱智，一直不会说什么话，但是那个时候她终于支支吾吾地开口了："谢谢你，恩人。"于是，女孩心中有了第二个可依赖的人。

从那之后，王紫陌没有离开兄妹两人的身边，从那之后，再也没有人敢对兄妹两人拳脚相向。

“她很感激你，视你为她的英雄。”他记得最后一次见到男孩的时候，女孩没有跟他在一起，男孩是受了女孩的嘱托来专门找他道谢的。男孩告诉他，以后他们一家四口人将不在这里住了，会搬迁到上海，女孩在和父母一起收拾行李。

他想挽留男孩最后一起在公园里再多玩一会儿，因为崔元祯在一旁的附议，男孩没有推辞。但是没有过多久，撕碎天际的爆炸声让他的心脏感到了从未有过的痛苦，他没想过今后会永远记住这样的感觉。

所有孩子都目不转睛地盯着远处的高塔。它被包裹在熊熊烈火中，烧得只剩下了金属的骨架。突然间，四处响起警车的鸣笛。

“白雨凡！”他突然呼喊男孩的名字，但不知道为什么要这样呼喊。那个名为白雨凡的男孩已经不见了。

他记得男孩道谢时的表情，他好像很羡慕自己的人生，因为自己有着强大的能力而心生妒忌，因为想要同样成为女孩心中的英雄，为此甚至不惜倾尽自己一切所能的觉悟。

此时此刻他终于明白，自己心中总是回响着心脏的剧烈的刺痛，无论是再强的治愈能力也无法抹除，从来不是来源于那“不祥之日”爆炸的高塔。

这是那个男孩的眼神给他心里的刺痛。而现在，同样的眼神终于重新出现在了他的眼前，只是比当年多了数不清的沧桑。这不该是出现在一个十三岁的男孩眼中的东西。

“做个了断吧，王紫陌。连同那个女孩一起。”

2

坐在窗边的女孩，每天背着全部的课本，留着空空荡荡的桌洞，在午间一个人摆弄着，这半个月来，她已经完全成了个猫奴女孩。

“啊？把宠物带来学校真的没关系吗？”她记得苏凛这么问过。

“没关系的，我是绝不会抛弃你的。对吧，披萨？”她一个人对着桌洞里的小母猫说着，半个月前披萨还是个被车碾了一条腿的流浪猫，现在正舔着她的手掌，好像是在为当时的行为而道歉。

“都说了没关系的啦！”她摸摸披萨的脖子，发自内心嘻嘻地笑着。

“午饭带来了哟，快趁热吃！”

付静轩显然是一路小跑着上来的，随手拍了拍于佩杉的肩膀。于佩杉还是没有把目光从桌洞里的披萨那里离开。

“是啊，披萨也该吃饭了吧。”她说着。

“没拿过来吗？”付静轩看着于佩杉在座位上东翻西找的样子，赶忙问道。

“啊，好像是……”于佩杉有些难为情。因为之前已经有四次是付静轩跑回宿舍拿猫粮了。

“于佩杉，你也多吃点饭啊，别总是想着喂猫了，你看这一个月下来，它都胖得快塞不进去了！”

“真是的！”于佩杉有些高兴，也有些失落。

有一种有什么事情将要发生的预感，不管是在掺杂了无数回忆的泡影的梦境中醒来的王紫陌，还是在重复着刚因为披萨而发生些许改变的于佩杉。

苏凛在午间没有去食堂，而是躲在最顶楼的洗手间拼命地想要摘掉右手腕上的天蓝色手镯，这伴随着她如同被禁锢着的心灵一同度过的宝物她怎么也不想要，如同限制自己一切的象征，却一直挣脱不开，最后在手腕上留下了血瘀的印记。

藤泽有纪破例将习惯于在他乡睡懒觉的藤泽十萌叫醒，但还是没能避免被臭骂一顿随后强行陪同做白日梦的命运。

崔元祯一个人趴在窗台上，像是想要将整个学校的一切都收入脑海中，手指在无人可见的地方擦拭着曾经夺走十多条性命的金属手柄。

张书纶下意识地合上了书，他不太清楚自己为什么突然合上，明明光是《能力者与世界起源》这样的书名就够引人注目的了，明明也是绝对不能被发现自己在看这种市井印刷的禁书的，然而……

于佩玹重新遁入姐姐的阴影中，等待着能给过去单纯的屠杀生活画上句号。

学生们陆续回到了教室午休，也有一部分回宿舍午休，付静轩于是混入其中，将披萨的粮食带到教室里。但在这时，不约而同地，在宿舍里的所有人的脑后都被堵上了枪口。

“将女学生于佩杉交给我们，我们保证全校师生的安全。”

3

“不会吧，这都是什么啊？”姚天爱躲在角落里低声念叨着，反反复复地。于佩杉作为同班同学，能理解她的心情，但也知道这样的举动只会弄得周围的人不断陷入更大的恐慌中。

来的都是整齐划一的黑西装配墨镜的男人，看肤色是东亚人，每人都标配一把步枪和轻型冲锋枪，是抱着会大干一场的准备来的。暂时还没有看到为首的人。

她看到林牙山偷偷捂住了姚天爱的嘴，可能是嫌姚天爱太怕事了，明明只要把自己交出来就行。

她原本打算站出来，但是她发现自己就算只是一个撩头发的动作都会引起同学们的警觉，随后就会被好几只手给拉住，大概是不想让她落入那帮黑西装的男人手里吧。想到这里，她忍不住就要流下眼泪，虽然平时他们会说自己的闲话，也会因为一些误解而产生矛盾，但这时于佩杉意识到了自己有一群多么好的同学。

“没事的，你一定不会有事的，等一切结束后再跟我们说清楚吧。”她听到林牙山在后面这样窃窃私语着，微微点了点头。

这样的情况警察就算来了也不会有用的，王紫陌比任何人都清楚这一点，更何况是来不了呢。

就这群黑帮的行动来看，是有丰富经验的家伙，想要瞒天过海把警察叫来几乎是不可能的，而且既然提到了于佩杉的名字，那一定也是跟在东京时候的藤泽夏树是一伙的人了。他敢这样确信。

之前可以变换出古剑的金属柄还在自己身上，但如果同时要保证全校人的安全的话，感觉做不到啊。他这样想着，又祈祷与之相对的联合军能做出举措，虽然之前因为见到了其残暴的手段而心生偏见，但如果他们真的能从黑帮手里救出全校学生的话……

本以为这样撑下去就可以了的，却突然被从人群中挤过来的崔元祯给戳了戳：“哎，王紫陌，咱们什么时候动手啊？”王紫陌心里一惊。

——如果这时候不反抗的话，这些人一定会拿几个看中的学生杀鸡儆猴吧，所以这不是光耗时间就能解决的事情。

张书纶还是在一些书和文章中了解过关于黑帮的事情，这些人为了赚到钱可以不择手段，将人命当作儿戏，随随便便就可以根据自己的心情来决定是否灭口。所以，绝不能坐以待毙。

自己所在的一楼有二十二名黑衣人，于佩杉所在的二楼和崔元祯所在的三楼，还有四楼，倒是没有很熟悉的人，天台可能也会有狙击手观察外界的动向，这样说来，光是教学楼内就可能有八九十甚至一百名黑衣人不等，现在也不清楚其他的楼内有没有把守了，不过想想应该会有的，而且宿舍楼那边也会不少，那里还靠着学校的一个小侧门，如果怕被攻陷的话，那里一定会守得很严的，还有……

“办不到的，我这种人，办不到的……”苏凛止不住地自言自语着，一个人蹲在洗手间最隐蔽的角落。她虽然没有被发现，但还是大概了解到了外面可能是有人袭击学校了，并且这么神不知鬼不觉地就进来了。

在她的脑海中，每次进出校门时看门保安的笑容，和那时候被白芜常残杀的尸骨重合在了一起，她双手紧紧把嘴捂住，这样惊慌而悲伤的感情十几年来从来没有过。

如果是于佩杉，她会怎么做呢？苏凛知道于佩杉现在也一定处于相同的境地，但是她也非常清楚，她们之间有一点很大的不同。

所有人都没想到的事情发生了，于佩杉突然从人群之中冲了出去，小跑着把刚才从桌洞里跑出来的一只猫给抱进怀里，之后脸上露出安心的笑容。

毫无征兆的，本来已经说好了的，就是因为于佩杉听进去了，大家才放松了警惕，没想到会发生这样的事情。

“你在做什么？”离猫和猫主人最近的黑道问。

“我的猫跑出来了，我怕它走丢。”于佩杉抬起头来，正对着黑道的眼睛，虽然隔着一层墨镜，但她还是毫无惧色，就像是跟普通的路人一样谈话。

“等一下。”

她心里一惊。被认出来了。

楼上突然传出撕裂金属一样的枪声，原本就陷入紧张与惊恐情绪的学生们终于压抑不住，乱成一团，披萨也拼命地想要钻进于佩杉的双臂里面，很快，所有黑道成员的对讲机里都不约而同地出现了这样的声音：

“三楼有两个学生突然攻击了！快调配兵力，从两侧夹攻，我们暂时用火力压制住他们。但一定要小心，这两个家伙不一般，是很厉害的能力者！”

“就知道会用这招。”崔元祯和王紫陌躲在走廊尽头的拐角，其余的学生也都隐蔽了起来，这样一般情况下是不会误伤。

“你有什么主意吗？”

王紫陌大致扫了几眼，墙壁在被子弹打中后会击穿大概一个半的子弹头的长度，这样下来，可能黑道成员会将所有火力倾泻在唯一的目标包围路线。

“虽然有机会，不过也说不太准吧，你也知道，凭我们两个人的话，在这里肯定是守不住的。所以，崔元祯，我记得你之前说过，学校里的学生至少九成都是能力者吧？”

他提了提腰间的“轩辕”深深吸着气，黑道不会给他们留下装弹的时间，但即便如此，只要观察墙壁被损坏的效率就可以看得出来是否有一部分的黑道正在装弹的状态，就趁着这个机会……

王紫陌猛然跨出拐角，古剑“轩辕”在拔出的瞬间发出神兽咆哮般的轰鸣，刚拔出的同时，暴露在空气中的刀刃就已经被亮红色的光芒所包裹，身边也被高温所产生的气浪环绕着，视线中的物体在抖动着，整个动作都发生在他跃出的一刹那。

“轩辕”完全出鞘，在抬手的同时在王紫陌手中高速旋转，红色的光芒划成了赤红的圆，挡在王紫陌身前形成了坚不可摧的盾牌——火神一式·赤轮。

保持着这样的状态，他不再惧怕枪械的攻击。黑道成员将所有火力倾泻在唯一的目标上，然而扑面而来的弹雨在与赤轮接触的瞬间就被高温刀刃绞成了粉末，随即燃烧成入土的尘埃。

很快，崔元祯便找到了机会，以空间感知能力捕捉到了火力最少的瞬间。他没有多加犹豫地翻出墙壁，与赤轮保持一定的角度，在起身的瞬间，他就已经确定了黑道的位置，接下来，剩下的只有抬手、射击。

他一向相信自己的能力，即便是现在的情况下也是一样。高速的瞄准和开枪的动作，肉眼几乎无法捕捉，这使得七发子弹几乎一同射出。

他明白这样做会带来什么后果，他也些许了解到日本黑道在近现代以来和政府之间相互的联系，他清楚现在开枪甚至可以上升到与整个日本的宣战。

随后，七具尸体应声倒下，其他黑道成员也暂时后撤，七块头盖骨磕在地面上，重新让走廊充满了死寂，尽管这种死寂只维持了片刻。

他弯下腰深呼吸着，明明是连枪林弹雨都能精确捕捉的能力，此时却没能见到同学们的眼神，有人钦佩，有人哭泣。

崔元祯意识到了这是自己人生的节点，他选择了，他将不得不重复那天在东京街头充满火光的夜晚，从此也将无从逃避。

张书纶还是自认为比较了解黑道一类的东西的。他知道自己是个较真的人，读一本书总要挖出其中所有的一切，这让他对事物表象下隐藏着的意义总能有某种预感。他知道那个叫白芜常的人是带着某种目的来学校的，看到了他对待许贤傲杰的态度，知道了他的目的到底是什么，还有和于佩杉有关联的人际圈沉寂着的危机感，这一切在今天的情况下都能说得通了。

他看到了黑道的枪口对准了于佩杉的小腿。但不管如何观察，面对这样的情况，他都不想让自己做一个隔岸观火的伪善者。于是，他集中精神，努力找到控制海水时的感觉。

和崔元祯、王紫陌都不一样，张书纶很早就被人告知了他的能力名，却没有和他人一样了解过自己的能力。他曾发现自己可以自由地控制水流，之后又习得了维持海洋隧道的技巧，却不知道这其实是很多人能力的上限。

自己的能力——现实编写，他并不知道这到底是什么样的能力，正因如此，他需要一次次孤注一掷地加以尝试，或许最后的死亡是知晓它的上限的那一刻。

枪口处传来火药的爆炸声，在开枪之前的瞬间，有一双看不见的手，不借助于任何媒介堵塞了枪口。等回过神来的时候，二楼黑道成员们的枪口上都被打了不规则的结。

张书纶抬起右手，比成手枪的手势。“砰——”空气在指尖被压缩到肉眼可见的程度，仔细观察，其实是子弹的形状。但实际上并没有观察的机会，空气弹在出现的一瞬间就已经被发射，而且这一抬手，便连续发射出了十三发。

张书纶侧过身去，左手稍稍抬起，突然紧握，剩下在左侧的九名黑道成员好像被扼住了咽喉，衣领近乎疯狂地勒向脖颈，又随着张书纶左手的抬升而悬浮在半空，最终在重力的压迫和衣领的收紧之下被活活绞死。

——很可怕吗？他问自己。这是他第一次使用能力战斗，而且瞬间夺走了二十二条人命。

他和白芜常不一样，只是他并不认为这些黑道是和他不共戴天的存在，但还是没能避免相互厮杀的事实，以前在描述战争的文章中读过这样类似的话，此时突然想起来，才真正悟到了它的含义。

——但这就是我的能力。我很喜欢。

白色的身影翻墙而过，身后拖动着翠绿的半透明光纹，像是古代舞者身上的飘带。他的行动速度不断加快，十倍，百倍，依旧在不断加速超越着自己。所到之处，无不是鬼哭狼嚎般的哀鸣与血流成河的地狱。

联合军驻樱花源总指挥——白芜常，前来完成他的工作，应尽的义务。他反转双手，流光闪耀下的双刀变为了两把轻型狙击枪。随后，他跃下高台，白衣中的减震设备与防滑设备一同启动，白芜常在平衡身体的连续两圈急转中不断开枪。

时间契约解除，只是瞬间的工夫，操场已遍地都是溃烂的血肉和腥气，这一切都像催化剂一样刺激着他，唤起他内心中的恶鬼，不断地刺激着撕扯他人肉体的欲望，直到这世间最后的生命也被剥夺，他才能被迫终止这无尽的重复。

仅仅是想着，又有几十人死于他的枪口之下，有的是被白芜常抢先一步一发致命，有的是在中近距离枪斗被找到破绽击杀，有的是高跳翻越头顶自上而下被打穿……每时每刻白芜常都在提升，他早已不是习惯于这血腥的杀戮，而是成了其本身，在无意识中取人性命的真正的恶鬼。

即便这样，却还是有人相信，他是恶鬼中尚存善意的唯一一位。

此时的白芜常还不清楚接下来以及今后会发生什么，但他已经做好了准备，不仅是肃清非法入侵人员，也要顺带着与过去一刀两断。

曾经徘徊着埋怨着自己的无力感的男孩即将逝去，最终，白芜常的人格会取而代之，喜欢见血的习性会侵蚀掉最后的一点良知，而想要走完这最后一步，只需要燃尽他的希望的最后一根柴火。

他将目光投向了宿舍楼，他想起了那天夜晚用了正规而礼貌的方式闯入房间和他喝了好几杯茶的女孩。那是他原本不想再去怀念的过去，也是从那时起，那个女孩闯入了他的人生。

如今他想让两人的关系仅仅维持在一个工作上的“重点保护对象”，不再牵扯任何感情因素，却又不可避免地暗示着自己，就这样陷入纠结与徘徊的轮回，经常忘记了自己正在做的事情，最后等自己回过神来，又是一片片的残尸败蜕了。

准确来说，他已经无所谓了，无论善恶，无论对错，无论手段。他明白，那些正在教学楼利用自己的能力血战的孩子们的心情，他们大概已经认为找到了自己的方向和价值一类的东西，这时候大概会有恍然觉悟一般的心情，也可以称得上是所谓的“觉醒”。

但他不一样，或者换句话来讲，现在他大概还没有能体会到他人的存在，也可以说在心境上自己已经站在了这些孩子们的前面。即便看再多的心灵鸡汤，也都只能触及他心中的皮毛之地，或许这便是所谓的孤独感。他也曾这样认为过，之后却又一次感到这所谓的孤独感并不能填满心中的空白。

这片空白终日见不到外面的光，看不见外面究竟是多么宽广，亦不清楚里面是否藏了什么东西，能确定的一点便是它如同漆黑的夜，是这世界上最大的阴影。

苏凛意识到了自己的恐惧已经到了让她不自觉地喘息的程度，身体从未感到如此冰凉，似乎所能感知到的一切，无论自身还是冰凉的墙壁与光亮的地面，甚至每一处的空气，都在对她的逃避冷嘲热讽，叹息着她的无所作为。

她知道自己已经厌倦了这样的生活，但即便这样，她还是不知道该怎样去改变，明明已经见到了自己的榜样和理想，却认为再亲近的关系还是不足以拉近内心的距离。

她听见有人闯入卫生间的声音。这无所谓，她早已将自己锁在了包间内。

她愣住了，不自觉地产生了一种审视自己的迫切感，但此时四面依然只是浅灰色的墙壁。右手腕上的天蓝色手镯，自从五岁那年生日母亲送给她开始，便一直像护身符一样戴在身上，从没有摘下来过，或许也因此，她潜意识中特别看重“生日礼物”这个东西。但她也明白这个道理，这个手镯既是礼物，也是禁锢她的枷锁。不知从什么时候开始，这只手镯伴随着她内心中的另一个自己一起被封闭着。

“真是的！于佩杉，你到底为什么要在学校里养猫啊，都搞砸了！”她听见有人在抱怨着，是他们班里的姚天爱。

“唉，我不想让它再走丢嘛。”于佩杉在强行辩解，显然她俩是趁乱跑进厕所里躲着的。

“确实也是这个道理。”姚天爱也蛮通情达理的，没跟于佩杉继续说下去。

苏凛还是躲在包间里不敢出来，甚至屏住了呼吸，不想让于佩杉知道她躲在这里。无论是谁也好，看见了都无所谓，唯独于佩杉不可以。

——为什么这样啊？明明不管别人怎么看待自己，于佩杉也是会理解自己的人。苏凛敢这样确定，但即便如此，她还是不想让于佩杉看到自己。

突然间，又一次响起了枪声，或者说其实从前一阵子开始，枪声便没有停下来过，但不知为何，只有这一次的枪声传入了她的耳畔。

她听到于佩杉和姚天爱的谈话声像是戛然而止了。

——所以，我为什么要这样？

下意识的冲动驱使她抬腿踹向包间门，连同门锁和门框一同踹得稀碎，整个儿飞出去快两米，伴随着轰然倒下的门，苏凛冲出了包间，想要拼尽全力与时间赛跑，为了挽救自己想挽救的挚友，以及她同样不想放弃的任何一个生命。

真正想要的，是为了不想让折磨她身心已经将近十三年的刺骨的寒意一并消散，她感到无尽的寒冷发疯一样汇聚在双手，这是她的力量。

双手的寒气化为天蓝色的八芒星，上面刻着人类认知范围之外的文字，在出现的那一刻便开始高速旋转起来，随着苏凛轻盈地抬手，飞向了枪声传来的方向。

被切断的弹头散落一地，苏凛稍微交叉双手，八芒星双镖原封不动地回到了手中，围堵在门口的两具人体应声分割成十几块肉体，散落在地上。

成功了，终于站在杉儿的前面了。她这样告诉自己，脸上的笑容逐渐洋溢得越发明显。——这是我的力量，一点都不寒冷。

4

从听到操场上的枪声开始，付静轩就已经多少猜到了是有校外人员介入，但她没想到的是这个人此时就站在她面前。正是那白色长风衣的主人，原一年级（9）班学生白芜常。他已经完全变了，或者说是和付静轩眼中的样子大不一样了。

“你是那种会很认真地做事的人，认准了的东西就会付出很大的努力。

这很好，只是不要太功利了。

“苦干精神倒真的不是坏事，我也想着自己什么时候能有你这股干劲儿不就好了嘛。

“就算你的命是你父母给的，但用着这条命过上一个世纪的人还是你。你怎样做事那是你的风格，努力也好，闷头苦干也好，谁要是去说那就让他说去。既然你是个三观正常的人，那么自己认为正确的事情就放开去做。既然你的想法是正确的，那么凭什么去相信那些反对的人的那些错误的观点？”

突然间，这一切的回忆都好像是印在了玻璃荧幕上，而现在，荧幕碎了。白芜常用长刀挑起被砍下的人头，扔向远处的另一个人，两颗头颅相互撞击在一起，烂成了两摊模模糊糊的血肉。

“我也一样，我也有着一直以来心中认为正确的而必须去做的事。”

鲜血淌满了宿舍楼，就像是白芜常计划好的在哪里杀人，怎样杀人，好让鲜血覆盖每一处地板、墙壁、台阶和人们的视野。

他注意到了付静轩，于是略微着急地小跑过去。付静轩没忍住，还是向后退了两步。

“你怎么来了，我记得你中午不在宿舍午休来着。”

付静轩心里一惊，她没想到白芜常即便没有上学却还是了解这些。她是为了救宿舍楼里的同学才来的吗？

“啊，我忘了拿东西。”

“嗯。我想有个请求。”

“什么请求？”

“接下来我会继续向楼上进攻，歼灭宿舍楼区域内的所有敌人，你在楼下引导楼内的学生疏散，可以吗？”

付静轩没有理由拒绝。

“请相信我，因为我是……”

她突然瞪大了眼睛。

“这座城市里唯一的联合军。”

终于，经过一波三折的过程，付静轩终于到了于佩杉所在的宿舍。但她此时已经没有了拿上猫粮一类东西的心思了。直到随后，她注意到了书桌上的一把美工刀，是于佩杉自己做手账的时候用的。

于是她不假思索地抄起了那把美工刀，随后猛一抬头，门口什么人都没有，楼上拼杀的声音还在。她将刀塞入了口袋，又捋了捋，尽量让它看起来不是很明显，其间又不断地抬头环视四周。

5

王紫陌来不及感叹网上资料关于能力者一事的准确性，就连“分类相同的能力者合力可以事半功倍”这个居然也是真的，而一些敢于站出来的同学也借助了这一特性，即便都是微不足道的能力还是帮了王紫陌和崔元祯的忙。

“看样子比预想中要顺利呢。”崔元祯说。

“嗯，按理讲教学楼以外还会有很多成员，之前观察的时候我也注意到了，对方的人手似乎也并没有向教学楼内调动多少，这样的话大概……”王紫陌这样说着，回头看了一眼，果不其然，张书纶正被同学们簇拥着，感觉像是要捧上天了一样。这家伙倒是真有点好大喜功了，但要说表现最出众的也的确非他莫属。

这样一来，确实有必要仔细研究一下张书纶的能力了，或许日后也能有所帮助。但对于王紫陌而言，事件并没有结束。

如果是有他人介入的话，那么凭空消失的黑道成员也说得过去，教学楼内的交火过程中也没有感觉到他们有撤退的打算。但如果这么说，闯入学校直接与黑道血拼也不会是警方的作风。

一张张黑白打印机印出的灰色照片又一次溢满他的脑海，那是一幅幅充斥着灭绝人性的残杀后的耀武扬威的写照。越是想要回避的事物，却总是在不知不觉中走得越来越近。其实自己也明白，有些事情终归……白芜常，也终于又一次，脸上浮现出了发自内心而无法抑制的绝望。这是无法逃避的。

尖锐的惨叫声将每个人胜利的喜悦粉碎，是宿舍楼的天台。惨叫声经久不息，高声的哀鸣持续了至少有一分多钟，之后声音渐渐低了下去，但感觉不到她的痛苦减弱一丝一毫。

王紫陌感到了从未有过的战栗。惨叫声最终还是在他的耳畔和记忆中的某个人的声音交汇在了一起。

“请一定把佩杉的情况转告给联合军！如果不这样做的话，佩杉会变成他们烧杀劫掠的武器的！现在能直接与联合军的人沟通的只有你了！”

她的音色只是很普通的女生的声音，长相平平，也不是什么很起眼的角色，作为隔壁班的同学，顶多也就是可能学习很好，所以王紫陌听说过这个人，但或许也仅此而已了，毕业后过两年三年便会渐渐淡忘，说到底也不过是一介路人。

但即便是这样，那个女孩和别人并不一样，王紫陌这样认为，她并不是普普通通的人。

洒满宿舍楼内的血液已经凝固了一大半，王紫陌压抑着心中的不安与摇摆不定，硬着头皮踏在鲜血与结痂的固液混合在了一起的红地毯上，每当有类似嘎吱作响的声音从脚底传出，他的身体都会一阵哆嗦，随后，他快步向前，直到远离这种声音为止。虽然在暗示自己不要去多想，但他还是想象得到，这是被肢解得不成样子的人尸。

和之前所见的联合军的工作报告上的图片几乎完全一致，杀人的手法，对尸体的残害程度，王紫陌坚信自己找到了……

不知何时，惨叫声戛然而止。等到王紫陌终于飞奔过了这一路淌着血的楼梯，看到渐渐变得沉重的日光，他知道已经快到傍晚了，也知道他到站了。冬天的夜晚来得总是那么急。

从天台的西侧夺门而出，血迹不再有了，然而无论如何王紫陌也没有松口气的打算，他知道自己将面对联合军驻樱花源总队，这群视他人性命为玩物的疯子。

然而映入眼帘的只有一个人，如同女性一样窈窕的身材，伫立在与王紫陌对面的天台东侧，挡住他小腿背面以上的白色风衣敞开着，从未有过像是合拢过的样子，遮住了细眉的黑发好像是从未打理过的模样，一切都在暗示着他的身份。

即便如此，也遮挡不住他影子旁边的人头，凌乱的黑色长马尾不断地刺激着王紫陌，他的耳边再度响起经久不息的惨叫，一轮一轮，一次一次……这人头下的脖子被什么东西用了很大的力压得粉碎，溅了一地的血液掩盖着散落的肉体以及骨骼的碎屑，最后被注意到的是被无意遮挡在阴影之中的身体和被切下的右臂。

左右腰间别着银白的双刀刀鞘，一把已经在他右手之中，另一把长刀还在右腰收着鞘，似乎他没有动用第二把刀的意图。他察觉到了王紫陌的存在。两人终于四目相对。

“白芜常，果然是你……”

白芜常轻挑右手长刀上的血液，朝向王紫陌洒了出去，像是标记着方向：“做个了断吧，王紫陌。连同那个女孩一起。”

被抛弃的人们

1

在这嘈杂纷扰的世界里，她给了我一束安静的光。

从出生起，虽然从没有听过家人明着讲过，但付静轩早已清楚自己似乎是背负着某个使命来到世上的，因家人对她极端的期待而产生的被迫取悦家人的潜在心态，便是这个使命，最终也成了她的命运。

不知何时，自己也已经习惯了被琴棋书画占用业余时间、日复一日的额外作业和早起晚睡。付静轩从来不知道什么是好学生，什么是优秀，并不是因为什么虚伪的理由，而是她清楚自己或许在一些方面比别人表现得要优越，所付出的并不是什么努力，而是自己内心真正的人格的牺牲。与其说是在父母与家人的期待下良好发展的优秀学生，倒不如说是沦为了父母望女成凤的工具人。

这一切在临近2015年的冬天出现了转机。她第一次失败了，自己从小练习的跆拳道，却在这一次的小比赛上输得一败涂地。

她从未见过有这样的人，或者说，她完全与自己相反，如同上天在眷顾着她一样，牺牲了无数人的宠幸全部给予了她。这个叫于佩杉的女生，虽然只是个第一次参加比赛而又还不到黑带且最不被看好的选手，却像是能捕捉到自己每一个瞬间的动作一样。看似柔弱的身体在不经意间的爆发、对理论动作与实际应变的贯通……这一切都在给人们以心理的暗示：她是与众不同的天才。

即便一次次想着自己不能认输，也能在过去一次次这样挺过来，但这一次，付静轩感受到了一个普通人的努力的无力感，完完全全地感受到了。

在于佩杉的动作中她便能读出来，一切所谓的努力，所谓的拼搏，在于佩杉过人的天赋之前都只是笨鸟先飞一样的挣扎罢了。

那天晚上，付静轩挨了妈妈几个巴掌。爸爸到头来终于没有和以前一样对妈妈进行劝解，这一次，他不断数落着，从他记忆中能记住的地方开始大事小事一并提及。

因为自己练习能受到教练的表扬，所以这曾是她心中相对最为情愿去做的事情，然而最终教练还是无法容忍一个自幼练习的孩子输给一个临阵磨枪的新人。

话虽如此，然而不久之后，那个让付静轩每天晚上都撕扯着衣物以示对其诅咒的女孩——于佩杉，来到了付静轩所在的跆拳道馆，她美若天仙的长相和接近完美的性格让所有的孩子们都喜欢上了她，除了付静轩以外。

她原本想带头冷落于佩杉，然而终于她看清了其他人对她积怨已久，最后偷鸡不成蚀把米。

于佩杉并没有忘记两人在比赛上的一面之缘，她在来到这里的第一天便找到了付静轩，但付静轩回避了。然而于佩杉并没有放弃，她不知道当天晚上有别的孩子打小报告说是付静轩冷落新同学。

“付静轩同学每天都练习到很晚吗？”她面向着傍晚的太阳。

付静轩还是没有理她。其他人都走了。

——我不想回家，就算这里再冷再寂寞我也不想回家。学校也好，家中也好，这个世界上不会有我的容身之所。付静轩这样在心里说着。

“是不想回家吗？”付静轩听到这话，心里不禁一颤。

“其实不要紧的，要是你跟家里人闹矛盾什么的，就先来我家里住着好了，我家里人都会欢迎的。”

“不用了。”

小时候就被妈妈告诫过，拒绝别人的请求的时候，要说“谢谢你”。但她现在丝毫不想，不想对这个坐享功与名的伪善者说一句礼节性的话，不想给她一个能取悦的脸色。

——倒是你，怎么还不走啊？在这里冲我说什么烂好话？

“我打算等大家走了之后最后一个走的，倒是付静轩同学你是一个人自己回家吧？太晚了会不安全吧。”

——开什么玩笑。

于佩杉还是保持着她那种“万能微笑”看着付静轩。

——明明我一句话都没有说，为什么她自己念叨的话都像是在对我心里想的话做回复一样。不可能，一定是凑巧了，怎么可能连这种程度都能……“我赢不了她。”那时候付静轩终于完全承认了这个现实，“无论在什么样的方面，都完全赢不了。”

“付静轩同学平时最喜欢的是什么？”尽管付静轩一直拼命拒绝，于佩杉还是有点强拖的意思，把她带到了自己家里，而现在，她正给付静轩搓着洗发液。

付静轩盯着浮有蒸汽的清澈水面，她从未想过自己也能亲自接触到这样奢华的洗浴间，不自觉地又缩紧了一点双腿。

于佩杉的家人也都是很热情好客的好人。

“最喜欢的东西？”不知道，也没想过，为什么要去想自己最喜欢的是什么？

“喜欢的东西啊，就比如假设有一段时间可以完全交给自己支配的话，最想在那时候选择的，我是这样想的。”

最后，付静轩只是支支吾吾地吐出了“看书”两个字，于佩杉也没有再追问。

即便上再多的课外补习班，提前学再多的课内知识，习得再多的特长技艺，在她面前也不过是个一无所知的普通孩子罢了。她不知道于佩杉经历过什么，但总是觉得能有这样的人存在，绝不仅仅是她的“天赋”所导致的。

原本打算就此打消对于佩杉的个人成见，重新以类似路人的眼光评价她，以此作为礼尚往来，然而……

第二天付静轩被于佩杉的管家送去学校，刚踏进校门，就又被母亲硬拽了出来。付静轩脚底没站稳，滑倒在了地上，她双手支撑着地面，想要本能地抓到什么，却只能扒在肮脏的水泥路，惶恐的双眼瞪着从小培养她到大的亲生母亲，又被以一句“还有什么不服气的”为理由一巴掌彻底扇倒在地上。付静轩不敢乱动，她只能呜呜地低声啜泣，很快又依托一直以来生活上的习惯而很快生硬地憋了回去。母亲大喊着“起来”，说什么“为什么你就不能跟同学好好相处”，说什么“为什么人家都能相处那么好只有你不合群”，又说什么“我每天累死累活给你挣钱为了你的将来”一类的话，付静轩自然无从去反驳，后来好在被门口的保安拉开，家长们倒是见了这场面都看一两眼便走开了，当然，看了十几眼都不止的也不在少数。

带着脸上红紫的淤青和总是不协调的双腿和同学们度过一天，虽然有些难看又失面子，但也总比延续今天早上的情形要好得多。

下午在跆拳道馆还是和预想中一样见到了于佩杉，她似乎是因为昨晚上在她家中做客而认为与付静轩的感情拉近了，显得比昨天更为主动和热情。但付静轩并不觉得这是什么善意，或者说，她此时已经认定了一些事情，早在自己没有意识到的时候，于佩杉可能就早已巴结好了家长和老师，将自己疏远她一事以诉苦一样的形式讲出来。一定没错，凭着她那样讨好人的样子和在与人交往上的先天优势，不管我再怎样为自己解释和澄清，都无济于事。

她快步走到了于佩杉面前，什么也没说，忽然抬起手来就是一巴掌，同样使劲力气的一巴掌也把于佩杉打倒在了地上。她不知道，自己还没走进场馆之前，不满、怨恨、嫉妒、悲伤、愤恨、忧愁，她从没有一次感到这些可以说出的情绪如同潮水般在脑海中翻腾，自从认识了于佩杉这个人以后。

“为什么你要这样？”她质问道。于佩杉没有掉泪，一滴都没有。

“凭什么啊？”她一边大喊着，一边抬起棉靴的后跟踹向于佩杉的小腹，随后马上跟进。看到于佩杉仰面躺倒在地上无力反抗的样子，她甚至有一瞬间起了杀心。但她抑制住了，即便这样，某些情绪带来的攻击他人的心切还是驱使她不断抬腿，一次又一次践踏着人们眼中冰清玉洁的身体与心灵。于佩杉显然尽力忍着痛苦，这样反而更激起了付静轩报复他人的心理，在第六次被踢后，于佩杉终于没忍住，把呕吐出的口水和胃液溅到了周围的地板上。

“你也有今天……”将高高在上的人打倒，伤害着，践踏着，让他们的人格、尊严、脸面通通丧失殆尽，从中夺得的快感与人格的觉醒，那一瞬间，付静轩似乎终于见到了人生的光明，她知道自己该如何走下去了。

“静轩……静轩……”于佩杉已经没有力气让自己的脸能够正视付静轩了，她勉强让自己的眼神能够直视到，脸上的表情能够传达到。她没有哭，也没有笑，“静轩……无论你对我怎样也好，我都无所谓，我只是想知道……”

所有的学生们都在远处观望着。

“你也一定很讨厌他们吧？”

黄昏又一次映入眼帘，宣告着这一天的结束。

从那天之后，在跆拳道馆一同练习的学徒，除了于佩杉以外，付静轩便再没有见到过了，原因不明。

于佩杉终于下定了决心，即便是放弃与其他人全部的人际，她也一定要赢得付静轩的信赖。她明白这中间一定存在着某些误解，也清楚自己的行为会承担什么后果，但是她不想为自己内心的意志而动摇，更不想为自己本能做到的事而后悔。

“呐，付静轩。”即便被他人抛弃、误解、诋毁，也要完成，因为不想抛弃任何一个被抛弃的人们，所以从此刻开始，她想真正成为自己，遵从那个心中真正的“于佩杉”所向往的心愿，“我们做朋友吧！”

到那时，付静轩才意识到，自己曾经靠着一切的负面情绪所找到的道路是多么愚蠢的歪门邪道。在真正了解了这个女孩之后，付静轩终于认识到了自己的存在，以及对于好好活着的定义。

于佩杉后来进一步说服付静轩的家长给予她更多的自由，并且自行出资带着付静轩去了樱花国际中学，她几乎考虑到了每个方面，以至于本是上不起这所学校的付静轩在她的帮助下也能很好地融入群体。

而在认识那个男生之后，付静轩也才算是找到了人生的方向。

那个男生，于佩杉的同桌，白芜常，他并没有很出众的特质，在见到他的第一眼，付静轩便感觉到这必定不会是一个能讨人喜欢的人，就像过去的自己一样。

或许正因如此，她对于白芜常并不讨厌，她感觉到这个人并不像别人以为的那样颓废，他有着比任何人都明确的目标和对于未来的憧憬，甚至让付静轩觉得如果能早一点认识他，或许自己就不会在那时对于佩杉有误解了。

对他产生更上一层的感情是在那天的篝火晚会。看到了那样的场景，她渐渐认识到那无比真实的大火便是白芜常心中埋藏着的东西，那种想要守护的博爱又充满着于佩杉的影子，她感觉到了他身上隐藏着的责任感。

已经与白芜常结成一定关系的于佩杉意识到了这一点，她一直在帮助付静轩撮合两人，于是假借多人旅行制造让两人独处的机会，又做了完备的娱乐计划来增进感情。虽然这个计划被举动不定的白芜常和藤泽夏树搅混了，但似乎白芜常已经把付静轩当作一个好友了，付静轩还是很感谢于佩杉所做出的努力。

然而，就在付静轩苦苦等待的那一夜晚，白芜常已经决定与所有人断绝联系了，只留给了于佩杉一封信。于佩杉一定是很看重白芜常的，虽然她一直不说，但付静轩看得出来她为此情绪上的波动。尽管后面慢慢有所缓和了，但并没有缓和付静轩悬着的心，她渐渐意识到自己和自己重视的人正处于什么样的危险之中，她必须阻止这一切，为此即便是会牺牲自己。

而白芜常留在于佩杉穿过的睡衣里的信件，最终随着睡衣的物归原主落到了付静轩手上，终于，她还是有了私心，直至自己生命的尽头还是没能把信件交付给应该交付的人。当然这之中也有着道不明的理由。

那一天，回到家中的时候，母亲当着她的面把信纸摔在桌子上，后来又在上面盖了好几个肮脏的鞋印。这一次，还没等母亲动手，房门就被撬开了。

身着统一黑色西装制服的男人冲了进来，佩戴黑色墨镜，认不出是谁来，但人手一把的冲锋枪已经寓示着母女二人的死期。他们以付静轩的母亲，以及全家人的性命威胁，要求她刺杀白芜常，提出这个要求的人是许贤傲杰。

据说原本是打算审问两人以抢来关于“素体”的线索的。计划是让大批成员对“素体”进行佯攻，将白芜常引入后由付静轩动手完成刺杀。重视同伴生命的日本黑道，如今却为了一条命不惜赌上一百多人的性命。

付静轩犹豫了。母亲疯了，死死地揪着她的衣领胡乱地撕扯着，号啕大哭。于是在见到白芜常的那一刻，她终于做出了选择。或许付静轩早已意识到自己不会成功，但即便如此，倘若自己一团乱麻的生命真的能换来家人和自己所重视的人的生命的话……

“都撤离出去了吗？”白芜常在天台完成了宿舍楼的歼灭，付静轩也疏散了其他同学与他会合。

“嗯，谢谢你。”

“没什么。你也快些离开吧。”

美工刀在刚从口袋里掏出的瞬间，手臂便随着手握着的刀一同被切下。

她从未想过会这样，但其实这也是自己无数次在梦境中预见过的结局。仿佛自己已经走在了鬼门关的一半，无数沾满鲜血的枯手发狂地撕扯着她的身体，那人的血染满了她的身体，她已经有些意识不到这是自己的血了。

整段关节的血肉暴露在冷风之中的痛苦让付静轩完全失去了最后一丝矜持，她终于还是难以忍受而放肆地尖叫着，最多也只是内心沉浸于恐惧之中时的挣扎罢了。

“为什么啊？”

她听得见。

“我不是告诉过你了吗？”

“如果没人愿意来帮你那就来找我，他们骂你我替你讲回道理去，他们打你，我就帮着你把他们的破手打断，他们赶你出家门，我就把你养到十八岁成年。我这样告诉过你了吧。”

“所以你到底在害怕什么？害怕联合军保护不好你和你的家人吗？还是说……”

那一刻，付静轩才明白，白芜常一直了解并清楚有关她的一切，他在等待着，等着自己对他说一声：“能帮帮我吗？”

“还是说，你不相信的是我……”

他抓住付静轩的脖颈，提到她双脚完全离地的高度。她叫不出声来了，扼住脖颈的手正渐渐用力。

——对不起，她最后的意识终于停留在这里。我让你失望了。

手中的脖颈开始变形，随后七窍流血，她失去全部的意识，眼睁睁看着被掐断的脖颈与摊开的身躯一并散落在白衣遮蔽的阴影中。眼中所能见到的最后的世界，是耀眼的夕阳，终于指引了眼前的道路。

其实，白同学和于佩杉是一样的人啊，都一样，好像能读懂人心的感觉。

第一位死者，付静轩，牺牲，终年十三岁。

2

那一瞬间，白芜常只是感觉到了人生中第一次陷入了贯穿精神的空虚之中。“我杀了她。”他在脑海中一次又一次地重复着这样的话，他不知道这样的做法是否正确，这是第一次，他如此确切地怀疑自己。

两年前，联合军对世界能力者通用管控法做出了迄今为止唯一一次大规模的修改，半数的能力犯罪条例被改为死刑，各个伤残级别对应的处罚方案都变得残忍而严苛到离谱，除此之外，对于一些能力事件的判断标准相比之前也翻天覆地。因为技术上的不发达，凡是无法找出事实依据的作案手段，都可以被定性为能力犯罪。

更重要的一条新增条例，凡是对联合军成员有任何攻击倾向的行为，可当即处死。最为重要的新条例，则是对已触犯法律的对象进行任何形式的包庇行为，则本人与被包庇人一并处死。新法草案的唯一编写人，就是白芜常自己。如今，自己过去亲手创造的东西，将付静轩走上无可选择的歧途的最后拐点，完全地封死了。

“为什么要做到这种地步？”他无从选择。

“现在才感觉到恍然大悟吗？”他的声音依旧低沉，那原本可以很动听的声音。

“那么你也出来吧，没必要一直藏着吧？”白芜常的视线转向了王紫陌的身后，楼梯口的方向忸怩地走出了一个女孩。

“你什么时候跟过来了？”

“大概是用了催眠能力，蒙蔽了他人的视线，偷偷跟着了吧。”他说着，叹了气。这已经是自己第几次叹气了呢？

他轻挑右手长刀上的血液，洒在了朝向王紫陌的方向，像是标记着方向。尘封在心灵底端的记忆恍然间觉醒，那个弱不禁风的人影不断环绕在王紫陌的眼前。

小时候曾和自己住得很近的，那个受尽霸凌的男孩、于佩杉的同班同学白芜常，以及作为樱花源联合驻军、将已经充满明争暗斗的人类社会推向更深层的血泊中的人，这一切形象串联在了一起。

必须阻止他。王紫陌重新拔出了腰间的长剑，将剑鞘丢到一边。

白芜常做好了准备，只见身上和周边沾染的鲜血泛起了流光的波纹，波纹褪去之后血色便完全消失不见了。

两人终于四目相对。王紫陌首先以双手握剑，略微后撤半步，顺带短暂地压低重心，随后自下而上撩刀。

二式·火蛇。

螺旋形的火焰顺着剑柄快速包裹了整个长剑，高速旋转着，越转越大，整个长剑被染得通红，随着撩刀的动作，积蓄着的螺旋形火焰从剑指的方向一跃而出，紧贴着地面朝着白芜常的方向，近乎直线，冲向前方的时候还在不断扩大火势，最终化作火焰的长蛇，张开了血盆大口。

这是他第一次将如此攻击性的招数用在实战上。然而，白芜常并没有表现出多么慌张或是惊讶的举止，在王紫陌撩刀的瞬间白芜常也抬起了左手刀“莫邪”，电流汇聚于刀尖处，向着周边的空气延展为弧形，正面和火蛇的蛇头对撞在一起，薄膜似的电能盾使火蛇不断向着四周分流，最终两边的招式一同互相抵消。

“从很久之前我就很想问了，”白芜常放下抬着的左手。“你既然是B级能力者，而且身体可以自愈，那么，为什么能使用这种程度的火焰呢？”

他的脸上没有一点表情，俨然从阎王爷那里被遣回来的冤魂。“这是什么意思？”即便是不知道具体所指，身上还是不断地冒着冷汗。

“能力者的相关学术研究上的常识，身体自愈相关的能力者都属于等级B的级别，并且在‘统计名单’上并没有记录过有任何一位‘身体自愈’的能力者同时拥有第二种能力。”白芜常长长地喘息着。

“自然条件下，能力只能通过家族的遗传得以继承，像是身体自愈的能力不可能和其他能力并行遗传下来，也就是说，王紫陌，你也‘吃’过人了吧？”

3

他的口中不断地念着永不重复的名字。这些每一个因为这世间无休止的黑暗而惨死的生命，白芜常都记着。这些生命存在时的代称终日环绕在他的耳畔，彻夜难眠，终日难思。

“呐，王紫陌。你知道每年有多少人因为‘吃人’死去吗？”

“什么？”

“两百万人，仅仅是本地每月就有至少三百五十人被害，有的被投入黑市，有的沦为奴隶。你以为只是普通的杀人事件？开什么玩笑。这已经发展成了高回报且低风险的产业链，即便是再多的举措也无法将其击垮。”

——原来如此，所以当时的许贤傲杰也是……于佩杉这样想着，但是此时，她选择相信王紫陌。

“王紫陌，从很久以前我便一直在关注你。你从小居住在旧区公园一带，和公园里常出现的孩子都是老相识，包括那个没头没脑的先天弱智的女孩，她一直以来受尽欺负。然而，直到我出现为止，你才终于站出来为她说话，在此之前的三年你在等待什么？等待让自己得以表现的机会吗？那个弱智的女孩永远不会意识到，她只能见得到眼前的好，所以她感谢你，将你视为她的英雄。”

王紫陌没有作声，他的心中此时只有惊醒般的恍悟。

“王紫陌，说到底，你也不过是一个仰仗着自己先天的优势耀武扬威的人。你眼里只有让自己得以表现，从不顾及他人，打着保护他人的名义做着这样的事情……

“不要再说了！”于佩杉大喊着。

“没错，在旧区公园的时候我确实是那样的，一个自私的好大喜功的混蛋。但是……”

“那又怎样？”白芜常歪着脖子，“王紫陌，你大概也是想成为能力者顶端的神明吧。不过认命吧，只要我还活着，神明的宝座就永远不会被你们所占。”

终于还是没能避免……

“解放者。”白芜常收回左手刀，高举向天空，方圆十几里的生物都在突然产生的电场的震慑下完全失去了半秒多的意识。几米高的闪电在他身后扭曲着，突然一声惊雷般的轰响，闪电炸裂开来，翠绿色的圆形场出现在原本闪电的位置，半径在四米左右，侧面看只是纸片一样，但正面直视时，排山倒海般的压迫感就足以将人摧垮。

圆中浮现出同样翠绿色的轮廓，这圆大概是传送门一类的东西，翠绿色的轮廓穿越了白芜常的身体，与他完美贴合，传送门自圆心向外消失，同时翠绿色的轮廓也在闪烁的流光之中呈现出来。

黑色金属的材质搭配莹绿色光线纹路，背后突出的一对翅膀状的结构十分明显，看样子是飞行装置，但似乎并没有这么简单。

“杀死自愈能力者的唯一方法，就是将其碎尸万段到不可能再生为止。”

王紫陌深深吸着气：“白芜常，果然是你……”

“做个了断吧，王紫陌。”是啊，是时候了，“连同那个女孩一起。”

飞行翼迸发出耀眼的光芒，“时间契约”被加持到二进制，白芜常紧贴着地面高速冲刺，单凭着右手执刀直冲王紫陌而去。

——好快。他来不及感叹，这种速度的攻击让他没有时间施展剑技，也根本没有料到双方居然会以这种方式交锋。虽然在几次实验中自己的反应能力提高了，但接下这一刀之后白芜常又马上抽刀，第二刀攻击无缝衔接。刀剑相撞的共鸣使得他全身都在不自觉地震动着，甚至连地面也在晃动。然而，第三刀，第四刀……

他基本确定了白芜常的重心专注在了自己的长剑上，在面对第四次进攻时，他不再一味地封挡，“轩辕”的重量在“干将”之上，于是在迎击之时顺势压刀，正面对撞的话，白芜常必然不会占据优势。

然而，在第四次对撞前的一瞬间，白芜常原本从下而上的斜挥刀突然改变为了双手握，同时改变了方向，“干将”与“轩辕”以刀面直面剑刃，原本几乎没什么厚度的刀片却异常地坚硬且光滑。王紫陌的纵劈向下压制着，白芜常反倒借由这下压的力调整角度，使得“干将”紧贴着剑刃从下向上滑出，完全脱离了王紫陌的攻击。扑了个空的王紫陌还来不及站稳，斜侧滑出的白芜常顺势扭转身体，同时压低重心旋转扫刀，刀口正切入王紫陌的腹部。

血液刚开始喷涌，自愈能力便已启动，橙红色的光填补了刀口，止住了鲜血，刚产生的痛感也很快褪去。刚才的一刀，换作一般人，能把五脏六腑一并给切出来。几乎没有什么多余的动作，思路也很明确，整个过程好像就是下意识的反应一样。这就是无数次实战积累下来的吗？

令王紫陌不安的地方在于，他分不清白芜常的思路究竟是什么，是不断攻击观察自己的攻击方式寻找破绽，还是在出手前就已经有了方略，一步一步使得自己陷入他预设好的陷阱，还是说这只是单纯地靠着作战积累的经验所成的本能反应？

无论哪一种都让人无从应对。而且这并没有结束。只是随手抖擞了一下刀刃上的血液，白芜常便紧接着再次发动攻击，这一次选择了头部高度的旋转扫刀。王紫陌再次用上次的方式纵劈。从这次的动作来看，白芜常似乎没有机会故技重施了。

而在这种情况下，白芜常的武器特性决定了他一定不会赢得这次的正面对撞。果不其然，最终“干将”被顶开，王紫陌抓住了这次机会。

“火蛇！”靠着压低身体重心减少一部分的后摇动作，刚刚劈下的剑转而向上撩到，螺旋形火焰虽然不及上次积攒得多，但这样的距离足以完全命中，用这一击一定可以！

“时间契约·五进制”。

白芜常的动作又一次在瞬间变得飞快，仅仅是王紫陌还处在撩刀的起手动作，因为后撤而空出的左手马上抓住了右腰间的“莫邪”，火蛇释放的瞬间，白芜常也完成了准备，双腿站稳，左右刀交叉挡在面前，双刀与火蛇正面冲击，虽然没能再展开防壁，但这看似脆弱的双刀却出奇地管用，双刀分散了火焰，大部分的热量也被白衣的吸热系统所吸收。

他又一次失算了。这次两人的距离只剩下不到两个身位，而且白芜常发动了和最初几乎相同的冲砍，距离虽近但威力不减，这一次他没有像刚才那样在冲刺结束的瞬间解除能力。

“时间契约·十进制”。

白芜常将能力加持到了自己的上限。刚刚感觉到“干将”被封挡住的瞬间的震动，“莫邪”就已经紧随其后，银白的刀光在眼前闪过的一瞬间，接连数发攻击如同暴风骤雨般倾盆而下。这一次，白芜常没有再留下任何可以反击的机会了。

双刀交替轮换着，白芜常不断调整着角度与身位，攻击点无规则地坐落在剑刃的每一处，共鸣声轮回着，经久不息。双手，肩膀，胳膊，双腿，以至于全身，几乎都要陷入完全的麻痹一般，身体自愈虽然能减轻疼痛，但此时却不能减少一丝一毫神经上的刺激，即便如此他也决定要坚持下去，已经做好了决定要和这一切做个了断。

现在，对着自己疯狂砍杀着的白芜常，那比正常人都要瘦弱的身躯虽然有着科技装备的辅助，但血肉之躯一定也承受着与自己相同的压迫，他一定很疲倦，可能早已经疲倦了，但即便如此，他还是一直撑着。

如果现在自己还是不拿出该有的样子来，那又怎么能真正了结一切呢？所以还不能认输，太阳般耀眼的光芒点亮了整个剑刃，灿烂地闪耀着。

白芜常也同样准备好了，“解放者”的躯体开始发出低鸣，如同无尽源泉般的能量顺着光纹路流入“干将”，蓝白色的电流溢满了整个刀面。

“火神斩！”

红蓝之光伴随着两人绝不退让的决心，过载而溢出的双色波纹包裹了两人除了后背外的全部，雷鸣与电流的撕咬，光芒与烈焰的咆哮，一切都在宣告着世界秩序与规则将被冲垮的前兆。

王紫陌一次次地透支着自己，大吼着，双眼完全映上了赤红色。白芜常的双眼几乎要瞪出来一般，被点亮的翠绿色瞳孔中隐约看得见如同蛇眼的形状。

撑住，撑住！他这样一次又一次地告诉自己，这也是自己身体将要完全透支的前兆。不知道还要撑多久……渐渐地，他感觉到白芜常的身体正和自己一起放空。

轰鸣伴随着爆破，以及四处飞溅的电流，于佩杉下意识地挡住了双眼。两人在对撞后，反向的斥力使他们的身体不自觉地向后倾倒，紧握武器的手也被弹到了另一边。原本就像是暴风雨后的宁静，“解放者”却在此时再次启动。

“时间契约·二十进制”。

白茫常不在意这些，只要自己能取走王紫陌的人头，即便是超过自己从未尝试过的上限。与全身相连的动力装甲强行驱动着身体，原本被弹开的右臂突然调转方向，捅穿了王紫陌的心脏。再用力扭转刀柄，白衣染上鲜红色，充斥着血腥味儿。之后将“干将”抽出，还习惯性地甩了一下刀刃，再擦拭一下脸颊边的血液。这样一来就都结束了。白茫常将王紫陌丢在一边。

总觉得少了些什么，他转过头去，于佩杉正倒在地上，头发散乱着，不像是被风吹散的，更像是……

最后一点夕阳完全落下，紫色的圆月缓缓升起。白茫常等待着，似乎预料到了，或是自己一直在等待着的什么。

“为善除恶，唯光明故。”一个小女孩的声音回绕着，清脆，无瑕，却不单纯。

“生亦何欢，死亦何惧。”黑紫色的皮衣和黑色的高跟皮靴，搭配了紫色破布裙和黑色露指手套，黑色长发如同完全染黑的六月飞雪。

“这样啊，原来如此。”他自言自语道。

空气中凝结着的紫气化为死神般的镰刀，竟然和这个女孩的形象有些相称，即便她有着和那个与她完全相反的人一模一样的身体——于佩杉的双生体妹妹，S级能力者，“白夜神”，于佩玹。

4

“阿姨您好，我是跆拳道馆的同学。这么晚还来这里打扰您，真是万分抱歉。”黑紫相间衣服的女孩拉开了窗户，扶着窗边，站立的样子像个大人，即便如此，即使能遮蔽她刚降世不久的事实，也不能掩盖年幼的长相。

然而，这原本会使人们放下心中一切隔阂的面容下，却藏着一颗对杀戮无比渴望的心灵。毕恭毕敬的语气之下，却从没有笑过一次。

“打扰了，永别了。”

几乎填满整个房间的漆黑轮廓瞬间旋转一周，人体、墙壁、吊灯、桌椅，全部一刀两断。

于佩杉的双生体妹妹——于佩玹，完全顺从心灵的死神。

“那么，下一个是……”她坐在楼顶的边缘，在手掌上给第三个正字画上最后一笔。那一夜，她的屠杀使得二十四个家庭从人世间蒸发，留下的是一个只有于佩杉和付静轩的跆拳道馆。

居民楼并不高，经常在夜间登高望远的白芜常在那时看到了她，但并不知道在看见她的同时，自己的位置也早已暴露。但是于佩玹并不会对自己目标以外的无关者动手，所以就装作什么都没注意到的样子。

自从她出现的七年以来，凡是出现在他人眼前，她便只会做同样的一件事——将伤害了于佩杉以及于佩杉所重视的人的一切，赶尽杀绝。她失算了，原本以为那时就会与这个被称为“联合军第一黑手党”的男孩一战，但他却没有做出任何反应。

白芜常见到过她的每一次屠杀之后的景象，手法利落，没有任何多余的成分，从事发现场来看，于佩玹所用的一直是一击致命的手段，现场的每一处无不在告诉所见到的每一个人，她就是为了夺人性命而动手的，没有任何复杂或是多余的念想。但直到此时，他才完全明白于佩玹究竟是为了什么而不惜让双手沾满鲜血。

“我想先问一件事。”她突然开口了。

“为什么会知道我的名字、能力名，甚至是级别？”

“之前在海景花园酒店的时候，我借助于晞航的手机黑入他的办公账号，这些东西都在他的加密云文件中。”

“这样。”她太单纯了，为了问而问，为了回应而回应，大概因此才会一直没有什么表情，或许在她眼中，表情是人们为了达成目的而有意捏造的复杂的东西，她不喜欢，也不愿去尝试。

她抬起了手上的镰刀，镰刀头部支着地面，双手握住长杆，如同拔出石中剑一般的姿势做好了将要出手的准备。白芜常收起了“干将”，仅用左手迎战——右臂在刚才的强制牵引下已经轻微骨折了。

“明明是做着这样的工作，你却不会隐蔽自己的杀气。实在可悲。”于佩玹说着，“现在如果不做些什么的话，姐姐的生命可能会有一定的危险。”

“来吧！”和之前交战时完全相同的起手式冲刺，即便在刚才已经身心俱疲，他也绝对不想在这里认输。这是唯有将生命寄宿于黑暗之中的人们的战争，是真正的你死我活的决斗。

“破魔妖姬”作为如同死神的镰刀般的武器，巨大的外形本身就有着庞大的威慑力，白芜常清楚，即便自己能以最快的速度冲刺到面前，那镰刀随手一挥就全玩完了。既然如此，他不能贸然地攻击。

“时间契约·十进制”。

他从未像今天这样使用过能力，先是在达到了十进制的承受上限之后强行突破了二十进制，结果便是牵引力拉断的胳膊已经不能用麻醉药暂时缓解疼痛了，在重新达到上限值的瞬间，贯穿全身的麻痹感和空虚感几乎使他昏厥，他害怕自己失败，自己的使命尚未完成，绝对不能失败。就这样把自己再一次从昏厥的边缘抢救回来，尚且记得自己该怎样应对这一切，这便足够了。

保持速度上的优势，对于这样的攻击，他猜测于佩玹会下意识地挥动镰刀一周，先前的冲刺只是虚晃一枪，“解放者”使得他在接近于佩玹的瞬间静止，随后纵向空翻跳，长刀距离于佩玹的脖颈只差肉眼可见的丝毫。

他没能料到，还只是刚起跳的时候，于佩玹的速度就已经完全跟上了十进制的“时间契约”，她抬头看着白芜常的起跳，强行将横扫的镰刀稍微朝上了一点角度。完全视镰刀的重量和惯性为无物，甚至连“时间契约”也能追赶。

白芜常用长刀挡在面前，对撞声之下被击飞了五六米远，那镰刀的威力让他在爬起来的时候还不忘检查一下刚才长刀上相撞过的部分。在“解放者”的辅助下，原本还只是C级别的白芜常，能够使用一定的其他类型的电力能力，除此之外还有身体上的强化已经增添了飞行能力，虽然不会达到高阶能力者的水准，但也有了至少B级的水平，然而刚才那一瞬间他感觉到自己完全不是于佩玹的对手，即便是在最好的状态下。

或许什么“另一位S级”是真的。在从六年前的那天直到现在，白芜常终于再次感受到了完全无法战胜的无助与绝望。他逼迫已经动弹不得的右臂去压住左手的颤抖，长刀颤巍巍的声音，很难听。这个人完全没有任何的战斗方法和技巧可言，目的明确，动作简单，原因就在于任何的策略在她面前都只是花拳绣腿。

趁着刚才被击飞拉开的距离，“解放者”背后两次放出六门浮游炮，都是细长的多棱锥台，窄小一面的炮口对准了头、胸以及四肢一齐开火，他自己则抬起左手刀生成防护层以防备于佩玹借此反打一手。六道镭射炮射去，全部命中，残缺的躯体倒了下去，落在地上沉入了影子之中。而白芜常感觉到背后飘来自己从未感受过的如此强烈的寒意。他不能回头。马上收起浮游炮，将防护层转变为攻击性电流汇聚在长刀上，并在同时旋转扫刀，方向朝上。

果不其然，于佩玹正站在他身后，双手高举着镰刀将要纵向劈下。他再次使用了和王紫陌交战时用过的招数，对双刀使用通电能力后会使其具有很强的切割能力，到目前为止，没能切断的也只有王紫陌的长剑“轩辕”和这个被于佩玹称为“破魔妖姬”的镰刀。在先前的那次对撞之中，白芜常就已经感觉到了这把镰刀似乎并不简单，甚至有可能优于他和王紫陌的武器也说不准。巨大的弧形内侧刀刃不仅仅是直觉上的压迫感，这使得它在面对任何武器时都有着先天的压制能力。

电流被分散，切割性完全从“莫邪”上消失，紧接着，白芜常便在这强烈的压迫之下被迫一点点改为单膝跪地的姿势。

刀竟然抽不出来。看似砍入了镰刀内侧，但或许于佩玹的发力点太为刁钻，两片刀刃好像被紧紧地扣在一起了似的。

不仅如此，白芜常还意识到了更为严重的问题。从正面对撞变为现在被压制，除了身体上的被迫下压，当持刀的双手被迫压低之后，镰刀的内侧也顺带着逼近了他的脖子侧边。他不知道该如何把刀顶回去，现在的情况下，大概不能再允许坐以待毙了。

他最终决定在不经意间放弃对顶的用力，向下回拉，借由于佩玹向下压制的力使自己快速在旋转之中找到侧面的位置。于佩玹终于扑了空，她有些茫然地用镰刀刀尖摩挲着地面，好像是对白芜常的举动有些意外。

“果然受了伤的样子很让人失望啊……”她一个人低声自言自语着，没人听得清她在说什么。在最后长长的叹气之后，她终于又一次收回了现在似战非战的模样。这一次，换来的是无边的杀意。

“白夜祭·腾”。

镰刀从下方往上挥来，这次的攻击比之前的还要单纯。白芜常已经大约明白了自己不能硬碰硬。但在于佩玹挥刀的一瞬间，刚入夜还尚存些许红色的天空完全地变成了白色。

天空如同被裹上了裹尸布一般惨白。原本只能细看才能看得到的轮廓此时完全失去了它的颜色，在这惨白得毫无保留的天空中，它则是完全相反的漆黑。无论从哪个角度凝视，都好像不会因视角的改变而变化的漆黑，就好像这个世界的无底深渊被高高挂在了头顶。

“莫邪”虽然能在没有损坏的条件下接住这一击，但在两边的对撞之后便迅速分离了。双脚离地，距离于佩玹越来越远了，白芜常正笔直地飞向天空。巨大的力度被击飞了吗？不对，这是修改了重力的方向？！他已经控制不好中心了，飞行系统也完全失灵，这令人摸不清的能力究竟……

“白夜祭 · 落”。

只见于佩玹瞬间到了与白芜常相同的高度，高举镰刀，幽紫色的剑气将刀刃扩大了至少半倍。她笔直地劈了下去。

白芜常坠落到了天台，砸了接连两个窟窿之后，摔在了刚凝结不久的血泊里，他还没有倒下，最后的意识强迫着他将快要闭合的眼皮死死撑着，看清意识之中的最后一幕。

于佩玹小步地走过来，靴子在地上踩出回音，抬起镰刀，用刀把抡向了白芜常的脑袋左侧。

白色的夜空结束了。

5

整个校园内遍布着血腥的味道，即便是大量的原料，但于佩玹并不想使用它们。于是她抬起镰刀，割破自己左手的动脉。血液在喷涌出的瞬间，在空气中汇成条条枝干，相连而交错着，最终连接到在这里倒下的三人。

“没有办法了，已经死去的人是不能救回来的。”她还是在面无表情地低声自语着，“愿你的灵魂能够永远幸福。”镰刀被丢弃在一边，化作烟尘，她走到付静轩的面前，双手合十。为付静轩祈祷后转过了身去，一个人高高地抬着腿，体验着鞋跟踏在地上的感觉。

“悲哀吧，感慨吧，陷入更深的绝望与痛苦之中吧……如果它能够让你们觉醒的话。”她的全身再次遁入了自己的影子之中，影子一路小跑，跑进了于佩杉身下的阴影里。

梦 魇

1

人活着，究竟是为了什么？王紫陌在那时才考虑到这个问题。

意识渐渐恢复过来，他想起了在不久前自己拼尽全力地决斗，最后被击败。那个瞬间，他的脑中感到了从未有过的空洞。他迷失了，不知道该往哪里走。

记得刚刚还在宿舍楼的天台上，现在倒是在宿舍楼的屋檐底下啊。好像直觉似的，王紫陌突然转过头去，一个他不敢相信的人出现在眼前，出于本能，他从腰间拔剑，动作做出的时候才意识到自己昏过去时已经把剑丢到一边了，但是剑此时却挂在他的腰间。于是直刺咽喉。那个人没有躲闪，剑刺到咽喉之前的瞬间停下了。

“为什么不躲开？”

“刚才这一剑是躲不开的。”藤泽夏树回答。

“不可能，你可是藤泽夏树，在东京那个夜晚……”

“确实，”藤泽夏树说道，“不过如果放在过去确实可以躲开，但是现在，王紫陌，你难道没有发现自己的技术已经大大长进了吗？”

“什么？”

“嗯，即便如此……”

快到看不清的动作，等到回过神来的时候王紫陌已经被完全压制，长剑被打落在了一边。

“只学会刺，还不够呢。所以我才没必要躲闪。”

糟了，这次真的是糟透了。

前任“龙骨”，藤泽夏树。这几个月来，王紫陌终于打听到了关于这家伙的事情，生来便是无能力者，却能在几乎任何环境下战胜其他的能力者，据说十六岁时仅凭一把武士刀在三个B级能力者的夹击中反杀对方。不过在了解到这些小道消息之前，王紫陌已经深切体会过了，那时，明显藤泽夏树已经在不断地刻意放水，却还是怎么也打败不了他。

被缴械了，还是在这种状态下，就算刚才刺得再快也是同样的结果，这样的人，怎么可能……

“如果是他的话，就会比较棘手吧？”

“啊？”

“那个人啊，白芜常。我觉得如果是他的话，会一直保持平静的姿态，屡次试探性地做出假动作，等到对方稍有懈怠的时候一击制胜。虽然有些贬低，但这就是你们之间的差距。”

王紫陌沉默着，他不知道该如何回应，在那次没有丝毫空隙的决斗中，白芜常总能找得到突破口，然后在自己不留神之间从这突破口将自己击溃。是无论何时都保持着的平静吗？原本以为那只是他为了体现不善表达而做出的气质，其实是在一直观察着。

“顺带一提的是，在那天晚上之后，我们发现原本已经被黑掉的监控还是在事发时被强行调用了，按理说如果被监控拍到，无论是其他组织的势力还是公安，都足以算作将‘龙’完全捣毁的证据。但是没有出现那样的情况，所以我认为，调用监控的就是白芜常本人。”

他说着，松开了压制王紫陌的胳膊。

“可是，”惊讶之中的王紫陌还来不及坐起身来，“那天晚上白芜常也受了很重的伤，右侧的肋骨全部被砍断，那种情况下，能活下来都是奇迹。更何况最想将你们击溃的不就是白芜常吗？既然已经到手了，那为什么……”

“那么，王紫陌，你还记得为什么白芜常咬定你有确凿的‘吃过人’的嫌疑吗？是因为身体自愈的能力者都只是单一能力的B级能力者，但你又同时具备与放火能力相关的一类能力，这种情况在自然条件下是不可能发生的。是这样推断的吧？”

“嗯，确实如此。”

“如果我想得没错，白芜常在那时通过监控就已经发觉了这一点，只不过因为没有亲眼见证，所以暂时保留了。不仅如此，更重要的在于，他可以无数次地重放监控，直到彻底摸透我们两人的作战习惯，可能他知道你和他之间终究免不了一战；而对于我的话，他大概也在惧怕着我会依旧宝刀未老吧。”

“什么？他已经算计到这一步了吗？”

“还不止如此，那时候白芜常和一个日本的男孩见面了，可能是他的旧识，虽然还不清楚原因，但可以确定他把这次公开会面看得相当重要，当白芜常和你们其他人分离，‘龙’必然会抓住这个机会，从两面同时攻击。一方拖住白芜常，最好是能将其击败；另一方则是抢夺能力‘素体’，大概他也预料到了这种情况，于是提前就将那个技术和你们的武器连接，至于为什么会清楚你们的战斗能力，我就不能确定了，或许这又是他的计划之一。”

“怎么会？”一举一动都好像被人窥视着，顺着他人的心意一样。他甚至也开始怀疑，父亲长期夜晚加班，为什么工作报告还要发送到私人家庭中？这样做的原因就是让自己看见，白芜常认定自己一定会对这样的工作心生痛恨，也是两人间的矛盾引发的导火索之一。这样也说得通。明明都只是同样相近的年纪，到底是什么引发了这样的差距？

“不过，王紫陌，你也并非一无是处。”藤泽夏树说。

“什么？”

“就像我前面说的，你的技术提升得很快，甚至说是天生有才也不为过。看到开始时候的那一刀我就感觉到，如果一直经历着的不是白芜常，而是你的话，或许‘龙’早就被你一个人给全灭了吧？”他微笑着说。

“但是，晚了。”

“啊？”

“不到一个月的时间，恐怕半个月都不到，联合军与‘龙’就会在这里展开最后的战争，当然最后的结果，只有两败俱伤，最终一齐退出世界的舞台。所以上级才渴望得到‘素体’的力量，在可控的范围内，那是唯一能够颠覆战局的东西。”

“这种事两败俱伤也好，同归于尽也罢，我也都想过，但我一个普通的学生又能做什么？”

藤泽夏树看着他，脸上忽然浮起一抹笑容，随后又旋即转和。“能说出这话，证明你还是想要做些什么的吧？王紫陌。那就由我来告诉你，除了那个叫于佩杉的孩子以外，就算她落入‘龙’的手中，也可以逆转这个死局的办法。”

“那个方法……”

他的想法和藤泽夏树的几乎是一并出现的，或许他自己也一直知道，不过在藤泽夏树开口之前，他从来不敢承认罢了，自己并非想要逃避，尽管已经意识到了这一点，但自己其实真正想要的是……

“就是你和白芜常联手。”他的瞳孔一震。是这样，果然如此。

“听我说，王紫陌，如果联合军倒了，这个世界的秩序会更加混乱，如果是‘龙’倒下了，那么无数的残党就会继续积攒着，等待将来腥风血雨的报复，为此，你一定要……”

在以前的时候，也有一个和你很像的家伙，王紫陌，真的和你很像，做过让自己悔恨的、痛恨的事，尽管自己有着梦想和方向却永远不相信自己的主见，于是一直徘徊着。王紫陌，等到你终于坚定方向的时候，你一定也可以和他一样所向披靡，甚至成为超越他的真正的无上的存在吧。

那个人将不久前还普遍认为能力为妖术的社会引向了今天，而你，一定可以让我们能力者，被这个世界完全地认可吧。所以，藤泽夏树做了最后的嘱咐。

“毫无保留地将‘龙’赶尽杀绝。”

王紫陌一顿摸索着站起身来，想要找的人，想要问的人，已经不见了，此时他已经无法确认是敌是友了。身边沉重的皮靴声响着，是来找他的人，是父亲派来的。随后，他看到夜晚的一束光打在了枯萎的柴草之上，将他完全地点燃了。

2

“我回来了。”崔元祯拖着他那废柴的腔调推开了门。

说起来自己和藤泽十萌同居已经有一个多月了，本来只是说找回钱包和弟弟藤泽有纪之前暂时在这里落脚，倒是后来找到藤泽有纪之后也没想要走的意思了，樱花源的酒店住宿费用高得离谱他也知道，所以不好意思撵别人走。不过藤泽十萌倒是完全不分主客了，把崔元祯家里的各种能玩的都玩了个遍，仗着暖气好使，穿了夏装便衣就拉来有纪和她下飞行棋。

“大冬天的跑来这里带什么夏装啊，这是早已经准备好来我家里蹭暖气的吗？”虽然很想这么挑明。

昨天藤泽十萌吃饭的时候接到了一通电话，一看屏幕随即脸色骤变，和之前大大咧咧、反客为主的形象完全不一样了，虽然还是没改变反客为主这个性质。她回来之后话少了很多，但还是尽全力地想让有纪和崔元祯不要看出来接电话前后的变化。真是个奇怪的女人。

六年前，父母离异，最终崔元祯一人住在这个宽敞得可怕的家里，靠着母亲在他乡打工寄来的生活费独自养活自己。好在这蹭吃蹭喝的姐弟俩相对还有良心，了解了他的家庭和生活状况之后，尽量少蹭一点了。傍晚的时候从学校疏散，回了家。藤泽十萌还是一如既往地准备三个人的饭菜，崔元祯不敢换下衣服，因为外套下面遮挡的衣服沾满了血迹。

不知不觉间自己也习惯了和藤泽姐弟同居的生活，至少可以不用自己准备一日三餐，家务也可以互相分摊，也稍微能靠着飞行棋戒一戒网瘾。藤泽姐弟在自己四岁的时候便第一次见过面，之后虽然没有怎么联系过，但就好像命中注定一样，藤泽十萌在放学的路上和自己撞了个满怀，随后便一眼认出自己来，可能这个比自己大三岁的姐姐记性要好一些吧。

没错，虽然藤泽姐弟本身的资金也有限，终究还是要蹭一点自己的东西的，但他并不讨厌这样，自己曾经认识的人都还在，王紫陌也还在，还有于佩杉，学校里也有很多朋友，虽然总觉得还缺了些什么，但他很满足于自己的现状。

所以他不希望被藤泽姐弟看到自己身上的血迹，不想让自己的朋友失望。

明明今早出门之前还说好了，今晚一起下飞行棋的。

“呐，小崔，现在你在瞒着我什么吧？”藤泽十萌在崔元祯刚进门时就这样问。

“没事的，有纪最近有些发烧，正躺着呢。”她说着，把晚饭端到了餐桌上，只是很普通的日式茶泡饭。

“我、我……”他拿出腰间藏着的手枪。

“果然。”藤泽十萌似乎并不惊讶。

“抱歉。”

“没什么好道歉的，我知道今天下午的事情了，你做得很好了，很抱歉我没赶过去帮忙，所以该道歉的是……”

“不是的！”崔元祯突然大喊着。为什么总觉得失去了什么，即便经历了下午的战斗，却并没有觉得自己胜利了，反而有一种空虚遍布全身，这本不该是自己的样子，不该是一直相信着自己和自己的能力所该有的样子。所以到底在没能感知到的地方失去了什么？

“我听说有人死了。”藤泽十萌说。

“啊？怎么会？”

“这也是没办法的事，你们已经尽力了。这件事很快就会被压下去的，毕竟这所学校是樱花源的伴生机构。”她沉默了一会儿，“喝水吗？刚烧好的。”

“嗯，谢谢。”崔元祯接过了杯子，没有什么比冬日的热水杯最适合温暖掌心了，将这冻结了的身体与心灵暖化。

“衣服一会儿脱下来吧，我来洗。”

“有纪他，不要紧吧？”他打算岔开话题。

“没关系，这样的状况以前也有过，这一点不必担心。比起这个，你还是快点趁热吃饭比较好。”

为什么她那么看淡这种事情呢？他认为藤泽十萌在隐瞒着什么，从之前的那通电话开始，在外人面前表现的活在当下无忧无虑的背后到底隐藏了什么。此时的崔元祯看待身边，好像无处不在的东西都暗示着他，告诉他现在所能见到的只是冰山一角，但当自己想去深入地了解时又无处寻找。

他小口吃着晚饭，虽然只是很普通的茶泡饭，但还是很好吃，大概也是因为自己很少接触这类食物的缘故。他想起了以前的时候，自己还曾拥有一个完整的家庭，一位总是挂着笑容的母亲。

“那个，藤泽学姐……”

“怎么了？”

“你以后一定会成为很好的人吧，有一个对你关怀备至的丈夫，一个幸福美满的家庭。”

藤泽十萌只是从心底笑着：“真是的，说什么傻话呢。”

“哈哈，也是。”他看着地板上的人影，是藤泽十萌正把洗干净的衣服挂在晾衣台上。

——人生有很多的节点，大多数人只是注意到了很关键的几个节点。但其实，我们每个人就是因为每时每刻的选择才会走到今天，选择了与朋友们的相聚和离别，无数个选择汇聚起来，便是今天的世界。

这是于佩杉在两个月前的升旗演讲竞选时提交的演讲稿。不过没有通过，原因只是偏离中心思想，但又因为相较竞选上的那位同学而言“仪表更为优雅”。最后于佩杉在台上不情愿地背了别人的稿子。

在看到藤泽十萌半小时后接到电话，随后说了声“去买点菜”便夺门而出的时候，崔元祯意识到自己今天原本打算走的道路，现在终于是初次开始了。

——来吧，即便无数的选择与自己无关，无数的选择身不由己，无数的选择充满着不情愿，或是如今对过去的选择悔恨、悲伤、憎恨也好，都已经无法改变了，但即使这样，我们依旧有权利继续选择：要好好活着的决心。这是于佩杉所写的演讲稿的结尾。

他把外套有些焦急地披在身上，空间定位的能力告诉他藤泽十萌还没走远，还来得及。

3

两小时前。于佩杉在车上醒来，管家正一心一意地驾驶着车子，自己则昏睡在母亲的大腿上。她感觉到母亲的手正搭在自己身上。她从小就很喜欢这种感觉，可能是安全感，也可能因为他人的手很温暖。但是直到现在，也只有妈妈一人这样对她。

如果可以的话，于佩杉好想继续装睡下去，永远靠在妈妈的身上，感受着触手可及的温暖，身边的一切都不会离开。

“醒了吗，小姐？”她听见管家问她。她嗯嗯地回应着，扶着车门把手坐起来，妈妈说要是身体难受继续躺着就好，于佩杉还是拒绝了，说着坐起身来整了整头发。自己是怎么回事呢？她渐渐回忆起了今天经历的一切。

“对了！披萨还……”

“别担心啦，我们和警察找到你的时候披萨也在，正趴在旁边舔你的手呢。现在在前座睡着了。”高梦说着。于佩杉松了口气。

“有课余爱好妈妈当然支持你，不过一声不吭地就领回来一只猫，你爸爸他肯定会特别介意的。”

“所以才带去学校了嘛，爸爸他呢？”

“昨天刚走了，去了天津。”

“嗯，这样啊。”

王紫陌和白芜常打起来了，白芜常一口咬定王紫陌杀过人，之后于佩玹来了，阻止了白芜常。而且，付静轩死了。

她想要自责，但又觉得什么也做不到一样的无奈感总是充斥着自己，和两年前的时候一样，那个时候自己只能眼睁睁地看着自己的姐姐死去，就连前来制止她的人都低着头拖着身子默默离开。

她不想被任何人知道自己的床底至今存放着姐姐的右手。她好想夺门而出，跨过警戒线和封锁的校园，紧紧搂着付静轩残缺的尸体，亲吻她的嘴唇，用自己一生的时间对她说尽永远也说不尽的“对不起”。

因为自己的身世，自己是特殊的，又因为自己的无能，什么都做不到，白芜常和王紫陌，大家都在努力着，但最后还是出现了这样的结果，这一切都是因为自己的碌碌无为吗？她好想告诉自己并非如此，好想听别人告诉她并非如此，自己没有做错，自己也一定有着可以做到的事情。

于佩玹……那之后也感觉不到她的存在了，到底去哪里了？以前每一次都是因为有她在，自己才会坚持下去的。她为了不被妈妈看到而将视线朝向了窗外，结果还是只能看到自己哭泣的倒影。

——我不是无能的。如果真的如此该多好。

4

“如果只切断一处就能溅出最多的血液，那就是脖颈了。”白芜常一步步地走近，将十人长——这里的最后一位黑道成员，逼入了房间的死角。

“刀口要平，下手要快，喉结会很硬。”手中握着的学生美工刀已经将十人长的部下全部割喉而亡，几十平方米的普通居民房几乎无处不是鲜红色。

“呐，好好看着，这是你所能见到的最后一次演示了。”是那时付静轩原本用来行刺他的美工刀，“也会是最为出色的一次。”

这原本是粉红色漆装点的充满女孩气息的房间，现在却终于被鲜血填补了最后一处空缺。

一个妇女跪在地上，不久前还在向恶魔乞求着放她一条生路，而当这些恶魔被转瞬间的工夫虐杀殆尽之时，她才终于见识到了真正的恶魔。

“这是约定。你的女儿没能达到他们的要求，于是必然会对全家灭口，这是她生前的遗嘱。”尽管事实上付静轩死前什么也没有留下。

什么人间地狱，再残忍也好，对于这个四个月内达到千人斩的人来说，真的已经不会有什么感触了。这肮脏的工作就如同一日三餐般寻常。

“接下来会有人送你去济原的救济避难所，等观察期满之后会为你根据学历应聘工作，你无须担心个人的未来。”

对他而言，所谓的年龄，永远只是生理上的成熟与否罢了。

“但是，这一点是我个人的忠告。”

即便如此，他还是相信有什么存在可以改变，即便那是个不切实际的幻想中的幻想，经历过今天已经无数次地在他心中不断动摇着。

“你一旦领养孩子，或是对未成年人进行任何形式的教育，我当即会处决你。”

似乎阻止了第二位死者的出现，付静轩的母亲安全了。

“喂，可以派人来移交死者付静轩的遗物了吗？”那是左毅的声音。

“转交给于佩杉吧，航联集团的董事长之女，请务必……”这是白芜常一个人的决定。月色渐沉，“……仅转交给她个人。”

5

“到了。”当晚九点。藤泽十萌感叹着位置的偏僻，几乎到了樱花源最边缘的地方，四处都是冬天里光秃的草地，但已经圈出了地方，大概以后会建成什么新的建筑也说不准。

“小心行事，现在对方已经在院内布置好了。”电话另一头是高木敕，好在樱花源内国际通话一小时内免单，不然这一次出国真的是倾家荡产了。

眼前的建筑庞大得让藤泽十萌难以想象，在眼前的石台阶向上便是建筑的大门，白色的艺术造型，按照高木敕所说有三层，现在观察窗户的布局确实如此，石台阶背后藏着的是地下供电闸。除此之外，停车场里有两辆车，都是藤泽十萌没见过但一眼就知道价值不菲的家伙，从这个角度，可以略微看到一点后院，很大的一片草坪。这个占地简直和青森县的教学楼有一拼。这就是航联集团里隐藏着的千金——于佩杉的住处。

“这次和今天白天的可不是一回事，他们是动真格的，请务必小心！领头的是‘龙翼’的石田正宗，和你一样是B级能力者，能力表现是：身体治愈，恐怕你的能力不能取胜了。”

“那该怎么办？”

“如果有可以高于治愈速度的致命性攻击，就可以杀死身体治愈的能力者，但现在办不到了。请记住，救出人来就好，用电磁作用力快速退场，保平，不要取胜。”

藤泽十萌直接挂断了电话，双手闪烁着凭空而来的电光，如同伸长的手臂一般勾住了大院的铁栅栏，靠着电磁作用吸引过去，横跨宽度十几米的公路，另一只手的电力则是在抵达的同时向前掷出。她并不打算杀生，能利用电力把敌人长时间麻痹就好。

同时干扰对讲机，让别处的对讲机的连线保持在线但无音频的状态，再借助对讲机的电波判断敌人的数量和位置。

地下没有人，可能是认为没有人会挖地道来搞事的原因，但一楼有两个人把守着地下室入口和大厅，门口的四个人已经被解决，院内没有防守，灯都灭着，其他人员都在二楼聚集，大概于佩杉本人就在那里。

她来不及欣赏这充斥着金钱的场景，反正是自己搞一辈子的交易都无法赚来的东西。身后突然传来枪响，子弹贯穿了藤泽十萌上方的玻璃，被射穿头颅的人一头撞在了玻璃上，可能是头盔过硬把玻璃撞出了个窟窿，整个人摔了下来，随后所携带的狙击步枪也掉了下来，已经是上了膛的。

自己差点死在这个人的枪下。藤泽十萌来不及顾及是谁开的枪，是无意间救的她还是有意所为。但事已至此，便说明自己现在所处的位置已经暴露了，她再次利用能力低空滑翔到了一楼厅内，死去的狙击手尽管全副武装，却被一发致命，开枪的人准头可怕得惊人，又让人判断不出开枪的位置，加之子弹似乎有着很强的穿透力。

现在，她躲在了相隔大门有三堵墙的位置，结果那枪手就像开玩笑似的，让子弹擦着她的大腿穿了过去，一边证明他可以杀掉藤泽十萌，一边用这种方式想要让藤泽十萌相信他并非敌人？

“呐，藤泽，你有试过用能力感应他人的大脑吗？”

刚听说的时候，藤泽十萌完全是震惊的，她从未想过单纯的电能力还有这种用处。

“没关系吗？这说到底还只是猜想吧？”

“嗯，或许是吧。但是，在我们的身边，许多不可见的地方还存在着很多的敌人，如果不尽早的话就会落下，这也是社会中普遍存在的竞争吧。”高木敕那时候是这样说的，但现在藤泽十萌依旧觉得那时高木似乎并非是想要自己习得这些能力上的技巧，更像是一个传话的傀儡。

她从没有试过，没人和她说过该怎样做，但是如果是为了将来……她不知道自己是不是成功了，但听到了一个模模糊糊的声音，那声音从自己的心底传入大脑，似乎是某个人的心理活动。

“这下子也不能露头了，藤泽学姐应该能一个人搞定的吧，毕竟是偷着私自跑来的，不会是故意想要送死的。”

“而且如果我能拖住一部分的话，藤泽学姐会不会更占优势呢？”

“等一下，藤泽学姐是什么能力啊，突然就飘走了，是操纵空气的吗？”

“而且明明刚才救了一命，居然说跑就跑了，现在把我丢在这个我自己都不清楚是哪儿的地方，还有这个大房子到底是什么来头啊，我可没听说过有这东西。真是的，要是王紫陌在的话肯定不会落下我的。”

是崔元祯。藤泽十萌这么断定的原因只是因为这样话多的人，除了崔元祯，她真的不认识第二个了。如果现在能感应到的话，或许互相远程交流也没有什么问题吧。她这样想着，但还没有做好准备就感应到了崔元祯在呼唤自己。

“藤泽学姐？真的是藤泽学姐吗？”原来在刚才就已经连上了啊。

虽然是自己第一次这样使用能力，不过似乎乱抓瞎一样地使用能力倒是没有什么让自己感到异常的地方，透过客厅里镜子反射的影像，她看到了大门西侧大约二十几米的地方，崔元祯正贴着墙壁，用银白色的手枪在月光下晃着，生怕别人看不见他一样。

“真是的，要胡闹好歹也有个限度啊！你跟过来干什么？不省心的孩子。”

“先别管我，这个房子只有一个旋转楼梯，现在那里被守得死死的，只要一露头就必定完蛋，藤泽学姐，你是想上去吗？我说真的，还是不要这样为好，虽然不知道你有什么目的。”

崔元祯的出现的确在藤泽十萌的意料之外，还有他奇怪的能力，大概先前的那一枪不太可能是凑巧，那么他的能力和空间有关吗？

“不用担心。”

“不担心就怪了！”

“我的电力可以完全抵御子弹，你在门口等着，代替我接应一下，救到人后就马上带她离开，不要回头，我可以自行解决。”

“等一下！”藤泽十萌憋足了一口气，冲向了旋转楼梯，同时用能力在身体的边缘展开电磁场。

“要救的人是？”

“‘辉夜神’，于佩杉。”

这一次，一定要成功。

“去喂狗吧，废物。”藤泽十萌还记得那是自己第一次挨巴掌。

只是单纯的放电能力，她从小就觉得自己这样和怪物一样，但之后有人告诉她这个能力可以做到很多。于是她不断地练习，练习。

每天在昏暗的地下仓库拼到第二天的日出，几乎二十四个小时都因为虚弱与疲倦而流汗，两个月零十四天后身体出现脱水。之后虽然治好了脱水，但练习不会结束，只有自己心里最为清楚，这六年来得以养活姐弟二人的金钱又是从哪里来。

当她看到绝缘橡胶包裹着的弹头射向自己时，又一次看到这些不愿去回想的回忆。那个被她的能力杀害的孩子叫宫泽恋，大家都喜欢叫她小恋。她有一个哥哥叫宫泽凡，是个很热心的人，自那之后也不见了，后来大概是伤心欲绝和家人自杀了。明明自己那时只是想要救人……

如果再有一次机会，两次，无数次，她都会选择保护好有纪，那是她的亲弟弟，她唯一的真正的家人。但是即便如此，她又不得不选择，她只准备好了救人，却没有做好必然牵连他人的准备。

“说起来还真是可笑，一个早晚都会饿死的姑娘居然会为了赚钱做到这个地步，果然女人都是这种生物。”

“哈哈哈哈，现在才察觉到你也太逗了。她要是真能养成了，也是个相当有用的大棋子。”

是啊，不是第一次……那次无意间听到的对话，其实就是在用电力的能力感应他人了吧。

“辛苦你了。”她记得自己的每一次，那帮男人说着假惺惺的话，自己则是只能摸着勒得通红的手腕，整理一下头发，盯着甩在桌子上成叠的钞票。

“今天来得有些晚呢。”高木敕是唯一一个可以让自己感到他是在用真心对待自己的人。

“敕比你优秀多了。”每次都用先生与敕的祖孙血缘作为心里的开脱，但她知道先生说得不错，敕比自己优秀多了，即便很讨厌先生经常在脸上打出血来的拳头和指责，她也知道自己别无选择，一切都是为了有纪。

“谢谢你。”她不希望这样的话只会从有纪那里说出，她不甘心。

那个被先生都忌惮的人，到现在对自己说过的唯一一句话，也是“谢谢你”，她相信这一定不会只是巧合和伪善。还有高木敕，她相信他们，他们一定可以和有纪一起，成为更好的人。

“总是逃避、畏惧、无所作为，而且还是弱不禁风的身体和那废物的次品能力。”

据说人在感到自己将死之前，会看到走马灯，自己一生所经历的一切都会一闪而过。这大概是为什么爸爸死前，也会流泪。不是，绝对不是！

电磁与楼梯扶手的作用推动了藤泽十萌向后回撤，子弹擦过了额头射入左大腿，剩下两发打在了右肩和右脚。

——别再小看我！将能达到的极限一次性地释放，借由楼层间的钢筋让电力透过楼层攻击到楼上的人。

白色的房间内，每一处玻璃的每一个角度看去，都是填满视野的蓝白电光，整个白房子远望似一个巨大的反应堆，里面的能力纠缠着，摧毁着每一处可见的生命。

最终磁爆在一楼炸开，冲击粉碎了所有的玻璃，家具被撕扯出了裂痕，好似不祥之日的星火重新降临在了这充斥着死亡的城市中。我的人生，或许只能如此了吧，但是她看到崔元祯正朝自己跑来，喊着她的名字。

“小心点，还有两级台阶了。”崔元祯让藤泽十萌的左臂搭着自己的肩膀，搀扶着往上走着。

从刚才开始藤泽十萌就是这种状态，不知道是不是刚才的电磁大爆炸让她身体虚脱了，因为不想丢下她不管，所以崔元祯干脆先扛着为好，又想起来藤泽十萌说于佩杉在上面，刚扛起来又扔到地上有些难为情，所以就干脆扛着藤泽十萌去找于佩杉了，要是于佩杉能帮自己一把的话。

话说这是自己第一次经历这样的情况，和同居一个月的女生靠得这么近，而且马上就会看到于佩杉身穿睡衣的样子。

他倒是真的很想感叹藤泽十萌的能力，居然把入侵的人都给干掉了，而且于佩杉也平安无事，旁边的人……是她的母亲吗？

“啊，阿姨好！”于佩杉母子都坐在地上，沉默着。

“阿姨，于佩杉，能听到吗？咱们还是快点走为好！”

这搞啥啊？“还……还不行。”在他的耳边，藤泽十萌喃喃道。

“不行？不行是指？”

突然间全身感觉被麻醉了一样，完全使不上力气，藤泽十萌的胳膊从身上滑落，那个原本需要搀扶的女人身上又一次像是见鬼一样爆发出了巨力，将崔元祯一把推下楼梯。

还好手速够快，崔元祯用腿勾住了栏杆，就是有点硌得慌，不过好歹没连滚带爬地完全摔下去。——真是的，搞啥啊。原本这句话已经到嘴边了。

那一刻，他感觉到时间流逝得好缓慢，但没有静止。他看着藤泽十萌的身体笔直地倒了下来，脚后跟踩在了空气上，倒下之前，她的双臂张开，就是这样把崔元祯推倒的，而现在，她坠落了，摔在了崔元祯身上。

第一次感觉有一整个人的重量完全压在自己身上，好像血液都不能流通了一样，被挤压得嘴里被迫呕出一摊口水。“喂，喂，别逗我啊……”藤泽十萌的肚脐偏上的地方渗出鲜血，不停地流着，好像是无法堵上的决堤一样，“藤泽……十萌学姐？”

突然间，来自上方的寒意让他本能地抬起头来，这是只有他的能力才能做到的。是枪口。石田正宗，高木敕的警告没错，即便是刚才那样的攻击都没能杀死他。

“结束了。”

“心理干扰……”藤泽十萌嘴里带着鲜血缓缓吐出这四个字。她已经没有力气再睁开眼睛了。

“为了‘素体’，居然连这种技术也能……”她剧烈地咳嗽着。崔元祯不敢相信在这短短的时间里，这个整天神经大条的超级弟控老姐居然会被残害至此，每一次咳嗽都有一两滴鲜血溅在崔元祯的手上，然而她还是像要把最后一滴血也咳尽一样，停不下来。

“进行了绝缘处理的子弹，这是专门对付你这种电力能力者的，而且因为包裹了橡胶层降低了威力，又方便留下活口。”石田说道。

崔元祯只能坐起身来，把这个虚弱的人抱到怀里，如果自己有那个胆子的话，他希望自己能堵上那该死的枪口。

“告诉我，姑娘。你大概不是联合军派来的，是哪个组织想要借此坐收渔翁之利吗？”

藤泽十萌的嘴角微微上扬着。

“还是说，”他又朝着右膝盖和右手上开了两枪，“你想要体会黑道之中最为恶毒的刑讯呢？”

6

“再快些。”在刚才白芜常接到了电话，对方趁着付静轩的家人遇袭的同时侵入了于佩杉的家中，“趁火打劫还私闯民宅啊……”

白芜常来不及问左毅他这淡定自若的精神状态是怎么回事，自己对于这个“重点保护对象”的安危必然是不能置之不顾的，于是他当即重启了还未完全修复的“解放者”，身上的伤口尚有痛感，但是，可能真的已经没有时间了。

夜视系统、定位导航系统……这些再寻常不过的事物事到如今他依旧熟练到了思维中的定式的程度，一切都是为了了结，包括现在的所谓“保护”，或者说，是为了心里的某种慰藉，某种执念。

“时间契约·二进制”。

尽早做个了结吧，这样一来，我这六年多的人生，才终于能实现它应有的唯一价值。

“原来如此，就是你吗？”石田正宗看着被击穿的手掌和掉落的配枪，语气中既有吃惊又像是预料之中。他不敢相信这个一直表现得不能再普通的孩子，居然可以做到熟练到没有失手地拔枪射击，直到今天他亲眼见证，

“枪法高超的能力者少年。”

崔元祯右手上的枪口稳稳地对着石田的头盖骨，另一只手紧紧地把藤泽十萌压在怀里，他知道这样的动作可能并无用处，但又别无选择。

“不过你杀不了我的。你也清楚吧？”

“那又怎样？”

“所以，我劝你现在放弃你想要保护的人，离开就好，我以二把手的地位保证你不会受牵连。”

崔元祯的手依旧没有抖动一下。他记得藤泽十萌之前说的那句“心理干扰”，现在他猜测这大概就是于佩杉母女两人像是掉了线的风筝一样的原因。但是他不知道该怎么办，说实话，刚才开枪完全是因为热血少年的潜在心理和一部分荷尔蒙驱使的，他完全没有考虑下一步，以及下一步的下一步。

石田转过身朝向于佩杉的方向。

“站住。”

“你觉得你能够阻止得了我吗？”

——竟敢看不起我。紧张、惶恐与急迫的心情交织着，崔元祯将藤泽十萌放在了一边，三两步跨上台阶，同时抬手连开两枪。

石田正宗到底没能想到，这个他认为只会唬人的外行人居然真的有胆量和自己正面一战。他失策了，倾斜了头部躲过了相对致命的攻击，第二发子弹却是朝着向下的角度，笔直地击中了左脚脚腕。

“真不简单。”他感叹着。没错，这个孩子并不简单，虽然外在没有地方能有所表现，但在作战上却有一定策略，不是一味地关注一处的莽夫。

“不过，还差了些火候呢。”崔元祯看着石田脚腕里打入的子弹被新生的血肉一点一点地推了出来，是和王紫陌类似的治愈能力。

——这就难办了。弹头掉落在了地上，受伤的地方已经完全被填平，好似什么伤也没有过一样，显得那样不可思议。

——想想办法，要不报警？这时候也没办法报警了吧，话说警察打得过他吗？可恶，就应该先报警再来找藤泽学姐的，话说这里的地址是什么啊……都打不过他怎能又开始想报警了？他反反复复在脑子里胡思乱想着，完全不知所措。干脆和他耗下去好了。即便自己杀不死他，但也未必说明他能够在枪斗中胜过自己，没错吧？

“什么？”崔元祯又一次在意料之外的时刻抬手射击，这不是为了什么，是真正的宣战。

“动真格了吗？来吧！”在崔元祯的第一枪过后，两人都朝侧面躲闪，旋即重新面朝对方，崔元祯还是采用相对保守的打法，调整角度后没有再拔枪射击。这样的近距离枪斗他从未经历过，但他不相信以自己的能力，只配做一个八百里开外的打工仔。

——这家伙是个不小的干部，如果能坚持到最后的话……

石田也是如此，崔元祯认为他误判自己会在转身后拔枪射击，所以选择了躲闪，他不禁开始庆幸自己还是长了点心眼儿的。但是，他想错了。石田并非为躲而躲，他在寻找一个时机，是崔元祯自认为不适宜开枪的时机。现实中的决斗并非回合制游戏，也并没有绝对的闪避与进攻，全部的一切都是为了最后一场你死我活的博弈。

他看到崔元祯在抬手准备稳住重心后开枪，于是借由动作中的惯性快步上前，单手抓住了崔元祯的手枪一把拉了过来。他清楚自己面对的是个用枪精准到了可怕的对手，但并不懂枪法，在作战上更是意图明显——既然躲不掉他已经瞄准了的一枪。被石田巨大的拉力而仰面撞向地面的崔元祯，枪口自然也从原本瞄准了的太阳穴偏移到了肚脐。反而是石田借着这个机会，另一只手斜向上开了一枪，这一枪，则是正中胸膛的致命枪。

“确实，你的枪法很精准，但你忽略了我并不畏惧你的子弹，虽然会利用揣测他人的行动来做出实际行动的决策，但说到底你根本不知道怎样去揣测，只是想当然而已。”

崔元祯躺倒在地上，没有说话，胸口已经血流不止。这次的衣服，又该由谁来洗呢？

“抱歉。或许将来你会完全胜过我，但现在是你输了。”石田将枪口对准了崔元祯的太阳穴。此刻，他只需要和平时一样连开三枪便结束了。

“才不是呢，是你输了。”一直捏在手里的枪突然抬了起来，转瞬间的工夫，枪鸣与紧随着的碎裂的电子屏的声音，传入了在场的每个人的耳朵。于佩杉母女的意识苏醒过来。

“我的能力并非射击，而是定位与自定义的反射。”

“什么？这是……”心理干扰装置被击碎了。

“没错，我的子弹对你没有作用，但是，被魔改过的穿甲弹对那种高级设备而言可是致命的。近距离的接触已经能让我可以万无一失地在任何条件下找到可以命中的条件了，接下来，只需要一个你想当然的时机。”

海风吹过枪火带来的硝烟，很是呛人。

“你在赌吗？赌你自己的命来解除‘素体’的控制。就算是这样，你也还是不能避免一死。”

崔元祯叹了口气。他的眼神瞥向了天花板。

“不然，你以为我能做到的事是什么啊？”

白芜常的心情如同过山车一般反复起伏着。这瞬间的工夫，他见证了崔元祯和藤泽十萌所付出的一切，一次次地让局势在平衡点反转着，而现在，他只想要再快一点。

还有二十千米。中途要避开海域的监视船，这样一来免不了要多绕些弯路。如果已经达到速度峰值的“解放者”再被“时间契约”影响，可能在转弯上会花很大的功夫，至少要在一千米半的位置就开始缓速调节方向，急转弯是不可能的。真要是有能达到那种程度的技术，恐怕在自己有生之年是不可能见到的。

他甚至又在纠结，此时二进制状态下的能力加持是否合适，是应该放弃速度来保证飞行安全，还是赌上撞大楼的风险直接开到十进制。况且事情还没有那么简单，并不是到达现场了就可以解决，从刚才的枪斗中便可以看出对方并非是个好捏的柿子，如果要保证能让在场的四人安全离开，现在把体力用在了能力上，加之下午连着对上了两个离谱的家伙，如果可以的话，白芜常真的很想倒头就睡。

——真是自找的。他这样告诉自己。就在这时，石田正宗的枪口朝向了颤颤巍巍地起身了的于佩杉。

“你真的以为让‘素体’恢复了意识，就可以将局势改变吗？”

崔元祯这才意识到自己失算了，虽然本来也没算计什么，只是在被对方套路的时候用了被动技能反打了一手而已，但他确实忽略了一个事实——就算能让于佩杉恢复意识，她似乎也没有自保的能力。

“住手！”

“不会杀死她的，那样强大的自愈能力任何能力者都无可比拟，每当处于生命尽头的瞬间就能完全重生，现在只是让她本能地使用能力过度后昏厥而已。”

崔元祯刚想再抬起枪，却被石田正宗踩住了。

“这也是你擅自的决定，如果精神的麻痹效果还在的话……”

完蛋了！白芜常眼睁睁地看到了这一幕，他不确定石田正宗为什么要做到如此的地步，于佩杉的能力尚且不能确定，难不成是害怕爆发出过强的能力而干脆就地杀人灭口，这样一来两边都沾不到“素体”的便宜吗？还是说，“龙”已经找到了可以代替“素体”的东西了，所以才会……

——怎么能让你得逞！再快些，再快些，马上就到了，经过这里大概就没有需要拐弯的地方了。他长长地深吸着空气。

“时间契约·十进制”。

“解放者”的尾翼在空中划下了两道明亮的光线，白芜常将一切的条件都达到了极限，一切都是为了这一瞬间。子弹在空气中的一般速度是四百米每秒，而“解放者”的最高时速是两千米每小时，加上“时间契约”的能力可以让自己在正常的每秒获得十秒的活动时间，这样一来……这都是自己反反复复计算过无数次的题型了。不用算了，尽管去救人就行了！

开枪了。不知道来不来得及了，不过，如果真的想要保证万无一失的话……从以前就感觉得到，这个女孩身上有着自己心里所向往的东西，但因为现实与工作，一直没能搞清楚。或者说，她是白芜常为数不多的还没能完全看透的人。不仅仅是作为“素体”的特殊之处，这个女孩特殊的地方一定不只是她的外在，在她的心灵之中，一定隐藏着比能力更强大的东西。

从很早开始，或是从最开始，白芜常就从未有过想要利用“素体”的力量来取得任何的胜利。虽然和于佩杉认识的时间在前，但即便如此，对能力的研究最为清楚的他，始终坚信那样的实验与研究不应该是用在于佩杉那种人身上的，无论对于哪一边。

——因为我也和芜常一样，希望有一天，也能有意义地活着，为这个世界留下些什么我所做的美好的事情。

他咬了咬牙。

——所以，我们要好好活着。

崔元祯在惊讶之中已经完全忘记了还有藤泽十萌的存在了，只听见了枪响和有人倒在地上的声音，昏暗的灯光之下，鲜血流淌着，扩散开来，无比漆黑。

几乎同时，耳边刚感觉到有轰鸣声在远处的天空响起，驾驶着飞行翼的人就已经冲入了楼内，直冲着于佩杉的方向。

“啊？”仰面朝天的女孩愣了一愣，刚刚意识到了自己的所处之境。她伸手摸了摸压在她身上的人，优雅的长发已经凌乱，即便是快要中年危机的人了，还是有着青年女性那种光鲜亮丽的肌肤，她的手搭在于佩杉身上的时候，还是那么地温暖而安全。之后，她便摸到了湿润的后背。“妈……妈妈……”已经晚了。

石田正宗僵在了那里。原本作为年长的身体，精神恢复的速度应该要晚于年轻女孩的，但是为什么会……“原来如此，是你吗？”他看向了后方楼梯下的藤泽十萌，另一个已经几乎听不见呼吸的人。

“心电感应的能力让意识恢复的速度加快了。”另一边的于佩杉已经从地上爬了起来。她将高梦的身体平放在了地上，用力而无助地摇晃着，不停地呼喊着她再熟悉不过的称谓。反反复复着。

“如果刚才的能力留着，你完全可以逃走的。真不像个为了组织卖命的人的作风。”

他又将视线移了回去，看到了散落在地上解体了的飞行翼，已经随着飞行翼一同倒下的白芫常，能力和飞行翼的双重操作、持续几乎九个小时的战斗已经让他精疲力竭，甚至连拔出武器的力气都丧失殆尽了。

于佩杉似乎还在抱着一丝希望，她相信一定可以靠着什么让妈妈再次睁开眼睛，一定不要死，一定可以的……没错，她一直在等待着的，其实是想让妈妈再一次地给她鼓励。以前从来没有说出口过，从夏天到现在经历的这些，她都一直憋在心里，只是期望有人能了解她心里的真正想法，对她说一声“于佩杉的话一定可以做到的”，自己确实在等待这个。

或许自己已经不配了，不配做于佩玹所说的“被转移所有恶念的人”了，不配做一个姐姐，不配去寻找与自己一起改变世界的人。她终于意识到，为什么看到了白芜常和王紫陌的过去自己一直不为所动，为什么一定要等着有人说一句善意的鼓励。

一切都是因为自己，因为自己太自私了。她也曾和妈妈吵过架，发过脾气，无理取闹过。最后妈妈总是能用善意化解隔阂，但自己却依旧没有因此罢休，尽管想来都后悔，不好意思告之他人，但每当回想起来，除了单纯的悔恨和所有的理解，她相信自己一定是爱着妈妈的。

从小的时候，爸爸总是在忙着各种各样的工作，在于佩杉的记忆之中，自己以前的生活中从来只有妈妈一个人。当自己高兴的时候，妈妈总能跟着一起发自内心地笑；当自己生气的时候，妈妈总在用无数的耐心劝说；当自己悲伤的时候，妈妈总会和自己一起悲伤。无论何时，都是如此，就像是永远陪伴着她的星空一样。

“妈妈，妈妈……”用力摇晃着的双手随着一次次的摇晃越发地少了力气，最终完全地垂了下去，于佩杉的脸阴沉着，和她的母亲一样。

第二位死者，高梦，终年三十八岁。

7

于佩杉扑倒在母亲的怀里痛哭着，白芜常在另一边看着这一切，眼神中是从未见过的空洞。藤泽十萌现在也不能再指望了，而崔元祯现在清楚，事情还没有结束。

石田正宗再一次举起了枪。

“感人的母女情深。”他在心里自言自语着，“对不起，但是，很快你也能与你的母亲相聚了吧，一定可以的。”他扣动了扳机。

崔元祯的喊声被枪鸣声所掩盖——谁来，谁都可以……拜托……救救她吧！

六年前的那个夏天，在火焰填满的高楼之中，那个男孩曾许下了这样的祈祷。自己的存在只会带来无尽的灾难，牵连身边的无辜者，大家都会白白牺牲，最后成为被取胜者以一句所谓的感叹当作怜悯的取悦的工具。无论是过去还是现在，无论是过去的白雨凡，还是现在的白芜常，又有什么变化呢？自己所做的一切，所付出的一切，所经历的一切，总有一天都会和这些无辜者的牺牲一样，化作空虚的泡影，最终埋葬在时间流逝的河底。

他目睹于佩杉对母亲生的期待，生的思念与寄托，最后承认了死亡的事实，什么也没有做，什么也不想做，什么也不敢做，什么也做不到。

——骗子。自欺欺人的把戏还要玩到什么时候？明明死去的人是不可能再活过来的啊！他看到了付静轩，被自己残害得支离破碎的身体；看着于佩杉的母亲，那被当作炮灰的母爱；他看到了那个火焰中的女孩，她的腿上凹陷着被匕首刺入的伤口，浑身上下遍布着凌乱的刀痕，赤红的火烧红了她的全身，小巧可爱的裙子只剩下了残布。

“哥哥……”

做不到的，做不到的！我啊，为什么无论怎样都还是不能救人呢？这六年来支撑自己活下来的精神与物质的食粮。无法再忍耐了，杀掉他，杀掉他……

“什么……”崔元祯简直不敢相信自己的眼睛。子弹停下了？在距离于佩杉十几厘米的地方，子弹停下了。

等一下，那是？子弹的前端被挡住了，可以看见边缘的空气还在流动，并不是停下。

紫色的纹路，主体由两个角度相差四十五度的正方形组成，两个正方形的正中心位置便是子弹的最前端。主体的边缘还蔓延着许多同样的相对较小的纹路。数不清的正方形的后方都有着扩散似的半透明的正方形，仔细看去好像是子弹的冲击力被分散了。

这是什么？于佩杉的能力吗？但是，这不是分散冲击力，而是……

突然间，紫色的纹路在空气中完全消失，就像它出现时那样突然而又毫无根据，同时空气中传来了强烈的呼啸声，渺小而尖锐。石田正宗的太阳穴被完全射穿了。子弹被反射。在治愈能力的帮助下，石田得以从生死线上被拉回来，他似乎也没有预料到这样的情况会出现，捂着头顶涌出的鲜血，后退了两步，一直压在崔元祯手腕上的脚终于抬了起来。

另一边，站起来了一个人。不是于佩杉，是白芜常。硝烟夹杂着海风，却没有吹散他略长的黑发，白衣随风而动。

“不好！”石田正宗突然弯下腰，一把拽起躺倒在地上的崔元祯，用力向着藤泽十萌躺着的楼梯处扔去。

白色长袖之下，略微裸露出来的手腕上，看得见青筋以及所有的血管，都变为了和刚才同样的紫色。黑发随着紫色血管的蔓延，渐渐地，有几部分化为了完全的白色。

白芜常呼吸着，那呼吸声低沉而明亮，好似堕落的天使对早已看淡的命运的哀叹，又好似死神拖动着只剩下骨骼的咽喉发出的嘶吼。他转过身来。双手交叉，拔出腰间的两把长刀。蔓延血管的紫色浸染了“干将莫邪”，双刀上浮现出跃动着的强大的剑气。他略微弯下身子，压低了重心，双刀和左腿一同后撤。

——结束了。所有人的脑海中浮现出了这三个字。

以石田正宗为中心，和两人之间的距离一致的位置出现了十二面完全相同的阵法，包括白芜常身后。八芒星状的紫色阵中写着零零碎碎的从未识别过的语言，阵法显得略有残缺，像是被打碎的镜子中最完整的部分。所有人根本无法想象自己所见的是什么。

“时间契约·百万进制”。

只见到了无数道穿过中心的光线在十二个阵法之间反复穿梭，速度快到交织在了一起，就好像整个圆形的范围几乎被紫色光填满了一样，似流星无数次穿越人间。所有的这一切，只有一瞬间，甚至连一毫秒的工夫也不到。最后，白芜常完整的身影出现在石田正宗的正上方，双手交叉，随着对地面的冲刺，双刀从两边横向切过。

轰然一声惊雷打在房屋旁的空草场上，紫电光将漆黑的城市之夜照亮了一瞬，轰鸣声即便在天涯海角都能听得一清二楚。

回过神来，十二面阵早已消失不见。白芜常身上的紫色纹路渐渐褪去，在完全褪去之时，他又一次像之前一样倒在了地上，没有再起来。等到于佩杉跑过去查看的时候，才发现他身上有六七处破裂开的伤口，好像被巨力径直扯开一样，伤口的鲜血早已洒了一地，和石田正宗的混杂在了一起。

“芜常。”她抓起白芜常冰冷的手，用自己的双手紧紧攥着，想要传递给他自己身上的温度。

万籁俱寂。

点亮夜空的光

1

一直以来不断追求着的生与杀，本以为这样不断追求着的人类社会发展中永恒充斥着的东西，或许就可以找到什么可以让灵魂解脱的方式。白芜常原本是这样想的。

“联合军？”那个时候的雨天，穿着黑西装的左毅把雨伞递给了他，而左毅自己却被雨水完全浸透了。

“或许之前你一度陷入了绝望，所以才变成了现在的样子吧。但是，你的人生还不能停留在此。”

“那你要我怎么样？”白芜常将雨伞一把丢开，拔起了插在尸体上的长刀，刀锋直指左毅的咽喉。

可是他没有害怕，没有逃避，他笑了。“这世上还有很多美好的事情，孩子。你觉得你已经见得很多了，你以为自己没有权利去那样生活，但那只是你的一厢情愿。既然习惯了杀人，那么我可以给你一份可以让你完全释放心中的杀心的事业，如果这真的是你向往的道路，那么你一定可以最终找到美好的东西，保护他人、拯救他人。”

“但是……”真是可笑，为什么总是流着这些多余而不争气的眼泪呢：“那个女孩不会再回来了，我的妹妹啊！她一直被那些混蛋孩子们欺负……”

如果雨能再下得久一点就好了，把自己的泪水全部冲刷干净，这样就好。

“会回来的。”左毅笑着看着他，“一定会回来的，只要能够把自己想要做的事情做到最好，自己的心意一定能够实现。请相信我，现在，我可能也是唯一相信你的人了吧？”

他喘着粗气，不时伴有抽噎，久久不语。

“真的可以吗？像我这样的人。”

左毅看向了他背后堆叠的尸体。

——烟雨科技董事长白皓文之长子，白雨凡，是一家四口唯一在“不祥之日”中的幸存者，因为生存所迫和自身心理上的逐渐扭曲，演变成了现在这个依靠着特殊的能力和超越时代的技术遗产肆意屠杀的恶魔般的存在，后来改名为白芜常。一个月内达到了百人斩，四个月后达到了千人斩，之后便无人敢再继续统计。

左毅一直清楚这些，但他依然很爱这个孩子。那些作恶未遂的人们、在社会中如同毒瘤般的存在却又无从制裁的人们，让政府与联合军都无从下手的非法组织……这些都是白芜常下手的对象。

“说实话，从小杀人成性的孩子我见得太多了。”在模拟实战的测试中，左毅对鉴评官这样说。

“所以他哪个方面会让你特地推荐他加入？”

“这个孩子的内心和他们不一样，似乎是一直以来在心里的某种暗示让他没有因为自己的行为而偏离原本的价值观。这样的人，将来既可以除去先前我们一直难以找到和平策略的绊脚石，又能长久地与我们在同一战线。”

模拟实战过后，白芜常一个人躲在洗手间里哭泣，拼命想要洗掉衣服上的血渍。

“是第一次看到有战友牺牲吗？”第一次和他人一同战斗，最后只有自已一人生还，这样的痛苦左毅很是理解，“你通过了。”

白芜常没有说话。

“因为使用能力导致的系统失控，使得驻樱花源总军全员牺牲，你觉得那是你的错吗？”

“那应该是什么？”

“你其实很想要这样的结果吧？你通过了，而同时也失去了本应有的同事，从今往后你将一个人管理整个城市，没有上级，没有下属，一切都由自己主宰，不也是很好的吗？”

——是啊，很好，左毅能从心里听到白芜常在这样想着。

“可别旷工啊，你这个位置可没有替补。”

刚开始的时候白芜常热情万丈。他找到了所能查阅到的全部联合军所持有的过去的能力犯罪记录、没能查明的案件、曾被误判的冤假错案，左毅见此，将自己备用的联合军黑卡私下赠给了白芜常。

“原来如此，以现在的知识水平，大多的能力犯罪还不能查到线索和证据啊。而且过去贿赂事件频频发生，联合军本身的地位也一直飘忽不定，甚至有时会有人民的倒戈……”

“你想到了什么方法吗？”

“如果想让对能力的认知提高，必须用能力者进行人体实验了，这个暂且不提。现在只能强化法律的作用了，对一切的能力犯罪从重判刑，同时为了避免找不到定罪的证据，就要扩大能力犯罪的判断标准。除此之外，还要完善联合军内部，一切形式的贿赂和包庇一旦查处，成员本人以及相关参与者全部处死，对联合军成员进行的任何言论或肢体攻击同样处死，对应当处死的成员或犯罪人员，负责处刑的成员不履行其职责同样处死……两天后我会写出草案，请务必审批，这很重要。”

左毅笑着看着他，感觉好久没有见到过这么认真做事的人了。

记得那一次是第一次执行任务。

“拜托了，她已经到阳台上了，拜托，救救她，她是我的姐姐啊！”女孩在报警电话里的哭腔让人久久难以忘怀。

他以所能触及的最快的速度到达了现场，那里早已经被围得水泄不通。警方也没有出面来隔离，那个时候他觉得自己要是能飞过去该多好，但是他不能因此放弃。从小不愿与人有肢体接触的他第一次挤过人群，白色风衣因为太长总是夹在人堆里，以至于为了方便干脆像卷着一块白布一样攥在手里奔跑着。

“又来了，这才过了多久，又来一个跳楼的。”人声的嘈杂掩盖了原本回响在耳畔的女孩的哭腔。

“只是因为这个？搞得谁家里没有因为能力丢了命的可怜鬼一样。”

他奔跑着，不停地爬着层层台阶，为了避免心理作用干脆一闷头地往前冲，不再计数。刚想要放空脑子，没看见地面，一头磕在了台阶上，又赶快爬起来，顺带本能地擦了一下下巴，看了一眼沾满了血的右手。还没结束，继续跑啊。

胡乱地把手上的血渍往衣服上乱抹一气之后，磕在台阶上的伤痕开始作痛起来，尽管知道速度会变慢，但为了不再因为跑不稳而磕倒，他还是用右手紧握着扶手，继续跑着。手上的血总归是抹不干净的，沾满了整整一条路。

他推了推门，没有人应，于是检查了一下，发现门被反锁了。他启动了激光切割，在紧锁的门上开出一个大口子来，门上吹进来的大风和阳台上灌进屋内的大风相撞在了一起。

已经站上了栏杆的女青年看到了破门而入的白芜常，终于下定了决心，纵身一跃。糟了，救不下来了……

“救救她，拜托你了，救救她吧！”

救得下来！

在此之前的四年，他最多只使用了五进制的程度，这是他第一次如此剧烈而又去坚定地使用了能力。抓住了，他抓住了她的手，用的是双手。

“别怕，我拉你上来。”

她做梦也没想到这居然是个十岁的孩子。“放手！”她使劲地要挣开白芜常的双手。血液与汗水都在帮着她挣脱。

“你在做什么？你的妹妹在等着你啊！”他刚想用力，无奈阳台的瓷砖实在太滑，左手从紧握的三根手指中滑出，白芜常滑倒在了地上，双膝磕进了细丝般的栏杆。

“听我说，我以前也总是对自己的生命毫无感觉，后来有人告诉我，这世上还有很多美好的事情。只要能够把自己想要做的事情做到最好，自己的心意一定能够实现。”

她扑哧一声笑了，笑得很大声，在她的仰天大笑面前，白芜常感觉到自己唯唯诺诺的相劝是那么地无力。“自己的心意？你什么都不懂！我的那个他，我的未婚夫，被人杀害了，取走了能力！你既然来了，那么你也是联合军吧？和那些做着表面工作的家伙一样，只会上骗政府下欺百姓的家伙，就是因为你们，我和他才没有了容身之所啊！”

栏杆的钢筋一点一点地陷进了他的膝盖之中，那时他才真正明白，自己无论如何都是救不了她的。但即便如此，他也不想松手。

“松手啊！松手啊！”她的另一只手用力砸着白芜常的手腕，“我叫你松手啊！”

没错，他不想松手。在那之后，他完成了联合军法的修订草案和完整的工作方针，交给了左毅。最终，他都没有选择松手。

“死去的人是回不来的！”空出的左手缓缓伸向右侧的腰间，颤抖着，拔出了长刀。

2

藤泽十萌做梦也没能想到自己的人生还未走到尽头。那时已经认定了自己无法幸存下来的事实，因为还未与自己重视的人好好告别而心存不舍，仔细想想，这种最后连遗言都留不下的死法还真是难看。

用能力唤醒了高梦之后，自己就找不到什么意识的存在了，再醒来时发觉自己躺在医院的病床上，想坐起身来又看到了右手被铐在了病床扶手上。

“醒过来了吗？伤口感觉还疼吗？”病床对面的人似曾相识，但又感觉是比较陌生的脸庞。她不认识。

“现在你想的，大概是用能力打开手铐然后逃出去吧？顺便再把我搞个半死不活一块儿抱走。”

她沉默着，因为心思被说中了。

“长大了啊，现在能熟练掌握自己的能力了吗？”

“你认识我吗？”

“嗯，认识的。”他点点头，“你其实也猜到我是谁了吧？”

藤泽十萌尽量抑制着表情的变化：“联合军总指挥，左毅。”

“还没忘呢。”

对于藤泽十萌而言，这个人至今成谜。尽管他时常出现在公众视野，又统领着世界上最大的组织，却没有人知道他是怎么做到的，他的能力又是什么，是什么让他一个二三十岁的人可以坐到如此高处的位置并且安稳至今。

从他到现在为止的表现，左毅一直是如同孩子般完全放空身心的状态，没有架子、没有威严、没有气场、没有杀气……他身上的每一处都和他的身份完全不符。

正因如此，藤泽十萌才感到这个人才是真正复杂而恐怖的，因为他太会隐藏自己了。只要他想，便可以给他人造成任何一种错觉：让他人陷在无数次的“自以为”之中，无论如何都无法逃脱至他的意料之外。

所以现在她选择冷漠应对，或许左毅又早已料到自己会这样冷漠。

“那副手铐只是下级的建议，我觉得咱俩之间不需要这种东西。”他抬手打了个响指。手铐解开了。

“好吧。”藤泽十萌叹了口气，“你找我是有什么事情吗？”她象征性地揉了揉手腕。

“只是想打听一下，你所在的组织为什么会让你前来参与其中，以及你们所了解到的消息。”

“那个孩子没什么事吧？”

“哦，崔元祯同学吗？他现在已经活蹦乱跳地开始跟护士小姐姐搭讪了。说起来，他还是很在意你的情况的。”

“原来如此，”藤泽十萌说，“我把我所了解到的一切全部告诉你，但是条件是要保证有纪，我的弟弟，还有那个孩子的安全。”

“没有异议。”

“六年前的‘不祥之日’事件之前，我的父亲就已经在家中被人行刺，从手法上来看，基本上可以断定是被‘吃’了。这时，作为比我年轻一届的同校学弟找到了我，开门见山地告诉我，他所在的组织可以帮助我伪造父亲死亡的真相，指导我控制好能力，维持能养活自己的收入。”

“所以你那时候同意了？”

“是的。父亲死后，家人四散而去，我和有纪一直掩盖着已经身为孤儿的事实，没有接受领养。之后这六年来，我在那一组织首领的直属部门中工作，是组织中最接近一般市民的身份，并且由组织的首领教导我控制自己的能力，以及如何使用这种能力，到现在已经能熟练掌握了许多用法。”

“这期间你一直为组织做事吗？”

“是的。但都是调查性质的工作，并没有与敌方交过手。后来便辍学，只留下有纪一人在学校里，因为组织那里的工资只能勉强度日，为了能让有纪不意识到生活的实际困难，我便偶尔在原本的空闲时间做了兼职。”

“啊，这样，好像确实也该这样的吧……”左毅只是像听故事一样搓着下巴。

“那么到这里来也是组织的指示吗？”

“的确，但这一次比较特殊。”

“特殊？”左毅的眼睛突然一亮。

“七月份的时候，白芜常曾与于佩杉一同来到东京，没错，就是你们心心念念的‘素体’。在一天晚上，白芜常没有和他人结伴，而是早上就约定了有纪，通话的内容被我用能力监听了，他只是想见有纪一面。为了保护有纪的安全，我跟踪了他们，却在他们分开后不久发现白芜常遭到了突袭，于是我便救下了他。而那时我发现，白芜常之所以会认识有纪，是因为他就是以前我和有纪的旧友之一，白雨凡。”

“这样啊……确实是那天晚上。那么你来樱花源的目的是？”

“没有明确的目的，最初只是要求我在樱花源待命，作为旅客来生活，后来时常将联合军与‘龙’的情报转告给我。昨天晚上我突然收到消息，是于佩杉的家庭地址和导航路径，指示我前去救出活口。”

左毅点了点头。“但这个并不是最大的特殊之处。”还有内情吗？说实话，虽然前面藤泽十萌说的或多或少都在意料之中，但左毅真的没能想到这一步。不过这样说来也通，从藤泽十萌对过去执行的任务的描述而言，组织行动时的目的性很强，但藤泽十萌从到了樱花源开始就是走一步看一步的状态，这样的反差确实会存在疑点。

“高木，不，那位最初认识的学弟，是从我到这里以来与我进行联系的人，他向我透露了内情：出行的前一天傍晚，首领被人找到，两人在私人房间交谈了有两三分钟便结束了，偷听到的些许内容，大致是要求组织在不被外界察觉的情况下，协助联合军赢得最终的胜利。没有任何条件，只是强调了，如果没能达到要求，组织将被全歼。”

左毅的眉毛颤了颤，又马上强行舒展眉头来缓解并掩饰心理的活动。“那个家伙又是何许人？”这是最后一个问题。

“不知道，但是他知道我和组织一直以来的关系，以及有纪的事情，包括组织原有的计划也了如指掌。如果要描述的话，我记得听他说，看到的那个人，有白发和翠绿的瞳孔。”

3

2015年12月25日，是付静轩葬礼的日期。

这一天却没有和苏凛眼中应有的一样漫雨滂沱，假设把付静轩忘掉的话，这一天从任何地方都看不出有什么特殊的地方。天气明媚到了可以用风和日丽来形容，的确，对于许多人而言，这一天也是和平时一样寻常的吧。

她和同学们在安排好了的场地站着，一同低着头，一同沉默着，没有笑容，没有哭声。她没能见到等待已久的于佩杉。到了中途的时候，她看到了崔元祯突然小跑着偷偷溜进了人群，因为觉得这样的场合不适宜，所以没有去和他打声招呼。当然崔元祯也是唯一一个来参加葬礼的异班同学。

和付静轩真正认识是在去日本的那一次，两人刚认识的时候，苏凛觉得付静轩虽然有些地方或是想法让人感到很奇怪，但还是个很好的人。她没想到会与她在如此短暂的半年之后永久地分别。太可怕了。听人说，付静轩是在宿舍楼内被卷入火拼而身亡的，而她那时在宿舍楼的原因只是为了帮于佩杉去宿舍里拿东西。恰巧的是，付静轩也是昨天校园内唯一的伤亡者。

可能是因为没有能力所以不能自保吧。苏凛这样在心里暗示着自己。她想着，如果自己可以忘掉的话，忘了付静轩的一切，那该多好。或许她真的会忘记，总有一天，她会忘记她们之间的关系，忘记她的长相，忘记她们的初识和一直以来经历的一切，之后忘记那次旅行，忘记这个人的存在。苏凛还不想看到这样的结果，而又无可改变，或许这样的事实对于在场的所有人都是如此。

因为付静轩，或许真的不会被人永远记住吧。

“我、我没想到你会来。”这是苏凛极少数地主动与男生说话。从日本回来之后和崔元祯的联系就只剩下偶尔在走廊碰见的一声招呼了。虽然很想跟他说什么，但苏凛却总是不知该说什么好，一直以来都是这样，令人生厌。

“于佩杉没有来吗？”

苏凛摇了摇头。她没有在意崔元祯突然询问于佩杉的原因。他们在车站亭旁站着，没有想要上车的意思。昨天将学生安全接回后便全校停课，至少今天不会有再返校的机会。

“说起来，我还是有点喜欢她的。”

“谁？”苏凛问。

“嗯，付静轩啊。”

“可是我听说你暗恋于佩杉已经被全校知道了。”

“你这人，”崔元祯把视线撇了过来，“整天安安静静的，没想到居然也……”

“也？没有啦。”其实她还是很想知道真正的自己是什么样子的。如果真能有谁告诉她也好。两人沉默着，之后都没有再继续说过话。

“王紫陌同学呢？”

“大概是因为他爸不想让他卷入其中，被软禁在派出所了。”崔元祯回答。

“居然这样。”

那个时候，应该还有张书纶吧，不确定他的情况现在怎么样，那天在混乱之中随口道别后各回各家，两人便再没有联系过。

“喂，那……”苏凛刚抬起头来，崔元祯想说的话被一通电话打断。

“她同意了，你们在约定的地点会合吧。”电话那头的声音，是个男人，声音生疏而成熟。

“我先走了。”

“嗯。”苏凛觉得自己大概有些不情愿吧，但也不知道自己在等待着什么。

“那，刚才想说的，我在想苏凛，是不是已经看淡了他人的生与死了。”

她的瞳孔有些颤动，马上把视线撇开，正对着马路对面。

崔元祯歪着头左看右看，这个家伙还真是没长大。但他或许真的说中了，这也是自己不愿承认的，属于自己内心的一部分。

“会没事的。”她轻拍了下崔元祯的后背，这是第一次和异性同龄人的直接接触。崔元祯却突然地浑身一哆嗦，脸上浮现出一丝强忍疼痛的表情。

——原来如此。“今后一定不会再有人牺牲了。”

4

崔元祯用网上的社交账号给于佩杉留了言，说在葬礼上他的能力感应到了棺材是空的，并且付静轩的家人也没有到场，让于佩杉相信一定还有希望。

两小时后，于佩杉给了崔元祯积极的回复，看上去还是和平时一样的状态。其实，这一点她比谁都清楚，死去的人是回不来的。

“今天的天气真好呢。”她揉着怀里的披萨，自言自语着，望着无瑕的天空。

墓地挑选的地方在偏西北角的一片草地，距离坟墓不远的地方立着一棵柳树，这草地不知被施了什么魔法，得以四季常青。在这片广袤而开阔的丘陵地上，柳树与坟墓立在最高处。俯视着翠绿的草原以及上方的蓝天白云，似乎能将这永别之苦变得轻描淡写一些，但愿如此。

她想着，如果自己的生命也走到了尽头的时候，埋葬在这里也是最好不过了吧，和付静轩一起。她解下一直藏在衣领下的项链，摘下了灰白色的冬帽，项链上有个十字架的挂坠。这是妈妈生前送给她的最珍贵的宝物。合拢的双手将十字架攥紧，她无声地祈祷着，跪在坟前，久久没有起来。草场寂静着，除了于佩杉以外，没有一个人。

天上飘过的巨大的云彩遮挡在了她的头顶。披萨在她身边的草地上随意地闲逛着，唯独没有走到靠近坟墓的区域。接下来该怎么办？于佩杉不知道，她什么都不知道。像自己这样自私的人，是不是早应该一死了之，就不会有这么多的是非了，是不是付静轩和妈妈就没有必要牺牲了？在妈妈死后，她无时无刻不在这样暗示着自己。

接下来去哪儿？自己已经是个无家可归的人了，到处闲逛也不是办法，黑道的秘密基地无处寻找，但去联合军那边的话又一定会出现大规模的战争。况且，每当感到身上几乎遍布了每一处的疼痛，她便不想把自己交付给任何一方了。或许这样很自私，但唯独这一点她更愿意相信，除了自己以外一定还有别的方法，这一点无论是自己，还是自己心中的影子，都是这样想的吧。她又一次流下了连自己都厌恶的不争气的眼泪。

记得小时候妈妈说过，不要碍于面子的问题，不要为了在意别人的看法而委屈自己，想哭的时候就哭，想笑的时候就笑。于是于佩杉一直以这样的状态生活着，她不会吝啬于自己情感的表达。但是，现在她才发现，正因如此，自己才变得像现在这样自私，才总是在他人面前流下不争气的泪水。

她跪坐在坟墓前，泪水很久没有停下的意思，只有用双手不断地擦拭着，刚擦过的地方又会有新的泪水淌过，说到底，擦眼泪只不过是自我安慰一样的本能罢了，或许对于哭泣的人的内心而言，所谓的自我安慰也是如此。

此时她终于意识到，她很讨厌自己。没有人会再来帮助她了，能帮的人，想要帮的人，一个都没有。只能自己一个人，全靠自己，来让她的人生能够不再苟活着，好好地活着。那个时候，在不断地否定自己，感叹自己的无能与自私时，于佩杉突然意识到了一点。那可能是只有自己才可以做到的事情。或许会受挫，或许会恐惧，或许会伤痕累累，或许会揭起过往留下的结痂，或许会不断地重复，或许会牺牲。但她绝不会犹豫。而这，可能真的会改变自己一直以来碌碌无为的人生。

樱花源的夜间灯火渐渐通明，戴着灰白冬帽的女孩抱着她的小猫，一个人和万家灯火渐行渐远了，前往那个早已经无人居住，已经化为都市传说的地方。

因为某种预感，有什么在那里等待着她。

5

当日中午。白芜常已经记不清自己经历了什么了，他揉着眼睛从废墟中缓缓站起，环视了一下周围发现是于佩杉的家，此时已经被毁得不成样子了。说来也真是讽刺，于晞航半个月前再次离开，前往外地为母女二人做隐蔽离开的准备，倒是差一点就可以完成的时候家里就出了变故。而且还是这个日期，12月24日，平安夜。这个无能的小老头儿，白芜常在心里总是这样称呼于晞航。

现在，于佩杉的母亲没了，家也没了，她本人和管家一同失踪。其实只要他现在调动整个樱花源的监控设备，把于佩杉的行踪和位置找到，都是可以用“立刻”来形容的事，只不过他没有这么做。明明这家伙是什么“重点保护对象”，是可以决定战局的“素体”，但现在他什么也不想做，不知道为什么，自己就是不想做。

刚要站起身来，数不清的来自全身的痛感几乎要让他身体失控，不知何时，自己身上几乎都布满了这样的伤口，就好像被什么巨力在身上强行掰开的口子一样，感觉身体像是在无数次的撕开的边缘，他不敢透视衣服去看里面到底是什么样的，光是看着几乎完全染红的衣服和数不清的裂口，就了解个大概了。

现在还不能急着把衣服上的血液转移到血池里。他想着，干脆让全身的鲜血作为掩饰，来让遍布全身的创伤不被人所见了吧，无论是别人，还是自己。但这样也只有这一个用处了吧。

崔元祯和藤泽十萌似乎那时候在场，希望没有被波及。原本想的是能保住一个就算一个，这也是白芜常一直坚守的道德准则，绝对不能让无罪之人被波及和牺牲。但到现在他才感觉到心有余而力不足，或者说是，再一次地感受到这无法挽救的无能，这种无能，来源于自己。

小时候被野孩子欺负得体无完肤的女孩，自己的亲生妹妹，最终在自己的眼前沦为刀下亡魂。有人告诉他，只要自己能珍惜当下，拯救他人，妹妹一定可以回来的，他也是这样一直在告诉自己。因此自己才得以坚持下去，从家人四散而去，到后来习惯了出门带着匕首和时刻准备发动能力的警戒心，拿走这些该死的渣滓身上的财产来养活自己，再到后来转守为攻地当了专门将客户满门抄斩的赏金猎人，最后成为联合军。

咬紧了牙关撑着血迹已干的地面站起身来，不得已地顺着咬了下嘴唇，等到站起身来又感觉到满嘴都是血腥味。

他的能力害死了很多人，他们都是很好的人，虽然现在来看，他们生前的工作也可以和“碌碌无为”擦点边了，但其实在那时的联合军中已经可以说是尽力而为了。队长刚到三十，是个气质上就好像冬天里的一把火的大哥，照顾新人，关爱弱势群体。副队性格上有些别扭，不是很爱表达自己的情感，但所有人都知道他比谁都关心着他人。第一个倒下的是这里面最年长的队员。

前一任联合军驻樱花源总队全员覆没。因为他的能力扰乱了模拟实战系统，也因为他们都没有听自己的建议。他们活该。那时是这样想的，就这样顺理成章地做了这座城市唯一的主宰。

原本以为都会好起来。但那个坠下楼底的身影便会在这时再一次冲入脑海，再一次将他拖入那充斥了绝望的噩梦的轮回。人跳楼的话，如果是头顶正对着地面，基本上尸体就会只留下嘴巴以下的部位。从他一直以来的观察来看，大概一般情况是如此。他想要的是虐待与屠杀那些人类社会中的渣滓的快感，自杀这样的东西并不能提起什么兴趣。

回家吧。他走向了回家的路。

每想到这里，他又会想到付静轩，想到刚逝去的于佩杉的母亲，之后又一次怀疑自己一直以来的杀戮究竟有何意义，到底自己的亲生妹妹还能不能复活。所以说这才是充斥了绝望的噩梦的轮回。只有遍布全身的疼痛和伤口还在，他拖着几乎残废的双腿走到了傍晚。

旧区公园，这里总是回自己的住处和樱花源的必经之路。只是两条平行上坡路之间的空间建起的公共公园，却也是这附近的孩子们曾经的聚集地，现在人们若是还记得它，就一定是靠着那“台阶尖角上的血手”的都市传说了吧。

不知道哪一天下过的雨让路边的坑洼留有积水，使得自己得以无意中照见被染白了几处的头发。

——果然，又一次的什么也做不到。

他的头顶不知何时盘旋着专食腐肉的鸟类，他没有在意，一瘸一拐地朝着公园里走了几步，没有再回家的意思。

双腿上流出的鲜血从脚踝那里还能依稀可见，最终再也支撑不住，他倒在了地上，膝盖磕了一片的血迹。数不清的裂口和地面碰了上去，伤口刺疼。他继续往里面爬着。直到台阶附近，他看到了最边缘的尖角，那里曾经溅上的血迹还在，因为上方恰好有一处遮雨棚所以没有被冲刷掉，也因为不久后这片地方完全废弃，没有人会来这里，更不会去清洗。那是自己的血。

六年前，自己终于有机会站在那个女孩面前，却被推倒在了地上，额头磕上了台阶的尖角，溅出的血被人们看成是伸向前方的枯手的形状，一直被当作都市传说流传着。

但他只记得自己因此第一次命悬一线，却不记得那些肇事者和帮凶以及他们的家庭有做过什么补偿。什么也做不到，这就是我。

没有为什么，没有凭什么，这一刻他终于明白了，这便是自己的命运，无论靠什么来掩饰和改变都无法逃避的命运。白芜常趴在了台阶上，眼睛不知不觉间又一次闭上了。他开始责备自己为什么认清得这么晚。如果还是心有不甘的话，那自己一直追求的暴力与居高临下，究竟是真的没有人能对此逆流而上吗？

醒醒啊，战争还没有真正开始，还不能在这里倒下。他对自己说。但是，我真的累了。反正我这样的人，什么也做不到了，他也这样对自己说着。呼吸的气息渐渐低沉。不要啊，醒过来……快醒醒啊……

“白同学！”他一点点扯开了双眼，瞪着自己不久前爬过的路的起点。

只是一个衣衫不是很整齐的长发女孩。她望着自己这里，神态中看得出坚定，没有紧张，没有恐惧，没有后悔。透过那双晶莹的棕色瞳孔，他能依稀看到自己此时的丑态。

但是他也注意到了，在女孩出现的时候，正为自己的生命倒数着的鸟儿们都不见了。

“白芜常……同学？”于佩杉呼唤着他的名字，在现实中，也从心底。

好可怕！她从来没有见过这种样子的人，在自己以前见过的任何经历人生低谷期的人与之相比，白芜常都要蕴含着更为深切的绝望。至今为止经历过的一切都已经不值一提，现在的白芜常，已经……

“白芜常，我……”她朝前走了第一步。

“别过来。”他头也不抬眼也不睁，好像一具死尸一样伏在那里，甚至呼吸的气息都感觉不到了。但至少，他就在那里。

还只是伸手可见的距离，很近很近，她想着，只有自己走上前去，和往常一样拉住白芜常的双手，可能会被误解和泄愤，但现在她相信自己，自己一定可以和往常一样用真心换取信任，因为白芜常和他们一样，都是善良的人。

“白芜常。”

“时间契约・二进制”。

从他的手间飞出一把三菱匕首，尖刺完全扎入了于佩杉的咽喉。

“为、为什么……”她什么也感觉不到了，感觉好像自己要离这个世界远去了一样，感觉不到地面，感觉不到他人，感觉不到空气，就连自己的存在都像是没有了一样，完全成了失去灵魂的肉体空壳。

六年前，曾经被无数人盯上了时间契约的能力而遭到人肉搜索的白芜常，曾因为这把刺入过自己的肩胛骨的三棱匕首，受到了人生中第一次断杀中的伤。

失去了对身体的控制，加之匕首的冲击，于佩杉仰面倒下，咽喉插入的匕首周围喷涌出血色的花朵，绽放的印记留在了她的身上、怀中的披萨的毛发上，还有地面。

自己可能真的已经死掉了。这样的想法刚出现，她猛然又意识到自己还能思考：“白芜常！”

咽喉中卡着的匕首让她说不出话来，最后喷出唾液与血水的混合物。恍然间像是惊醒过来的于佩杉下意识地后退了右脚来站稳身子，从开始就因不明的原因而躁动着的披萨也一直没能顾及。还是刚刚站稳的时候，又有一枚子弹射穿了于佩杉的心脏。

第二朵血液的花朵绽开在了于佩杉的胸膛上。她终于完全倒了下去，两手瘫在地上。披萨从她怀里跑了出来，在她的身边舔了舔，舔到了血液又惊慌地退后了很远。它渐渐发觉自己的主人已经没有呼吸了，和刚才一样。

“真是烦人。”白芜常将枪丢在了一边，撑着台阶站起身来。

这样也好，一个新的开始，既然已经决定了充满血腥味的生存方式，就不要在乎什么对象了，自己本就一无所有，所以再怎么挥霍也没什么大不了的吧。

“不是这样的。”

不可能。轻声的应答一边从空气中传入双耳，一边在自己的心底对着自己诉说。白芜常猛然抬起头。于佩杉双手捏着匕首的利刃，一点一点地把它从喉咙里抽出来，双手被划破了五六个口子，手掌上铺满的鲜血顺着手腕缓缓淌下，她依旧坚持着。

拔出来的瞬间，金光闪烁着，虽然流出的血还在，但咽喉的穿刺部位已经完全愈合。身体自愈的能力，是因为生命垂危而强行激发出的能力吗？既然是能力者的“素体”，能达到这种程度也不至于大惊小怪。

不过既然这样，他便有方向了。杀死身体自愈的能力者的唯一途径，就是让自己的杀伤程度超过自愈效率。这一点他从未怀疑过。只要在绝对力量的压迫面前，没有人的内心能够逆其而上。

四周金属之间摩擦的嘶鸣声声入耳。世界的磁力法则正在白芜常的意念下悄然改变。

他抬起手掌，五指向前。天空突然飞出六块长钢筋条，直朝着于佩杉飞了过去，把她的身躯完全钉死在贴近地面的半空中，心脏的口子还未完全愈合，钢筋便又将其完全捣碎。他在心底这样呐喊着，于佩杉也在心底呐喊着，同样的一句话——再拔出来啊。

白芜常的嘴角在可见的程度上逐渐上扬，渐渐地，越咧越大。从未见过他笑得如此开心，发自内心狂笑到了不可收敛的程度，突然又戛然而止，这渺无人烟的地方一旦不出声了，就什么都停止了。

“白同学……”穿入她弱小的身躯的钢筋因无形的力量而弯折，冰冷的空气也能化作温暖的双手，托着她的身体摆脱钢筋的束缚，帮着她站稳，身体上的残缺以不可思议地速度被新生的血肉填补。但是，她的表情却很是痛苦。

血迹未干的钢筋被压缩成了细杆，拔地而起地刺向了于佩杉的双脚，不断深入，不断蔓延，似缝补针线一样穿满了她的全身。血液没有再和先前一样喷溅而出，而是从内向外扩散着，将内衣直至外衣完全地浸湿了。

白芜常低着头，看着这一幕。她终于还是再也无法忍受，由最开始的呻吟很快渐变成喊叫，声嘶力竭，像是要把新生的喉咙给喊破，身体被固定着，发了疯似的轻微颤抖。直到嗓子已经完全变哑，全身失去了本能挣扎的力气，她告诉自己还不能放弃，已经走到了这里，不能丢下白芜常的生命不顾。

还不能放弃。

“你放弃吧。”他说着。

——我不能放弃。“像你这样的人不会懂的，永远也不会懂。你们这些人眼中，你们这些活在阳光下的人，即便是有一处阴影的存在都会让他感到煞风景。”是的，而抱着这样的正义感的人，正是他一直想要杀死的王紫陌。

“但对我而言也是一样。生活在阴暗中的人，他们的眼中没有光亮，即便是再微弱的光芒出现在他们眼前，也是令人厌恶到心骨的刺眼。”这就是原因，他们不会理解他，他也不会理解他们，他们本就是两个世界的人，原本就是两不相欠的死敌。

于佩杉听得到白芜常在心中的呐喊。那样地歇斯底里。但一定不是这样的。她想告诉白芜常，事实并非如此，但钢筋封死了她的咽喉与身体，同时也封死了她的心灵。一定不是的。

她明白，她一直都明白，那些在社会底层被不断压榨的人们，那些走投无路的人们，失去尊严、失去家庭、失去人际、失去人生、失去生命的人们，那些受到歧视的弱势群体，那些每天都生活在绝望中的人间弃子……她一直都明白这些人们的感受，因为他们和自己一样，都是活生生的人。

所以当被贫民窟的孩子因假消息误导而受伤时，她愿意低三下四地去求情，当被付静轩的嫉妒与恨意打倒在地上的时候，她还是能发自内心地想和付静轩成为朋友，当看到白芜常被他人因为不可名状的原因而疏远时，她也愿意做那个第一个走近他的人。

——还不能放弃！

“再涅槃。”

血色虽然在衣服上并没有褪去，但一股庞大的热源正从于佩杉的体内涌出，钢筋被熔断成液态金属，直到于佩杉能够再次站起身来，走出炽热的金属液体时，又像是热量被完全抽走似的，与地面融为冰冷的一体。

那个能力……白芜常安静地看着。和王紫陌表现出的非常相似，而且都伴随着热能的扩散，似乎因为钢筋的重创反而使得她的恢复能力更上一个台阶。那个家伙，于佩杉，从刚才突然就如同一种看透什么了的眼神在凝视着自己，明明自己只是叫她放弃。她能看到的她眼中的世界到底是什么样子的？

不行，自己不能再止步不前了。干将莫邪。腰间的爱刃双双出鞘。

第五诀·穿膛

刀柄后闪耀的流光变换出纤长的锁链，他横向甩出双刀命中了刚迈出了下一步的于佩杉，笔直地刺入肠胃，刀尖穿过了身子，直至刀柄将要贴近她的身体为止，但并没有结束。

白芜常又拉动了锁链，双刀转而朝下，斜着在于佩杉的肚子上开了两个口子，她来不及用什么语言表达这种痛苦，只是嘴里喷着鲜血，双膝磕在地上，两个交叉的口子止不住地渗出鲜血，她用手指摁着，把双手都抹得血红，不然肠子真的会在伤口恢复之前淌出来，而双刀也来到了她身体的边缘。

索性顺势把于佩杉的身子顺着肚子的一条切线一分为二。失去支撑的上半身跌落到了地上，失去控制的下半身倒了下去。

白芜常看着这幅景象，和他所见过的腰斩的实景并无什么差别，这种程度的折磨让人留着最后的一丝意识感受着潮水般的痛苦倾泻进全部的意识而又无处可以表达，只能敞开着嘴，空吸着大口的空气，连喊叫的能力也没有。算了，既然已经这样了。

他再次挥起的长刀插入咽喉，又把于佩杉的身子挑得身首异处。想必谁也知道斩首的样子吧，原本流淌在脖子里的那么多的血一下子全喷出来。

他叹着气，低垂着眼睛，不想再多理会。在见到这样漂亮的女孩的时候，一定没有人料得到这是她的结局吧。可惜了一条多管闲事的生命。

那个时候，付静轩也是……

如果说白芜常真的是什么以杀人为乐的疯子、变态、恶魔，那为什么在看到他将付静轩的脖子捏成两截的时候，他的眼里那么空洞。

不只是空洞，透过那无尽的深渊之中，她看见了那样的无助，那样的恐惧，那样的憎恨，那样的彷徨，这些数不尽看不清的情绪掺杂在一起的程度，同样远比于佩杉所见过的任何一个人都要深重。

也不只是眼神，他的嘴角，他的每一次喘息，他所表现出的一切，都好像在传达着两种感情。他既在拼了命地想要从所能达到的一切暗示中向外界求助，同时也在发自内心地想要把每一个想要靠近他的人全部推开。

为什么会这样？那一瞬间，她总觉得白芜常和自己很像，其实都是很自私的人，但又在尽力去避免自己的自私被他人所见。

自己只是一直期待着能有谁，最好是妈妈，能够走到自己的身边轻声拍打着自己的身体，对自己说一声“你也很努力了呢，一定不要放弃”。可是现在自己期待的人，愿意对自己说这样的话的人已经都不在了。也就在那时，她才意识到自己的自私与伪善。

所以，她才想试着不再依靠他人，于是尝试着自己去做些什么。可是……

当自己将所谓理想所谓道德抛之于脑后，只是抱着“自己不能放弃他”这种想法去接近的时候，自己料到可能并不会一帆风顺，但却没想到会是这样的结果。她不敢相信，那个曾经总是不爱讲话的白同学，被自己骚扰了一晚上还是不见愠色的白同学，那个为了帮自己的忙可以想尽办法的白同学，那个在自己迷茫的时候可以毫不保留地把内心的全部所想转达给自己的白同学。

竟然真的会……她认识到付静轩的死是真的，被这个人杀死的。火焰中被肢解的尸骨并没有因此化为灰烬，等到火光散去，于佩杉已经恢复了完整的身体，再一次地浴火重生。

白芜常还在原地看着，这一次，他动摇的眼神被于佩杉捕捉到了。虽然是和付静轩死去那时完全不一样的表情，但却有着相同的两种情感，既对立又并行。

没错，就算这个人，白芜常，在自己的面前杀死了自己的挚友，还在刚才夺走了自己的生命，就算如此，那凝固着世间最深重的孤独感……就算是再死上几次，再怎样折磨自己的身心，她也一定要坚持，一定要走到白芜常的面前，亲口告诉他……她重新再次迈步向前。

“都让你放弃了。”锁链收缩，双刀重新回到他手中。

冷静一点，这对于一个能力者素体而言还是理所当然的程度，冷静一点。毕竟，这也是自己唯一擅长的，也愿意做的事情了吧。

右手中的长刀在流光之中变换了形态，和“解放者”上相同配置的电磁炮在刚接触空气的一瞬间就已发射。

于佩杉记不得了，自己一直以来都是在瞬间的剧痛中失去意识和直觉，再重新从恍惚中苏醒，不断重复着这个过程，以至于现在是第几次，又是第几次被打穿身体、毁掉心脏，她也记不得了。

想要哭喊却没有力气，想要硬撑却没有胆量。但她听得见，在漫长的痛苦过后，白芜常的喘息声总是声声入耳，从电磁炮发射的同时就有了，几乎是要窒息一般。以至于等于佩杉被开出一个大洞的胸膛恢复原状时，白芜常却还抱着双膝，久久没能站立起来。

为什么明明都已经虚弱成那个样子了，白芜常还在硬撑着，他到底在硬撑着什么？

于佩杉相信自己，相信已经可以确定，白芜常一定是被什么执念驱使着，让他这已经接近崩溃的身体不断重复着杀戮的动作，他一定也在坚持着，很努力地坚持着，就像自己一样。

但是即便能意识到这一点也还是不够的，如果自己只是为了前进而前进，白芜常就会被逼入绝路，最后用尽一切的体力与精力而倒下。

“怎么？怎么就一定要硬撑到现在？你到底想要做什么？”

贯穿宇宙的雷鸣声中，她渐渐理解了，为什么白芜常总是在询问着他人，却将心中的想法只付诸行动。

她要去救下白芜常，就是现在的这里，用自己的方式，不是一次次被杀的退让，也不是一味向前。

只有精神，自己的意志还在，就算身体被怎样地摧垮都无所谓。冷静，清醒过来，不要被这些攻击扰乱了思绪，像以前一样。记得有人说过，自己一定是这个世界孕育的奇迹，即便是任何人，也能凭借着自己走入他们的心灵，就像是对付静轩一样。

她不知道自己是怎么做到的，但是经过了这半年，见证自己身边的人总是不经意间地离去，以及在意料之中的成长，她明白了自己这半年来迷茫与停滞的意义。就是现在。

渐渐地，从最开始的小跑变得步履蹒跚，再一次次地从地上站起身来，再到现在只能拖着双腿，蹭在地上前行。

自己也曾一次一次地祈祷，祈祷着事情都会好起来，但只是祈祷是没有意义与价值的。如果真要说的话，也只是能让见不到的逝者得以安息吧。

她突然间明白，为什么人们总是期待着雨后的彩虹。因为雨能滋润万物，因为雨后的彩虹真的很美。却不知道有多少人会消逝在雷鸣之中，不知道他们是谁。但是，等到暴雨后的洪涝使得生灵涂炭之时，却又没有人会期待雨后的彩虹了。

她的血迹已经从公园的这一头，延伸到了另一头。

六年前，这里还是片祥和的居民区时，因为小孩子间的玩闹，一个男孩的额头磕在了公园边缘的台阶的尖角。不久樱花源建造完成，那时喷溅的血液与脑浆在地上因为有遮阴棚的缘故一直留着，好似从台阶的阴影中伸出的干枯的血手，曾被一些猎奇的艺术家作为灵感来源，但相关作品也会遭到封禁。

但是，那也是人的手，而手本应都有着被紧紧握住的权利。

这是白芜常留到最后的、最为残忍的杀招，足以让一条生命在瞬间承受轮回的千百次死亡的痛苦的招式，他已经完全不在意让于佩杉的鲜血溅满整个公园了。“刹那生灭。”

白芜常，被无数肮脏的标签挂满的孩子，他终于用尽所有的力气，从台阶上摔了下来，坐在了地上，腰已经因为虚脱而完全弯曲，以至于额头几乎要碰到了地面。面前的血泊中空无一物，从公园的另一头延伸至这里的血迹，在这偌大的猩红中画上了实心的句号。结束了。

当自己亲手杀死了离自己最近的活着的，也是最难以杀死的人时，他终于承认了，再一次地，终于承认——死去的人是回不来的。

无论是即将发生的战争，还是自己过去所做的一切，全部都没有任何意义，自己只是一个被缥缈的幻想蒙骗的傻孩子。一直都是。

把已死的人作为活下去的支柱，没有任何意义。

“并不是的。白同学，你一直在好好活着，用自己的方式很努力地活着。”

——就算是这样又如何……

“有意义的，因为有白同学在，到现在为止才拯救了那么多的生命吧。正因为有你在，现在，我们才能安心地生活在这座城市，从没有什么好怕的。”

——不是，我、我只是为了满足自己的欲望，为达目的不择手段的过程，就算能救人又怎样？

——什么也救不了。没有人需要我，就算我不在了，这个世界依旧能找到它适合的道路永远运作下去，我只是……

“但我需要啊。”

是什么时候，自己已经紧闭着双眼，浑身淌满了汗水与泪水？又是在什么时候，有双手捧住了自己的脸颊，替自己擦拭了所有的眼泪？那双手瘦弱而纤细，全然没有一点力量，却是他唯一承认的，想要托起数不清的黑暗之中的灵魂的双手。

“白同学，你也很努力了呢。一定不要放弃。”她的全身都是无法再抚平的伤痕，不再是先前的完好无损了，那颗永不会对内心叛变的灵魂可能早已经千刀万剐了吧。

——就和我一样。

她没有倒下，就算自己动用了最为擅长的杀人手段，她还是走到了现在。

他想起了六年前的那个孩子，仅仅是出于发自心底的责任，就算是被霸凌者怎样贬低和殴打，被数不清地踩在脚下，他的眼神与灵魂也从未屈服过，因为那是他自己。

“一定会有和姐姐一样的人。就算陷入多么庞大的黑暗的深渊，也能坚持着心中的光明的人，姐姐一定能遇见的。”

“啊，阿玹。我今天呢，真的非常开心，我对自己能活到现在真的很满足。”不知何时，她躺进了他的怀里，两人相拥而泣。“因为我终于找到了，这个世界上真正的，永远保有善意的人。我终于不会再独自一人了。”

身体中流淌的血液与六年前的血液融在了一起，好似两只孤独而无助的手，终于紧紧相握。

6

“白桑，是小猫吧……”藤泽十萌突然这样说，让高木敕有点摸不着头脑。

“一只脆弱的小猫。对这个世界担惊受怕，非常敏感。小猫咪啊，你顺着它的毛去抚摸，它就会心安地躺在你怀里，不论你们以前是否见过。我想，白桑也是一样吧？”至于为什么要做出这样奇怪的比喻，藤泽十萌自己也说不出原因，她不知道自己随口而出的话是否能真的应验。

“倒是没想到，这帮家伙居然会藏在这种地方。”看崔元祯的语气，就像是已经完全忘了先前差点被石田正宗给打惨的时候了。

烟雨科技园，那个已经在人们口中与“不祥”两字挂钩的地方，在看到那些留有残肢断节的中央大楼的时候，藤泽十萌就大概猜到“龙”将据点安置在这里的目的了。但是，她不敢掉以轻心。

“借由这个地方，想要利用遗留在里面的技术，这是给人最直接的感觉了，但我觉得，他们也清楚无论哪里都不会永远是风水宝地，或许我所说的恰好是他们用来诱导我们思路的结果。”

那时候的子弹明显经过了特别的针对性改造，白芜常虽然是电力的能力，但“时间契约”也并不能让他有操纵金属的能力，这么说来，果然他们早就料到自己会来了。

“啊？是这样吗？”崔元祯的反应却是这样的。

“你怎么就是不长记性呢？”藤泽十萌索性摆出一副大人的样子来训话。

“该被吐槽的是你才对吧，藤泽学姐。我听说你其实是日本的一个组织的人，现在这么干脆地受了联合军的委托办事，会不会被当作叛徒处死还不一定呢。”

“真是的，别一有什么搞不好就处死处死的，那个组织的首领的目光放得相当长远，就算我真的触犯了什么禁忌，他们也不会立刻下手的。再说，现在的情况，组织只能让我以个人身份介入，加上那个联合军的首领的话，如果事情结束之后我有想法，他就可以准许我加入联合军并且保证我和有纪的安全。”

“所以，你想加入吗？我倒是真心觉得你挺适合的。”

“不了。”藤泽十萌回应得很小声。

“为什么？”

“这也是为了长远的打算。”

“不过，我说心里话你别介意啊，我真的觉得藤泽学姐是个很有责任感和保护欲的人，什么组织一类的，干脆让白芜常那种家伙去干不是更好吗？”

藤泽十萌没有回应他。

“对……吧？”

两人在久违的璀璨的夜空下走着，享受着片刻平静。藤泽十萌突然像是想到了什么，放声大笑起来，这笑声传遍了窄小的街道，随后传来了不少关窗声。但她还在笑着，她意识到这是自己不可多得的发自心底开心的时候。

“你啊，还真的是，有时候傻得可爱呢。”

她又突然收住了笑声，转过身去抬手轻抚着崔元祯的头发。他们是作为年长的学姐中最成熟的人，和作为年幼的学弟中最单纯的人。

“如果你能保持着这种纯粹的内心就好了，从今以后，一直如此。”那个时候，崔元祯也还只是沉浸在被女生抚摸的满足感里，并没有理解这句话的含义。

7

于佩杉一个人闭着眼睛，似睡非睡的样子，不停地自言自语着，“你也很努力了……谢谢你……”

白芜常真想现在就把她一巴掌拍起来，好让她少说点重复了无数遍的话。但现在于佩杉已经在他怀里了，想动手也没办法。

虽然自己也已经累得不行了，但在那之前，于佩杉是个无家可归的可怜孩子，如果想要让这个“重点保护对象”别出什么事儿，就必须先把她安置在一个住处。因为昨天的袭击而临时关闭的校园明天才能重新复课。

这或许是他所在的职位应尽的义务，或许现在也不是了，他就是他，他想做的就是他想做的，和工作无关。而且他也开始重新期待着，自己或许真的能从这个女孩身上找到些什么，可以让自己污浊的心继续苟活下去的东西。

从旧区公园到自己的家是一段上坡路，之后要过一条马路，不过因为都是无人区了，所以也不必在意什么红绿灯的问题。

“一会儿到家之后，你去洗洗身子换身干净的衣裳，看你已经饿了几乎一整天了，我去给你弄些吃的。”他说着低头看了看自己抱着的睡美人。

“嗯……嗯……”于佩杉依旧是似答非答的状态，弄得白芜常不禁无奈地叹着气。

这些伤口能消退掉吗？现在当然也可以暗示自己不用去管，就算那是自己所为，说到底也是她自作自受。

“你喜欢喝什么吗？乌龙茶？”

“嗯……”

“是热饮还是冷饮？我倒是蛮喜欢冷的，热的东西不怎么解渴。”

“嗯……”直到这个时候他才感觉到于佩杉有了她大小姐身份的样子。

这整个小区的居民都搬迁之后，连物业也完全撤走，白芜常开始把整个小区做成了自己的私人基地，但相比之下他还是更喜欢在自己原来的家生活，其他地方只是打扮成了办公的场所。

可能是因为电梯上升的原因，终于把睡美人给吵醒了，她像是习惯了家里的宽床，眼睛都还没睁开就要在白芜常的胳膊上翻身。

“这是干什么？”话音未落，两个人一齐摔在了电梯里，也算是把睡美人完全给摔醒了。

看白芜常的反应，他似乎还有点怕电梯事故的。

“对不起啊。”看着她满是好意但又一点没有在自我反省一样的摸着头道歉，白芜常真的是感觉到什么是喜怒交织的心情了。

她绝对还有下一次。白芜常确信。

“这是白同学的家吗？”和预料之中的一样，于佩杉把棉靴随意地甩在了入门的地毯上，之后就撒欢了一样到处小跑，还是刚认识时的感觉。

“那你去……”

“知道啦，知道啦，刚才你不是说过一次了嘛。”确实，只是很普通且笑眯眯地摆摆手，然后走进了浴室，最后轻声关上门了而已。那对于这些很普通、很自然的动作感到敏感，原因其实是出于自己吗？

“等、等一下。为什么你已经醒着了还要装睡打滚儿啊！”

似乎在热水的温暖之中，之前还留着的大大小小的伤痕也恢复了，她又变回了那个光鲜靓丽的女孩。哼着只有自己能理解的小调，她第一次没有在泡澡的时候玩耍，可能真的是太疲倦了，现在只要能躺在散发着蒸汽的热水里就已经非常满足了，感觉自己的体力在一点点地回来。

虽然只是普通的住宅楼，但毕竟于佩杉有她自己的身份，她意识到家里的奢华已经可以和自己以前的家相媲美了。这么说来，果然白芜常就是烟雨科技董事长白皓文之子啊。那样的话，很多事情也比较好解释了吧。

门外还听得见做菜的响声。

“这么多年来，白同学就是这样一直过来的吗？”她又不自觉地开始自言自语起来。

没有人可以倾诉，没有人可以寻找，每日每夜都是自己一个人和华丽的装修饰品做伴，无论发生什么也都只能靠自己。她逐渐理解了，认同了，所以就算已经牺牲了好多次的生命，她也愿意为此继续牺牲下去。不过好在，现在白芜常似乎暂时没有了继续动手的想法。

这几天，佩玹也不在身边了，不知道是不是出了什么事情。真想快点回到学校，如果明天可以回去的话。看样子白芜常是打算让自己长期留宿在这里了，单从这个浴室来看，倒是能让人暂时忘记这里是个无人区这一稍显诡异的设定。

不过长期住在这里的话还是算了吧，而且，现在也很担心的是其他人的情况，崔元祯和一个大姐姐被接走之后去了哪里，现在康复了吗？苏凛和王紫陌现在还好吗？还有其他的同学们……对了，还有披萨！

“我接回来了，要放它进来找你吗？”

“你是怎么听见的？”

“你自言自语这么大声是生怕我不知道你在想什么吗？真是天真到家了！”现在看来，白芫常除了性格上有时候太过感性，其他倒还是真的很好的，比自己所认识的任何一个人都要好。

“都说叫你慢点吃了。”因为烫到了舌头，于佩杉只能又灌进了一大杯水。

“倒是先咽下去啊。”

“因为真的很饿了嘛，而且感觉白同学做的菜非常好吃。”

“那也只是看上去好吧，这个白菜粉丝汤我自己都要吃吐了。”

于佩杉生出一点点疑惑，旋即转为笑颜：“嗯，你还记得之前我说过的社团楼吗？”

“记得，你不是还想搞一个动漫社团吗？”

“嗯！那白同学你知道家庭社吗？”

“不知道啊。”从说话的语气中，确实感觉到他心情变得好多了。

“这也是社团的一种，社团活动是厨艺为主的简单家务！”

白芫常撑着桌面拖着长长的“哦”的腔调，一副“还蛮有意思”的表情：“所以你觉得我可以去组一个这样的社团吗？”

于佩杉笑了笑，点头的动作显得很用力。“不过最后想不想还是要你来决定。”她说罢，又想起了自己还饿着肚子的事情，于是飞快地喝了一口汤。

白芜常一直保持着撑着桌子的坐姿，唯一的动作变化是在要不要托腮的选择上纠结，他大概是又一次陷入了自己奇怪的脑回路之中，如果猜得没错的话，还是刚才在旧区公园里的事情。

这片废弃的地区如果没有人再来，那么她永恒的生命中被夺走的这次将成为他们两人之间的秘密，也正因此，没有了平日里乌合之众的冷嘲热讽，只剩下完全由自己来看待自己时，白芜常才感觉到自己对于佩杉或许真的是有悔意的。

他想通了，两年前，在做出决定之前，左毅为什么要留给他考虑的时间了，或许也是想营造一个像今天这样类似的心境给自己，让自己真正认清现在的对与错。只是可惜那之后不久的突发自杀事件，还是像命中注定一样与自己相遇。

于佩杉的两颊突然淌下眼泪："妈妈……"

他突然瞪大了眼睛。

"这个味道……就是，是妈妈，一样的。"

他没有去安慰她或是帮她擦拭眼泪的打算，他不配。

或许她可以，她这样无瑕的女性，需要一个三观完整的绅士来做陪衬才算合适，而自己是勾离人魂的鬼，早已决定的方向是无法改变的。

"嗯，可能是这样……"他的眼神又一次在不自觉中低垂了下去。

"但是，就算无法改变，我们也一定可以走到一起。"又一次，从心底的尽头传来了于佩杉的声音，和之前一样，她本人明明还在擦着未干的泪水。

她突然站起身来，将桌上的灰白相间的冬帽戴到了白芜常的头上："送给你了！在第一次看到这顶帽子的时候我就觉得很适合白同学了！"

"谢谢你之前送给我的生日礼物。我很喜欢！"

他终于久违地再一次笑了："原来你看出来了啊。"

于佩杉左手挡着嘴，却并不影响她笑得爽朗："既然这样，那白同学的生日是什么时候？"

白芜常有些不情愿地说："9月3号。"

"啊？原来你比我大啊。"

"把'原来'去掉。"他突然又把脸强行拉沉了下来。

"哈哈哈哈，不过也正好！这顶帽子就作为我补偿你的生日礼物了吧！"她拍了拍白芜常头上的帽子。

"我还没说我要。"

"哪有拒收别人礼物的呀，真是的……"

刚小憩过的披萨跳上了桌子，爬到白芜常的身边，两只爪子轻挠着他托腮的右手。

"她很喜欢你呢。"于佩杉说。可能只是迷恋残留在帽子上的气味吧，白芜常这样想着，等到味道消散了，这家伙保证离自己远远的。

"放心吧，在气味消散之前，用白同学喜欢的方式让披萨记住你不就好了吗。"

"那我关灯了。早点休息。"

"那个，请等一下！"于佩杉才注意到他已经被灰尘与血液沾满了的白衣还来不及清洗和更换。

"那个……"

"怎么了？"大概是因为过于疲倦，已经让白芜常回头都漫不经心了。

"不……没……"他一时不太明白为什么这个总是毫无顾忌的家伙也有紧张的时候。

"那我就……"

"白同学！"

刚转回的视线再次被强行拉回。白色浴巾被解开，身子正面裸露在空气里。

他连忙退后了好几步。不是因为害羞，而是害怕。

她的上身正面几乎没有一处不留伤疤，出于工作的本能，白芜常借着月光数了一下，足有几十处，大多都是类似钝刀的非致命伤害，其他的暂时无法明确推测，但都是利用常见物而非专门的作战武器。

单从这一点就已经说明这不是自己所为，更何况于佩杉绝对不会用这种手段来让自己感到悔意。那么到底……

出于惊慌，白芜常被无形的手逼退到了衣柜上，双手紧攥着心脏前的衣裳，就连天生怕寒的体质也没能阻止汗水如雨般流下。

“本来在男浴的时候，就是想给白同学看的。我觉得白同学一定能理解的，也一定不会因此厌恶我……”

果然，是自己想得太过简单了。这个女孩看似只是千金女中的例外，实际上她的所见远远不止其表面，真要说，可能就连白芜常自己所参与过的，她姐姐的自杀，也会是她所经历的冰山一角。

——因为我和白同学一样，都是生活在阴暗中的人。

他承认自己是不知不觉中被骗到床上要求共枕的。

“这之后你打算怎么做？”

白芜常叹了口气，可能这也是他第一次意识到自己有意在叹气。

“我觉得呢，白同学一直生活在自己的过去。所以啊，如果白同学也能做到活在当下，一定会好很多吧，至少相比目前的状态来说。”

活在当下，像她一样？

“如果总是执着于过去在心里留下的伤痕，那么总有一天，白同学还是会重蹈覆辙，我也不能每时每刻都做得到陪在白同学的身边，这样一来，还是要自己做出改变才行。”

“看来你已经找到答案了，那时候问我的，生命真正的价值。”

于佩杉点了点头：“其实也一直明白的呢，但是，现在我终于能正视自己这样的想法了，因为认识了白同学你，还有很多很多的人，大家都给了我不同的鼓励和支持。”

她嘻嘻地笑着，丝毫不介意他的一切：“嗯，总之，我希望今后白同学也能好好活下去，用真正适合你的方式，可以吗？”

“好吧。”这一次，他终于没有再有意识地叹气。

“而且……就算我不在了，你也要好好活着。”

“这也是你的希望之一？”

“嗯，是的。是绝对绝对的真心话。”

“这样的话，我也想跟你提个建议。”

“啊？我听听白同学的建议。”

“那，从今往后，可不可以不要在他人面前哭泣。我不喜欢，因为，那会让你的泪水变得廉价。”

不知道什么时候，从旧房间里翻出一本日记，只记录了一天。

内容是这样的：

2015年12月25日

赏星的人，有时候经常说，今天的天气不好，看不到了。

我想他们搞错了对象。错的是天气，时有乌云与阴霾，或是糟糕至极的降雨，却总容易把脾气连着未能见到的星空一同发泄。

其实星空一直都在，或许晴朗只是占世间所有天气的几十分之一，但不代表人们憧憬的星辰大海真的会有一天不复存在。

正因为光芒的存在，人们才会认识阴影。我在那天才终于明白，我和她，和他们，并没有什么不同。

就算恶劣的天气往复更替，终有一天，点亮夜空的光也会重见天日。

这可能也是只有日记的作者才能读懂的情感了。

前 夜

1

“猜猜你睡到几点？”于佩杉用又是训话又是开玩笑的语气说，叉着腰站在白芜常旁边。

“再睡一会儿……”

“真是的！”

明明是连续熬夜半年以来第一次正常睡觉，快饶了我吧。而且站在挂钟前面问时间就很离谱。

“啊！睡美人又睡着了啊！”

白芜常心想，为什么要用睡美人这个词来形容我？

“那个啊，我昨晚，因为白同学很快就入睡了，所以盯着白同学的脸看了好久。”

我就知道。

“说起来，以前还真没有正视过白同学的脸呢，直到昨晚我才发现。我现在每看到白同学的时候都会想，如果白同学是个女孩子，那一定会是个大美人吧！又有清纯少女的长相和御姐一样的心，真的是最可爱的反差萌啊！”

于佩杉沉浸在自己的想法里的时候，总是注意不到周围，就比方说白芜常把身子翻到了另一边，眉毛几乎拧成了一团，“不过好像大家都没有注意到呢。因为白同学带着的气场，总让人觉得不敢去正视你呢，包括我以前也是一样。”

“你今天要去学校了吗？”似乎还不知道现在已经将近中午的白芜常想要转移话题。

于佩杉也能从这句话里读出来他并没有再回到学校的打算，不过既然已经到了非常时期，也无所谓了吧。

“白同学，我觉得呢，你真的是一个很好的人，虽然从来不说，但其实一直在关注着大家，非常非常地温柔。大家之所以不知道，是因为白同学把自己封闭得太紧了啊。所以，人们只看到了你给人最直接的样子，也是因为这样才会有误会的吧。”

他忽的一下坐了起来，黑白相间的头发乱成一团，半睁半闭的双眼传递出“让我去死”四个大字。稍后，他突然撇过头来瞪着于佩杉，那眼神简直就是想要把她千刀万剐两百次都嫌少。

“怎么了，白同学肯定会听进去的！”

已经十点多了啊，白芜常在看着于佩杉的时候顺带瞥了一下挂钟。

“嗯，我跟老师请过假了，老师说我想去的话随时都可以。”

他嘟哝了一声“那行”，又正过身子趴着，好像还想再睡会儿。

“白同学如果想起床的话也随时都可以哟，就当让自己放松一下吧，总是紧绷着可不好哟。”

话音刚落，一通电话打了进来。

“拜你所赐，我现在就要起床干活了。”

“啊？很急吗？”

“还行，今天中午就要集中一下全部的兵力了，现在起来准备一下。你一直等着我起床是有什么事吗？”

“我想亲手给你做一次早餐！”

“不用啦，我先出门啦！”白芜常也没多说什么，只是在门口招了招手，关上门之后一个人沉浸在了煎鸡蛋的香味里，很久没吃过别人做的饭了，总觉得也不错，不过也因为尝过了别人的，现在他终于又对自己的厨艺水平有了自信。

他突然又打开了门，最先看到的是电梯已经快要升上来了，之后是于佩杉好奇的表情。

“注意安全。”真开口的时候还是忍不住地低下了头。

白芜常低着头，盯着地毯，但他想象得到她的样子，一定是很高兴的吧，可能也会欣慰，但只是想表现出高兴，所以爽快地回答一声：“知道啦！”就迈入了电梯。

再一次地，他走到阳台上，喝下起床后的最后一口乌龙茶，望着渐行渐远的人影，第一次从心底为她祈祷。

2

“那就由我来告诉你，除了那个叫于佩杉的孩子以外，就算她落入‘龙’的手中，也可以逆转这个死局的办法。”

自从被关进看守所的备用审讯室软禁之后，王紫陌就一直在思考藤泽夏树的话。

让他和白芜常联手？不是损人，王紫陌几乎是从心里认定了白芜常绝对不会有和自己合作的意思，先不说白芜常的具体想法到底是什么，光是让自己能参战就想都不要想，如果被他发现自己也参加了，要么配合父亲把自己关回来，要么当场把自己给砍了。

但他也渐渐意识到自己输在了哪里。因为现在自己已经和以前不一样了，或许在此之前，面对藤泽夏树这样实力远超于自己的敌人时，能够挺身而出，无惧过生死，只是靠着心底的责任感和保护欲就能坚持到最后。但这几个月之中，不知不觉间，自己连面对势均力敌的对手时的勇气都丧失殆尽了。

最悲哀的是，既然已经清楚自己是最被抱有希望的人，却不知道该怎么做才好，现在他竟然已经开始羡慕那个杀人鬼了，至少不论如何他也总有自己的方向。

可能这就是藤泽夏树想说的两个人的合作。现在想来，从白芜常之前说的话来看，他也在羡慕着自己的什么地方，他们可能真的可以在某些地方互补。

但是现在，门被锁着，所有的看守对于闯出者可以使用不危及性命的一切手段来阻止其逃出，父亲也是认真了呢。而他自己，还未开始就已被这作为开头的局面困死了，无法继续前进。

“王紫陌先生，”门外传来看守的敲门声，王紫陌将眼神从课本上抬起来，“有您认识的人前来探望您。”

3

“对于前天学校里发生的事情，我也带头参与到了反击入侵者的队伍中，而那时候的四人中现在只有我和张书纶同学在场了，不过我跟大家相对也比较熟了嘛，所以想就这件事情给大家一个安心的说法，当然，也有一些我自己想说的话。”

无形的手，张书纶意识到了，又是某个人在后面操纵着，让学校借着安定学生的目的，却是由事件的主要当事人来阐述。那个家伙实在不简单，他追求的就是由崔元祯来引出的可能性。最初他认为是航联集团的手在操作，但现在看来，航联集团要么是跟即将开战的任意一方有勾连，要么是……

以他目前的眼界，倒还真的猜不中其他的可能性。崔元祯倒是完全陷入了被当作英雄人物上台发言的喜悦中，确实，像他这样的心理很容易被利用。

“事实上，对于前天的事情，以及他们的目的，我是清楚的。他们的目的就是于佩杉，她拥有的强大能力可以使日本黑道与联合军之间的战局逆转，所以为了阻止以及保护于佩杉同学的安全，我和王紫陌作为知情人，借由自身的能力战斗。”

张书纶心说，我的名字去哪儿了？

“之所以会知道，是因为在此之前，我和王紫陌、于佩杉曾在日本游玩时，遭到了该黑道的袭击，在半年前他们的意图就已经很明显了，所以……”

和于佩杉？张书纶扶着下巴防止它掉下来。在日本游玩？不对，好像关注的重点偏了。

话说回来，今天于佩杉果然没来，听崔元祯的说法，王紫陌被软禁，昨晚于佩杉也在家里遇袭了，现在恐怕已经是失踪人口了，要么就是被抢走了吧。今天崔元祯来学校的时候是被一个看上去大好几岁的妹子送过来的，还真是奇怪的女人缘。

现在她还在远处躲着偷瞄，不过一般人都注意到她了吧，可能也就只有她自己觉得这种动作叫“偷瞄”。而且，虽然从长相上给人的感觉就是“这一定是个学姐”，不过言谈举止倒是完全像个没长大的女孩子，先是于佩杉，再是这个，等一下，她好像是日本人？算了，反正自己认识的女人一个个都奇葩得要死。

“在之后的不久，联合军和日本黑道会爆发一场战争，地点就在这里的樱花源。如果联合军真的失败，那么恐怕我们所生活的地方会倒退回几十年前那个混乱的年代。出于这个目的，我将作为志愿军在开战时与联合军协同作战，为最终正义所应得的胜利而出力。在前天，想必各位也体会到了，个人的力量或许微不足道，但依靠配合，我们也不会输给他们。所以，我想组织一支志愿军队伍，到那时候……”

完了。张书纶虽然多少料到了崔元祯会有这样的想法，不过，这货居然还一点事没有?

从一开始学校的成年工作人员就没露过一次面，崔元祯已经开始想要让学校的学生以身涉险了，居然也没人出来阻止，背后的家伙到底是有多大的面子。不！可能这就是他的目的，让崔元祯组织一个能力者的群体作为志愿军，这么说来是想要以一个能力者集中的后备战力作为联合军的后手准备，果然，幕后的推手就是……

不过，也不排除是黑道想借此干扰联合军的原定计划。不论怎样，这些拥有能力的学生都将沦为战争的替死鬼。

“就在昨天晚上，我为了与黑道抢夺人质，现在身上中弹的地方还留有印记，就连心脏都被打穿，每当低下身来的时候都会感到疼痛，甚至每一次呼吸都伴随着疼痛而不得不深而急促，这就是战争留下的印记。我想，如果参加这场战争的话，总有人会受伤吧。总之，既然是自愿，我也不会强求你们，凡是不愿意参与其中的我都理解。至于我能说出什么有用的来……”

糟了，真的是糟透了。张书纶在台下一遍又一遍地在心里念叨着，要不是杀人犯法，估计台下的学生能把崔元祯给砸了都有可能。保佑吧，不管是否充当替死鬼，张书纶现在只希望事情能往好的方向发展。于是他第一个举起了手。

4

如果真要说对苏凛这个人的印象是什么，王紫陌可能还真的说不出来。可能也是一个不太引人注意的普通人，但是和付静轩那样常见的普通并不一样。苏凛的那种不起眼，在王紫陌看来，是她自己有意为之。只不过可能其他人都没有发现这一点。刻意地捏着嗓子发出柔弱的声线，无数次地回避他人的眼神，故意回避一切会引来他人注意的选择。她到底是为了什么？真正的苏凛又是什么样子?

这些想法在苏凛走进审讯室的瞬间突然冲进他的脑海，这些事情为什么自己以前从没有想过？如果真能早一点想到的话……在看守的注视下走进来的苏凛还是扭扭捏捏的样子，一边扶着桌子，一边摸索着对面的椅子，就像盲人一样摸索着。王紫陌惊讶于苏凛为什么会找到这里来。

“您还好吗？我……大家都很担心……您。”

王紫陌点了点头。

“真的？不过，总觉得您没什么精神……”她的每一句话都拖得很长。

王紫陌一时不知道该怎么回答才好，他现在已经没有了去盯着苏凛的勇气，而是一味地盯着桌面上的学案，手上的笔被用力按着。苏凛也低着头，好像在看自己握着的笔。

“其实……我……来这里是想接您回去的。”苏凛突然直奔主题。

“去哪？”

“和其他人一起，和黑道战斗。”一个做什么都充斥着胆怯的女孩，现在却可以直接避开被回避的话题并直接表明目的，或许是有什么矛盾的想法在她心中盘算着。

“我不行的。”他感觉到了苏凛的“为什么啊”已经到了嘴边，不过被她下意识地收回了。而王紫陌也不想解释是什么原因。

也可以说是，现在的他，已经不明白继续战斗的意义和目的了，到底为什么去战斗，无论哪一边都有着戳中自己心里痛处的地方，这样一来，自己无论怎样也改变不了即将发生的结局。

“王紫陌同学，你知道我为什么那么喜欢于佩杉同学吗？”

于佩杉？说起来，她们还是舍友，这样一来，在日本的时候苏凛也跟着去了，关系一定很不错吧。但是和这种有意识地封闭了内心的人，于佩杉居然也可以做到交心的程度，果然是个很厉害的人。

“我，其实啊，很久以前就认识王紫陌同学了。”

“啊？什么时候？”

“在我们还住在旧区公园那边的时候。”

那一瞬间，王紫陌屏息着。那是他最不愿面对与承认的，也是他最痛恨的过去的自己。

“我那个时候是除了王紫陌同学之外，唯一一个帮助过白芜常同学的人。”苏凛注意到王紫陌似乎并没有因此而得到心理上的放松。

“请不要把我与你归为一类了，那个时候，包括现在的我都……”

“都不配吗？”她突然哼的一声笑了。

“确实，可能真的不配呢。那个时候我在最初就站了出来帮白芜常同学说了话，结果被到处传谣诋毁，那之后的第二个周，直到从旧区公园搬迁走，我都没敢踏出过卧室房门。而您不一样，您一直都有着他们无可比拟的力量，完全可以压倒这些没有教养的混蛋，却非要等到孩子们都对这些人深恶痛绝的时候才站出来，不断宣扬自己的功绩，想要搞出个人崇拜，几乎所有的行为都体现着你的好大喜功。”

大概是认真了，她终于将听着别扭的“您”换成了“你”，但却并不如希望中那么亲切——她什么都知道。

——奇怪，这是什么啊？他感觉到自己在害怕，第一次从骨子里感到害怕了。明明是之前完全没见过的人，也只是通过偶然认识的隔壁班的同学，别说交流，连碰面的时候几乎都没有。但她却能看懂一切，他的内心，他的想法，他的动机。

在那一声不屑的笑声的瞬间，就已经撕下了平日里胆小怕事的外皮。她的眼神、她眉毛的角度、她嘴角的摆动、她的双手，以及她那像冰封的国度中生出的蓝色的瞳孔。

“王紫陌同学。”

“别再说了！”他的呼吸突然开始急促起来，不停地喘息着，他真的很害怕自己，原本以为只是对过去的自己抱有恨意地生活，就可以做一个完全的好人，但是现在看来，自己只是为了恨而恨着，根本不知道该怎么做才能真正做出改变，结果真正到了现在却又迷茫地停滞着，连这个平时怕事的女生都赶不上。

就是这样的人，为什么还要对自己抱有期待，为什么还想让自己和白芜常联手？相比自己，就算白芜常再怎样也好，他只靠着自己就可以实现目标。这么说来，确实是完完全全地败给他了。

像自己这样的人，如果留下来的话，总有一天会被自己生来的恶性和过人的能力吞噬，将这个世界都燃烧殆尽吧，这么说来，如果这个不死的能力真的有办法被击垮的话，倒不如让苏凛当场杀了他为好。

“王紫陌同学，你听我说。”她突然从座椅上站起身来，凝视着王紫陌有一段时间了，脸上的表情还是没有什么变化，而这时，扶在桌边的手突然抬起。苏凛给了王紫陌一记耳光。响亮的声音在审讯室窄小的房间内回响了一瞬。那时候，王紫陌只感觉到脑壳里嗡的一声，剧烈的一瞬间的疼痛过后，还留有阵阵滚烫的温度在回荡着。

“呐，王紫陌同学，大家都很尊敬你，所以才不会说这种话……”

许久之后，他意识到这一耳光是苏凛打的，而不是他的父亲。

“不要再怜悯任何人了。”苏凛的声音被自然地压得很低，或许这才是她原本的声音，“一味地怜悯自己和他人，最后的结果只是让自己在绝望中反复。”

“那你说，我该怎么办才好？我，这一次，真的已经……”他的声音逐渐变得微弱，反而显得苏凛的训斥更加有力。

“问别人？你自己不会去想吗？不用考虑得有多长远，既然已经想到了那就先做再说，不然怎么看得清楚未来？”

先尽力去做，不要畏惧失败的意思吗？他不知该如何形容苏凛这个人，他不明白为什么她可以认得清当前的现状，又能脱口而出这种极为理想化的想法。

“我的话，虽然认得清楚你是抱有私心，但我还是很喜欢你的，王紫陌同学。如果要说为什么的话，因为至少王紫陌同学有这个心，你内心深处一定不会是那时的自私自利了。如果现在认识到了并且真正去做些什么的话，您一定可以成为比任何人都温柔而强大的人吧？我一直相信您。”

当“你”在不经意间又变回了“您”，即便苏凛那令人止不住生出寒意的气质依旧不减，但他至少感到她的心中平缓了许多。“那我可能会让你失望了……”这种话怎么可能说得出口？“我会的。我一定不会让你失望！”他在心里默默地想。

他并不知道，苏凛只不过是将于佩杉曾对她说过的话稍加了改造的重复而已。苏凛终于第一次正面看着他笑了。

从看守所逃走吧，就算是打破规矩也无所谓，只要能在被抓回去之前找到白芜常所在的地方，和他达成联手的共识，靠着白芜常的身份对自己包庇，就算父亲是当地警长也没办法管控自己了，这样一来，商定好作战计划，顺便了解一下自己被软禁的这一天多发生的事情，堪称完美的思路。

只不过虽然现在还是有很多不确定的因素，但他这次想按照苏凛所说的尝试一回，遇到阻挠就去冲破，直到自己完全无能为力再另辟蹊径。

“既然王紫陌同学下定决心了，就请让我来助您一臂之力吧。”苏凛天蓝色的瞳孔闪烁着晶莹的光点。

还没等王紫陌问她所说的一臂之力是指什么的时候，苏凛抬起的右手手腕处出现了一道浮动的光，随即，光段旋转着，又调节着方向，天蓝色的八芒星浮动于她的手掌中，只有半径一分米多大小。

周围空气里的水汽凝成水雾，浮动在苏凛的手中。虽然还不能确定，不过这可能是王紫陌活到现在最准的一次第六感了，她想用武力带着王紫陌硬闯出去。

随着手腕的甩动，八芒星状的能量体穿破了审讯室的铁门，与此同时，门外的看守警员如同头上挨了一记重拳，一头昏倒在地上，八芒星收回的时候又顺带着切开了门锁。

“好厉害！”王紫陌由衷地赞叹着。这像是回旋镖一样的攻击手段，同时又能随时把控攻击的力度，仅仅是瞬间的工夫，她果然不简单，“苏凛，你……你到底是？”

苏凛为呆在原地的王紫陌推开了审讯室的铁门。

“我啊……能量型能力者，‘莲中雪’，我是A级能力者。”

“马上就可以了！过了那扇门就是出口！”

王紫陌一直想说苏凛带的路他完全没有来过的印象，也来不及确认苏凛是不是路痴了，被她一路的双手回旋镖带路带到了这里。看守所后院，也算是监管嫌疑犯定时出来活动的一小片空地，想要出去的话，只有翻过五六米的光滑围墙和上面的尖铁丝网。

“苏凛同学，这是……”

警员们已经预测好了两人的逃生路线，在广场设下了埋伏，最开始的麻醉弹和电击枪都没有效果。按照父亲的行事风格，恐怕这些警员们已经配上了真枪实弹，单从这个阵势来看，恐怕是倾巢而动。

“这也是我的打算，别担心，王紫陌同学，我会尽我的全力帮助您的。”

双回旋镖，不管怎么说只有两个，如果警察一同开枪的话，自己的自愈能力应该不会有什么大问题，但至于苏凛，她的能力到底怎样？

在这时，双标被甩出，而警方还是没有下定使用实弹的决心。在抬手的同时，苏凛纵身从平地上起跳，在紧贴地面的低空中侧身空翻，这一瞬间看似随意的动作却完全躲开了射来的麻醉弹，而在双腿离地的同时，双手上再次以相同的方式生成了新的回旋镖，半径比之前的多了将近四分之一。

“趴下！”空翻之后，单脚尖着地的苏凛再次将新生的回旋镖掷出，面对再次发射的子弹原地单脚旋转，又一次扩大了半径的回旋镖在她手中生成，在第二圈的旋转中再次掷出，旋转过后又不经意间再次起跳，在看似简单实则在细节上差异明显的原地攻击中，苏凛如同雪国的舞者，双手上凝结的水汽似装点手腕的花环，闪耀的瞳孔在王紫陌的身边划出曲折蜿蜒的光线，齐肩的黑发从没有凌乱过。

连续十二发的回旋镖在最后两发掷出后了结了最后一名警员的意识，凭着这样的撞击，至少能让他们昏迷几个小时的时间。这片领域又恢复了不久前的寂静，十四发回旋镖从大到小依次回到苏凛的手中，她伸平胳膊，张开的手掌，层层叠叠的回旋镖并拢在一起的样子如同盾牌，又像是个庞大的飞刃。

这时王紫陌突然明白了，这简单而华丽的舞蹈便是苏凛的内心，如冰晶般纯粹，又尖锐到棱角分明。

5

这天下午，在苏凛从看守所劫走王紫陌的时候，白芜常也正好结束了最后一次战前准备，不过像他这样的人，自顾自地检查一下硬件设备，确保一下不会有技术上的意外，也总比去听左毅的正义演讲要好得多。

事实上，他一直处于焦虑之中。对于另一位“龙翼”和作为首领的“龙首”他还一无所知，而“龙骨”则又是他最忌惮的对象。一旦面临开战，自己必须集中精力应对这三个实力超群的骨干成员。仅仅是互相歼灭喽啰并没有任何意义。

只是单说“龙骨”藤泽夏树就已经让他很头疼了，毕竟可是有传闻，这家伙在十六岁的时候就一个人正面击败了三个B级能力者。虽然“时间契约”是下限很高的能力，但又因为C级的能力级别限制，上线又相比王紫陌的自愈能力低很多。如果真的正面对上这三个人，恐怕……

“啊！我亲爱的小舅子，说起来，到了今天咱俩好像还没见过面吧，要不要喝杯咖啡提提神？”左毅又在远程传话喇叭里讲话了。

“搞什么啊？有什么话不能现在说吗？你现在旁边也没有人在听吧？”

“那就改成喝茶怎么样？你和我，只有咱们两个人。”

虽然确实把咖啡换成喝茶能稍微提起一点兴趣。不过这家伙上学的时候绝对是考前大撒欢的那类人吧。

“那么，你也知道关于‘共振心脏’的事情了吧，那天晚上的事情……”

白芜常呼出了一口气，显得好像心里提着的石头沉了下来：“这样啊，你果然还是发现了。”

“我倒是不反对你多耍一点小聪明和对上级的怀疑哟。不过，更多的话还是当面说比较好。”

在这个世界还刚刚接受了能力者的存在，人们发现如果能掌控A级别及以上的能力，那么便拥有了成为神明的资本，既能改变引导人间走向正轨，也可以凭一己之力将一切生命摧毁。

正所谓人心可畏，以防止高阶能力被滥用，“使强大的能力及使用者可控”的目的，联合国特批成立了一个秘密的计划，集结了世界上与高阶能力的传承至深的七个家族，以及全部的对能力者学术有过研究的人员，一同为了这个目标而奋斗。为了保密起见，计划一直没有公之于众。

左毅讲起的时候，终于压住了平时的那股不正经的模样，他说他也曾犹豫过要不要把这段过去的真相说出来，但既然已经到这里了，如果现在说出来，或许可以改变什么尚不可见的将来。

在计划的同时，联合国也组建了一批附属于参与计划的军队，这些军人大多是和现实中的能力者有过任何形式的接触经历的人。在计划完善后不久，从联合国内部独立，完全作为无国籍的秘密研究团队存在，而因作为计划主力的七个家族，计划被冠以了它自己的名字——

“七凰”

七大家族决定将高阶能力安置在他们的后继者身上，从出生起对他们进行独自的教育，同时观察他们的能力是否有异样并随时进行实验研究的准备，作为计划的产物，七位高阶能力者出生于世间，其中一位便是被称为“素体”的能力者。

然而，在计划之中，因为新生的高阶能力者同时也是七大家族的后辈，最终在不愿落后于他人的心理之下，每个家族都开始在行动中掺杂私货，保有私心，以至于渐渐引出了相互之间的不信任。随着时间的推移，矛盾被逐渐激化，最终七凰计划解散，原本在计划期间领先于世界总体水平五十年的技术成果被垄断和销毁，持续将近十年的计划只留下了一群尚且年幼的孩子们。

因为七凰计划的解体，原本的私人保卫军队也完全失效，七凰计划的存在很快被能力者组织盯上，而“龙”则是抓住了最早的机会，将七凰计划的技术最高集中点——烟雨科技毁于一旦，窃走了所能窃走的一切。但烟雨科技背后的家族的最大成果还在，那就是你，白芜常。

没错，这就是你的能力的真实面貌，临界A级电力能力者，“刹那生灭”。这也是你、于佩杉，以及那些你所见到的不同寻常的孩子们的真相。

最初听到这些的时候，白芜常并不相信。

左毅说没有什么证据可以证明，现在的技术手段已经不能像当年一样检测出他真实的能力了，当然，对于王紫陌那些人也是同样的。拿不出资料，只能口述，按照左毅的说法，失效而废弃了的对七大家族的私人保卫军队正是联合军的前身，而左毅是那时的保卫军队的总指挥，单从这一点上，白芜常就可以大致推断出这个“七凰”计划存在的真实性。

况且，先前左毅和于晞航没必要为了今天的口头故事来制造一场必定会被窃听的谈话。

烟雨科技园，在还没有与联合军为伴之前，白芜常经常来这里，不论它是否存在。至今他也想站到中央大楼的最顶端，被雷雨洗礼，再感受一次重新到来的风和日丽。只是现在，还不足够。

12月26日，下午16点39分，时隔两三年之久，他再次来到了这片布满了冷寂与不祥的地方。

这一次，他全副武装。作战服的光反射系统被打开，白芜常化为了不见外形的透明轮廓，在狙击手的眼皮底下走过，直冲着中央大楼东南侧的三号机房去了。他依旧隐蔽着自己的存在，缓缓步入其中。

三号机房内，枪鸣声不绝于耳。然而白芜常并不急着动手。一步步迈入地下楼层，小心地避开和任何人的接触，看到了刺耳的鸣枪声的源头，数不尽的火力倾泻在楼层的尽头。

抽出细而尖的弹簧刀，白芜常走到了站得最靠后的人身边，向前推了一把，撞在一起的两人头颅碰触的时刻，刀尖插入了这两具头颅之中，他懒得去搭理是否会有多少血涌出了，于是将刀柄也塞了进去。

随后，他双手拔出腰间的双刀，随着电光的涌动，以双刀为奠基，流动的电光使其变为了五米长的光剑。在身姿的扭转下，围堵的持枪者全部被腰斩，无一生还。

光剑一闪而逝。最后他将脚边的几块人尸踢开，操纵电磁力抓紧了另一头，一个手里攥着枪的男生因为不肯松手于是被连枪带人拽了出来。

“果然是你啊，崔元祯。”白芜常说罢，收起双刀，双臂扣紧了崔元祯的脖子，“解放者”装备在身后，他纵身一跃，一路低空飞行到了楼上，崔元祯原本好像还想说什么，但又被死死勒着并压在白芜常的身下，为了避免岔气，他还是把话强塞了回去。

冲刺的逃出路线也是白芜常进来时的原路。一路上，两侧的枪声从未停止过，不过没人愿意和这个小型火箭来玩鸡蛋碰石头，所以至少没受到正面的阻拦。白芜常带着崔元祯一路飞出了科技园的周围，没有犹豫地笔直地飞着，没有本能地回头一次。一直到了樱花源的另一头才终于降落，勒紧的双臂也终于松开。

崔元祯扶着路边的长椅，许久没有说话，喘着粗气，许久，气息渐渐变得平缓了之后，他才发现白芜常和他一样在深深地喘着粗气。

“于佩杉……”他说着，“于佩杉还在那里！”

尽管显得已经连呼吸都困难了，白芜常还是一把按住了崔元祯：“真是胡来！”

两个人都干瞪着眼老半天，都憋着一股暂时说不出来的话好等着训斥对方。不过，还没等到崔元祯开口，血液就已经渗透了白芜常的白衣，如同被漫天的血红的大雨淋透了一样，几乎遍及全身的红点扩散着，联结成片。白芜常的喘息始终不见得好转，脸色铁青，时而低头，时而仰面朝天，不论怎样都改变不了他表情上流露出的痛苦。

“白芜常，你这是？”

“特制的针形子弹，因为细小，所以很容易打入人体深处，也大幅减轻了后坐力。内部的淬毒可以在半小时内完全麻痹神经，两小时便可以致死。想要取出只能利用电磁力吸引，能达到那种精确的手段几乎不存在，加上六个方位的倒刺，即便能取出也能勾出一小块肉来……”那时，崔元祯真的不知该说什么才好。

为了将“孩子们”隐藏于众人之中，预感到七凰计划即将解体的三个家族，一同研制了名为“共振心脏”的小型机械体设备，可以将能力者原本的能力转移至其中，在必要时会小比例返还给能力者使用。被使用的共振心脏可以源源不断地提供其代表的能量，当对其施以特定的指令时，存储的能力将返还给该能力原本的主人。

而编写指令的人，其关于能量共振的论文，也是这条指令的唯一记载，在“不祥之日”的火灾中“毁于一旦”，实际则是被“龙”窃走。通过这一指令，“龙”发现了其可以对能力者的活人使用，并将其能力汲取，之后将其公之于众，能力者之间人吃人的竞争也是从那时开始。

白芜常一直所痛恨的“吃人指令”，其实原本只是自己父亲发现的为了保护他们的工具而已。而指令的结果，对于共振心脏而言，也和那些被吃掉的能力者一样，能力返还之后，共振心脏也会变为永远无法再利用的废金属块，无论怎样的技术也无法将其二次利用。

“我的技术手段也算是高人一等，所以这种子弹只能说是在处理的过程上会麻烦一点。”

崔元祯暂时松了一口气，这时候他才明白自己之所以能活着出来，是因为白芜常一个人挡下了所有的子弹。

“那个，挺对不起的……”

“不要紧，毕竟年轻人谁没有鲁莽过的时候。”

“拿着这个吧。”他从腰间抽出一张黑色的卡，迎着这黄昏的光线，崔元祯还看得见轮廓，光芒的照射下黑卡上的银白色纹路，延伸到了正中——朝下的骑士剑与盾牌的图案，这是联合军的统一标志。

本能地接住这张卡之后，崔元祯大概意识到了自己拿到的是什么东西了。联合军的黑卡，除了三位总指挥以外的，联合军内最高权力的二把手的象征。

“拿着这个去13区地下城的218号，那里，只有用这张卡才能打开。”白芜常的气息渐渐平缓过来。

“明天早上，联合军会从正面对烟雨科技园发动攻势，作战计划和对方的大致路线也可以在那里找到。”

“为什么要给我这个？”

“要问原因嘛……”他轻轻仰着头，又叹了口气，“因为我也觉得只有你才能把它发挥到极致啊。”

“相比上次见面，你的表情看起来好很多了。”

白芜常记得，临走的时候，左毅在笑着看着他，那个微笑，和两年前带着自己走入联合军的大门时，是完全一样的发自内心的微笑。

即使现在想来，他也很难分得清此时究竟是黄昏还是日出了。

我 们

1

“好好看着，这就是左右了人类社会的历史的过往，关于‘孩子们’，关于我们的真正的一切。”

王紫陌，A级能量能力者，能力名“红莲华”。

白芜常，临界A级电力能力者，能力名“刹那生灭”。

崔元祯，A级空间能力者，能力名“尽头之边缘”。

苏凛，A级能量能力者，能力名“莲中雪”。

张书纶，A级空间能力者，能力名“现实编写”。

于佩杉，S级纯净能力者，能力名“辉夜神”。

当崔元祯看到这些信息被打在全息屏上的时候，他突然发觉，自己的人生没有走错方向。

武器柜的中央摆着一把银白金属制的狙击步枪，蓝色光线的纹路遍布整个枪体，枪口的长消音器几乎可以隔绝原本轰天的枪响。这是白芜常为他准备的新武器，虽然说是可以自己定名，不过他已经替崔元祯想了一个名字了，是“长风破浪”的“长风”。

崔元祯很喜欢这个名字，如果不出意料的话，他预感到了这将会是陪伴他一生的，将来最珍视的宝物。从今以后，他也可以凭着自己，成为想要成为的英雄。

他走进了实验房，看到了隆起的被子。只是凭借着好奇心，他走近了，注意到了从被子里延伸出的输液管连接着营养液。

是一个人。她的脖颈像是重新拼接的，留有大块裂痕的残印，完好的几个部分像是新生的肉体，呼吸还在，一旁的心电图也很平稳，只是为什么总觉得她没有意识了呢？

等到认出这张脸庞来的时候，他连忙向后退了好几步，好像被无形的手逼退到了墙上。他不敢相信，缓缓呼唤着实验床上的人的名字。“付静轩……”可她却没有应答。

2

次日，清晨。

王守诚时隔六年再次来到了这里。手腕上的伤口至今隐隐作痛，在他扑倒了一位警员时，几片玻璃碴子飞进了他的手腕里。所以至今他也不愿意再回到这里。

花了五分钟的时间，他最后确认了一下阵型，第一、二、三梯队把守大门，第四、五梯队作为远程支援和后补，同时防止偷袭。战略方法是坚守住阵地，尽量不追入科技园内部与对方巷战，按照说法，联合军的那个比较特殊的家伙现在已经从捷径一路潜入到对方的总据点了，那么只要在这里拖住主力……

“长官！在正前方方向！”

大清早的雾气还没完全散去，不过隐隐约约的，王守诚看到列阵排列的阵势正向这里走来，步伐、动作整齐划一。不管怎么说，这种架势也太张狂了。

没有借助任何掩体，只是正面走过来，“龙”的兵力大概并不比警方与联合军的合力要多，甚至相比之下少得可怜，而这么走来，摆明了就是想挨枪子呗。

不过他却不敢下令开枪。他命令全员隐蔽，呈防守态势，保持安静。聆听着行进的步伐，如同厚重的铁砧整齐地砸着地面，阵阵轰鸣让他想起了战争年代军旅的铁蹄。这行军声带来的压迫感他从未体验过，也没想到会是这样的状况。一双双红光从雾气中探出来，那是他们的眼睛。王守诚相信自己没看错，眼前的军队，竟是一群机器！

远程量产军队，这是白芜常一直担心的，只要战时的量产速度不低于电子军队损坏报废的速度，这由机器组成的军队便可以无限供应，直到把最后的人力拖垮为止。

因为是机械的身躯，联合军一方的火力几乎没有了作用，而这支机械军队则是配备的针形子弹，从实战中看得出来，这种改造子弹的单体杀伤力相当高，联合军的防爆盾不多时间就已经千疮百孔了。

“开什么玩笑……”

再这样下去，这帮机器人会逼近战壕，第一道防线将会被冲垮，第一、二、三梯队会失去所有可利用的掩体，再加上技术上没有可抗衡的手段。这样下去，恐怕拖不了多长时间，至少在那个联合军的人偷袭成功之前，主战场的全体人员就可以至少被团灭三四次了。尽管没人跟他说，不过王守诚也大概清楚现在的形势，对方的据点里还在源源不断地制造着新的机械军队。

“不好！现在重伤265人，阵亡38人，其他最前线人员已经被迫后撤……长官，再这样下去，恐怕我们这里马上也要失守啊！”

王守诚没说话，这样的情况就算是他也没有办法应对，仅仅是技术力量上，他们就已经超过自己太多了。如果真有打败得了这种军队的力量，恐怕也只能依靠能力者吧。但是，又该去哪里找呢？

“长官！”

王守诚突然抬起头来，看到已经围堵在战壕上的机械士兵，枪口已经对准了各处无力反抗的警员。它们一同扣下了扳机，展开即将到来的无可避免的屠杀。

“如果什么人也依靠不了的话……”

零星的雪花卷起怒号的寒风，扑向这支机械军队。刹那间，横扫千军，一具具机器被完全冻结，跌在地上，撞成了一地的零件。

王守诚睁开了紧闭的双眼，紧贴着他的皮肤的，是一层深蓝的纹路，将所有人与针形子弹间最后的一丝距离隔离了，这些子弹飘浮着耗尽所有的动能的时候，他才看见这骇人的子弹构造。

“……就安心地依靠自己好了。”

身后卷起阵阵威风，成片的人从天而降，就像是按着预先排好的阵型一样，在第一、二、三梯队的后方着陆。随后，旋风的中心降下五个年轻人——王紫陌、苏凛、崔元祯、张书纶、藤泽十萌。

“抱歉，父亲。”王紫陌说着，终于再一次拔出了腰间的长剑。

“这一次，恐怕我不能让您如愿了。”

另一端的科技园大门顶端，白芜常站在上面，微微闭着眼睛，享受着早间的最后一股清流。

“果然，能发动这座城市最大的能力者集体的人只有你呢，崔元祯。”他的笑容扯动着惨白的嘴角。衣服是从靴头至衣领由纯黑到浅灰的渐变，唯一没有变化的是那件纯白的长风衣。

“这样一来，交给你们我就可以完全安心了。”他说罢，纵身跃下，张开了那副机械翼，滑行在云端之下，再次冲向科技园的中央大楼。

“那么……”那一刻，所有人第一次同时抬起了头，望向前方。

“来痛痛快快地大干一场吧！”

3

新一批的量产军队涌向了最前方的防线，按照新的应对方式，既然普通的子弹还不能奏效，那就让联合军与警方的联合部队承担牵制的作用，后方的能力者学生作为攻击手段。

起初，王守诚并不相信这个冒险的举动，毕竟是将输出全部交由孩子什么的。但他正这么想着的时候，头顶浮现出数十个电火交加的球体，每个都足有轻型坦克般大小。

这是孩子们预先排演好的，将攻击性的能力按照使用顺序和空间能力配合制成的百发百中的雷火球。

"搞什么啊？这都是……"崔元祯在雷火球一同发射之后冒出这么一句话。刚开始就把大招全给交了，这群人还有没有点战略意识啊。

"别一开始用这个！能量型能力不能持续，先暂时靠电磁炮当普攻，需要更强的攻击的时候听我和崔元祯的指挥就行。"张书纶好一顿嘱咐，这些孩子们才算是在下一批攻击之前把该摆好的阵容摆好。

张书纶顺带抬手，将散落一地的废铁抬起，甩到了一边，先是撇了一眼旁边的苏凛，又转回视线，随后直视着前方说："话说回来，我突然发觉这些机器能动的时候，我还不能控制得了他们。"

"啊？"苏凛似乎还是没找回状态，张书纶就怕她到了这么多同学跟前，干脆就拿着平时的样子撑到底了。虽然这样可以让自己被抢的人头少一点，算了，没必要。

在这之前，张书纶突然发觉，自己确实有能力去做点什么，而现在，他从崔元祯那里打听到了关于白芫常是联合军的身份的事情。

"原来如此。"

"哎？什么什么？"苏凛被他的脑回路给绕得找不着北了。

"你敢不敢赌，于晞航，你妈妈，还有在这里指挥的王警官，六年前死在中央大楼的白皓文，再加上联合军的大上级，虽然不知道最后这个人是谁，但这几个人一定有着各种联系。而那个联合军的大上级，一定是这场戏的幕后推手，看似参与得最少，其实只是因为这一切都如他所愿而已。"

虽然苏凛脸上的表情是“好厉害啊，我什么都不知道”，不过到了嘴里，却是“这家伙又开始了”。

“你想想，樱花源建成的时间是什么时候，又是什么时候开始建的？”

“好像建成……是2015年的8月吧，开始建的话我真的不知道呢。”

“确实。但我打听到了，开始的时间是2015年的7月初，我这么说你能想到吗？”

苏凛好半天没能反应过来，虽然这个打听到的消息不一定真实，不过从这个切入点来看，似乎这座城市确实存在不少可疑的地方。

“没错，在2015年的7月开始，先是我被你妈妈给予了这个能力，之后樱花源几乎也在同时开始建造，同期，我们的海底图书馆出现了，一个自称是你妈妈的朋友的人将它给予了我们，之后便是这个科技园的‘不祥之日’，就是7月的中下旬了，等刚到8月的时候，这片科技园被完全隔离，樱花源也顺理成章地出现了。而那个和海底图书馆有关的人，从那之后，我们便再没有了和他的联系。听我说，苏凛，看看樱花源所附属的一切，尤其是这个学校，它并不是为了办学而办学，为什么我们这些人，会和于佩杉、王紫陌这些人聚集在一起？为什么那个从没有上过学的白芜常会在这个学校？第一次出现在公众视野里，这所学校是为了我们而建，是于晞航为了他的女儿所准备的，于佩杉就是他的女儿。而海底博物馆，那种承压技术现在完全找不到一点踪迹，况且除了我们两人，现在还没有其他人清楚它的存在，那个建造者大概就是烟雨科技的白皓文，从这里看得出来，白皓文非常了解我们两个，还有我们的家庭情况，对我刚获得不久的能力也很是了解。虽然随便揣测不是很好，但我的直觉告诉我，你妈妈之所以会把这种能力托给我，大概就是白皓文的指示。”

“嗯，这个啊……”苏凛摸了摸后脑勺，头低着。她不是故意打断张书纶的长篇大论的。

“不是那个叫七凰计划的事情吗？”

“嗯？”

“你们已经都知道了？”

苏凛抬起头来，小心翼翼地点了点头：“全都知道了。”

两个人大眼瞪小眼了好半天，随后，从张书纶面前刮过一阵狂风，把他附近的机械部队又给砸成了一堆稀烂的零件。苏凛看着他脸憋的通红的样子，没忍住，扑哧一声笑了。

“坚持住！绝对要坚持到最后一刻！”联合部队的人高喊着，将作为主力的正面战场隔离开，虽然还不能完全避免有漏网之鱼。

“好的，把这些家伙引过来！”

拥有加速能力的孩子们将他们引入利用空间分割能力设下的层层迷宫。这些机械部队的性能也毫不逊色，就算是C级别的加速能力也不能拉开距离。不过，将他们引进来关门打狗才是正中下怀。

“来了，藤泽学姐！”

他们高喊着，四面八方的机械部队被引入迷宫的正中央，突然在加速能力者的旁边开出了几个缺口，他们转入后缺口关闭，只剩下被引入的机械部队和藤泽十萌。

“撒，让你们看看我的厉害！”藤泽十萌一脚跺在地上，自身半径五六米以内散射着毁灭性的电磁场，在机械部队靠近的瞬间引发磁暴。“Tomoe・The Thunder！”（注：Tomoe为“十萌”的罗马音，The Thunder出自《魔卡少女樱》的雷电魔法）。残肢断臂连带着路面的灰砖头一并飞出去好几米远，还在迷宫中牵制的同学被这场面吓了个半死。

不过藤泽十萌倒是不在乎这些，她会把控好这些坚硬物下落的位置的。于是，她闭着眼睛，自信地撩着头发，甩着头。在此之前，她从未想过，自己也会有这样一天，可以和大家站到一起。

一直都想着能让有纪过上幸福的日子，为此就算是毁掉了自己的人生也在所不惜。藤泽十萌一直想着，姐弟两人是一体的，只要有纪能够幸福，她便满足了。然而，现在的她已经不一样了，她意识到自己珍视的人已经不再局限于血缘的纽带，想要生活在一起的人们永远都在身边，所以一定不要自暴自弃。到了这时候，藤泽十萌终于和往常不一样地开始害怕死亡了。

“长风”，确实是把很厉害的枪，虽然刚换成双手的枪械有些不习惯，但这惊艳的光束型子弹和杀伤力已经让崔元祯感到很满足了。他第一个按照白芜常所指引的，完全解放了自己的能力，现在看来，大概没什么太大的变化。想到这里，他又凭借着下意识的反应，抬枪射穿了四具机械部队的供能源。

——真是可怕的伤害。

确实，大概哪里真的不一样了，现在崔元祯每次开枪的时候，都感觉到身边的一切能量都在朝自己奔涌而来，随后被集中在一点射出。这种感觉以前从未有过。而且，自己已经变得和大海般蔚蓝的瞳孔、每时每刻在脑内感知到的战场上的一切。他再一次认识到自己真的很强，因为他是A级能力者。

即便头脑里什么想法都没有，真要做起来的时候却又能瞬间知晓遍布战场上的一切感觉。

他曾尾随在象征着强者般的王紫陌的身后，做他战场上的后援，依赖着两人之间的配合。但现在不一样了，现在的自己，即便是没有人帮助，凭着手中的爱枪，感觉到了来敌便打出破军的子弹，被冲到近身就用喜欢的方式把对方打倒，或是找机会近距离一枪毙敌。

现在的他，是与王紫陌站在同一条线上的一人独挡千军万马的崔元祯了。围绕着身边的能量从未像现在般如此亢奋过，这一次，再抬起枪的时候，崔元祯感觉到了这世界的全部力量都集中到了他的手中。是不是该给这个招式起一个名字呢？

“尽头之边缘”，这一能力掌握着抽象空间的最高操作权，能够对立体空间进行定位、分割、缔造、切割、改造，以及对不可见但又真实存在的“能量”直接操作。

而此时，崔元祯正将一切形式的能量转化为最为纯粹的纯能量，再聚集于枪口之上，这一能力此时竟与这狙击步枪完美协调。当枪口的蓝色光亮将周围的一切都衬托得黯淡时，崔元祯却还是没能想出这一招式的名字。

蔚蓝的光束已经射出枪口，笔直地冲向远方，射过的大约有一整个车行道的宽度范围内的一切都被轰成了纯粹的灰烬，没有了任何生机，如同那里的世界被上帝重新清零，在科技园的路面上显得十分突兀。

他放下了枪，前方的机械部队竟也都停下步伐，不约而同地看着这一毁灭性的攻击的痕迹。战场上第一次出现了长久的沉寂，即使是微弱的呼吸也能声声入耳。随后，光束的尽头，一栋科技园内的高楼轰然倒塌了。

4

“怎样？很英勇吧，这些孩子们。”

远程拍摄的画面中，王紫陌五人正带领着拥有各类能力的学生与联合军配合着，与“龙”的远程量产部队相持平。不过，如果没有作为主力的五人在最前线，恐怕也早已被杀得溃不成军了。

“你还是喜欢做那么冒险的事。”王守诚似乎还对左毅的这一计划耿耿于怀。

“别这么说啊，守诚兄。这是孩子们自己的决定，他们也曾在这一切突然闯入眼前的时候迷茫过，也走过弯路，现在只是给他们提供了一个机会。”左毅为自己倒上了一小杯二十世纪末期流行的酒，随即便一饮而尽，嘴角不自觉地上扬着，好像一个实现了心愿的孩子。

“确实，不管怎么说，我都是在冒险，不过，守诚兄，在咱们还刚记事的那个时候，就曾不乏有想要做出什么来改变这世界的既定社会法则的孩子们，我从来不觉得他们和现在站在你面前的孩子们除了一点以外有过什么区别，但最终却是完全相反的结局，你现在猜到原因了吗？”

伴随着引擎的轰鸣，白芜常滑行着落在了中央大楼正门前的广场上。腰间入鞘的两把长刀、收于流光之中的飞行翼、身边的气压刮起的阵风，令他的白衣持久摆动着，无拘无束。

“是因为缺了我们啊，守诚兄。”

如果没有一种方式为这些孩子们的行为提供合法的地位，那么无论是白芜常还是任何人，最终都会在人间之阴暗与社会之否定的联合绞杀中败得体无完肤。

“终于来了吗？”白芜常抬头看着声音传来的方向，只是一个还未损坏的广播喇叭。

“荒木龙彦。”

亮起微光的碧绿之瞳与横眉的冷对，再一次为白芜常的表情书写上了杀意。四面八方都是敌人，都是些抄着日本刀或是斧子的西装暴徒。

“你真以为凭一己之力就可以抵挡住这千军万马吗？”

白芜常大概目测了一下，在可见范围内，大概是五千多人。可他还是笑了。

“你在说什么傻话……”

除此之外，眼前如黑云压城般的兵力还望不到边界，被这样包围着，即便是任何的远程兵器也不能同时抵御四面八方的攻势，而若是冷兵器，又很容易被抓住空隙，几乎很难有取得优势权的机会。

“现在你们所面对的……”白芜常呼出了长长的一口气，双眼轻轻闭上，交叉的双手从腰间将双刀同时抽离出刀鞘，甩于身体两侧，双双朝下的刀刃仿佛映照着他内心的千军万马，“才是真正的联合军驻樱花源总军啊！”

语毕后重新睁开双眼，数以千计的大军一拥而上，杀声震天。

白芜常后撤半步，朝着正前方右手撩刀，刀剑在空气中划出月牙弧状，在撩刀动作结束之时冲向前方，如同激光的切割面一样将所经过的一切撕裂为两半，直到命中了第一堵墙，在上面留下了同等大小的裂口才停止。

这还是他第一次将能力发挥到这种程度，在听闻了自己的能力不仅局限于“时间契约”一类，再加上左毅从藤泽十萌那里套来的一些常规电力能力的使用技巧，如今仅仅是一般的攻击也可以附带能力的攻击了。

从现在的状态来看，除了每次发动附带能力效果的攻击之后都会猛喘一口粗气以外，还暂时看不出有什么副作用，“龙”的人力兵力大概都集中在中央大楼附近以及内部，至于会不会有量产部队还是未知数。如果就在这里把体力耗到极限肯定要完蛋，但又很难把控怎样程度地使用能力才能在这种包围下全身而退。

现在还来不及多想，借由时间契约二进制可以多给自己思考的时间，他效仿了苏凛曾在警局里用过的招式，原地不断地多角度旋转身体，同时不断向各个方向和角度撩刀或是扫刀，每次大致上能解决三十多人，这样一来在被近身前可以解决至少将近一千人，但这至少五千人的阵仗光凭近身一定还不够，况且在近身对拼之后再使用能力很容易被抓住空当，所以说到底现在他还是无计可施的状态。

如果不做出什么改变的话……

六年零四个月，这期间所经历的每一天，现在如果想要的话都可以再次一同闪过，他不知道这是否是已经被千人形容过的华美辞藻，自己当然也没有那个水平将其书写下来，当然，充斥着血腥与丑恶的人生也不值得被纪念。

——那么现在真的是四面楚歌吗?

在斧子即将落下的瞬间，最后一发电能刀气也成功释放，他将左手刀改为反握正面接下那一斧，随后利用压低左手刀拉近距离，右手刀向前方几乎半圆的方向横扫，即便这样背后的攻击也可能来不及衔接上同样的动作。

“时间契约·十进制”。

或许是过度使用能力，即便在十进制的加持下可以无伤且高效地将靠近的一切目标斩杀，但很快他就在两个来回之后吐出了一口鲜血。

原本就只是瞬发型的能力，持续使用必然会……这样的结果也不是没想过。时间契约的结果被迫解除。

杀害他人的人，必然要抱有将来同样被杀的觉悟，如果现在倒在这里，虽然有些不堪，但也算得上是死得其所。

他看着落下的斧子已经接近了头顶，就算再怎么躲，也只是暂时保住头颅不会被斩成两断而已。溅上衣领的鲜血来不及清除掉，也来不及再抹去唇下的血，这时，一股不明所以的愿望突然冲进了他脑中，他竟然不再希望死在血泊中。

即便一次又一次地让自己能在有限的时间里多驻足一会儿，却也还是改变不了时间终将流逝的结果，到那时，如果是自己这样一无所有的人，就连时间也失去了，是真的无所谓呢，还是终于落入了空虚之中?关于这些事情，他竟然在这六年以来都没有考虑过。

为什么不希望死在血泊中呢?因为想要找回已逝的亲人……

不对。死去的人是回不来的。

没错，就是因为这个。就是因为这样，如果现在可以的话，就让自己身边的人们归来吧，一次一次地，让他们能活下去。

这种事情大概很难吧，不过，本来和别人比起来，自己除了一无所有，也没有什么不一样的地方了，就像那个女孩一样。

他挺起低沉的腰板，正面迎上落下的斧头，右肩喷涌出的鲜血沾湿了他的上半身，随后，两侧的长刀相继落下。

——或许今后，我也可以……

他双手交错。

——和大家一样活着吧！

刀刃上再次涌动起电泳。时间契约·五进制，作用目标为“干将莫邪”。这一次，电流驻留在了刀刃上，加之时间契约，使其得以快速聚集，几乎整个刀刃都被电流所覆盖。在此之前，这也只是一次性的招式。交错的双刀横向劈过，嵌入肩膀的斧子、即将落在身上的长刀、蜂拥而至的人们，在刀与电相交映的光辉中，如春天遍野般翠绿的光芒点亮了他的双瞳。

再次站起身来的白芜常重新挥舞着手中的利刃。遍及每一处的无死角攻击，即便没有了时间契约的加持，其完全切割的性质和增大的攻击范围却比之前更适合应对这样的人海战术。

荒木龙彦紧紧扒着监控屏幕的边缘，他也曾听闻过这还没有被证明出的理论，能力者越在生命达到极限的时候，能力的作用反而会因此变强，据说这是代代进化出的自保本能。现在看来，大概是肩膀被严重创伤，反而提高了白芜常的能力所能使用的上限。

“有意思，不愧是敢于和我们挑起战争的人。”但就算这样，你还能撑到什么时候?

监控画面中，白芜常不断在扭转与侧身的横向与斜向发动斩击，每一击伴随着一刀两断的兵器与血肉飞溅出几米远，渐渐地，他开始反过来压制了围攻的攻势，原先一拥而上的围攻已经不能衔接，白芜常却还不见得有多少疲倦的成分，甚至体力不断地在回升。

荒木呆滞着，这里的每一个人，冲上前的，被杀的，还没有轮到被杀的，都是与他一起打拼过的弟兄。现在还不是沮丧的时候。没错，这还只是开始，尽管现在他有着下去和白芜常决一死战的想法，但还不是万无一失的时候。

“准备到哪里了？”他转过头去看向身后的实验仪器堆。

“提取进度百分之七十四点四六，大概还需要半个小时。”远处密闭的实验仓里，身着无菌服的于佩杉正躺在里面，像是睡着了，线路与管道遍布全身。

“提取结束后她会怎么样？”他问。

“不知道。迄今为止，还没有人做过这样的事情。”

也就是说可能会有生命危险吗？这句话他不敢问出来，只是此时他心中有愧，明明在继承了龙首的席位时曾发誓绝不伤及无辜，现在却又为了最终的胜利而不择手段。

白芜常收起饱含血迹的双刀，踏过眼前残碎的无数尸骨，一步步，再次踏入了中央大楼的大门。

5

现在战况如何，还需要在这里坚持多久，这些事情苏凛并不知道。从开战到现在，她也只是靠着单手放射的冷冻射线进行攻击，大多时候还是要让张书纶从他那里抽出空来帮自己一把，帮的次数多了，反而自己没做什么事。

为什么昨天会在王紫陌同学面前表现出那副样子呢？在学校遭到袭击之始，自己便躲在了洗手间的包间里，胆寒着，颤抖着，不敢见到任何人，不敢让任何人见到自己。那个时候，同样是A级能力者的张书纶却能挺身而出，还只能使用部分能力的王紫陌和崔元祯也带领同学抵抗着。

不仅仅是那时，自从在日本的那天晚上就已经开始……明明那时候如果自己早点站出来，崔元祯他们也不会因此受伤，王紫陌不至于再铤而走险，真是没用呢。她这样对着自己讽刺道。

在此之前，她并不知道自己真正在想些什么，又是一个什么样的人，于是干脆为自己打造一个自己接受的人设，就算胆小怕事，却也能不乏温柔与体贴，这样就好。然而，在面对着需要解决的对手与王紫陌的心结之时，她终于发现自己或许真实的人格与原本的希望是完全相反的。

比起以前，现在敢于和大家一同面对最后的战斗就已经很好了，她并不喜欢，那个好像是伫立于三尺之寒的中央，独来独往的，甚至能在战斗中找到些许快感的人会是自己。

“苏凛……”她的声音就像是早春的甘露，象征着心中的冰封即将融化。一直都能听得见她的声音，即便出了很多事，不能二十四小时陪伴在一起了，苏凛却依旧记得于佩杉的声线，她说每一句话的语气以及每一个字的发音，这些都早已经铭刻在了她的脑海里，鼓励着她，好让她得以抬起头来，继续前进。

远程量产部队也好，“龙”的存亡也罢，这种事情苏凛并不在意，事实上，现在也只需要凭着单纯的冷冻射线作为攻击手段，苏凛一人也能完全应对，因此她也少有不解为何其他人都这样卖力地在作战，是自己真的不用心吗？还是他们太过用心了呢？

在见到白芫常的那一刻，她曾预见到了。“这个人将来一定会带来灾难。”因为她看到，那种程度的手段不只属于她了。

于佩杉在那时冲她笑着，大概也在意料之中。“没关系的，小凛。”于佩杉将两人的双手攥在了一起，“我们都会没事的。”

原来如此。因为相信自己可以做到，所以她早已不再焦虑。于佩杉并不是那种可以改变人的想法的心理导师，尤其是对于苏凛这样一直以来都很固执己见的人而言，更不可能。

那么这潜在的意识究竟是什么？为什么自己会这样认为？大概在昨天的

时候苏凛便已经找到答案了。那是在王紫陌面前新生的自己，也是那些自己心中找不到来源的奇怪的异端想法的认同感的来源，那究竟是否是真实的自己？是真正意义上的新生，还是一直被藏匿于心底的真实人格？现在可能也不得而知了。

她听见张书纶在朝她喊着，告诉她这些远程量产部队的行为出现了变化，很可能变更为人工手动控制了。她听见身后的人们有些乱了阵脚，能力的长时间使用终会使人疲倦不堪，这样下去，可能很快就会有第一个人倒下吧，随后兵败如山倒也是理所当然的。只是现在她也能确定，无论是什么样子的自己，缺少了任何一边，都是不完整的。

“交给我吧。”话音刚落，身后一门斧头笔直地从她的头顶落下，在与头顶的最边缘接触的瞬间被天蓝的纹路阻挡在了那里，那纹路如同水面的波纹，将尖锐而沉重的斧面变得不再能够伤人。随后，与波纹接触的斧刃结上了冰，顺势蔓延上去。

苏凛没有回过头去，她盯着前方，再睁开眼的时候，便已经不是他们所熟知的苏凛了。蔓延的寒流将整个斧子以及机械士兵变成了一整只冰雕，随着她迈出的第一步，冰雕炸裂开来，碎了一地的粉末。她一步步走向了前方，缓缓念出了等待已久的号令。

“凋零与压杀之神，汝命授予汝被选召之人的力量，为人间书写永恒的寒流吧！”当她的鞋跟再一次踏在地面上，踩出了一朵朵闪耀的雪花，寒气环绕着她的双腿。

“莲中雪 · 解放”。

那一刻，所有人都凝神屏息着，如同冰封的雕像一般，欣赏着她与那冰封的手镯一同以崭新的姿态降临到人世间。随着纹路蔓延了整个手镯，随即在无规无矩的纹路的撕扯下，手镯被拆解成了无数细碎的颗粒，旋转着、飘动着，如同狂风吹拂的雪花。无数的雪花分散开来，铺满了她的双肩与四肢。

再走出下一步，落在地上，踩出的冰花与雪的碎片融合，汇聚成了长靴与长手套，双肩的雪花如同失去翅膀的天使，张开了不可能再振翅而飞的双翼，半透明状的薄膜般的天蓝色披风虽然不是多么的耀眼，但依旧能在阳光下折射着光芒。

当天蓝色披风蔓延至尽头，苏凛所迈出的下一步踏在了空气中，她双脚脱离了地面，仅凭着手掌与地面之间不可见的“力”飘浮于半空中，渐渐地已经不需要双手朝下作为依托，于是她便抬起双手，再次与往常一样展开法阵，两个圆桌大小的法阵被合拢的双手合并于头顶，随后旋转起来，在天空中展开了覆盖几乎整个战场的圆阵。

原本像是什么也没有发生，却又隐隐约约地看到，数不清的尖锐的轮廓正一点点地从圆阵上探出头来，开始旋转着，统一着方向，正朝着斜下方的战场。

最终，铺满圆阵的冰锥完全暴露在空气中，围绕在正中央的苏凛身边。

“无限冰剑阵。”

漫天的冰锥一同刺向地面，当它们降临到地面之时，人们才感知到其庞大，足以将一整个机械士兵砸得四分五裂。

所有人的眼中都被下落的冰锥所填满，却没有人因惊慌而逃窜，或是说没有人敢四处逃窜。落下的冰锥与地面相撞后陷入半米深，新落下的冰锥又将先前的冰锥砸碎，不久，路面变得满目疮痍，散落的冰碴填满了凹凸不平的路面，多余的散落在地上，炽烈的日光也没能将其融化。

来回变换着攻击方式的量产部队终于重新被击退，新涌入的也能当即完全清除，局势暂时得以再次好转。

苏凛还在天上俯视着，观察周围的动向，她告知所有人，在这之后，量产部队的作战能力还在增强，有可能是通过实战的演算和人工辅助共同作用的结果，甚至不排除有专门的队伍远程直接性完全控制的可能。

无限冰剑阵消散于空气中，但所有人依旧能感受到她的存在，她还是苏凛，却又是不同于过去的，凌驾于所有人之上的存在。

6

左毅还在办公桌前摇着酒杯，王守诚的焦虑却一点不见得有减弱的意思，即便是大寒的季节，依旧止不住额头的汗水。他不停地抹着汗水，看着周围的孩子们不断突破着能力的使用范围，一次一次地击退越来越难以应对的敌军。他心中不仅是有自愧不如之情，更多的是羡慕这些孩子们，他相信他们，一直以来都是，左毅没有说错，只需要给他们一个平台，便没有孩子与大人间明显的界限。现在他担心的，只是孩子们的生命安全，即便不会受伤，有了这样的经历以后，也一定会留下不同程度的心理烙印——他这样认为。

而在王守诚正前方的，是他最不想在战场上见到的，他的孩子——王紫陌。他看着王紫陌在最前方不断朝着四周奔袭，将力所能及的范围内处理得完美无缺，这让他很是骄傲。能力完全活化后的“红莲华”能力已经不仅限于身体的高速自愈，单纯的一般性火焰攻击已经可以随意地释放，通过能力与剑技的结合也更流畅了，这自然是件好事。

“气浪！”王紫陌旋转身体发出斩切，随后旋转扫刀，刀面上释放高温红色气浪，向着前方大约七十度角的扇形范围扩散，与气浪直接接触到的细小零件被快速地熔断，随后被波及的量产部队纷纷丧失了行动能力，但这尚不足以完全将其摧毁。

十种剑技的第三式·气浪，在面对人数较多的敌人时作用还是很大的，从开始到现在王紫陌一直以此作为主要的大面积攻击手段。

这样的方式对能力的使用还是有一定的损耗的，虽然不算太多，但也不能长久地耗下去，白芜常深入敌后也没有带来什么消息，不确定整个战局的王紫陌已经不太敢轻易下定计划了。

量产部队的功能还在不断加强，在苏凛的团灭性攻势过后，重新投入战场的量产部队具备了一定的重组能力，现在看来是为了应对张书纶和王紫陌的了，只要没有彻底性损坏，途经的其他量产部队都可以将其快速修补并重新投入战场。

王紫陌看见了这一切，这意味着先前的努力都将白费，如果这两处被作为突破口，未被完全摧毁的量产部队卷土重来，恐怕两边都会失守，况且张书纶与自己离得较远，若要支援很难完全同时顾及两边。

真是难办。

一开始只是凭着一腔热血加入了战斗，从没想过会在战场上遇到什么情况，原以为自己有能力见招拆招，现在想来，恐怕是自己被对方拆招了。

这种时候又该怎么办才好？不会有人告诉他的。他想起了昨天苏凛说过的话。那时，她以一记耳光强迫他记住："不要问别人，自己想办法。"

想到这里，他又抬手顺势劈倒一具机械士兵，从现在开始，他强迫自己把每一个动作的发力点做到极致，以达到将其完全摧毁的目的。可是又该怎么想啊？

如果看不到前方的道路与节点，眼光与想法自然会被限制而具有不确定性，所以王紫陌很羡慕那些可以控制局面的人，远比自己这样只会一味地战斗的人要好得多，或许自己这辈子也达不到那样的本事。

哪怕像白芜常那样能在作战时有着独自的思路和缜密的方案，那样也好。这样想来，自己永远赢不了白芜常吧，应该也是理所当然的。

"呐，守诚兄，你知道那孩子第一次从我这里得知关于紫陌的事情时，是什么反应吗？"

"那孩子？'刹那生灭'吗？"

"没错。"

工作室的酒水快要被喝光了，象征着时间的流逝。

王紫陌还在不断地奔跑着，砍杀着，长剑在空气中划着肉眼可见的气浪，他想要找到休息的时间，如果再这样硬撑下去，身体恐怕真的支撑不住了。

还不能倒下，身体即便能很快恢复伤口，却不能让意识随之一同清醒，如果真的昏厥在战场上，遭殃的将是身后的人们，父亲、同学……所有人的努力都将白费。

“倒是个很有意思的人，如果可以，我还想和他组一次队。”那时白芜常是这样说的。

“嗯哼？你不是一直很喜欢自己一个人办事吗，还是忘记了那次组队时无人生还的经历了？”

“都不是。”

左毅看着白芜常，像是看到了一次新的转机。

“反正能力上就是死不掉的人，我再怎么随便也无所谓了吧。”

王紫陌还在硬撑着，其他人是帮不了他的，他很清楚这一点，现在看来，他已经分不清这夸张的自愈能力究竟是好是坏了，虽然得以屹立不倒，却也承受着比任何人都要多的疼痛，不能像“时间契约”那样在瞬间避开攻击，也不能像“尽头之边缘”那样在攻击来临之初就感知到。

所以自己的能力到底是什么，到底怎么样才能和大家并肩作战？他真的不知道。这么说来，苏凛和张书纶甚至可以不需要防备这些，他们的能力足以在攻击来临之前就将对方击败。那么自己还有什么？失去了那些换来的不死能力真的有什么用呢？火焰的能力，虽然看上去有很强的威慑力，但实质上对于使用者本人而言，已经落后于时代，这一点，他比任何人都要清楚。

背后又一次挨了一刀，如果是斧子这类的武器，可能会挂在身上一段时间，疼痛几乎刺穿整个上身，又很影响行动，斧子嵌在肉里的时候自愈能力会作用得很慢，但即便这样还是不会致死，只能继续硬撑下去。

原本不想承认。自己的职责就是拦截，现在还是不得不节节后退，自己的能力并不足以完成应尽的职责，这种感觉刚开始涌上心头的时候让人充满着不言而喻的负罪感，想要鼓励自己坚持下去，却更容易陷入麻木的深渊。

不能完成应尽的职责。

“身为警长，本应不放弃每一个生命，即便付出自己的生命。”这句话原本已经刻在了王守诚的头盖骨上，然而，他却知道自己早已背叛过了自己的誓言，“会有人灭的了，但不会是我们。”

不祥之日。他在那一天说出了这样的话。他在推卸责任，他在逃避自己曾经参与的一切，他比任何人都清楚。他想起了那时身边的警员的表情，他一直能随时想起，那是疑惑的眼神。

人们常说，一桩悲剧，不会来自一个单方面的原因，而是多方面共同积攒下来的结果。可是，真正遇见悲剧的时候，人们又总会把原因归咎于所谓的阴暗，将心理定式下的见解直接套在单方面的少数人身上，之后以一个正当的定义来杀鸡儆猴。

而同样应当负责的，却可以逃之夭夭。逃之夭夭，确实可以这么说，毕竟人都有趋利避害的本能。这也是为什么永远阻止不了悲剧的发生。现在看来，王守诚也没有办法挽回了。

最可怕的是，即便是已经积攒了多年的悔恨，此时想来，却又觉得那时的做法是理所应当。就像现在的王紫陌一样。

不断地想要铭刻在心中的理想，原本一直坚持着，可以做得很好。却在自己认为不得已却又分不清成败的可能之中以反面的结果收尾。

现在他只希望，王紫陌，他的孩子，不要和他一样在失败的绝望中麻木，而是能在光明的大道上永远走下去。

“火之神三式·气浪！”

“气浪！气浪！气浪！”

他望着似乎已经无可挽回的局面，深深吸着气，高热的气流一次次冲刷着战场。

即便清楚自己的能力不会让自己就此死去，王紫陌还是能大约感到将死之感。但直到此时，他才意识到，这将死之感并非来自他自己，而是身后的人们。因为不想见到只有自己一个人亲眼看着人们死去，无论是谁。这或许才是所谓的不死能力存在的意义，如果做不到自己本应做到的事情，就会永远活在无法挽回的噩梦中。

很痛苦吧，如果是这样的人生，在这负担之下度过一生，既是如同天生注定的命运，又是自己选择下来的结果。他这样问着自己。不过至少现在也知足了，不管怎样，至少现在来看，无论这样的负担由谁来决定，自己也都能承受得起，一定也可以做得很好。

过去带给他人的旧伤也好，未来将要面对的悲哀也罢，现在暂且可以不顾，但不意味着会放下，相反的，现在所做的一切都是为了这两者：为他人抚平过去的旧伤，给未来将要面对的悲哀铺平道路。

“火之神七式”。

在此之前他从未成功使用过的剑技，或者说，当初使用“红莲华”的人，编制这一套剑技的时候只不过是将固定的动作附加了适用的能力形式，动作本身相当平淡无奇，甚至谈不上“剑技”可言。

不过王紫陌还是欣然接受了这本不得不接受的传承，倘若能将这平淡的剑技发挥到极致，不也是一件不小的成就吗？他早已不求什么多人瞩目的光辉或是荣誉，就像现在这样，和每一个人一样，拥有着同样的敌人，共享着平等的生命。

直到这一刻，王紫陌才意识到，让他无法摆脱时间阴影的人，一直都只有他自己。

场地上渐渐地由微风逐渐发展成呼啸的狂风，环绕在王紫陌的身边，而这并不是他人的能力。在狂风的包裹下，没有人能再靠近王紫陌半步，他身上的创伤在这一过程中已经完全愈合，他将长剑垂下，好似与这环绕的狂风融为了一体。

长刀附近和往常一样涌动起火焰，包裹了整个刀身，将刀刃烧得通红。可亲眼见过王紫陌过去战斗的人都知道，这一次的火焰，烧得比先前每一次都要更烈。

“焚风！”

与旋转的狂风同一方向释放扫刀，大致的姿态与“气浪”相似。而此刻，几乎要将路面都掀翻的狂风与火焰交融在了一起，越卷越大，几乎整片场地都被赤色的热流席卷，所有人都被迫退到阵后，脚底却还是持续有着滚烫的热感。钢筋、路面……所有可见的一切，都在这烈风之中失去了原有的姿态，扭曲得不堪入目。

他高吼着，以刀刃为中心的烈风在他的横扫之下扑向前方，不放过空气中的每一处，甚至连空气本身都要点燃一般。王紫陌咆哮着，与狂风一起，与火海一起，将压境的黑云一扫而空，将一切都点燃了光明之火。

每一处可见的视野都被爆炸的景象所填满，在焚风铺满战场的瞬间，接踵而至。

他独自一人，伫立于风与火交织的世界中，风吹拂着他的衣领，火则温暖着他的全身。长剑“轩辕”斜向下垂着，静默无声，一改刚才的样貌。

——这样的结果，倒也不赖吧。

苏凛看着远处的王紫陌，和其他人一样看着，她终于笑了。

因为曾经在东京的夜晚街头和黑道领袖正面对决、把所有人都拦在后面、伫立于火场中心的那个君王一般的少年，终于回来了。

刹那生灭

1

战场上异常激烈，而地下城里的联合军总部却空无一人。左毅把所有的灯都关上了。藤泽夏树也早就料到了这种情况，这种伸手不见五指的环境恐怕也只有左毅才会真正喜欢。那个怪物、疯子、恶鬼……

他推开了最深处的房门。甚至无数的机关都没有被打开。

“果然你会来这里找我呢，夏树老弟。”一开门，左毅就用这种方式迎接藤泽夏树。他靠在扶手椅上，拎着空有冰球的玻璃杯，背对着藤泽夏树，似乎正神情专注地盯着屏幕里的战场。

“真是不错啊，这一刀，我竟然多少看到了一点你的样子。难道不是吗，夏树老弟？”

屏幕中是王紫陌的“火之神七式·焚风”。可藤泽夏树完全没有关注这些的欲望。于是左毅像小孩一样拍了拍手，屏幕被关上，他收起二郎腿，从椅子上坐了起来。

房间里漆黑一片，只有金属墙壁里镶着的光线作为光源，能看得见少许对方的面容，剩下的细节则是靠着对彼此的了解来在脑中形成画面。

“好久不见啊，夏树老弟，还好吗？”这自来熟一样的问候，对于藤泽夏树而言并不奇怪，毕竟已经这么多年了。但现在他并不想露出一丝的笑容，没有什么特别的原因，只能说现在的他们，已经不是过去的他们了。

“为什么一个人在这里？”

“关于这一点，你猜不到吗？凭着你对我的了解以及咱俩之间的关系。”左毅调皮地挑了挑眉。

首先，对于自己心里对左毅的了解，他一定会独自隐蔽在看似最危险的地方，等待着无从定义的未知的危险降临，再独自享受着在黑暗之中残杀危险的快意。

其次，左毅大概也料到了自己会来这里找他，这样一来，如果白芜常能赶在于佩杉的人体实验结束之前杀死“龙首”荒木龙彦，那么一路将会势如破竹。

最后，如果左毅到了正面战场，自己也势必会前去寻找。左毅清楚自己的敌人没有怜悯之心，为了减少不必要的伤亡，干脆到一个只有他们两人的场所更为合适。

“多少也能猜到三成吧。”藤泽夏树却是这样回应的，“六年前，你曾对我说，下次见面就会是敌人了。而现在这一时刻已经来了。”

“瞧你这话说的。”左毅嘿嘿地笑着，“好像你真的能打败我一样。这六年间，我们选择了各自的、相反的道路，来实现我们心中共同的理想，而想要让任意一方成功，必然也会以另一方的失败为垫脚石。我们培育了我们眼中值得培育的孩子，引导他们走向战场，相互厮杀，成为我们手中的武器。但到了这里，能用的武器也用尽了，最后剩下的依旧只有我们两人，一对一的，就像一场武士间的决斗。”

“呐，夏树老弟。”左毅放下了酒杯，藤泽夏树突然间发现他身上并没有携带武器，“放马过来吧。”

一位是日本古代刀术的传承者，身经百战，统领着千万“龙”中最为凶暴的部队，在少年时代就曾独自在三位B级能力者的同时夹击中将三人斩杀，甚至说是人间最强的无能力者之一也不为过。

一位是整个世界的光明面的最大势力联合军的领袖，登上权力的宝座如同顺水推舟，没有人对他有什么了解，但藤泽夏树清楚一点：这是被称作“最高特异点”的能力者，能力名：“黑日神”。

只是眨眼间的工夫，藤泽夏树便已经抽出了长刀，一发冲刺使两人间的距离只剩半个身位，挡在中间的桌椅被一并砍翻，整个动作行云流水一般毫无破绽，左毅只得侧身躲避，事实上，能在这种攻击之下完全躲开已经可以说是奇迹了。这才是他，藤泽夏树的真正实力。

“刚才我可没用‘时间契约’哟！”左毅说着，顺便撇了一眼被劈成两半的桌椅，不知道为什么，他想起了几年前玩过的水果忍者。

时间过得真快啊。

但是藤泽夏树的攻击还没有停下。紧随着冲砍，动作结束的瞬间顺势上砍，原本以为左毅必定会吃中这一刀，却还是被后撤的一跳躲过了。

“毕竟咱俩认识这么久了，一起合作过那么多次，你的攻击习惯我肯定都知道咯。”

“这一点对我而言也一样。”

虽是这么说，但藤泽夏树还是连左毅会不会使用武器都不能确定。他稳住了呼吸，双手置于身前握刀，面对这样难缠的对手不可急躁，更不能一味地只顾着攻击。只需等一个机会。他小步地拉开距离，自己使用的刀对于赤手空拳的左毅而言，把握好距离是最实用的优势。再等等。他的注意力集中于左毅的全身每一个部位，并随时绷紧身体以做好下次出手的准备。因为尚不确定左毅会以什么形式战斗，或是主动出击或是防守，现在等待机会才是最好的选择。

事实上他并不了解左毅的战斗方式，一直以来，他只是利用那骇人的能力来战斗，从来没有见过他近身搏斗的样子。或许这也是他的第一次？如果这样的话，刚才的两次高难度的躲避并不能说明左毅的近身作战能力有多么高超，很可能只是受能力影响的结果。毕竟能力的强弱也会对能力者本人的基础条件有影响，像“素体”那样看上去柔柔弱弱的女孩子，却能在各个领域很快地学成而精通，也是一样的道理。但这还不是能放松警惕的理由。

在藤泽夏树眼中，最能让一个人的实力在决斗中发挥到极致的情况便是与首次见面的对手决斗。因为对彼此的了解完全空白，双方都不得不在谨慎的同时，赶在对方摸出自己的习惯之前打败对方，这不仅仅是肢体上的决斗，也是心理上的博弈。

而在这时，左毅出手了。他还是没有武器，赤手空拳，一跃上前，只是单纯地对准藤泽夏树脸部给了一拳，毫无技术可言。

藤泽夏树立即上砍，用刀刃的平面将拳头一刀挡开。他给机会了。大概是觉得再使用刀会露出破绽，藤泽夏树将刀拉回，回身一踢。可这一腿又被左毅用另一边的胳膊以和刚才同样的方式隔开。

——还不能就此别过。

他马上站稳了重心，稳住双臂，横向劈。左毅也没有退后的意思，他寻找到了恰好的角度，凭着手部的冲击使得藤泽夏树的横劈只把金属墙壁撕开了个口子。

“要来了，夏树老弟。”下一刻，流光云集。

白芜常的数据化实体存储，一开始果然就应该想到是这种情况。

在藤泽夏树眼中，这种技术本应该用于不经意间的一击制胜，像是暗杀一类的手段最为适用。然而左毅却将它完全当作了新式的拔刀工具，让人不禁觉得他只是单纯地嫌刀沉才没有随身携带。

具有一定弧度的西洋骑兵军刀。这与联合军的徽章上的武器完全不符。没有刀鞘。流光完全消失的一刻，两人都以下意识的动作上前对砍，双刀相撞，但都没有选择继续僵持，他们不断地寻找着对方的突破口，或是抵挡，或是攻击，两边的刀光在交错中不断闪烁、晃动，无数的刀光甚至能晃晕人的双眼。

相较之下，藤泽夏树的出刀更具压制性，步步紧逼，左毅还是相对保守的，动作显得不紧不慢而又毫无经验，这样下去，形势必然会倾向于藤泽夏树。他认真了，按照常理来讲，正常人不可能从这种频率的攻击中抽出空当，左毅能恰好挡下藤泽夏树的每一刀就已经算得上是奇迹了。

来啊，为这六年的争斗，为过去，画上永远的句号吧！

左毅挡下了第三百零三刀，却被这一刀死死钳住，骑兵军刀的刀身再也没能抽得出来，藤泽夏树抓住了这一机会，扭转刀身，下斩，随后回身一劈。骑兵军刀落到了地上，左毅的膝盖与肩膀被刻上了猩红的印记。灯光昏暗，但也多少看得见一点闪烁的血光。

“果然，不用能力的话，还是完全不是你的对手呢。”

武士刀贴着左毅的脖颈，把他逼到了墙角上。

“这样一来，一切都结束了。”

“是啊。”左毅感叹着，“当年的约定完成了。”

2

烟雨科技园的中央大楼。

曾经，这里是白芜常的游乐园，是只有他与妹妹的世界，没有夏日的聒噪或冬日的酷寒，更不会有成群结伴的咬人的蛆虫。他最喜欢的是在楼内各处的设备上玩耍，与领先于时代的机器为伴的感觉能让人忘记当下的烦恼。当妹妹对哪个设备感兴趣时，他总能讲出它的原理来，尽管妹妹是个弱智，几乎听不明白这些理工的道理，还经常忘记他以前讲过的东西，他还是会不厌其烦地讲，怕妹妹理解不了，就自己编出最通俗、最熟悉的方式来讲解。

因为妹妹总会很专注、很卖力地在听，所以他愿意一直讲下去。当他看到妹妹的进步，内心特别有成就感。而在妹妹的世界里，这个世界并不枯燥而繁杂，一切都因哥哥的讲述而变得奇幻而美好。

时至今日，现在想来，自己之所以能靠着摸索出的原理出招，而不是遵照什么专业的名词或定义，或许也与那时的经历有关。今天的大楼内部已经不再和当年一样，无处不被灯光照亮了，唯一的光源只剩下闪烁的逃生指示灯牌。

白茕常深深地吸着气，不经意间从身上传来的一大股血腥味很是呛人。他启动了夜视系统，贴着墙壁，将嗓子与鼻腔中滚烫的热流一并咽下。

电梯早已损毁，过去玩耍过的设备也早已成了废铁，没有了这些曾经的玩具做指引，白茕常甚至已然有些觉得自己是个彻头彻尾的大路痴。于是为了不因为寻路耽搁时间，他便干脆循着指示灯牌找到了备用逃生楼梯，好在至少这里还没有因“不祥之日”而有什么严重的损毁。

金属的气味，他闻到了。在上面不远处，因为这种金属的味道是崭新的，与整个大楼完全不一样。

他加快了步伐，渐渐开始一次跨过两级台阶，抓紧了扶手，双刀在腰间晃动着，这样的感觉有些似曾相识，那是他三年前第一次执行联合军的任务，在那次之后，他陷入了对人间完全的绝望。

这可不是一个好兆头。稍好一点的是，他能跑得更稳了，不再像那时一样磕得浑身是血，即便同样焦急，同样想要让自己跑得再快一点，却已经在某个地方变得不一样了。

到了。他撬开铁门，直入眼帘的是一间实验大厅，光线相比走廊亮得刺眼，大厅有一般的两个半的居民楼层那样高，上方是交错的金属过道，他便在这过道上，大厅的正前方。他看着下面身着实验服跑动的人群，没有人注意到他的到来。

下面整齐地放置着将近千台同样的仪器，大概是量产部队的远程遥控设备，只要把这些仪器毁掉，主战场必将获胜，整个部队便可以与自己会合，直到胜利。

已经在某个地方变得不一样了，到底是哪里？虽然自己心中也对此有或多或少的预感，但现在看来，似乎与过去并无二致。他意识到，损坏的仪器可以重造，唯一不能替代的，是这些操纵仪器的人们。把他们都杀光，这才是自己的职责。

尤其是这一点完全没有改变，但是，这也或许本就不需要舍去吧，自己走过的弯路，其实或许并不是双手染指鲜血。他抽出双刀，并拢，流光之中变换为了一挺重型机枪。他将枪口朝下，压稳了枪身，扣下扳机。没有能逃下来的人死在了仪器上，更多的在逃跑与挣扎中被打成筛子。

白芜常不会放过每一个人，他在确保了每个人至少挨了三次的枪子才肯罢手。枪口被烧得冒了烟，十分呛人。光洁的地面也几乎被血液与人尸盖满。损毁了的仪器不时闪烁着火花，在轻微的爆炸声中成为同样的废铁。

他看清了每一个人，他们都以各有不同的身材与长相而区分，真要说的话，这些人与白芜常平日所见的每一个人都一样，都是一个个独一无二的生命。他们也有家庭、朋友，甚至爱人，或许也有自己的愿望以及理想，而他们的死亡则是相当于这一切的结束。

他们难道没有考虑到这样的结果吗？如果真的考虑到了，为什么还是做出了这样的选择？将自己的人生成为一个所谓的集体的炮灰。而直到此时，他才真正地感觉到了，自己一直以来所做的，被当作短暂的享乐手段的，被自己认可了的，其实是在夺走人命。

或许这样的自己已经不配再为她讲什么了。只是曾经的自己，大概是想要救赎自己，而现在，已经不觉得自己有什么需要救赎，真正希望的，是用自己的双手阻止悲剧的再次重演。这是为了自己，也是为了他们。

“抱歉呢，萌嫣。”他对着火药与血腥味交织的空气，自言自语地呼唤着那个女孩的名字，“哥哥要让你失望了。”因为，死去的人是回不来的。

他转身离开，将双刀重新收入腰间，没有回头看一眼。

3

抵在咽喉的武士刀，只要藤泽夏树有那意图，便可以立刻使它切入血肉，将左毅的小细脖一刀两断。他也清楚，对于左毅而言，也随时可以用能力将自己撕碎。

“打个赌吧，夏树老弟。”左毅的神情依旧悠然自得。

“你不会杀了我。”

“话说得倒简单。”藤泽夏树稍微松了一点压住咽喉的刀刃。

“那么，你还有什么要说的吗？”

“第一，就算你杀了我，这场战斗的赢家还是不会改变，要说原因的话，你们根本没有得到过‘素体’，从一开始我就已经赢了。”

一开始就赢了？“龙”根本从没有得到过“素体”？昨天中午明明已经捕获了，这一点左毅也明白，但为什么这样说？果然这个人还是和以前一样莫名其妙。

“第二，这场战斗，如果不是我赢，世界将会陷入更大的混乱，自称组织的势力将无人能制止，人类社会的秩序都将被颠覆。”

到现在为止，藤泽夏树只能想到第二条理由。

“如果联合军在失败过后，必将一蹶不振，便没有任何一支正面势力可以制止得了能力者的自行活动，这一点我当然知道。”

“并不，你又错喽。”左毅又自信地挑了挑眉。

“我说的是那些孩子们啊。呐，夏树老弟，你该不会真的以为‘七凰’计划可以实现当初‘高阶能力可控’的初衷了吧？”

“你是说其他组织中还有我们不知道的高阶能力者？”他的思路已经完全跟着左毅走了。

“是的。而且数量和实力都比你想象得要多得多。实不相瞒，夏树老弟，如果论单个的话，现在的孩子们都不可能在一对一的死斗中胜出，更何况，如果他们的生命停在了这里，今后又由谁来作为主要的战斗力，你该真不会以为你有那能力打得过A级能力者吧？”

“那第一条呢？”

左毅笑了笑。

“很快你就会见到了。”

“很快了。”

4

攻击停下了。人们都多少预感到了什么，但对这突如其来的胜利的信号反而愣神了半天，大概有一小阵子过后，所有人的脸上都浮现出了喜悦，突然有人大笑起来，那是一个士兵在笑，他的笑声爽朗而又干脆，却又是非常地痛快。

每一个人都开始尝试着展露出一些笑颜来，或许这样真的可以将一直以来压抑的情绪释放，如果能在这样一直被压抑着的情绪之中笑得出来的话，或许那个士兵在笑的东西不仅仅是胜利，有时能听得出来对自己不得不退至场后的无奈和对孩子们的感激。或许正如左毅所言，孩子们从来都不止是被大人保护的对象，他们只是缺少一个平台，或是一个机会，他们也会有在独特的地方做出不逊于任何一个大人的成就来。

并非平台，也并非机会，如果说到底的话，应该是大人们对孩子们的信任吧。这就是左毅想要给予的东西，给予了白芜常，还有“七凰”计划的孩子们，全部的能力者。

这或许就是联合军总指挥的与众不同之处，他找到了他人难以观察到的战局的解决途径，并能利用所拥有的一切条件使得这一看似荒唐的战术最终被毫无失误地实现。这样的胜利既像是巧合，又是合情合理的最优解。

“所以，这算是赢了吗？”崔元祯摸着狙击步枪“长风”的枪口，这枪因为其特殊的机制不会有硝烟冒出，虽然少了一丝帅气，但总的来说不是很影响擦拭的感觉。

“大概……吧？”藤泽十萌撇了撇周围，似乎孩子们都还在胜利的喜悦中难以自拔。

“不过，既然这些远程量产部队已经全部停止运作了，意思就是白芜常袭击敌后成功了吧？”苏凛摸着手腕上的镯子，战斗结束后她也将“解放”后的战衣收回。虽然白芜常看上去很个人主义而且多少有点不靠谱，不过至少在这一次苏凛对他多了些许信任。

“那么，接下来的计划呢？是进去支援吗？还是留在这里接应？”崔元祯转过头去问另一边的王紫陌。

虽是这么问了，王紫陌也不是很能拿得准对策。作战开始前，并没有人告诉他们拖到量产部队被歼灭后该做什么，似乎和白芜常那边也没有什么接头暗号，尚不清楚于佩杉是否被救出。就现在的战局而言，即便没有了量产部队这一人海难题，“龙”内部还是有三位：“龙骨”藤泽夏树、“龙翼”春歌爱衣、“龙首”荒木龙彦，每一个人都是不可忽视的战力，而到现在他们也还没有出现在正面战场上的迹象。王紫陌之所以还不敢贸然上前，便是因为这三人可以在科技园内守株待兔，但同时他又担忧，若是这三人与白芜常正面交锋，自己不去协助的话，现在的白芜常一定不是对手。

听说白芜常还没有取回他的能力，为什么呢？其实要说理由，王紫陌也多少猜到了。是因为痛恨那条指令吗？即便已经成了并肩的战友，却还是没能见一面，说上几句话。王紫陌并不害怕白芜常会走向极端，但还是多少有些担心。不过不管怎样，之后的安排还要看联合军那边的指示了。

“那个男人……”张书纶望着重新编排队伍的联合军。看上去，联合军似乎一直在等待着上层的指示，“那个男人到底要做什么？”

虽然不想在这时回忆，她的声音还是总不免得不透过耳膜，在脑海中回响。“好漂亮啊……”她曾无数次在这地面上跑动，望向地面，她说看着下面，就像是在照镜子一样。

中央大楼的第七十层，董事长的办公室所在楼层。

白芜常不明白为什么自己这样的年纪要去感受何为物是人非。按照能量共振的信号搜索，于佩杉确实是被安置在这一层，按照位置也大致能估计到可能是在董事长的办公室。这里已经被不明来源的仪器堆叠得不成样子了。

也不知是碰巧还是什么样的原因，一路上空无一人。如果是什么埋伏，白芜常的半径三十六米的热感搭配脑电波感应也会有反应，但直到现在也没有排查到其他人的踪迹。他不相信那些家伙已经被歼灭了。

所能监测的范围只有自身半径三十六米的区域，不过除此之外，还有防暗杀系统，如果被敌方锁定，马上会收到提示。凭借一直以来的练习，白芜常完全可以在那一瞬间启用“时间契约”进行躲避和反击。这样一来，也没什么可怕的了。

他看见了正前方的实验舱，即便还没有进入监测的范围，他也还是感觉得到里面躺着的人的跳动的心脏，她的温暖不需要什么仪器，只是清楚她在身边就会有无尽的暖流细细流遍全身。

她就是点亮夜空的星光。

起初，在得知于佩杉的能力名的时候，白芜常感到很是奇怪。“辉夜神”，这个能力名就好像和她的内心一样。并不像其他的能力者，以其表现形式得名。或许这并不是巧合。

随着思绪的流淌，平日总能沉得下心来的白芜常也不自觉地小跑起来，向着前方，向着星光闪烁的方向。他不断地将深处的阴影一片一片地甩在身后，奔向前方，即便那是被仪器设备的光亮所照亮的几寸也罢——向着光明。

等回过神来，白芜常才发觉自己的身体被什么打穿了，也终于发觉自己笔直地倒在了光所照亮的地方前的最后的阴影中。

“这是……”不可能！

“龙首”——荒木龙彦。正在他的身后，办公室门口的地方，按理说那里也在监测范围内的，但为什么……

“其他人员我已经全部撤走了，不必担心，这是只有我们两人的场所。”

如果情报没错的话，他的能力是“心意念动”，能量型，效果是不直接接触，使用心理念动直接对目标施加力。就凭他的位置来看，也大概是B级的级别了。

但是，他抬着的右手无疑穿透了上身边缘的光束。

“实验完成了，我已经获得了‘素体’的能力使用权限，虽然使用限度尚不完整，不过也有A级的水准了。”荒木龙彦放下了抬着的右手，一步步走近。白芜常想要爬起来，却无奈有一边的身体完全使不上劲，仔细看去，自己的右侧侧腹已经被刚才的光束打出了一个弧形的缺口。

“这场战争你们已经输了。”

看着他一步步走近，白芜常索性一撑地面，整个身子翻了过来，还能完全活动的左手抽出长刀，“解放者”的整个机体随之闪耀着翠绿的光，四周不断被抽出的电流汇聚于刀尖，在电光之中四周都显得阴暗了。

和先前与王紫陌的决斗中相似的原理，区别在于这一次汇聚的电流是用于攻击。电流炮发射的瞬间，白芜常感觉到地面都在颤抖，经历过练习时的经验，他知道这并不来自他的攻击，大概是背后紧贴地面的“解放者”在止不住地抖动，以及自己因为某种难以描绘的情绪而不自觉地颤抖。

然而，本应是具有打穿一辆现代坦克威力的电流炮，却被荒木龙彦单手接住了。那时白芜常连一句“不可能”一类的感叹也说不出来了。

他哑口无言，这样的能力者从没有见过，即便已经身经百战，见证了几乎全部的能力形式，也有一些强大的能力者，但此时荒木龙彦的能力已经强到可以用“霸道”二字来形容了。没有什么拐弯抹角，也不需要刻意地躲避或是冷静地应变，无论面对何种攻击，他也只需要挥挥手就能完全解决。

就好像是自身便有着对于任何能力的破解手段一样。怎么可能打得过这样的人啊。白芜常看清了，随着荒木龙彦的一步步走近，他注意到挡下电流炮的手掌前浮动着光面，这光面既可以说是洁白无瑕，也是璀璨夺目的金黄。

就像于佩杉，点亮夜空的星光一样的颜色。他明白了，这便是于佩杉的能力，虽然没有什么准确的了解，但左毅说过，“辉夜神”自身便是其余所有A级能力的总和，除此之外还具有其特有的能力，无论是原理还是表现形式，都在三大类能力的理论之外。

“解放者”的抖动越来越剧烈，再这样运转下去，恐怕会彻底报废，这大概是一开始的一炮不仅打穿了侧腹，也顺带损坏了“解放者”的某个相对关键的部位。他不得不停下了攻击。

“你那时说过，这世上的恶都应遭到报应……”荒木龙彦的手中已经不仅是闪耀的光面，还有涌动的电流。

“这世上的恶都应遭到报应。”这是白芜常在修改联合军法律时说过的话。

“我现在就还给你！”吸收了电流炮的光面作为起点，荒木龙彦稍将手向里，随后朝着白芜常的方向笔直地甩出。

不一样了！和蓝白的电流相比，经过光面吸收的电流也染上了同样的黄白色。但现在恐怕没这个时间再想别的事情了……

白芜常的瞳孔逐渐凝滞在了那里，正对着致命的电流射来的方向，贴着装着于佩杉的容器壁，连一丝喘息的力气和机会也找不到。

崔元祯原本想要先往前探探路，利用空间定位的能力，一定不会被人偷袭。于是他先往前走了几步。又想到这么不吭声地走了也不是很好，虽然自己这种话痨一走他们也会马上察觉到，但还是先说一声为好。

“那个……”他僵住了。人呢？没有人。联合军搭建的战壕还在那里，可无论是孩子们还是联合军和军警都已经完全不见了人影。

“玩我呢这……”他用小声嘀咕来掩饰心中的恐惧。他想起来了，刚才的时候，虽然有些大意没有意识到事情的严重性，但从空间定位的能力来看，他有一瞬间的感觉是身边所有的人都消失了。

摊满地面的机械残骸，以及因为刚才的作战在地面上留下的裂痕，明明不该发生这种事情的。

“怎么回事？”这一定不是玩笑。

“到底发生了什么？”

“没想到啊……”

白芜常双手撑着身后的地面，勉强半蜷着腿坐在地上。

“我记得你明明是来救她的。”

容器被竖着立在两人之间，从白芜常的方向还能透过容器上的玻璃面看到里面的于佩杉，她大概是没有意识地昏睡在里面，身上是纯白的实验服，光着脚，身子被绑带固定在里面，轻轻闭上的双眼所印着的宁静感和容器外的气氛天差地别。

“你们的作风是从不殃及无辜，这样一来，被安置的她，其容器必然有着可以抵抗外界攻击的能力，目的是怕附近的战斗导致误伤。”

他用安置于佩杉的容器挡下了荒木龙彦的攻击。

“你这疯子……”白芜常，这个人被称为联合军中的黑手党，看来这一称呼的得名并不止其血腥的手段，还有为了自己的性命甘愿拿他人的安危冒险的恶习。

荒木龙彦用电磁力操纵着容器放置在了一边，本想放得安稳些，似乎是有着不想惊醒里面的睡美人的意思，然而这对于白芜常而言并不能引起什么尊重或感动，他的目的只有一个——要砍下荒木龙彦的头颅，最后赢得这场战争的胜利。

在两人之间的容器刚被挪开的瞬间，白芜常便已经重新站了起来，自动止血系统让他稍微恢复了些力气。他侧着身子，几乎是紧贴着容器的边缘，“时间契约”在瞬间发动到了二进制，借由“解放者”的飞行能力，白芜常的冲刺几乎只能看到残影。

果然，中了最开始的光束炮，按照正常人的体质而言现在已经是流血等死的状态了，然而白芜常还在硬撑着，即便是用异于正规的作战方式。真没想到居然真的会有这样的对手。与其说是什么黑手党，还不如说是个为了赢而用尽花招的小孩子。

荒木龙彦腰间的长武士刀也在瞬间出鞘。

“时间契约·五进制”。

双刀相撞，白芜常的冲刺带来的附加动力并没有使刀刃向前压制一寸。他不相信。

还在半空中向下压刀的白芜常停止了悬浮的姿态，借由落地继续下压以防备荒木龙彦抽出刀来，右手能稍微活动一些了，在落地的同时便抽出了右刀，双刀齐下。

长武士刀的刀刃渐渐染上了鲜红色，炽热感隔着两人间的空气，依旧让人感觉得到好像全部都要被点燃了一样。这和王紫陌的能力一样。

好在双刀足够坚硬，即便是被高热能力赋予了切割性的武士刀，也没能将双刀斩断。然而，白芜常却感觉到这武士刀上的力量正涌动着越来越庞大的力量，这样的力度完全不止一个人类所能发出的水平了。和崔元祯一样的能量聚集能力。

荒木龙彦向上抬刀，巨力之下竟将白芜常挑飞到了邻近天花板的高度，即便用着“解放者”想要以俯冲的姿态回压却还是毫无作用。因为没有着力点，白芜常甚至连基本的平衡感都已经紊乱。

武士刀的刀尖朝向了上方，电流与火焰交织在了一起。汇聚在了刀尖，笔直地正朝着白芜常心脏的方向。

“解放者”呢？现在如果调整身体朝向，大概不至于成为致命伤。可是，白芜常抬头望着不远处的天花板，其实也和地面一样，洁净得甚至可以用来照镜子。已经无所谓了吧。炽热的烧灼与电流刺穿全身的刺痛感甚至让他无法呼吸。果然，自己一直是个只顾低头看路的人啊。热电磁流炮完全射尽过后，原本用来搬运大型仪器的集装箱从天而降。

一切都早已经定下了。

王紫陌第一次见证了何为兵败如山倒。还没等他反应过来的时候，身后的学生与联合军里不约而同地传来惨叫声，回过头来，冲天的火柱布满了整个视野，好似地底的熔岩都将要被挖出，与之同时还有呼啸的风刃、万箭齐发一般的钢筋与飞石。

他听到了惨叫过后的哀鸣，不同性别的哀鸣此起彼伏，随后被下落的钢筋贯穿胸膛而戛然而止。

“怎么会？”

他原本以为这是张书纶的能力，但是当他看向张书纶的时候，发现他正紧紧攥着颤抖的手腕，全身止不住地打着冷战，甚至靠得近了都能听得到牙齿相碰的咯吱作响。

他像是在拼命想要抓住手中流动的空气，却怎么也做不到。这看似是和张书纶同样的能力，但并非为张书纶所做，而且张书纶似乎已经不能使用他的能力了。

与此同时，他看到了张书纶和自己的脚下，以及每个人，每个事物，都没有了影子，甚至连太阳的光也不再那么刺眼。自己已经做尽这样的错事了，现在绝对不能束手待毙。

可是，刚迈出第一步，便又有无数的生命被这不明来源的攻击残害致死，每一步，每一步，他面向前方拼劲了全力奔跑着，想要尽可能地救下更多的人，却只能眼睁睁地看着想要救的人死在自己眼前。

王紫陌终于赶到了阵后方。那里唯一能辨认出完整的尸体是王守诚，他的父亲。“我，又一次……”他已经和张书纶与苏凛成了最后的生还者。

“已经来不及了。”藤泽夏树平视着左毅的眼睛，“荒木的实验成功了，现在的白芜常不可能击败有A级水准的‘素体’，而且，按照计划，川岛已经对死去的‘龙’的成员进行了能力吞噬，现在她的‘空间缔造’能力，加上吃掉的几千人，其级别也必然是A级起步。一旦那种能力到了A级，即便是那些同样级别的孩子们，凭他们现在的实力也完全不是川岛的对手了。”

川岛是先前在东京突袭小白的那个女人。

左毅明白藤泽夏树的意思，他在反驳刚才自己说过的“这场战争从一开始我就赢了”。

“也是啊，哈哈……”

藤泽夏树有些疑惑左毅为什么要笑。

“为了最后的胜利，不惜以己方的整个精锐队伍为代价，来增强那最有可能团灭我们的一个人，这样的作风才配得上你们黑道啊！”

放肆的笑容随之渐渐收敛，取而代之的，是如同阴沟里的毒蛇一般的诡异的笑容，那种笑容几乎没有人敢与之直视，哪怕只是一瞬间，都不免让人想要撇开视线。

“可不像你，夏树老弟。在战友们用生命为最终的胜利铺路时，一个人找借口跑来和老朋友叙旧，进行了一场毫无意义的决斗。甚至战前还偷偷和敌人见面，告诉他一定要毫无保留地将‘龙’赶尽杀绝。真是绝情呢，明明大家那样相信你。”

藤泽夏树没有吱一声。

“夏树老弟，我想你一定不会傻到那个地步，就算这次孩子们留下了‘龙’的残党，后面的报复也落不到王紫陌这些孩子们的头上，一来他们已经元气大伤，没有了和联合军对峙的能力，更不可能再来樱花源和已经被联合军包庇起来的王紫陌等人作战；二来经过这次战斗，孩子们的能力也已经上了一个台阶，现在大概到了能使用‘御座’的级别了吧，恐怕即便恢复到现在的状态，也不可能敌得过成熟的A级能力者。这样说来，唯一可能的报复对象也只能是——为其他组织卖命的藤泽十萌了吧，再牵扯一点的话，恐怕连他的弟弟也难逃一死。夏树老弟，你真是个奇怪的家伙，在计划解散的时候杀了你亲生弟弟，又伪造成被其他组织所害，之后一直以各种方式间接抚养你弟弟的后代，也就是藤泽十萌与藤泽有纪。你想要王紫陌将‘龙’赶尽杀绝，真正的目的是想要防止战后的残党因为你在决战时的懈怠，以及和敌对组织的亲戚关系而加害于藤泽姐弟。也是，你来找我这个老伙计的真实原因也是这些吧，怕在那里成为阻挡白芜常彻底灭口的阻碍，如果是小白的话，不用你告诉他，他一定做得到赶尽杀绝这种事情的。”

随着一字一顿的推测，左毅看得出来藤泽夏树的真实想法已经被说中，于是他一字一顿似的加大了语调，显得有些阴阳怪气，带着明显的嘲弄，却带着愉悦的语气，将他人的内心层层剥离的感觉，好像这才是比起剥开骨肉还要痛快数倍的事情。

“不过你还是很难一直如意啊。哈哈，那个女孩实在是倔强得令我都无法理解，竟然拒绝了你的帮助，甘愿去做那种事情。”

他有意地将这四个字咬的沉重地念给藤泽夏树听，好像是生怕他听不懂他在说什么。

“住嘴！”武士刀重新逼近了左毅的脖颈。他真的生气了，左毅还从未见过藤泽夏树如此生气的样子，像是脱缰的野马按耐不住了铁蹄，他的眼睛已经在告诉左毅，他随时都有能力将左毅撕碎。

“来试试啊，快一点啊。如果你真的能将我从这永恒的肮脏的世界中解放，来啊，我一直在等待着这一天了。快啊，杀了我吧，就像杀了你弟弟一样。”左毅依旧邪魅地笑着。

不能再容忍了。那的确是藤泽夏树心中最大的禁忌。即便左毅没有说错什么，或许自己就是这样肮脏而又窝囊的一个人，可是，或许这也算是最后的倔强了吧。

当他做好了将左毅的脖颈一刀两断的准备之时，那种难以名状的感觉再次冲进了脑海里，好像是一个人的一生如同潮水在他的脑海里完全过了一遍。

走马灯。这原本是日本文化中的一种说法，传闻在人预感到将死之际，自己生命中的全部经历都会在这一瞬间一闪而过。而藤泽夏树一直具有着他人从未有过的特殊点——当他将要杀死一个人的时候，便会看到那个人的走马灯。现在也是如此。

他看到了联合军总指挥左毅的一生。直入眼帘的黑色太阳，如同被白漆般染上了惨白的天空，这是左毅出生时见到的第一个景象。下身被鲜血浸染了的旗袍女子，她的周围满是衣着朴素的农民，他们并不友善，甚至巴不得将她碎尸万段，让她受尽生不如死的痛苦。有一个孩子的声音告诉他，她流产了。自缢而死的西装革履的男人、从湖底被打捞出的同一具女尸，以及血流成河的景象，无数的生命被掠夺。他的心灵就像那黑日，深不见底，充斥着这世上最深邃的黑暗，如同吞噬万物的黑洞，没有人能看透他真正的目的，除非和他一样投入于黑暗之中。

稳重地坐在联合军指挥官的宝座上的真正原因，其实只是敢怒而不敢言吗？果然临近壮年的长相与动作也不过是表象，就像当年一样。

“动手吧，就怕你没那个能耐。”

“死了？”荒木龙彦凝视着眼前的集装箱，其庞大程度几乎要将眼前的整个室内环境都填满，即便如此，此时他已经隐约看得到集装箱下淌出的血液，里面渗透着死亡的气息。他确信自己已经杀掉白芜常了。

仅仅是电力与能量两种能力的组合光束炮也足以将其当场击毙，加上集装箱的重压为补刀，白芜常已经必定是被压得死无全尸了。虽然有些残忍，可是，他别无选择。

亲手终结了一个十三岁的生命，荒木龙彦竟不知道无可救药的是谁了。但是，为什么他总能感觉到，某个生命依旧在跳动，就像一个新生的生命一样鲜活？

——我输了吗？白芜常紧紧扒在地面上，突然间，他发觉自己躺在被血液所灌满的湖中。

天空阴沉着，大概是阴天的傍晚，而他正趴在深红的血泊之中。可能的确是输了吧。

刚才的场景还历历在目，那种能力无论是谁都不是对手。那个能力不免让人想起不久前和“白夜神”于佩玹的那一战，也是同样的强大与充满压迫感。他已经意识到那时于佩玹只是为了阻止起了杀心的自己而与自己战斗，不过现在不一样了，他和荒木龙彦之间本就是不死不休的死敌，唯有他们之间的战斗才是真正意义上的决战。

为此，他不惜将于佩杉作为取胜的捷径。

虽然不清楚究竟是什么原因让他如此想要达到这个不死不休的地步，但这一定是无法改变的了。

他轻轻地闭上眼睛。不论怎样也打不过他啊，他知道自己为什么要轻轻地闭上眼睛了，已经足够疲倦了。

如果现在真的可以不顾一切地屏息，一劳永逸地屏息，他愿意让生命的尽头留在这里，至少现在看来，自己还算得上有理想，做过一些实在的事情，在这个世界的轨迹上刻下了属于自己的印记。

这样不是很好吗？直到双眼完全闭上的时候，他还是这样想着，或许这便是死前的唯一执念，任谁也无法改变。可是，如果死前的执念并不唯一呢？

他听到心中某人的声音，她不断地呼唤着他的名字，告诉他一定要活下去，不论今后发生什么，都要好好活着。她急切地、迫切地请求着。

那时他也明白了，自己改变了的究竟是什么。说到底，他依旧会因为曾经与妹妹的经历所难以抑制心底的悲怆，依旧对这个被人性填满的满目疮痍的社会充满无尽的厌恶。每当拔出腰间的双刀，他便开始渴望重拾杀戮时的野性。

然而，现在的他已经不再是曾经的那个白芜常了，他也并不是白雨凡。或许正如于佩杉所说，自己总是过多地活在过去的阴影里，总是不能看到眼前重要的事情。

好像已经想通了，却又说不出到底是哪里想通的感觉。就像某种新生的情结与曾占据过自己身体的两个灵魂的纠葛，每个瞬间都如此。

“我不能输。”

他将从左毅那里得来的关于“七凰”计划的文件记录留在了办公室里，再将黑卡转交给崔元祯，让他自行了解整个事情的真相，以及所谓的“能力吞噬”现象。

他接受不了自己的爸爸所研发的成果被用于夺走了那样数目的人的性

命——就在他的眼前。

为了不忘记自己心中真正的仇恨，他把每个死者的名字永远刻在自己的脑子里，狠狠地，用尽全力地刻着。他记得他们每个人的名字，他们的人生、人际、家庭……都是怎样在他人的私欲中陪葬的。

为什么要研发出这样的东西？因为自己。

“哥哥……”

因为是一个父亲想要保护孩子的执念，因为预感到了生命恐将难以保住，只能尽可能地挽留所能挽留的一切。但他根本没有考虑过这会带来什么。

身为一个父亲，却只看到了眼前所能占有的，他以为保住了孩子的性命就是一切，却从未想过这会使多少人白白地送命。与其说是这“吃人指令”害死了那些人，更像是因为自己一人的利益而害死了他们，这不由得选择的强加的负罪感，便是他为人父亲没有考虑将来的最大失职。

如今，就连逃避的机会都没有了。

从一开始灵魂到达这里的时候，白芜常就明白了，这看不到边际的血泊里都融着谁的血。

这是由所有在能力者的竞争中殒命的人们的血液所汇聚而成的血之湖泊。即便如此，血湖依旧平静，直视着它就像是照见了镜子，只属于自己的最真实的一面。

就像是凝视着那间房间的地面与天花板的感觉一样，就像镜子一样，以人为镜，本应明得失。

其实，自己并不是没有机会赢，而是在抓住这触手可得的机会的瞬间，自己也必将沦落，沦落到同样使用“吃人指令”的渣滓。这因为自己而生的无形的凶器，明明已经痛恨到了极点，却终逃离不了也将它为自己所用的命运。

明明这是自己最后的底线，但是，两个人的声音交织在一起，同样纯真无瑕，好像是能让人逃离现实的苦海的声音。是她们，曾经想要保护的人，和现在需要保护的人，她们两个人的声音。

湖面泛起了阵阵涟漪，从三个四个小涟漪逐渐变成整个湖面的摆动，白芫常猛然睁开了眼睛，却还没有爬起来。他瞪圆了眼睛，最后一次看着这平静的湖面，也是第一次苏醒。无数的尸体浮出了湖面，他们血迹斑斑，衣服被或多或少地浸染，鲜血靠着遮蔽皮肤来掩盖他们的伤口，好似无数不得安宁的冤魂的低鸣。

或许，如果说是自己没能为他们报仇，没能替他们终结这个肮脏的闹剧，所以才来到这里，也说得过去吧。这样说来，现在只需等待这些冤魂的报复，最后也死在这里就好了吧。只是和他们葬在一起，多少有些不配。

不过或许事实也并非如此，因为，一个自己早已清楚的道理：死去的人是回不来的。没错，正因如此，现在纠结再多的心结没有太大的意义；正因如此，如果真的能让这无尽的血湖的主人们得以安息的话，就算是将我自己的一切都抛弃也是理所应当的吧。大家都是因为我的存在才死去的，为了让我能存活至今。所以，现在就献出我自己的全力吧，这样一来，也算是对大家的报答了，这或许才是大家真正想要看到的结果吧。与之相比，自己所谓的准则和底线又算得了什么?

“吃人指令”，因为其引发的人吃人的竞争而得名，然而，它的真名却不为人知。但他知道。

“复苏指令”。就像是活在漆黑之中的生命，即便对再微弱的光芒心生刺骨的厌恶，也终究会有复苏的一天。

说到底，想到为这该死的东西起了名字的人，白芫常也不知道那个没有考虑过将来的人究竟说的是谁了。

他伸出了双手，拖着无力的身体。此时此刻，他多么想和这里的每一个死者的双手紧紧相握，轻声呼唤他们的名字。他会记得他们每一个人，永远地记在心底。

现在也请助我最后一臂之力吧。他的口中开始喃喃着——那是他曾最为痛恨的东西。

醒来吧，醒来吧。

醒来吧，哥哥。

醒来吧，白同学。

醒来吧，黑夜。

去成为这世间最善良的那个人吧。

地面在颤动，荒木龙彦或许也预感到了事情不会很快结束，但他没想到会以这种方式延续。

八道翠绿而纤细的平面光束顺着集装箱的正中纵切，随后分为两边，将被切开的集装箱完全扫开。如同巨龙的前爪将它扒开了一样。烟尘四起，被撕裂开的间隙的最深处，翠绿的光芒刺得人睁不开眼。那不是“解放者”的光芒。

待到烟尘稍微消散，他看到一对翅膀，闪耀着光的涡轮，涡轮后连接着四块狭长的棱角分明的能量板，左右对称，这八块能量板便是刚才光束的来源。

涡轮与人的后背不可思议地连接着，看不出什么理论的依据，却依旧十分结实地连接着。这对翅膀的主体是银白的机械金属，唯一的光色便是和能量板一致的翠绿。如果除去这些金属，这对翅膀就像是世界中心的高耸的树。

与翅膀连接着的白衣撕破了尘埃，靴子的后跟踩在地面上的声音十分刺耳，不明来源的风吹动着白色的风衣，将里面藏着的黑与灰的穿着正面暴露在荒木龙彦的眼前。他的每一个动作都像是这世上最漆黑的夜。

联合军驻樱花源总军队长，白芜常，A级电力能力者。他抬起的手纤细得像是放飞蝴蝶的少女。

中央大楼的下层、中层、上层，以及地下，几乎整个科技园的供电室都在他弹指的这一瞬间被引爆，高温卷带着毒气，使一发不可收拾的火焰蔓延了整个科技园，楼房坍塌的轰响、爆炸与烧灼的持续，如同将地狱带到了人间。

能力名——“刹那生灭”。

“你说这世上的恶都将遭到报应。”他的声音中已经不见了先前对“素体”的能力的畏惧，低沉的高音拖着长腔，“不好意思，”他的语气，他的眼神，他的嘴角……一切都充斥着邪魅与讽刺，以及愤怒和执念，“你唯一不可能除尽的人，就是我啊。”

就算我不在了，也要好好活着

1

“藤泽前辈！”成排的西装革履的黑道成员涌入了漆黑的房间，冲锋枪不约而同地抬起。

“别开枪！”春歌爱衣拦住了他们。她看到房间的另一端，藤泽夏树双手握刀，从动作来看，如同刚刚完成行刑的刽子手。

“所以我才会说啊……”从藤泽夏树那里传来了另一个人的声音，阴阳怪气地拖着长音。

所有人亲眼看到，那个人，联合军总指挥——左毅，他完全断开的脖子还未喷出鲜血，黑色的线条便掩盖了血色，好像只是在他的脖子上画了一道黑线，而这黑线也正渐渐变淡，最终完全淡出左毅的皮肤。

毫发无损，甚至连一滴血都没有流出。

“你绝对不会杀了我的。”

“我……在哪……”于佩杉终于缓缓地睁开了双眼，她不知道自己究竟昏睡了多久，总感觉脑袋昏昏沉沉的。想要坐起身来，却突然发现自己被什么固定住了，动弹不得。

这样啊，她想起来了，自己昨天和白芫常分开之后，在上学的路上被人劫走，之后便一直被关在这里。透过容器上的玻璃，她看到了如同镜子一般动人的天花板，望着它的感觉如同身处天堂般的梦境中，如此美丽。但她也听得到外面的声音。那是她曾一直在寻找的人的声音。要快些出去，她这样想着。但是这样的情况下，她恐怕做不到吧？那就想想办法，就像自己能一直坚持着自己的内心而活到今天一样。

“春歌，你们……”

“是首领的指示。”春歌爱衣行礼道，“首领在开战前就已经下达了指示，除了不得不参战的队伍之外，所有人与我都跟随藤泽前辈，并任命藤泽前辈为下一任首领。”

“为什么？”他不自觉地已经收起了满是汗水的长刀——本应早已收起了。

荒木龙彦这样的决定，不就相当于将他自己放弃了吗？

“时间契约·百进制”。

这种程度对于现在的白芜常而言，不过是吹灰之力。背后的机械翼一同启动，原本还是完全静止的，突然提到了几乎见不到残影的速度。而这对于荒木龙彦也是如此。

如同白色与绿色的流星相撞，白芜常的双刀与荒木龙彦的武士刀划出了银白的带子，随后撕咬在一起。双刀相撞之时，荒木龙彦终于感到完全取回能力之后的白芜常究竟变化多大了，无论是身体机能还是反应能力，以及能力的使用程度。从先前的对战作为对比的话，他感觉得到白芜常过去的每个动作都是在“解放者”与电磁力牵引的辅助下完成的，而白芜常本人的力量甚至可以用羸弱来形容。

但是在刀刃对撞的瞬间，他感觉到了来自白芜常身体内如同奔涌的电涌一样的爆发力。而且，整个动作都不一样了。

白芜常没有像过去一样与他硬耗，单论冲刺的爆发冲砍，他的实力明显在荒木龙彦之上，于是在瞬间的压制之后，他马上抽出了双刀，左右交替着向前砍杀，不断逼近。瞬发型的“时间契约”被以二进制的低效率持续运作，但对于速度上的加快还是比较明显。

这样一来，动作不仅仅局限于单纯的正面砍，白芜常不断地改变着出刀的角度，有时纵向抬刀，有时旋转扫刀，寻找着偏向被动的荒木龙彦的空当。

而荒木的优势在于能力的全面。他的能力涵盖了几乎全部的能力，如果要和这样的家伙战斗，就必须先给自己的每一步留好退路。在这时，白芜常找到了空档：在一次斜劈之中，荒木龙彦的刀身被打偏。

“时间契约・十进制”。

机械翼与电磁能力也一同发动，白芜常原地跳起，随后向着荒木龙彦劈下双刀。四周的电流向着他的双刀涌动着。他保持着那一高度，在空中翻转的身子带动刀光与电光在刹那划出完整的蓝白的圆。

“唯一的A级电力能力者，其特殊点在于可以将能量共振的部分向外界释放并在释放的瞬间生成实体，也就是由能量板群组成的双翼。”

左毅略微仰着头，说话的神态好像是能看得到战场上的画面一样。

“因为翠绿的能量板群，曾经的研究者们为它起的官方的能力名为‘世界树’。然而对于小白而言却不一样，有关对科研与人类技术的联系让他的‘世界树之翼’改变了形态与运作方式，与其以‘世界树’来称呼这样的能力，我更愿意赋予它新的名字。”

藤泽夏树向后退了退，招呼部下们暂且退后。左毅从被逼死的墙角里走了出来。

“‘刹那生灭’。”藤泽夏树缓缓地念着这个特殊的能力名。这原本是佛教里的词汇，刹那之间便又生与灭，这一词汇曾在部派佛教时期被用于解释“无常”的含义，即“刹那无常”。说到底，无非是对世间万物于史观大局之中的普遍规律。对于这些宗教性质的东西，藤泽夏树也是只略知一二，但又极为厌恶。

但是为什么左毅要以这一词汇作为白芜常的能力名，他也能略知一二。具有着超高性能的飞行翼、遍布整个人类社会的电力，以及“时间契约”，本身白芜常的作战特性便是在瞬间定下生死与胜负，加之能力的配合，相比其他人而言也更专精，专精于在刹那之间决定生与灭。

“看样子你猜到我的意思了啊，不愧是你呢，夏树老弟。”左毅撩着背地里偷偷留的一点刘海，微笑着说，“我真的越来越喜欢你了呢。”

但是即便是瞬杀的能力也并非万能。白芜常的身体找不到着力点，荒木龙彦控制了空气，而自愈能力也使他的致命伤很快愈合。这也是白芜常担心的地方所在，即便自己可以打出压制，也缺乏可以将荒木龙彦完全杀死的方法，到头来还是被动不已。

即便拥有了更强的力量，从小体弱导致的身轻如燕的事实还是没有改变。一旦被人为控制的空气所包围，白芜常就如同羽毛般渺小，毫无还手之力。就这样被强行与荒木龙彦拉开了距离，如同现在对空气施加切割性，他的身边都将变成绞肉机，空气无处不在，他也无处可躲。

可他现在却感觉到无形的寒意正渗入每一处的空气。动不了，甚至连身后的“世界树之翼”也控制不了了。他还不能确定这是否与无形蔓延了的寒意有关，但就这样来看荒木龙彦的思路确实和自己所猜测的不太一样。

如果说白芜常准备在瞬间决出胜负的话，那么荒木龙彦似乎是想要先使对方完全失去一切反抗能力，最后完全地残杀掉。就像刚才，虽然看上去只是思路上的差异，但这对白芜常而言再明显不过，见过了太多丑恶的人性的所作所为，如果是被完全的执念所驱使的恶意，那么对他而言便是最为敏感的事物了。

荒木龙彦，他想报仇。狂风刮起的灰尘让他睁不开双眼。可恶。不知道为什么，他居然会对这种未曾谋面的人有深仇大恨，不过从之前的表现上来看也只有这种可能了，既然如此。既然只是一个凭着单纯的执念的傻子，那也没什么可怕的了吧。

把眼睁开。他呵斥着自己的懒惰。擦亮了双眼，他看到了世界的每一个线条与棱角，所有可见的物体的数据都能依据他的所想所需被显示在他的眼中。好像自己的眼睛就是一个程序。或许这也是能力之一。

对于这种家伙，绝不能输！

“在世间所有事物中，变化速度最快的，莫过于我们的信念，信念的生灭，刹那不住，比闪电还要迅速。”

“一切事物皆是因缘所生，渐而败坏，这便是无常。无常之中知生灭，生灭不暂滞；如电，刹那不停。”

剥开地面的电流撕裂着冰冷的空气，“世界树之翼”在挣扎中复苏，八片能量板也重新闪耀起光芒。白芜常再一次将重心稳住，再一次发起了冲锋。

“这种单纯的手段无论来多少次都没用！”荒木龙彦张开了双手，一道防御膜完全挡在了他的面前。

白芜常笑了。他感觉到四周的空气相比之前加剧了。他不断地划着自己的身体，如同全身都被缠上了荆棘，虽不致命，却很不好对付。

“时间契约·三十进制”。

八块能量板射出激光，集中于防御膜的一点，虽然还不足以击破，但看得到它明显的颤抖。

“没用的！”

“有没有用可不是你说了算！”顺手将双刀旋转两圈之后，白芜常将刀柄两端合并在一起，双刀变为单手双头刀，空闲的一只手汇聚着电流，抬起，投向正被激光扫射着的那一点，眼睛中呈现出的辅助瞄准能力将信息传达到了他的动作，只要是他锁定的目标，就一定不会失手。

电光与激光交汇在一起，四散溢裂开来，向外扩散了整个防御膜。失效了。

荒木龙彦没能想到这纯能量的防御膜居然也会被瓦解。那原本只是瞬间的工夫，他根本来不及做什么准备。然而，他却听见了白芜常的声音，时间又好像过得很慢。也有他自己的声音。

“这世上的恶都将遭到报应。”

三年前，一个人在世界的讲台上发出了这样的声音，单纯、固执而又倔强，却又是那时每个人没能说出的声音。在世界上最高的权力之一的帮助下，他实现了他的计划。

肮脏的能力者之间的明争暗斗所造成的生命损失却真的得以减缓，然而联合军所造成的内外死亡人数猛增不止。那时，荒木龙彦便知道了，这个人被称为“白芜常”的孩子，他是要报复。

“那时，‘七凰’计划解体的时候，你杀死了藤泽弘树，在那之后引发了‘不祥之日’，从白皓文那里夺走了他对能力者的研究成果。但是夏树老弟，我其实一直对一件事情感到好奇。”

左毅蹲下了身子，抚摸着被藤泽夏树砍断了的桌椅，好像在为它们安葬，为它们惋惜。反而藤泽夏树从未见过左毅对死去的人有过这样的感情。

“‘龙’对外声称是他们所为，然而，在那一次的爆炸中，‘龙’的死者只有一人，那便是你，夏树老弟。而且那场爆炸，尽管官方的说法依旧是实验间里的失误造成的整个大楼的仪器连环爆炸，可实际上爆炸的中心只有一处——第七十层的董事长办公室，那里不会进行试验，更不会出现什么设备的意外。那时‘七凰’也还未完全解体，不可能有人有能力随意接近那里，更别提在那里引发那样大的爆炸。这样一来，只能是至少百人的队伍有计划地闯入，可保护部队中能接触‘七凰’成员的只有我一人，就算是副队长的你也不可能摸得到关于中央大楼的内部结构线索。所以说啊，与你一同发动了‘不祥之日’的人并不是‘龙’的成员，他们只不过是一群替死鬼罢了。”

藤泽夏树没有回答。左毅也早已习惯了他这老实人的回应。

“这么多年来，我一直在寻找，我很好奇究竟是什么样的势力会赢得藤泽夏树的信任，最后做出与整个人类社会的既定法则为敌的举动。并且，能对‘七凰’的了解程度如此之深，毁掉其中之一如同探囊取物。我说得再明白一些吧，其实我早就已经知道了，那个爆炸并不是什么外界因素，是白萌嫣，小白的那个亲生妹妹，是她原本想要保护父母反而能力失控引发的爆炸啊。”

“为什么你会知道？”

“我当然知道，”左毅依旧是低沉着头，似乎反而低得更深了。他紧紧攥着桌面上的刀痕，“那分明是只有一个人的爱意才能燃起的烈火啊。”

起初荒木龙彦并不知道为什么父亲要包庇这个疯子、怪物，还要让整个“龙”来为他一同背锅，他理解不了。反正也是个在那“不祥之日”里面死透了都还能救活的怪物，就这么不管他也无所谓吧。

之后，藤泽夏树在“龙”的地位不断上升，荒木龙彦意识到这并不只是父亲的包庇了，藤泽夏树真的有才能可以将“龙”推上争夺整个世界的权力的擂台。而这一点，很快就被藤泽夏树实现了。

“我那时的目的很简单，只是要将‘七凰’计划期间所制造的那些给孩子们带来的痛苦公之于众，杀死弘树只是我对他的两个孩子的私心，与这无关。我既是这样打算的，也是这样做的。‘龙’得知了我的这一想法，他们很受鼓舞，便协助我以‘龙’的名义将计划的全部向全世界公开。

然而……”

左毅还在摆弄着桌椅，春歌爱衣则一直躲在门后的死角里听着。藤泽夏树不会骗人。

“待到公开的消息被人们获取到的时候，便已经成了单纯的《能力者自然吞噬定律及论证》这一文章，就像有人在原本直达的途中将信息做了个大调包，不仅成功地引起了人类社会的灾难，也顺理成章地让‘龙’从本应替孩子们发声的大型组织转而成了挑起社会矛盾的人们眼中的黑恶势力。”

左毅点了点头。“他，也可能是他们，目的相当明确。是想要挑起世界上最大的两个势力：联合军与‘龙’的战争，就是现在，才是他们想要的结果。”藤泽夏树说道。

但联合军即便与人民群众一样，对“龙”恨之入骨，巴不得想将其撕个粉碎，可无奈对于能力者的管控就已经足够焦头烂额了。荒木龙彦也听说过了一些关于联合军内部的事情：因为技术的缺乏，大部分案件无法被定性，甚至连找到一点间接证据都已经是少有的情况了，加之与腐败人员的联系、行贿与包庇，本应查处判刑的依旧四处张扬。更何况，即便集结联合军全部所能集结的兵力，最后的结果无论胜负，都是两败俱伤，这样一来，社会的秩序将会陷入彻底的混乱中。失去了“龙”的牵制，能力者组成的非法组织也将云起，只不过这一点被关注得比较少罢了。

而那个叫白芜常的小孩的目的就在这里。他要重整联合军，重新修正能力管控的秩序规则，使联合军成为世界上最大的势力，然后，与“龙”开战。

尽管行贿包庇的现象使得很多犯人逃之夭夭，但荒木龙彦的父亲也借此包庇着“龙”。然而，随着新法律的推行，为了防止一同被牵连，父亲不得不被供出。

父亲在他印象中说过的最后的话是这样的：“把所有的事情都推给我就

好，要死的话，就只死我一个人吧。”父亲保护了他，保护了藤泽夏树，也保护了“龙”的所有人。

然而，身着白衣的恶鬼却在联合军的“正义之手”来到之前破窗而入，闯进了他的家庭，当场杀掉了他的父亲，以及他每一个可见的家人。他记得那时自己在逃跑，不知道经历了多少磕磕碰碰，最后在藤泽夏树的怀中醒来。如果不是他，恐怕那时就被白芜常抓住杀掉了。

自那时起，他就记住了这两个人的名字。一个身处于象征着光明与正义的联合军之中，却用尽了卑劣的手段；一个身处于被世人唾弃的黑道组织中，却依旧保有善意之心。于是他决定，将“龙”的第二把交椅让给他。然后，等待着自己必将走向死亡的一天……

他要报仇，向白芜常，向联合军，为他死去的全部的亲人们报仇，即便同归于尽。

武士刀的刀刃亮起光芒，突然变为蜿蜒的光线，不断地延伸着。白芜常还未意识到这是什么样的招式，延伸的光线就已经遍布了他的身边，将他完全围在了里面。

改变攻击轨迹的能力，不过这轨迹改变得未免也太过夸张了，就像是围成了庞大的切割网一样，只凭其中的空隙根本无法逃出。果然，“素体”的能力所能表现的形式远不止自己所想的范围。

“白芜常，这里将是你为你的所作所为付出代价的地方。”

所以，又是一个吗？原来如此。我明白他在仇视我什么了。

白芜常收起了双刀，伸出手来，双手交错，电光庞大到几乎要遮蔽他的身体了。“我的确杀了你重视的人，但是……”缩紧的身体突然张开，体内汇聚的电磁向四周释放。

“如果真要这么说的话，那些被人吃人的社会绞杀得走投无路的人们又该怎么办？”

电磁磁暴将切割网的空隙拉大了，白芜常顺着这缺口冲了进去，右手拔刀，双手紧握。双刀再次对撞。

“如果每一个人都要不断地复仇下去，这世界又会变成什么样子？只是为了复仇搭上那么多人的性命，最后你自己完成了夙愿一死了之，又让那些同样因此失去亲人的人们向谁复仇？”

“闭嘴！”

荒木龙彦不停地挥舞着武士刀，却无论怎样都被白芜常挡了下来。

“你不也是一样？只是为了实现你那该死的社会理想，就索性以严酷的规则压迫人民，让他们走投无路，不得不死在你的规则里面，你却视而不见，以为你的实践很是成功，难道不是吗？”

白芜常一惊，长刀被不经意间撞开。荒木龙彦再次发动了能力，这一次的切割网与白芜常近在咫尺。躲不开，这样的空隙就算用刚才的方法也拉不开太大，更何况已经来不及再释放磁暴了。

“也正因如此，我们这些复仇者们才会存在，我们是杀不尽的，终有一天，你必然会为此付出你的全部。失去亲人、失去朋友、失去爱人、失去生命的痛苦……”

他瞪大了眼睛。

当自己被人推开的时候，王紫陌还没意识到什么。

“苏凛？”他看到冲天的火柱，这火柱比先前所见的都要剧烈，完全可以将血肉烤成焦炭。然而苏凛却……她救了自己，却葬身在了火海中。

他记得，他一直记得，苏凛的身体因为其能力经不起烫伤烧伤，即便是一般的开水对她而言也可能是致命的存在。他无法想象苏凛所承受的那种痛苦，根本无法想象。他甚至不敢去触碰，现在他见到的，已经不再是苏凛，只是一具深红的人形肉体。

张书纶也使用不了能力，只凭自己的话。

他清楚现在不是悲伤的时候，但是，他们无疑已经死掉了啊。

又一道光束射了过来，将荒木龙彦的能力驱散，这个能力虽然和荒木龙彦很相似，但更像是一条手臂，一条能包揽一切的手臂。那是于佩杉的能力，真正的“辉夜神”。

“是啊，”白芜常再次提起了精神，“不过你想错了，我并没有以这该死的法律为傲，也并没有对被它压迫得走投无路的人们视而不见。”

那个叫付静轩的女孩的面容如今还在他的眼前，她的名字是他记得最清楚的名字。她被自己杀死了，被自己曾想要改造社会的执念杀死了，被每个人的私心杀死了，也是被荒木龙彦想要报仇心切杀死的。

“无论怎样改变，终究改变不了有人因此受害的结果，所以在实现所谓‘没有人会受伤的世界’之前，只能一步步地去探索和改变……”

上砍的刀破开了荒木龙彦的格挡，在他的身上划开了自下而上的切口，整个人被砍翻了好几米远，衣襟落在了他的嘴角，渐渐被血液所浸染。

“在我的双亲，我最珍视的妹妹被人害死的时候，我脑中想的只剩下报仇了。但是，就算报仇了又能怎样？死去的人是回不来的，继续将这个世界不断加以改变，这样一来，才不会见到下一个珍视的人也死在自己眼前。如果只是一味地报仇，这世上的悲剧是永远也不会有结果的！”

“白同学……”于佩杉站在远处，双手握在身前，看着他。

2

“呐，夏树老弟，我明白你一直以来的心情。能理解你的人说到底只有我一个，所以如果今天将我在这里杀掉，对你来说也没有什么益处，所以我不怪你。如果你需要的话，我一定会帮助你一同照顾那两个孩子。请放心，我所能想到的方式远比你多得多。但是真要说的话，我还是很生气。”

藤泽夏树明白，他一定不会成为这场战争中的死者，今后也不会死在左毅的手中。也正因如此，他才敢独自来到这里，因为他明白自己是左毅绝对不想杀的一个人。

“你把这些生命当作了我们两人相见的祭品，这些生命……”

左毅一个个地抚摸着断裂的桌椅，像是，或者本就是在为它们送别，让它们得以安息。

这也是他一直不能理解的地方。在这个人眼中，任何事物的存在都远比人命更有价值。

“桌与椅本是最为纯净的生命，他们在诞生之初便被决定了命运，终生都要承载着无法选择的负重的使命，即便有怨言也无从发泄，没有负重时也要随时准备着等待下一次负重，直到使用寿命到了尽头，以彻底的崩塌作为生命的终点。然而什么时候才是寿命将近之时？它们不知道，也没有人会知道或关心。不能逃避、不能倾诉的生命，依旧坚持到了最后。然而，它们还未来得及喘息，便因我们而遭遇了被害的宿命，甚至连尸体也保全不了。所以我好恨你啊，夏树老弟，为什么你理解不了呢？”

尽管无法理解，但藤泽夏树一直都清楚。

左毅喜爱的是这个世界，而不是这个世界上的人类。

——必须想办法接近能力者本人。

王紫陌基本确定了这个能力的性质，以现实中的部分为蓝本缔造一定范围的空间，而这空间内的一切非生命的物体都可由能力者操纵，所以才会出现火柱和风刃这些如同自然灾害的景象。加上火柱无法被自己的能力控制，王紫陌更加确信自己的推测没错。

他没有白芜常那样高速突进的能力，想要接近目标的话，必须不断躲避各个方向都可能出现的攻击。如果没记错的话，从先人那里传来的招式中，有一招蜿蜒前进的突进招式。虽然还有一半的招式王紫陌没有练成，而这一招也是其中之一，但现在有了完全的能力，一定可以做到。他迈开双腿，做出将要冲刺的准备。

“火之神七式·红舞”。

王紫陌奔跑着，高速迈进，同时借由旋转产生的威力连续挥刀，身体行动留下高温痕迹。他一次次地利用挥刀挡下攻击，不断前进。

如果失败了，等到自愈之后再重来就可以了。现在只有自己，没有什么多余的顾虑了。

还有二十米。可是，就算赢了又能怎样。自己的同学、父亲、战友都已经……身体在止不住地颤抖，他想要压住，却止不住悲哀的心情。

一定可以的，虽然不知道这算不算自欺欺人，但现在除了这样想也别无他法了。如果将这个能力打败，解除掉这个能力的话，他们一定会回来的。一定会！

突如其来的风刃在他的全身各处切开了深深的口子，无数次地从火柱之中穿过几乎让他昏厥过去，但接下来一定可以让一切完全结束。这样的速度，只是单纯的空间能力不可能躲开。在将要接近之时，他旋转着身体，刀刃上凝聚的火焰在他的身边划出炽热的螺旋，以“红舞”积攒的火焰为基础。

“火之神四式·火神斩”。

双重招式合二为一，所有的能量一同汇聚在了王紫陌的刀刃上。“做个了断吧。连同那个女孩一起。”

3

“如果只是一味地报仇，这世上的悲剧是永远也不会有结果。”这是真的吗？荒木龙彦不知道该如何面对这样的现实。

他笑了，看着面前的两人。此时，他甚至不知道该不该收手了。

如果说自己一直以来所做的都是错误的，不理智的，那么自己的确从一开始就输了，然而……

“怎么了？”

他被于佩杉惊吓的声音带回了现实，随后意识到地面在晃动。

“爆炸……”白芜常缓缓说着，他原本以为自己刚才已经把所有可燃物都引爆了，这确实不是先前白芜常制造的爆炸所引起的坍塌。

“你知道什么吗？”荒木龙彦听到白芜常这么问他。

他抚了抚身上刚恢复的伤口，整了整被切成两段的衣服。“可能是中央大楼底部的那个东西。我不知道它叫什么，但似乎是另一个‘素体’的能量共振。‘素体’的‘共振心脏’是我爸曾经所做的，看来和我的猜测一样。”

“什么猜测？”

“本身作为一个系统存在的能力者体系，以‘素体’作为各个能力联结的中心，其特点便是同样的能力者总数与能力表现的固定，以及‘素体’的单一。这样一来，爆炸的原因也很明显了，‘龙首’，你成了另一个‘素体’，成了除于佩杉之外的同一能力系统中的另一个‘素体’。这样必然会导致于佩杉的能力无法稳定。于佩杉现在之所以没有什么异样，是因为她本人的能力主体还在下面的‘共振心脏’之中，所以表现出的便是‘共振心脏’的崩溃。”

“怎么会？”

于佩杉和荒木龙彦都许久没有作声，他们看了看站在那里低头思索的白芜常，又看了看对方，不知道该怎么办。

“如果是‘素体’的‘共振心脏’崩溃，最后的结果就不是单纯的‘不祥之日’那种爆炸那么简单了，对吧？”荒木龙彦问道。

因为使用过“素体”的能力，如果要将这种能力一次性灾难性地释放，不仅仅是爆炸，空间、电气……万物都会在瞬间受到波及，而这只是他所能感受到的，自己身上的“素体”的一部分而已。

如果是完整的“素体”的能力的话，恐怕……

“整个世界都会毁灭吗？”于佩杉先说出了这句话。

地面的震动还在加剧，楼上与楼下不时传来坍塌的轰响。突然间，天花板上裂开一个大洞，整个房顶都坍塌下来。

荒木龙彦眼睁睁地看着，就在这沉重的建筑砸向于佩杉的前一瞬间，白芜常张开了机械翼，他看不出来“时间契约”使用了几进制，但他感觉得到，这一次的冲刺，远比之前决斗时的每一次的冲刺都要快很多。

在屋顶落下的最后一瞬，白芜常将于佩杉挡在了自己的身下。震耳欲聋的轰鸣所带来的耳鸣许久没有消散，眼前的两人已不见了身影，剩下的只是建筑物的断壁残垣。荒木龙彦清楚此地不宜久留。

“所以无论是‘龙’，还是联合军，这场战争的本身都是毫无意义的，唯一的价值只是给不明真相的多数人一个可以安心的交代。”

“没错，就是这样的道理。”左毅终于再次站起身来。

“而且，夏树老弟，你也没有必要为你所做的而自责。”

能力者之间的互相吞噬，也就是人称的“吃人”以及“舔人”，其屡禁不止的原因，说到底，正因为拥有能力的同时，自身的体能与智力等先天性的综合能力也必然会超越普通人，加之能力本身的表现，成为能力者，本身就已经是通向成功的人生的敲门砖。

如果要举出例子的话，樱花国际学校中的富人家庭以及社会精英中的能力者所占比例，诸如此类，还有很多。

况且，在技术手段还极其匮乏的今天，以被夺取能力所造成的死亡，几乎找不到犯案者，就连定性为恶意伤人也很难办到，所能找到的也只有间接证据。这也是白芜常将能力犯罪的判定标准降低的原因。

说到底，所谓人吃人，其实说的就是竞争吧。过度的竞争，就像能力者之间的相互吞噬，招致家破人亡、妻离子散，无数人走投无路，最终吞噬他人或被他人吞噬。这些就像是过度竞争的结果被放大化的表现，虽然有些过分，却又并非没有实实在在的依据。

“这是人类社会的必然结果，也是人性阴暗面的必然结果。夏树老弟，我之所以认为你并没有错，也正因如此，你只不过是无心插柳柳成荫，让这过度的竞争真正地彻底地被世人所见，被有志之人所见。”左毅说罢，重新找来杯子，倒上了一杯新开的酒，“只是可惜人们只是沉溺于对死者的惋惜之中，却没能看到其本质。”

建筑还在不断地崩塌。荒木龙彦还在犹豫不决，没意识到脚下的地面出现了裂纹，因此摔了下去。他看到了那面“镜子”，已经没有什么手段能挽救这破碎不堪的美丽了。

他重重落在了地面上，恰好脊柱骨和腰椎间盘撞在地上，如果是常人的话，恐怕早已摔死在这里。那一瞬间，荒木龙彦感觉到一时的窒息，可能确实是在那一瞬间自己死掉了，但自愈能力甚至能让本应死去的身体再次恢复原状。

可即便如此，几乎遍布全身的疼痛还是无法消除，甚至到了完全无法忍耐的地步。原本期望能在着地后爬起来快些离开，现在却只能在原地痛苦地喊叫着，打着滚儿，最终坐以待毙。

他不知道自己跌下去了多少层，睁开眼的时候，他看到这一楼层上方已经完全坍塌了，自己索性利用了能力减缓下落速度，以至于没有被压在层层废墟之下。

一想到这里，白芜常和于佩杉的身影便又浮现在眼前。

虽然还不能确定所在的楼层，但他感觉到了，那庞大到足以轻易将整个世界毁灭的力量，比以往任何一次都离他更近了。一次次地塌陷，他不断地稳住身子，利用能力减缓下坠。最终，在一次落差最大的下落中，荒木龙彦看到了那东西的本体。

被透明的球体所贮存的黄白色能量共振——他从未见过那样纯粹的能量，如此美丽，如此动人，好像其本身就是整个世界的中心。如此纯净，就连自己现在体内的能量也只是她的冰山一角。

他无意间发动了“时间契约”，原本想要欣赏这动人的存在，却不经意间看到了于佩杉和白芜常的身影。他们在下坠的废墟之间，于佩杉身上沾了不少灰尘，但没有什么地方受伤，而白芜常的额头与双手都淌着鲜血，机械翼迸裂着火花，瘫在他的背后，几乎完全失去了生机一样，看样子已经完全失去了飞行能力。

如果就在这里，对“素体”的“共振心脏”使用指令，那么自己便可以成为真正的“素体”，弹指间的工夫就可以将白芜常，将杀害他家人的仇人碾碎。于佩杉也将变成无能力者，终生与她父亲所创造的华贵无缘。

不放过每一个重要的节点，这样的想法似乎是白芜常才会干的事。这或许和所谓联合军中的黑手党的称谓很相符。但是，如果真的是这样的话，为什么白芜常不在刚才干脆一发补刀杀死他呢？他来不及去考虑，张开了一对白色的羽翼，无论如何，他也要飞离这里。

于佩杉的眼睛却突然间张开了。荒木龙彦意识到她正看着自己。或许，那只是单纯地看着。

“时间契约・十进制”。

他穿越了无数的废墟与灰尘，抓住了于佩杉的手，紧紧抓着。

但那种眼神对于荒木龙彦而言，和求助没有什么区别。

或许这才是自己真正的执念。于佩杉紧接着抓住了昏过去的白芜常。原来如此，原来和复仇完全没有关系啊。

4

王紫陌认为自己已经得手了。他亲眼看着刀刃将眼前的人完全劈成了两半，却没有血。

在那时，他意识到自己受骗了，这个能力者对空间的操作甚至可以制造幻象。即便是鼓足了干劲，也还是改变不了敌强我弱的现实吗？身边的空间被隔离开，无形的平面将他封锁在了里面，无处可逃。

抱歉，父亲。他闭上了眼睛。甚至连去敲打这平面的想法也失去了。

“你走吧。”藤泽夏树有些想吐槽左毅的主动送客的奇怪行为。

“夏树老弟，这样的见面我很是满意，你果然还是从前的样子，那个我喜欢的样子。”

没有改变吗？就藤泽夏树来看，似乎左毅也是如此。

“我们还是和他们一样的孩子呢。”他感叹道。

两人并没有行什么专门的礼节，藤泽夏树便直接转身离开了。或许今后他将带领残党重新组建势力，或许下一次见面，他们还是会成为敌人。

“呐，夏树老弟，下次见面的时候。”左毅捋着头发，与最重要的人再次立下约定。

“我们可以再做一次搭档吗？”

外面有猫的叫声。

藤泽夏树在将要离开的最后一刻停下了脚步，再一次地，发自内心地痛快地笑着。“啊，当然了！”

“如果可以的话，我还想叫上她一起，那个‘血色樱花’。”

藤泽夏树默许了。如果可以见到老朋友的话，他当然愿意。

正如左毅所说，他不会杀了左毅，但不代表他没有那个能力；同样，左毅也有能力杀死他。

只有他们三个人清楚，这个世界所拥有的最大的幸运，便是他们情同手足。

第七个高阶能力者孩子，她再一次出现了。

王紫陌看着将要夺走他性命的能力在即将发动之时停止了，整个能力所缔造的空间崩塌开来，四周的环境还是先前的样子，然而，遍布整个视野的尸体向他证明着刚才并非是噩梦，而是现实。

即便能力解除了，还是无法救回那些死去的人。

于佩玹将镰刀贯穿了川岛雪的身体，挑到半空，眼睁睁地看着她在尖叫与挣扎中渐渐停止动作，最终失去生命。

王紫陌不清楚她是怎么做到找到真身的，也不知道她是怎样偷袭的，身为于佩杉妹妹的于佩玹，其能力与“素体”同样是未解之谜。

将川岛雪的尸体平稳地放在地上，于佩玹再次切开自己的手腕，血液凝聚在空中，在战场上下起了血雨。血雨将每个人的身体都淋湿了。

王紫陌不敢相信眼前的一切，这看上去并非善类的血雨，却在滋养着每个人的伤口，原本死去的人们的身体开始动了起来，被于佩玹的血浸润过的伤口竟立刻完全复原了。

“这是……”太厉害了，这样的能力远比自己的自愈能力要有效得多。

“我可以赋予自己的体液任何的特性，例如像这样治疗和复活。再加上你的自愈能力‘再涅槃’，便可以拥有无限的再生血液。”那声线和于佩杉完全一样，但无论是说话的语调还是习惯，都更像白芜常那一类人。

“等他们醒来之后，我的血液就会蒸发掉，不会留下痕迹，在这之前，麻烦你将他们转移到他处。我在血液中赋予了消除关于这场战争的全部记忆的特性，他们现在已经完全忘记今天的战斗了。”

“明白了。那你呢？”

他看着那原本十分熟悉的面孔，却一直呈现着另一个人的表情。

“没什么，我有我自己的事情。”

离开的时候，王紫陌大概明白于佩玹在做什么了。她将愈合后的手腕再次切开，将血液灌入了川岛雪的嘴中。

白芜常在大楼倒塌的响声中再次醒来，他意识到自己先前其实只是睡着了。因为被压在废墟之下，身下于佩杉炽热的喘息让他不想再醒来。但这不是地震，他们也等不到有谁来把他们找到的一天。

说实话，在看到拉着于佩杉的荒木龙彦时，他竟觉得自己已经多少预感到了这样的结果会出现。在荒木龙彦的帮助下，他们有幸避开了下坠的钢筋和墙壁，以及破碎的机械，没有被砸伤。

然而荒木龙彦的飞行能力也很有限。白芜常看得出来，凭着那一对羽翼，是不能带着两个人一同在爆炸之前抵达安全区的。“世界树之翼”因为废墟的重压已经暂时基本无法使用了。

况且，他不知道所谓的安全区在哪里。如果就这么干等到爆炸来临之时，像这样的能量一次性被释放的话，恐怕整个世界都将毁灭吧。他有一个办法，或许阻止不了爆炸，但至少可以缩减大部分的爆炸范围，甚至可以将其抑制在科技园以内。

“‘素体’的能力不属于三大类的电力、空间、能量，其本身与三大类能力相关联而在三者之上，是三大类能力相联系的唯一途径，其分类在‘七凰’计划中被称为‘纯净’。之所以以此命名‘辉夜神’的能力，是因为其能力是在实现单一的能力向多方面的能力转化，而自身必须保持着单一的能力，这便是‘纯净’的含义。也就是说，如果可以有一个A级能力者下去将他的能量共振混合，最终‘纯净’的能量共振便不得不全部转换为该能力者的类别，以该能力者的能力效率运转，就算最后阻止不了崩坏的事实，最后产生的灾害类型和范围也会大幅减少。”

于佩杉完全没有听懂他在说什么，但荒木龙彦明白了。作为三人之中唯一的其他类别的A级能力者，白芜常准备与底下的能量共振，同归于尽。

“你不必这样做，一定还有其他方法。”

“我想你一定也是个现实的人吧。”白芜常说道，“那么现在也务必相信我所说的话，这是我从一直以来的天赋与学习，以及在了解了‘七凰’计划的全貌之后所想到的唯一途径，除此之外，别无他法。”

他深深吸着气，望着荒木龙彦，可能荒木的眼中，自己依旧想要分出胜负，但至少在白芜常看来，荒木的眼中已经没有复仇了。

那么，是时候做一些准备了。

荒木龙彦大概不会阻止，他一定明白自己的用意所在。唯一让他放心不下的，果然还是……

“呐，于佩杉，我能猜到你在担心什么，但是还请你理解。”在说这些话的时候，他总觉得自己找回了某种感觉，那种感觉原本很熟悉。

“白同学……”

“接下来我会下去，阻止毁灭性的爆炸，你和荒木趁着那一刻的机会飞离这里，明白吗？”

“白同学，你想牺牲自己来救我们吗？”她还是和一直以来一样，总能看透人的心思，说一些让人不太好回答的话。

对于这样的话，比起狡辩，白芜常更愿意以一次性的承认来回应，他想，这才是她真正想听到的回应。

“是的。”

于佩杉也一定明白的，关于自己想要做的事情的理由。

“我想明白了，其实也可能一直明白吧。比起那种懦夫一样的被动作风，倒不如亲手去试着改变这个世界。但是那或许只是曾经我为自己的所作所为予以包庇的借口，实际上我并没有理解，什么是真正意义上的‘好好活着’。”

她紧紧握着的手中不断地渗着汗水，就像是无形的力在将他们两人再次分离，可于佩杉还是在紧紧地握着，就像自己曾经握着那个选择轻生的灵魂一样。她其实一直都明白，却还是不敢去接受现实。

或许这才是于佩玹存在的必要，因为两人一同的存在，于佩杉才能将她的善念坚持至今。然而，无论怎样掩盖，现实的法则依旧改变不了，当看得见的手完全离她远去之时，等待着她的或许将是整个世界的悲哀。所以没有人能永远留住心中的那份纯净吧。

“那个时候，就算我变成了一个彻头彻尾的疯子，见人就杀，即便是对于他人的好也发自心底地去厌恶，你还是唯一的不愿放弃我的人。我那时其实一直想去接近你的，但是我好怕，我怕自己无论怎么做都会有人因我而受伤，甚至失去性命。但是，就算这样，你还是没有放弃我，就算是一次次地付出了生命。我真的很感动，我想我明白了，你认为如果自己因为过程的痛苦而放弃了一个人的生命，一定不会是真正的好好活着，没错吧。”

于佩杉没有回答，她的胸口一起一伏，不断地喘息着，嘴巴止不住地微微张开着。白芜常看到她的眼睛在很快地眨着，突然间又紧紧闭上了双眼，把头撇到了一边，但即便看不到，他还是能感觉得到，滚烫的泪水正止不住地顺着脸颊淌下，随后，滴落在了他的眼里。

“所以，我现在也许真的明白了，我的生命到底能做到什么，是你告诉了我答案。”

——因为有白同学在，到现在为止才拯救了那么多的生命吧。正因为有你在，现在，我们才能安心地生活在这座城市，从没有担心过什么。

“我要守护好这个城市和应当被守护的人们，还有这个世界。拯救生命，和你一样，即便是付出生命。”

“不要再说了！”她无法阻止，也没有阻止的理由。这是她记忆中第一次对自己不放弃任何一个生命的执念感到了如此庞大的无力。所以无论再说什么都无济于事。

“所以啊，”他拔出了长刀，猛得插进了手腕中，一点一点地切割着自己，“这才是我真正的愿望啊，于佩杉同学。”

喷出的鲜血沾满了两人的身子，再一次地，为他的脸颊抹上了血的印记。

说实话，之前一直不断地杀戮着，也有被他人杀死的准备，就连开战前也想过，大概自己可能真的会死在这里，但是，不知道为什么，自己竟然感到了一点害怕。

因为不想就这样离开这个世界，也可能还对这里的一切难以安心，害怕离他人远去，明明只要活着离开这里，没有这场灾难的话，就可以和每一个人重新见面，为自己的不辞而别道歉，给大家一个拥抱，再一次以学校里的学生的身份生活下去。最后，再到付静轩的身旁把原本想说的话再说一遍。

而且，他不想再离开于佩杉，不想再与自己所珍视的并且珍视自己的人就这样诀别。为了什么理想而牺牲，其实一点都不酷，白芜常恍然间明白了这一点。

“呐，于佩杉同学，我想说的还有很多，但是，没时间了。”

为了理想而牺牲，这或许才是对一个人而言最大的悲剧吧。他想快些将自己的杂念收起，却又不知该从何说起。

世界并没有改变，只是有些按捺不住了，露出了原本的样子。

刚开始，自己确实是这样想的。他明白了，自己到底是哪里改变了。他终于明白了。

即便世界已经露出了原本的样子，也依旧存在着愿意相信现在与未来的人们。这样想想也没什么大不了的。因为，这世上的每个人都有平等生存的权利，无论谁也无法夺走。

“就算我不在了，也要好好活着。”这是他所能想到的，唯一能表达出他内心的话了。

长刀切断了被紧握的手——与白芜常之间的最后一丝联结。他终于坠入了“纯净”的能量之中，和在血泊里一样，缓缓地闭上了眼睛，为一直以来的付出一劳永逸地安眠。

荒木龙彦用尽最后的力气，快速带着于佩杉离开了科技园。

蔚蓝的屏障在爆炸的瞬间围住了中央大楼的附近，阻隔了电磁的扩散，也阻隔了里面的一切。那是从主战场赶来的崔元祯。

屏障内，电光几乎遍布了封闭的空间的全部，奔涌着，扭转着，绞杀着，却没能像“不祥之日”时的火光那样，把一切都燃尽。电光即便再强烈，终究也只是自我折磨般，在与世隔绝的空间里永远纠缠下去，直至完全退散为止。

那时，于佩杉似乎又一次听到了白芜常的声音：“活到这个世界属于你的那一天。”

两个原本敌对的势力合作组织遭遇了意外的大灾难，如果这也能和灾难本身一样被世人所铭记的话，那该多好。荒木龙彦这样想着，没有多说什么，便独自离开了。

而崔元祯则是站在那里，看着于佩杉跑到废墟上。电磁的爆炸已经完全结束，隔离防壁能力也解除了。

碎石的路面和建筑的碎片割破了她的双脚，她全身都灰头土脸的，脸颊上还有泪水流过的痕迹。她知道自己又没能完成答应过白芜常的事情。

她像是感觉到了，跑到了废墟上的一处，用力地搬着巨石，紧紧地咬着牙，脚底渗出的血缓慢地流着，她还在搬着，却怎么也搬不起来。她一个人用尽了力气，瘫坐在了废墟之上，露出血淋淋的脚掌。

她的头垂着，双手支在废墟上，急促地喘息着。她眯着双眼，时而抬头，时而低头。抓着废墟的指甲也破开了几处，她还是瘫坐在那里，整个身子都在摇晃着，隔着很远也都听得见她的喘息声。那喘息声很是急促，那是要吞并一切悲伤的喘息。没有人知道她在那里就这样折磨了自己多久，但她成功了。

“呐，白同学，我成功了哟。我这一次没有再流泪了呢，我的眼泪也不再是廉价的了。”她的嗓子还是呜咽着，说话很不清楚，只有她自己能明白所说的是什么。

尾　声

川岛雪睁开眼睛的时候，感觉到自己在哭，完全睁开的时候她才发现，是两个人在哭。她躺在春歌爱衣的怀里，呆呆地盯着，那个瞬间，她竟第一次将脑中的杂念抛之脑后——萦绕了六年的杂念。

“没事了，都结束了。”春歌爱衣将她紧紧搂入怀中，泪水淌进了她们的衣襟，将两人的心灵一并沾湿。

她想起来了，她失败了，靠着献祭了几千个兄弟的计划在最后一步失败了。是啊，她想起来了，自己已经被杀了。那么，这里是天堂吗？自己终于还是有幸能够在天堂上与春歌爱衣重逢吗？

“小雪，我们可以回家了，回到我们的生活，从今往后，一直生活在一起。”

——她在说什么？一切都已经结束了，首领牺牲了自己的生命与白芜常同归于尽，藤泽前辈也冒着危险独自潜入敌后。石田正宗，他与春歌爱衣原本能成为一对恋人，但是，也早已经牺牲了，甚至连尸骨都找不到一块。

她和春歌爱衣原本都是停滞在了绝望中的人，想做什么，去做什么，其实都已经无所谓了，但是，却未曾想到是这样的结局。

不过，好像也很好。这一切都结束了，而她们还有幸活在人间。

一切都很好，就像那段青年时期的记忆一样。

自此，联合军与黑道组织“龙”的战争也完全结束，虽然名义上以联合军的胜利结束，但凡是亲历这场战争全貌的人都清楚，其实依旧没有真正的赢家。

这场战争，无非是给予公众一个交代而已。始于两个少年的执念，终于他们重新找到了新的方向。

“萌姐，睡觉的时候听歌对身体不好吧。”藤泽有纪虽是这样说着，但他知道藤泽十萌在长途中听歌的习惯是改不了的。

“是butterfly哟，也算是我小时候的回忆了吧。”藤泽十萌并没有睡去，大概只是闭目养神。

她记得那个动漫讲的是八个孩子的故事，而他们每个人则代表着一种积极的善念。直到现在她还是很喜欢那种感觉，那种为了心中纯粹的执念而努力付出的感觉，她细细地回味着，在决战时自己似乎也找到了，所以，她相信此时的生活是这十五年的生命中最幸福的时光。

只是这样想来，在这种世界里，想要永远留住那种善念大概也很难了吧。或许这些终究还会成为未来的阻碍，但藤泽十萌现在完全不考虑这些了，不如继续活在当下，记住现在所经历的全部的幸福。

自那之后又过了将近一个月。崔元祯还记得为藤泽姐弟送行的时候，藤泽十萌激动地说着“下次再来一起玩飞行棋啊”这样的话，似乎又变回了之前那个活泼的姐姐的形象。

而现在，他以联合军驻樱花源预备队队员的身份再次前往烟雨科技园。自那之后，白芜常再没有回来，按照联合军的官方解释，在那种情况下，白芜常必然已经以身殉职。

尽管悲伤，但对于崔元祯而言，白芜常的死讯让他感到了更多的不舍。即便是没有多少印象的普通校友，但崔元祯一直有某种预感，如果他们相见相识的话，白芜常一定会成为改变他人生走向的人。

联合军对外声称科技园已经被封锁，任何人不得随意入内，否则将采取强制手段，即便是崔元祯这样在联合军里徒有挂名的人也不例外。然而崔元祯到了之后，却没有看到一个人在，更别提联合军了。烟雨科技园的大门敞开着，他便顺着上次走过的路径前往原本是中央大楼的位置。

那堆废墟还在那里，安静地等候着，却没人知道它在等待什么，或许它自己也不清楚，只是一直和整个科技园的空无一人的废弃建筑以及骨架一起在这里静默着，完全远离了它们曾经的繁华与富贵。

只是让崔元祯有些不解的是，废墟周围立了一圈铁杆，有一定的间隔，一条金色的锁链围绕着铁杆，在废墟周围围了一圈像是护栏的东西。只是这护栏凌乱得让人不忍直视，看上去围上这锁链的人似乎并没有这锁链的颜色那么严肃。

崔元祯很好奇，这也是理所当然的事，毕竟如果说这就是所谓的“封锁”，怕是太不严谨了？完全不符合联合军的做派，更像是一个看守着玩具的小孩子所圈起的地盘。这样理解倒是感觉蛮接近的，只是在体型上大了不知多少倍。

他见无人看守，便走近了想去看看。虽然布局凌乱，但如果顺着这锁链，从源头一圈一圈地解开还是可以的。可就在他离锁链仅剩最后一步之遥的时候……

“咦？”他本能地发出了疑惑的声音。明明刚刚还靠得那么近的，怎么就……他的确记得自己原本想要接近中央大楼的废墟，然后，突然就回到了入口的地方！

就是一瞬间，不对，甚至感觉连时间的流逝都算不上，就好像自己本就应该在下一步重新回到入口一样的感觉。只是在那一“瞬间”，崔元祯的空间定位能力有了些许反应。他感觉到了有谁抱着他，一点一点地把他挪回了入口的地方。好像还很娇小？他越来越奇怪了。

或许这就是联合军所设下的“封锁”？无论如何，他都明白，现在眼前的烟雨科技园，以及联合军，再向前走便是他不可触及的领地。于是他选择了返程。

荒木龙彦提早了五分钟。

“早啊。”他大概感觉得到这是于佩杉平日的常态，但他又觉得对于自己，于佩杉本不应该以常态相迎的。

按照约定，两人将一起去联合军的实验所，将荒木龙彦取走的一部分“素体”的能力物归原主。或许自己不配得到她的礼节甚至一切好意，但在于佩杉的表现中，荒木龙彦还是怎样也看不到敌意。

——她太厉害了。

他也因此更加坚定了决心，只有这样的人，才真正配得上那样强大的能力，配得上成为世界中心的资本。只是，失去了一只翅膀的天使，还能够在人间自由地活下去吗？

与此同时，藤泽夏树对“龙”的全部残党下达了最后的指示。从今往后，他将离开，而“龙”剩余的全部势力则依托与政府的关系，成为政府与联合军之间协调的独立队伍。而每个人还是不知道他们将来要做的是什么。

藤泽夏树无法回答他们，但是在离开之前，左毅无意间说过的一句话让他印象深刻，也正因如此，他做出了这样的选择。

“过去曾指引过我的一个人，他很可能也与‘不祥之日’中真正的主谋有关，无论将来怎样，现在都要做好那一天到来的准备，准备好能够超越曾经的‘逆天’力量。”

他大概知道为什么会对这句话记忆深刻了。只是每一个能勾起内心深处的回忆的文字都会被他永远记住而已。

这样就好了吧，左君。

他看向自己过去六年的住处里摆放的一张许多少男少女在一起的合照。就看我们两个人的了。

“不侵犯，不可侵犯……”

“你在看什么呢？”苏凛感觉很久没见过张书纶看书的时候说话了。

海底图书馆还是和从前那样宁静而美好。

“因为经过了这一次，还有听说了一点关于那个计划的事情，所以我想，如果不看清所能了解到的全部，不试过全部途径的话，我们即便拥有再强的能力也还是摆脱不了被别人牵着鼻子走的命运。留给我们的海底图书馆里存放着许多关于这个世界不为人知的秘密，一定是大人们刻意埋藏着的事实，如果都将这些了解的话……”

苏凛明白他的用意，如果张书纶的这股什么事情都爱扒个干净的习惯真的有帮助的话那也很好，不像自己现在，只是又一次地想要回到过去一样。

张书纶抚摸着书页，好像摸到了那个时间的记忆：“这是二十世纪晚期的能力者组织‘逆天’的纲领，组织的成员竟然都是未成年的孩子。”

这句话提起了苏凛的兴趣，未成年能力者的组织，加之那个纲领，不知为什么，总让她想到了现在的孩子们以及她自己。

那个时候的孩子们现在也长大了吧。

“‘血色樱花’‘黑日神’‘圣裁’‘焚雪’……”张书纶缓缓念着关于那个名为“逆天”的组织的记录。

只是让他疑惑不解的地方在于，那个时候的能力者组织又是以什么目的而行动的？为什么组成的全是孩子，却又出现了像“血色樱花”这样骇人的代称？除了最主要的四个能力者孩子以外，便几乎没有了关于“逆天”

的记录，就像有人在掩盖着它的过去，却又同时不得不承认其存在过的事实一样。

“那个，张书纶，还记得‘七凰’计划的资料吗？”

“怎么了，苏凛？”

“将能力者以科技形式正式承认其存在的时间，是1995年，也就是‘七凰’计划开始的前一年。”

“是的。不过，这又能……”那个时候，某个猜想突然浮现在张书纶的脑海中。或许是很疯狂的猜想，但是他抑制不住。

“关于‘逆天’的记录则是‘在1992至1994年最为活跃，之后失去踪迹，疑似解散’。”在那个能力者不被社会承认的时代，又是怎样组建起的能力者组织，为什么又是全部以未成年人组成的？如果1994年“逆天”解散，那么这些孩子们又去了哪里？还有这紧挨着的时间点。

“呐，苏凛，”某个不可思议的联系，“我想我大概明白了一些事情了。”

“来，阿杉，给你一个惊喜。”

于佩杉还未来得及惊讶王紫陌也在左毅的办公室里，便又跑到了左毅那边，迫不及待地想看看左毅为她准备的又会是什么样的惊喜。

还没有跑到，她就已经听到了小猫的叫声。

“披萨！”小猫闻声跳上了桌子，飞快地跑向于佩杉的身旁。见于佩杉伸出双臂，它便纵身一跃，扑进了她的怀里。

在劫走于佩杉的同时，披萨一直被春歌爱衣看护着，在藤泽夏树带人离开的同时将她交付给了左毅。他们的确将绝不殃及无辜的准则实现到了最后。

或许这就是理想吧。左毅这样想着。

“啊，对了！今天学校里……”

“是社团联合会吗？”王紫陌看向于佩杉。

“哈哈，那快去吧，耽误了重要的事可不好。”

原本左毅还想对于佩杉说些什么，才让她在完全取回能力之后来这里的，不过现在想想也不必多做些多余的事情。有喜欢的事情就去做，不也挺好吗？

“那我去了！左毅叔叔，王紫陌同学，回见啦。”

更何况，对于佩杉而言，即便不说什么，她也一定会明白的。无论怎样，这样对她也好。

“那么，王紫陌同学，”是他特意将王紫陌私下约到个人的办公室来的，“你有没有加入联合军的打算？”

在这句话说出的时候，王紫陌因为惊讶暂且忘记了怎样回答。

“我从你父亲那里听说了，这是你一直以来的理想。这很好，你父亲也很支持你，昨天晚上还特意向我推荐你。”

王紫陌不敢相信自己的耳朵。父亲同意了？

左毅看着他脸上难以抑制的笑颜，也很是高兴：“王紫陌，你其实一直对小白所修改的联合军法律持反对观点对吧？我其实在见到你的时候就看出来了，你和小白是完全不一样的两个人。不过好在你们都一样善良，这也是我想要你加入联合军的原因之一。”

左毅为王紫陌倒上一杯乌龙茶：“小白一直是以人性本恶的观念为基础的，进而以看得见的手以相似的方式抑制人心中的恶念，也就是常说的‘以恶制恶’吧。不过王紫陌同学你肯定是支持‘以善制恶’的人了，只不过缺少宽广的平台和目光，以及一些必要的实践，所以才暂时提不出什么实质性的建议。不过事实上，单纯的‘以善制恶’结束不了这世间的悲剧，单纯的‘以恶制恶’也并不能修正到本质，但是如果是你们两个人一起的话，在对立之中相互调和，或许将来真的会有改变整个世界秩序的转机出现——能彻底终结这个世界的悲剧的转机。”

那个时候，王紫陌在左毅的眼中看到了光，那种光是对未来的憧憬，纯净无瑕。但不知道为什么，透过这光，王紫陌又看到了漆黑一片的光的本源。

“王紫陌，因为直接失去了‘共振心脏’，于佩杉的能力将会比以往更难控制，缺少了‘龙’的一方独大，其他组织也将云起，你们以后要经历的事情还很多。所以现在我想将这个城市，以及其他的‘孩子们’也托付给你，由你做他们的领导者，你们一同成长，一起战斗，我会永远在你们身后保护你们。”

王紫陌站起身，庄严地朝着左毅的方向，行了联合军的军礼。

“那么，欢迎加入联合军驻樱花源总队，‘红莲华’——王紫陌同学。”

“不好意思，我来晚了！”

“真是的！”看着于佩杉姗姗来迟的模样，姚天爱叉着腰，有些愤愤不平。

“一会儿就到我们动漫社做社团介绍了，你可是我们最重要的招牌社长啊。结果，你头发都乱蓬蓬的。”姚天爱数落着，还是不自觉地替于佩杉整理了头发，让她看起来更有二次元女孩子的感觉。

“抱歉抱歉，我会加油的！”

那时，她还不知道以后会有什么等待着她。也不知道很快会有什么来到她的身边。

在那之后，她变得对白色很是敏感，也喜欢上了这种颜色，或许自己本来就很喜欢。每当看到雪白的东西在随风飘动，她都会想起他的身影，想起他刚见面时有些紧张和内敛的样子，想起他交心时的温柔和谨慎，想起他为了保护他人独自投身于黑暗的身影，想起他在现实与心结中苦苦挣扎的模样，以及最后主动选择了牺牲自己，放下了敌对与仇恨，对着她微笑的样子。

在这些回忆之中，她完成了她的社团介绍。

“那么，接下来有请家庭社社长，2015级（9）班的白芜常同学。”

所有的回忆都在他的名字传入耳中时戛然而止。

和大家一样款式的校服，熟悉的灰色冬帽，刘海稍微遮挡了上半边的额头，翠绿色的瞳孔就像即将到来的春天一样，蕴藏着生机。

他走上了讲台。

于佩杉发觉到了他那时的表情，那是惊讶、兴奋和欣慰。他们四目相对，短暂地凝视着彼此。她依旧能听得到他心中的声音。

从今以后，我也可以和大家一样，好好活着。

她看着他脱下了灰色的冬帽，黑白相间的头发在早春的风中摆动。

“他们所说的动漫社社长，就是你吗？”

她还是那个唯一没有流下泪水的人。

她笑着，就像是一对许久不见的亲友的短暂寒暄。

“嗯，是我啊！”

【第一卷完】